# 她和她的群岛

易难 著

北京联合出版公司
Beijing United Publishing Co.,Ltd.

# 目　录

第一章　家　宴　　　　　001

第二章　漂流瓶　　　　　021

第三章　最好的朋友　　　037

第四章　意中人　　　　　053

第五章　单　挑　　　　　069

第六章　你不配做妈妈　　083

第七章　金童玉女　　　　099

第八章　命运的馈赠　　　113

第九章　习　惯　　　　　129

第十章　　分　身　　　　143

第十一章　化敌为友　　　159

第十二章　迟来的道歉　　173

第十三章　姐　姐　　　　187

第十四章　不等价交换　　199

第十五章　伟大的父亲　　211

第十六章　教　训　　　　225

第十七章　不打不相识　　235

第十八章　修罗场　　　　249

第十九章　有心无力　　　263

| | |
|---|---|
| 第二十章　相信她 | 273 |
| 第二十一章　后　路 | 285 |
| 第二十二章　不速之客 | 299 |
| 第二十三章　告老还乡 | 309 |
| 第二十四章　记不得 | 321 |
| 第二十五章　两个妈妈 | 335 |
| 第二十六章　闲　事 | 349 |
| 第二十七章　好生活 | 359 |
| 第二十八章　请　假 | 371 |
| 第二十九章　人生半场 | 381 |
| 第三十章　家　宴 | 393 |
| 番外一　五十步阳光 | 403 |
| 番外二　私　奔 | 409 |
| 番外三　新　人 | 415 |
| 番外四　群　岛 | 421 |

# 第一章

# 家　宴

# 1

李衣锦人生第一次缺席家宴，是在老太太八十大寿这一年。

每年的除夕她应该早已回到家，或在回家的路上。手机里是二十九个未接来电和十六条语音，不用看就知道，她妈在问她坐的哪一趟车、什么时候到家。悔就悔在两个星期前她妈第一次问她的时候，她一个哆嗦没敢说实话，撒谎说今天到家，但现在她正和男朋友周到一起，坐在开往他老家的高铁上。

这大逆不道的事，一下子点了两个人的火。一个自然是她妈，从她记事以来就从来没有忤逆过；另一个自然是老太太，不仅她不敢忤逆，全家人都不敢忤逆。

"有这么严重？"周到在旁边打着手机游戏，漫不经心地问。

"有这么严重。"李衣锦说。

即使人不在，她闭上眼睛，也想象得出家里的样子。老太太坐在她坐了一辈子的那把雕花木头椅子上，老花镜镜腿上挂着胶布缠着的挂绳，一手拿着她那谁都不给看的宝贝账本，一手拨着膝上磨得发光的老式算盘，口中念念有词，算珠噼啪作响，就像是活在上个时代的账房先生。每对完一条账，就抬起眼，跟一旁收拾屋子的李衣锦她妈说："李衣锦什么时候回来？你不问，我自己打电话了。"

别看老太太八十了，硬是在家里小辈的带动下学会了现代智能科技，语音、视频不在话下，甚至学会了玩消消乐，只不过大家跟她普及了无数次计算器后，她还是抱着她那算盘不撒手。

"这不是都没到家呢吗？"李衣锦她妈有点不耐烦，"不用问她，今天肯定回来，过年她还能上哪儿去。"

"再打个电话！"老太太不高兴了，眼睛一瞪。

李衣锦她妈又拿起手机，还没拨出电话便被接连响起的门铃声打断。

"姥姥！"

门一开，一个少女裹挟着浓郁的香水味冲进来，旋风一般瞬间飘到老太太椅子面前，乖巧蹲下，精致的睫毛下面一对大眼睛眨巴眨巴，轻车熟路开始撒娇："姥姥，我可想你了！我刚回家放下行李就来啦，我乖不乖？"

"乖，"老太太淡定地抬了抬老花镜，凑近观察了一下这位少女新挑染的粉紫色头发，"娜娜什么时候放的假？学习辛不辛苦？"

女孩嘻嘻一笑："学习有什么辛苦的。"

她妈跟在她身后进屋，跟了一句："学习不辛苦，什么辛苦？谈恋爱辛苦？"

"妈，别瞎说！"女孩抬眼不满地瞪了一眼她妈。

陶姝娜是李衣锦的表妹，是个潮酷个性美少女，也是机械工程专业高材生，今年刚博士录取。作为比她大六岁的表姐，李衣锦却从未也并不想以过来人的身份给她提什么建议，陶姝娜从小就不缺美貌和才华，进可在人前当别人家孩子的榜样，退可在老太太膝下承欢撒娇，在外是又骄又飒的知识精英，在家是古灵精怪的小公主。跟她一比，口拙手笨的李衣锦灰头土脸磕磕绊绊地走过的路，一点拿出来炫耀的资本都没有。别人倒是也没明说过，只有李衣锦她妈前儿年颇为酸涩地当着李衣锦的面说，要不是你有个表妹比着，还真以为你有几斤几两呢。

李衣锦知道，这语气里的酸，酸的不只陶姝娜，还有陶姝娜她妈。

"姐，衣锦还没回来呢？往年都是衣锦回来得最早，不像娜娜，非得跟同学出去嘚瑟好几天才回家。"孟菀青一边把提进来的大包小包年货依样放好，一边随意地说。

李衣锦她妈没吭声。

孟菀青，陶姝娜的妈，李衣锦的二姨，年轻时便是个大美人。李衣锦她妈呢，从李衣锦记事起，便是皱紧眉头耷拉着嘴角的苦闷模样，对谁都没个笑脸，对自家女儿更是永远一副恨铁不成钢的脸色。她妈走路有些跛脚，是以前小儿麻痹的后遗症，性格又犟，生怕别人嫌弃，总逼着能走得飞快。在外人面前，跟李衣锦也没什么话。而她这位绰约多姿的二姨，不仅成功地把美貌基因传给了女儿陶姝娜，现在还成功地保养得跟二十多岁的女儿一起出门还敢开玩笑以姐妹相称,用着女儿给她置办的年轻人新奇的潮流玩意儿,母女俩打闹说笑起来跟闺密没两样。

"我今年就没嘚瑟!"陶姝娜说,"我原本还想去面试来着,你让我早点回家的。小姨呢?"

"估计现在刚下飞机。"孟菀青说。

李衣锦她妈又发了条微信。

"怎么回事?不接我电话也不回信息,出息了?"

李衣锦望着窗外飞驰而过的灰茫茫景色,叹了一口气。

"你说,我们这样是不是太唐突了?"她问身边仍旧在打游戏的周到,"明明还没领证,却弄得像去婆家一样。"

"什么叫去婆家?"周到看了她一眼,笑着说,"是回婆家。逢年过节的,这是传统。"

"我们家就没这传统。"李衣锦小声嘟囔了一声,周到的手机里响起"game over"的提示音,他没再接话。

在她们家,除夕不仅仅是除夕,还是姥姥的生辰,也是她们全家人每年最重要的团聚仪式。她家就住在姥姥家楼上,二姨家后来换的大房子在隔壁小区,小姨虽然早就离开家乡满世界跑,也几乎没缺席过。在她们家,没有人可以回婆家,全都回娘家。李衣锦没上大学前,没离开过家乡,感受并不明显,后来才渐渐意识到,原来别人家逢年过节都是爸爸带着妈妈和孩子回婆家的,只有自己家例外。

这条由一辈子古怪惯了的老太太制定的铁血政策,孟家的三个好女婿竟也是毫无异议。

李衣锦她爸提着给老太太定做的蛋糕进门,看了一眼旁边孟菀青一家带来的东西,包装精致,是舍得给老人家花钱的人才会买的礼物。

"孟明玮,"他走过去,把蛋糕递给李衣锦她妈,"李衣锦怎么还没到家?到底是哪趟车?几点到?"

孟明玮没吭声。孟菀青一家来的时候,孟明玮就注意到了楼下停着人家今年新换的奥迪,心里别扭了一下。但孟菀青的老公陶大磊进门后,孟明玮看他的穿着打扮也是普普通通,不由得犯起嘀咕,想着他一个拿了几十年死工资的人到底哪里来那么多钱把老婆女儿养得光鲜亮丽、人见人爱的。当年孟菀青图他长得一表人才,老太太嫌他一贫如洗又没什么能力,没想到这些年过去,他们家竟是夫妻和睦、女儿出息、生活优裕,处处透着安稳富足,让孟明玮好不羡慕。

隔壁小区走路五分钟的事,还非要开车,装什么装。她想。

手机响了,李衣锦没打电话也没发语音,就是发过来一行字。

"我和周到在去他家的高铁上,今年不回家了。"

孟明玮脑子嗡一下就炸了,下一秒就把电话拨了过去。但李衣锦预判准确,竟是先她一步关了机。

无法无天,无法无天了。

她从来没想过李衣锦敢干出这么先斩后奏的事,一时间连气都不知道怎么生。

客厅里,老太太早就收起了账本算盘,心情颇好地坐在沙发上听陶姝娜讲段子。孟菀青翘着脚坐在一边看电视里演的偶像剧,陶大磊一边把手里剥好的瓜子仁递给他老婆,一边跟李衣锦她爸扯着闲篇。

"李诚智,你过来。"孟明玮忍不住示意。

"……家都不回了,"孟明玮小声嘀咕,"这下可好,直接送上门去了,下一步是不是就得偷户口本领证了?"

"活该,谁让你成天嫌弃周到家里条件不好?"她爸说,"你教出来的姑娘,就这点眼光。"

"我说的是实话,他俩处了这么些年,在我面前连他爸妈是干吗的都不敢说,家里条件好不好,她心里没数吗?就真那么死心塌地跟人家?"

"那有什么办法,上赶着要嫁人,赔钱玩意儿。要是到时候那家彩礼钱都不想出,我可不同意。"

俩人在厨房嘀咕了半天,身后陶姝娜不知道什么时候飘了过来,靠在门边听了一会儿,悠悠地开了口:"是说我表姐吗?"

俩人吓了一跳。

"她两个星期前就买票了,根本没打算回家。"陶姝娜说。

"你怎么知道?"孟明玮一惊。

"她朋友圈把你屏蔽了。"陶姝娜举起手机给孟明玮看。一条两星期前的朋友圈里,李衣锦晒了一张车票的照片。

"买票了。逃跑计划,希望一切顺利。"

"还逃跑,还计划,"孟明玮勃然大怒,"还屏蔽我!出息了,这小兔崽子真是出息了,等她回来看我不揍她……逃跑,我让她逃跑!"

"说什么呢?"孟菀青闻声远远地问。

"我姐今年跟男朋友回老家了,不回来给姥姥过生日了。"陶姝娜说。

旁边坐着的老太太耳聪目明,陶姝娜的话被听得一清二楚。她摘下老花镜,眼睛一瞪:"怎么回事?"

老太太虽然平日里性子僻,但也从来不拿没来由的道理去压小辈们一头,这么多年来就这一个家族传统,大家都尽心遵守,没想到第一个故意使性子不回家的,竟然是平日里唯唯诺诺、她妈一发火就吓得像蔫茄子一样大气不敢出的李衣锦。

"没电了?我这儿有充电宝。"周到看李衣锦把手机收回包里,问了一句。

"没事,我关机了。"

"充一会儿吧,离到家还早。"周到说。

李衣锦摇摇头,"你之前说,你是跟着爷爷奶奶长大的,是吗?"

"是,这次是回我爷爷奶奶家。"周到眼睛盯着游戏,眨也不眨。

"哦。"李衣锦应了一声。

要说她有多急着跟周到回家见家长,倒也没有。与见男友家长的忐忑不安比起来,更吸引她的是生平第一次逃脱她妈管束的兴奋与恐惧。这可是她妈,没断奶时上班都要提个摇篮把她放在单位窗台上的她妈,初中时追到学校去当着全班同学的面说李衣锦你忘穿毛裤了的她妈,大学时听说她们女生宿舍因为管理不当有男生违规进楼时只身跑到北京去投诉的她妈,工作后每次回家恨不得把她手机里跟上司和同事的聊天记录都逐一翻过的她妈。

至于姥姥,有乖巧伶俐的陶姝娜哄,应该发几句脾气就过去了,不会为了她这个不讨喜的外孙女在寿辰生气。

何况还有小姨呢。她想。

门铃再次响起的时候,家里的气氛正胶着。

"怎么就成我的错了?"孟明玮哭笑不得地冲着老太太吼,"我就是问她哪天回来,什么时候把她逼得离家出走了?"

"你肯定又骂她了,"老太太中气十足,说话板上钉钉,"你不骂她,她能不回家?"

孟明玮心里觉得委屈,自己还在为自家女儿做的糊涂事生气,这姥姥反倒隔辈亲起来,非说是她的错,不由得火大,"我是她妈,就算我骂她,她就不回家?反了她了!"

"是吧?就是你骂她了,这孩子从小就这样,你一骂她就什么都不敢说,躲远远的,现在连我这个当姥姥的过寿辰都请不动她了。"老太太厉眼一瞪,孟明玮气势便又弱了几分,"你骂她什么了?是不是跟她闹矛盾了?有事瞒着我?"

"我哪儿敢跟她闹矛盾?她现在胆子大了,我可管不了她了!"

"你不管她谁管?你是她妈,你不管,难道让我这个老太太来管?"

"妈!你是不用管,你就每年今天看一眼活蹦乱跳的孩子们,就家和万事兴了,平时……唉,你知道什么啊!"

孟明玮越说越恼火,扭头看一眼沙发上孟菀青一家三口排排坐着,一边嗑瓜子一边看戏,李诚智更是知趣地躲进了厨房,压根儿没出来,只远远传来欢快的斗地主的声音,孟明玮不禁悲从中来。

只有陶姝娜听见了门铃响,飘过去开了门,一开门,脸上立刻笑开了花,"小姨!"

孟以安回来了,孟明玮和孟菀青心下都松了一口气。

老太太性子倔,但最听老幺的话。孟以安人不如其名,是这个家里最不安分的人,一年到头各处跑,从来不着家,只要老太太安稳无事,她从来都不过问姐妹亲戚间的家长里短。李衣锦和陶姝娜倒是从小就最喜欢小姨,因为所有的新鲜玩意儿、乱七八糟的知识、天南海北的见闻,全是从小姨口中听来的,她带回来的玩具、杂志、CD、游戏碟、漂亮衣服,塑造了她们少女时代对外面世界的所有幻想。

"飞机延误啦。"孟以安一边摘围巾一边说。从她身后门边钻出一只穿着毛绒绒外套的白团子,仰起胖鼓鼓的脸冲陶姝娜笑,手里还挥舞着蓝色的仙女棒。

"球球!"陶姝娜抱住小女孩就是一顿揉,"球球今年上一年级了吗?上学好不好玩?"

球球咯咯笑着挣脱,一路跑到姥姥面前扑进怀里,老太太严厉的面色顿时有所缓和。

"小姨,……小姨夫?!"陶姝娜一眼看到进门的人,吓了一跳。孟以安的丈夫邱夏头上戴着闪闪发亮的皇冠头饰,手上套着两只根本套不进去的蓝手套,还滑稽地摆了个公主亮相的动作,逗得球球大笑。

"这是干吗呢? cosplay(角色扮演)?"陶姝娜看了一眼球球,灵光一闪,"我知道啦!球球,你是不是把爸爸变成了艾莎公主?"

球球兴奋地尖叫:"姐姐,被你发现啦!"她拼命挥舞手里的仙女棒,"我跟你说,赢了的人才能变艾莎公主呢!"

"……在飞机上跟她爸玩游戏来着。"孟以安看了一眼老太太,低声问,"娜娜,怎么了?"

"姥姥发火呢,我姐没回家,跟男朋友跑了。"陶姝娜小声跟小姨说。

"跑了?"孟以安惊讶,"李衣锦那么乖,怎么会跟男朋友跑了呢?"她看了一眼老太太,又看了一眼沉着脸的孟明玮,两个人都没接她的话茬儿。

"那可就巧了,我这次回来,偏偏忘了给她带礼物,这下好了,她可别怪我咯。"孟以安一边说,一边打开随身的箱子,陶姝娜立刻颠颠儿凑过去。

"是吗是吗是吗是吗?"陶姝娜盯着孟以安在箱子里挑挑拣拣,"是那个吗是那个吗是那个吗?!"

孟以安笑,拿出一个新款 Switch,"当然是!你让我给你带的,我在东京跑了十几家店才买到!你看看,是不是这个?"

陶姝娜兴奋地大叫:"小姨,你是我的偶像!太爱你了!"

"你啊,就惯着她们。"老太太摇摇头说,神色已经没有那么严厉。孟明玮拆开孟以安送给自己的羊绒围巾,摸了摸,也不好意思再说什么。

"怎么样,我们一家人没迟到吧?还有几个菜没做?公主来帮忙了。"

邱夏也适时地帮了孟以安一把,"我们还带回来两瓶红酒,挺不错的。先醒上,一会儿吃饭的时候大家尝尝。"说完,他冲球球挤了挤眼,"还不快来帮尊贵的公主更衣!"

球球蹦过来把她爸的双手从手套里解救出来,又顺走了他的皇冠。

孟明玮没说话,把围巾放在一旁,转身去了厨房。

球球从自己的小背包里掏出 iPad,挨着姥姥坐下,"姥姥,我给你看我们冬令营的视频!我滑雪滑得可好了!……不行,你得戴老花镜才行!要不看不清!因为我滑得特别快!……"

孟以安进了厨房,洗了手,接过孟明玮手里还没洗完的菜。

"怎么回事?"孟以安问。

## 2

说来懊恼,这竟是李衣锦三十一年来第一次在家以外的地方过年。虽然心里没底,但她对周到还是信任的,他们认识十二年,在一起八年,也算是度过了磨合期的爱情长跑。为表诚意,她在行李箱装满了带给他家人的礼物,虽然全都是从网上或任意一个城市的特产市场可以买到的东西,但她还是觉得亲自带去比较好,甚至为此少装了好多自己换洗的衣物。虽然周到早就告诉她见不到他妈,但她也为他妈准备了礼物,心想,就算见不到,礼物带到了也好,以后他迟早会转送的。

人哪儿能一年到头见不到妈呢?周到的形容也太夸张了吧。从小在她妈三百六十度、二十四小时无死角监控下成长起来的李衣锦心里想。

不过她和周到平时也不聊这些,他逢年过节也和别人一样回家,区别只是李衣锦总是被她妈连环夺命电话轰炸,而经年累月她也没怎么见过周到接家里来的电话。问他,他就说,爷爷奶奶年纪大了,眼神不好,只能偶尔用用老人机,不会发信息,也不愿意打电话。

准备得也算是充分,李衣锦还是在迈进周到家家门的时候吓了一大跳。

周到的爷爷奶奶跟他大伯一家人住在一起,据他说,他爸去世之后,爷爷奶奶就卖了乡下的房子和地,搬到城里来跟大伯一家人住了,所以他平日里能不回来就不回来,即便节假日回来,也只是吃个饭住一晚就走。这一次,他特意跟爷爷奶奶说,要带女朋友回来,才计划多住一天。

前提是一切都能按照计划来的话。

一进门,一声高亢的鸡叫让李衣锦吓破了胆,连开门的人都没看清楚就躲到周到身后。

"你你你……你家还养鸡?"李衣锦惊魂未定地问。

"……不养啊。"周到有些迷茫,"奶奶,我们回来了,你们这是干吗呢?"

李衣锦这才从周到身后探出头,她觉得有些不好意思,连忙站直身子,努力堆起笑容:"奶奶好,我叫李衣锦。"

"嗯,知道,知道,周到早就告诉我们啦。"奶奶笑得很慈祥,看起来很有亲和力。李衣锦心里的石头稍稍放了下来,刚想跟在周到身后进门,突然被奶奶拦住了。

"等一下,等一下。"奶奶说。

周到回头,"怎么了?"

奶奶眼疾手快地挪过一个火盆,盆里装着还冒着火星的红通通的炭,放在了李衣锦的脚底下。

李衣锦又蒙了,隔着火盆望着周到,小心翼翼地张口做口型:"这什么啊?"

周到也蒙了,"奶奶,这是干什么?"

奶奶仍然一脸慈祥地笑着:"衣锦啊,你的生辰八字呢,周到已经跟我们说了,我和他姑这个月初一去算过了,你们呢,八字不太合,命里带灾。不过呢,按照大仙给的法子破解,就一定平安无事,我们都安排好啦,你放心,来,跨个火盆,去去邪气。"

李衣锦目瞪口呆,不知道自己怎么就带了灾,携了邪气,像是突然扮演起了封建话本里逆来顺受的委屈媳妇。但看这阵势,不跨这火盆,应该就进不去他们家的门。

和周到在一起这么多年,他很少提起他的家庭,李衣锦也想过将来如果谈婚论嫁,会出现她预料之外的矛盾,没想到会是这种风格。

周到脸上也有点挂不住了。"奶奶,"他把手里的行李一放,"你让我问生辰就是用来干这个的?"

李衣锦不想自己一来就让周到和家人吵起来,连忙表示了自己的大度:"没事没事。"

她一边说着,一边一手提着自己的箱子,一手提着大包小包的礼物,战战兢兢地跨过了那个盆。进了门,她才看到他们一家人都坐在客厅沙发上,正默不作声地盯着她。

她把箱子放下,"奶奶,这是我给你们带的礼……"

话音没落,她就发现了刚才那只鸡高亢鸣叫的原因。它的脖子被周到的爷爷提着,血正汩汩流进碗里。周到的奶奶不知道又从哪里拿出一张符纸,嘴里念叨着她听不懂的方言,然后把符扔到火上烧成了灰,灰落在接了鸡血的碗里,颤颤巍巍地被端到了她面前。

"快快快,把这香灰喝了,保你们小两口来年事事顺遂,早生贵子。"奶奶慈祥地说。

李衣锦哪见过这种阵仗,她无助地望向周到,惊恐得话都不会说了。

"……不是我对孩子不负责,实在是这两年来考察的国际学校多少都有没办法调和的弊端,我还是不放心。"席间,大家其乐融融、推杯换盏的时候,孟以安看了一眼坐在桌子底下玩的球球,跟一旁的陶姝娜说。

"小姨,你就是太完美主义了,要我说啊,就看球球开不开心,她开心,念什么学校不一样?"陶姝娜一边忙着吃一边说。

"你以为是你呢?站着说话不腰疼,从小到大我都不管你,我要是像你小姨那么讲究教育,你早就考上常青藤了,读研的时候也不用巴巴地申请去交换。"孟菀青说。

"哇哦,您老人家还知道常青藤!我考状元、考国内顶尖大学还不够您吹的?"

"咱们娜娜可是全家唯一一个博士呀,比我厉害。"孟以安在一旁笑着说。

"哪有!小姨可是知名教育品牌创始人、儿童教育专家,您老人家可比不了。"陶姝娜笑嘻嘻地挤对她妈。

"谁是老人家?"孟菀青抓出重点。

"我错了,人美心善、年轻漂亮的孟菀青女士。"陶姝娜连忙补充。

孟明玮坐在一旁给老太太剥虾,什么都没说。

陶姝娜伸手去够桌子底下的球球,"行啦行啦,别玩了,那可是你妈给我的礼物,你看个新鲜就得了!赶紧起来,陪姥姥吹蜡烛。"

蛋糕适时地摆上了桌,还按老太太的传统,端了两个白水煮蛋放在她面前。

球球从桌子底下爬起来,撞到了脑袋,嗷地叫了一声,惹得众人大笑。

"这撞得可不轻,桌子都晃了,"老太太笑眯眯的,心情看起来总算是好了些,"快过来,姥姥给揉一揉。"

"没事!姥姥,我头扛撞。"球球哈哈一笑,"我滑雪的时候也差点撞到头,我可机灵了,嗖的一下,我就翻了一个跟头!我厉害吧!"

老太太看了一眼孟以安:"你以后别带孩子去那些危险地方。"

"妈,没事。"孟以安笑笑,"都戴着头盔和护具呢。小孩好动,磕磕碰碰难免的,没大事。"

大家七手八脚把蜡烛点上,球球陪着姥姥一起许了愿,吹了蜡烛,就开始分蛋糕。

老太太拿过那碗煮鸡蛋,递给了孟明玮一个。

这是孟明玮唯一享受特别待遇的时刻,每年的生日蛋,她和妈一人一个,连外孙女们都不能抢。虽然鸡蛋早已不是稀罕物,但这些年过去,这是唯一能让她想起从前那些日子的时刻。

吃过蛋糕,大家都跑去客厅看电视,留下孟明玮在厨房包饺子。她左思右想,还是关上厨房门,又拨了一遍李衣锦的电话。

仍然关机。

孟明玮一直悬着的心更忐忑了。她一边心不在焉地包着饺子,一边仔细回想之前她给李衣锦打过的每一个电话、说过的每一句话,都想不出任何端倪。从来对她不敢有任何隐瞒的李衣锦,这一次彻彻底底地骗过了她。也是她太大意了,以为不管孩子长到多少岁,始终逃不出自己的手掌心。

此时的李衣锦,逃出她妈手掌心的快乐早已荡然无存。坐在别人家热热闹闹的饭桌上,旁边是相处多年的男友,面前是色香味俱佳的家宴,她紧紧地闭着嘴,放轻呼吸,努力克制从胃部到喉头一阵阵翻涌上来的恶心。鸡血的腥、纸灰的呛,那奇异的味觉嗅觉混合在一起,由外而内地刺激着她的感官,使她完全没有办法分心,所有的力量都用在与生理性的干呕做斗争。

而她面前的这桌陌生人正在开心地推杯换盏,阖家欢乐,就像自己家里一样,像每个家庭一样。

酒过三巡,周到把李衣锦带来的礼物打开,亲自送到爷爷奶奶面前,也给其他的人都送了东西,大伯家的堂兄堂妹、姑姑家的表姐表弟,见者有份儿。

分发了一圈,每个人也都对李衣锦说了客气话,席间弥漫着亲切友好的气氛,直到李衣锦回到自己的座位上,拿出了最后一个礼物。

"周到,"走了一圈的李衣锦终于把恶心的感觉压下去了一些,勉强能够正常开口说话了,"这个是我留给阿姨的,既然这次见不到,你帮我转交给她吧。"

她话音一落,突然觉得席间氛围不一样了。开心地拆着礼物的表姐、倒着酒的大伯、说着话的爷爷奶奶,所有人都骤然静了下来。

周到也用一种难以言说的眼神看着她,脸上青一阵白一阵。

她有些疑惑,没意识到自己说错了话,就很自然地把礼物盒子推给周到:"怎么啦?这个礼物留给你妈妈。以后有机会见面再说。"

这句话终于彻底终结了一桌美满和睦的年夜饭。啪的一声,周到爷爷铁青着脸,把刚倒上酒的酒杯摔在了桌上,辛辣的白酒溅了李衣锦一头一脸。

周到还没来得及对塞进自己怀里的那个盒子做出反应,眼疾手快的周到奶奶用袖子一划拉,把盒子摁在了地上,旋即号啕大哭起来。

"我命苦啊!……好不容易儿女们回来过个年啊,怎么这么命苦啊!还让不让人活了……"

李衣锦僵在原地,这个晚上经历的事情太过魔幻,她已经无法合理控制自己的表情和行为了。

爷爷拉着脸瞪着周到,"你怎么跟她说的?"

"我没说。"周到说。

李衣锦问:"说什么?"

周到又不敢说话了。

"我命苦啊!……一个个的儿孙都不孝啊,我这心里难受……"奶奶还在号哭。周到的姑姑过来一边帮她抚心口,一边低声对周到说:"算了,老人家心情不好,要不一会儿到我家去住吧。"

"你敢?"爷爷大吼一声,姑姑吓得也一抖。

"我看你敢动?"爷爷指着周到的鼻子,"我以前怎么教你的?你奶奶原本就不同意,说八字不合,我还没太在意,今天一看,果然是个没有教养的!周到,你让她走吧,我们家不欢迎她!"

李衣锦的耳朵嗡嗡直响,她看看周到,又看看这一桌人的脸,突然觉得天旋地转,之前强压下去的恶心感重新涌上喉头,她哇的一声吐了出来。

# 3

"在哪儿呢?我看大姨挺担心你的,你要是怕挨骂,就给我发个定位,报个平安,偷偷的,我不告诉她。"陶姝娜给李衣锦发微信。顺手发了一串表情包。

"连我都不理了?那一会儿姥姥发红包,我可不帮你抢了。"

仍然没有回复。

孟明玮那边突然听到了电话接通的声音。

孟明玮一愣,从沙发上起来,强装镇定避开大家进了卧室,关上了门。

电话一通,那边好久没说话,只传来隐约的嘈杂声和风声。

良久,孟明玮问:"在外面?"

"嗯。"

"冷不冷?"

"不冷。"

"别人家就那么好?比咱自己家好?"

那边没说话。

"要不要视频?姥姥她们在看电视呢。"

"不了，不视频。"

"周到干吗呢？"孟明玮问。

"他……他去给我买东西去了。"李衣锦说。

"你俩挺好的？"孟明玮问。

"挺好的。"

"没事？"

"没事。"

"没事就好。"孟明玮说，"下次多带两个充电宝，别老把手机用没电了。"

又过了好久，母女俩没再说话。

"妈，你不骂我吗？"李衣锦突然问。

孟明玮没回答。

"要不，等我回去你打我吧。"李衣锦又说，"我不躲。"

那边沉默了片刻，却已经挂了电话。

李衣锦坐在街头，周围是来来往往的人们，小孩子拿着烟花兴奋地尖叫，天上有此起彼伏的烟火绽开又落下。

她裹紧了身上的外套，打开手机里陶姝娜给她发来的视频。大家围在姥姥身边说说笑笑，其乐融融，没有她的存在，也一样是场温馨美满的家宴。

她低下头，缩成一团，默不作声地流下了眼泪。

直到她被赶出门来，她都不明白周到的爷爷奶奶为什么会突然发那么大的火，更不明白为什么周到在他们面前怂成那个样子，一句话都不为自己辩解，任凭他爷爷用拐杖戳着他的脑门连他一起骂。

他平时不是这样。至少她眼中的他，从来不是这样。

她出门的时候，他稍稍地抗争了一下，试图跟她一起走，但他爷爷就像一尊门神一样站在门口，怒目圆睁地瞪着他；他奶奶更是哭天喊地撂话给他听，说出了这个门，他就不是他们周家的子孙，他爸在地底下都会骂他不孝。

说到他爸的时候，他的神色明显瑟缩了一下，原本试图起身，又无助地坐下了。他望向门外的李衣锦，不顾她此时泪流满面，带着满身呕吐物的脏污，孤零零地站在门外，乞求他不要丢下她一个人。

"对不起，我走不了。"他说。

李衣锦三十一岁这年的除夕夜，第一次在陌生城市的街头流浪。周围的人看完了烟火，小孩子撒完了欢，都回家去吃团圆饭了，只有她无处可去。

过了很久她才站起来，脚都僵硬了。她茫然地往这边走了几步，又往那边走了几步，手机响了，她打开一看，是她妈发来的转账信息。

"回家的票还能买吗？"她妈转来两千块钱。

又一条信息进来，她点进去看，是孟以安发来的。

"长本事啦，注意安全，今年礼物我偷偷给你留着呢，你最爱的。"

再看看周到的页面，电话、微信一个都没有。李衣锦心里憋屈，随手就把他给拉黑了，然后点开 App 搜索车票。

孟明玮家就住在老太太楼上，她平日里经常过来陪老太太。老太太不乐意，说自己身板硬朗、脑筋清楚，能做饭能溜达能算账，又不是生活不能自理，总是把她赶回家，但她不放心，还是经常趁老太太睡熟了过来看一眼。除夕孟以安一家留下来住，她才回楼上自己家去了，孟菀青也跟老公和女儿回家了。

陶姝娜在车里摆弄着小姨送她的 Switch，她爸一边开车，一边不经意地问："就么好玩？多大人了，还玩游戏机。"

"对啊，多大的人都爱玩游戏机。"陶姝娜专注地盯着屏幕，"爸，你是不知道，游戏才贵呢，一个个总有新出的，根本玩不完。"

"你不是有个旧的吗？还买新的？"

"配色不一样，这款手柄好看。"陶姝娜说，"我同学看上我那个旧的了，我打算送她。"

"那你也给？这可不便宜。"孟菀青插话。

"她家里条件也没那么好，反正我有新的了。"陶姝娜说。

"你倒大方。"孟菀青说。

"啊，"陶姝娜突然想起，"那个是妈你送我的是吧？我忘了，那我不给她了。"

孟菀青愣了一下，欲言又止。

"你给她的？"陶姝娜她爸突然问，"什么时候？"

"就去年啊，去年我生日的时候。"陶姝娜顺口回答，"还有那个 BV 的包包呢。"

"什么威？"陶姝娜她爸问，"贵吗？"

"哎呀，就是一个黑色的包，三万几来着……"

"娜娜！"孟菀青突然把声音抬高了八度，强行打断了陶姝娜的话。陶姝娜吓了一跳，不解地抬起眼看着她妈。

"……到了。"孟菀青不自然地说。车子停进车位，她立刻下了车，头也不回地往家里走去。

孟以安一家第二天早上离开，老太太利手利脚地一直把他们送下楼。

"妈，要不以后咱换个带电梯的房子吧，你出门不方便。"孟以安说。

"没事，我好着呢，天天下楼买菜，早就习惯了。"老太太不以为意，"没什么不方便。"

"现在没事不代表以后没事，咱们以防万一嘛。"孟以安说。

"你妈还没老到那个程度。"老太太撇嘴。

"姥姥，"球球说，"我下次带你去滑雪好不好？住别墅，泡温泉。"

孟以安忍不住乐出声，"你真把你姥姥当你的小伙伴啊，八十岁老太太去滑雪吗？"

"怎么呢？"球球不解。

老太太大笑："行，姥姥以后跟你去滑雪。"

孟以安和球球上了出租车，老太太拉住邱夏的手，又叮嘱了几句。

"你们俩呀，好好的。"她说，"这姐妹三个呀，就你们最让我省心了。"

"妈，别这么说，大姐、二姐家不是都挺好的嘛。"邱夏说，"我们球球还小，将来烦心的事还多着呢。"

"以安呀，在外面工作事业做得好，在家里，你多担待。"老太太说。

"没有，"邱夏说，"是她要多担待我。"

孟以安敲了敲车窗示意他，邱夏只好上了车。

车子拐过路口，又开了一段，孟以安示意司机师傅靠路边停下。

"怎么，不是去高铁站吗？"司机问。

"师傅，我下车，您继续送她们到高铁站就行。"邱夏一边说着，一边下车把刚放进后备厢的自己的行李拿了出来。

"一路平安。"孟以安摇下窗子说，"这个月归我，下个月开学以后归你。"

"记着呢。"邱夏说，冲球球嬉皮笑脸，"公主要飞走啦！快跟公主说拜拜。"

球球也笑，"公主拜拜！公主爸爸我们开学见哦！"球球冲他挥手。

"你们也是，一路平安。"邱夏说。

他站在路边看着车子开走，然后另叫了一辆出租："麻烦您，到机场。"

坐进车里，他打开手机，几条未读微信显示在屏幕上。

"到机场了吗？"

"我已经准备登机啦。"

"在巴厘岛等你哦。"

附上一张自拍，妆容美丽的女人歪着头露出最好看的下颌角弧度。

"妈妈，我不想转学了。"球球靠在孟以安身上望着窗外，认真地说。

"是吗？为什么呢？"孟以安问。

"因为我有了一个好朋友。"球球说，"我们约好开学要一起玩。"

"真的吗？"

"真的，放假那天我们约好的，肖瑶阿姨也在，她也听见啦。"

孟以安神色动了动，淡定地问："那天是肖阿姨去接你的？"

"对呀，她还给我带蛋挞了呢。"球球说。

孟以安没接话，低头看自己的手机，上面也有几条未读微信。

"几点到京？去接你们，答应陪球球玩蹦床去的。"

"妈妈，"球球好奇地凑过来，"妈妈，你的聊天图案是我的照片哦！妈妈，你是不是在跟宋叔叔说话？"

孟以安没回复，扣过手机，顺手给球球裹了裹外套："坐好了，不要调皮。"

"别当着孩子面说这些。"一进家门，孟菀青就把丈夫拉进房间，关上门。陶姝娜倒也没介意,晃进自己屋里不知道收拾些什么去了。

"当着孩子面说哪些?"陶大磊冷冷地看着她,"你能做,我不能说是吗?"

"我做什么了?"孟菀青反驳。

"孟菀青,你不要太过分了。"陶大磊说。

"我过分?我做了什么你都知道,你不是同意吗?每年给妈买的那些补品和理疗仪器有多少钱?你出一分钱了吗?我让你出了吗?车给你开,好丈夫好爸爸好女婿都给你当,你现在又不是滋味了来质问我,有意思吗?"孟菀青说。

陶大磊的脸色变了又变,最后还是一句话没说出口,转身坐到沙发上默默生气。

孟菀青走过去,在另一端坐下。

"如果你实在觉得……要不,咱们……"孟菀青犹豫着,还没说完,陶大磊就点开电视,把音量调到最大,这样孟菀青说什么他都听不见了。

"爸,你能不能小点声!"陶姝娜气呼呼地从房间出来,她妈正站在她房门口,两人差点迎面撞上。

"妈,你吓死我了!"陶姝娜莫名其妙地看着她妈。

"娜娜,以后当着你爸的面,别提我给你的那些东西。"

"为什么?"陶姝娜疑惑地问。

李衣锦精疲力尽地爬上三楼,面前是姥姥家的门,要回自己家,还得再爬一层楼。

她站在楼梯口犹豫了很久,还是按响了门铃。没一会儿就听见脚步声,一重一轻拖着地走近。那些数不清日夜的童年时刻,她都是这样听着妈妈的脚步声过来的。

门打开,那张她再熟悉不过的、皱着眉头耷拉着嘴角的脸,出现在她面前。

她妈上下打量了她一分钟,吸了吸鼻子,眉头皱得更紧了。

"给姥姥热菜呢。你要吃饭还是吃饺子?"

第二章

# 漂流瓶

# 1

初中的时候李衣锦家里还没有电脑,同学们都趁着每周一节的电脑课时间挂 QQ 升级、聊天,甚至只是玩玩扫雷都很开心。有个每次上课都坐在李衣锦旁边的男生,帮什么都不会的她申请了 QQ 号,教她进聊天室,还告诉她有一个漂流瓶的功能很有趣。

李衣锦听他解释后,有些失望地说:"虚拟的有什么意思,面对面的朋友才有趣吧。"

后来想起,她每每感慨,那还是个她以为交朋友很容易的时代。

男生听了她的话就笑了,若有所思地看了看屏幕上漂流瓶的图标。

"那我送你一个真的漂流瓶。"他说。

吃晚饭的时候李衣锦试探着提出想要一台电脑的意愿,意料之中地被她妈否决了:"你现在还小,主要任务是学习,电脑游戏有什么可玩的。"李衣锦想辩解一下,电脑不只是用来玩游戏的,小姨说电脑很有用,将来好多事情都会用得到,但她犹豫了两秒钟,还是闭嘴了。

"你还小"这三个字,到如今她已经听了三十年了。

你还小,你不需要买新衣服。

你还小,日记本妈妈可以看。

你还小,不能去同学家里玩。

你还小,报志愿妈妈给你报。

你还小,不能早恋交男朋友。

从什么时候起算是长大了呢?

她不知道。可能她这一辈子都不会长大了。

孟明玮把剥好的虾放在李衣锦碗里,李衣锦低头默默吃饭。孟明玮看了她一眼,波澜不惊地说:"一会儿姥姥午睡起来,你自己跟她说,为什么除夕不回家。"

李衣锦没回答。

"昨天说我来着。说我骂你了，你才不愿意回来。"孟明玮又说。

看李衣锦还是不吭声，孟明玮忍不住提高了语调："我骂你了？我什么时候骂你了？"

李衣锦嘴里的食物哽在喉咙口，她回想起昨天晚上的情形，胃里忍不住又泛起一阵恶心。

她把筷子放下："妈，我先回去洗个澡。"

孟明玮停下手里的动作，把虾壳往桌上一扔："还是不打算跟我说，是吧？行，你现在厉害了，跟周到学的？你越来越不听我的话了。"

"妈，我不是说了吗，你打我就行，我不躲。"李衣锦说。

"打你？你现在宁可挨打都不愿意跟我说实话？"孟明玮越发压不下心里那股火，"不是跟他回家见家长了吗？怎么混成这样灰头土脸地回来？被人家嫌弃了？分手了？"

李衣锦的眼泪在眼圈里打转。她妈一看她这副表情，立刻了然地问："真分手了？"

李衣锦没说话。

她妈火上浇油地来了句："得了吧，我还不知道你，又不是没闹过分手，没有一次分得成。"

听见卧室里姥姥起床的声音，她妈转身进屋去了，她也没有了跟姥姥说话的心情，起身出门，回了楼上自己家。

她家住在姥姥家楼上对门，面积更小，老式小两居。她离家去北京读大学之后，她妈就住到了她的小房间里，和她爸井水不犯河水。李衣锦每次回家住，她妈也不动地方，就在小房间里另支一张小床。李衣锦这些年越来越不爱回家，不仅仅是因为要被迫和她妈在一个狭小的房间里同呼吸共命运，也因为这个房间里的一切，无论是她妈细心给她整理好的从小到大的每一本课本、每一科试卷、每一份证书、每一张奖状，还是她妈对密码了如指掌的每一本带锁日记本、同学之间交换的小玩意儿、贴在铅笔盒内侧的明星贴纸，挂在书包上的卡通钥匙扣，都无时无刻不提醒着她，在这个家里，她是一个没有秘密的人。

于是在她洗澡的时候，她妈娴熟地进了浴室，开始翻她放在洗手台旁边的洗漱包。

浴帘后面的李衣锦一边冲着头上的泡沫，一边回想了一下自己包里有没有什么不能让她妈看见的东西，这一想便打了个哆嗦，意识到自己又犯了大错。

她不顾满头满身的泡沫，唰一下掀开浴帘，试图补救，但已经来不及了，她妈手里拿着一个药盒，一看清背面的字，脸色立刻就沉了下来。

"李衣锦，你给我解释解释！"她妈把那盒药摔在李衣锦脸上。李衣锦扣好睡衣的最后一颗扣子，拿毛巾擦了一把还在掉水珠的头发。

"你告诉我你吃避孕药干什么？这一整板都吃了一半了，你要吃多少？"她妈难以置信地看着手里的药盒。

李衣锦无奈地解释："妈，这是医生给开的，调解内分泌，还能治痘痘。"她指着脸上残存的还没有消退的痘痘。她平时都把药装进单独的塑料药盒，放在出门背的包里，这次因为要回家，时间久，备了一盒，顺手塞在洗漱包里，没想到一回家就被她妈发现了。

"治痘痘？你睁眼说瞎话我能信？"她妈一副根本听不进去的样子。

"是真的，这是短效避孕药，不信你去找个医生问问。不是你以为的那种事后药。"李衣锦艰难地解释。

"事后药？李衣锦你真是，你……越来越不要脸了你！"她妈气得浑身发抖。

"我怎么就不要脸了？"李衣锦忍不住顶嘴，"我就是因为要脸才去医院治痘痘，要不我这脸真没法要了。"

事后药也不是这个包装。她本来想再加一句，但想想即将要挨打的命运，便住了口。

"……你！"她妈果真一个巴掌就扇过来，李衣锦没躲，这熟悉的触感落在脸上时，她反倒心里踏实了点。

她妈这几年下楼帮姥姥干的体力活多了些，身体便不像从前那么好了，巴掌也没那么有劲了。当然，也可能是童年时的记忆和感受并不真实，小时候挨的打，比长大后要更疼些。

那时挨打总跟成绩挂钩，初中是她挨打最少的时候，她妈唯一一次打她，罪魁祸首就是那个瓶子。

又一次上电脑课的时候，李衣锦打开QQ，内心毫无波澜地看着聊天栏里的一片空白，唯一的一个联系人就是帮她申请QQ号的那个男生。她正在发呆，突然男生的头像闪起来，跳出一句话。

"下午放学时来操场吧，有东西给你。"

她一愣，转头看看身边的男生。他目不斜视，若无其事地关了对话框，打开扫雷，脸上装酷一般没有任何表情，耳朵却肉眼可见地突然变得通红。

那天的落日是金灿灿的，穿过透明的玻璃瓶子洒落他眼中，闪着晶亮的光。后来她忘了他长什么样子，连名字都想不起来了，却仍然记得那天操场上的夕阳。

瓶子里有一张卷起来的纸条，男生坚持让她等他走了再打开看。借着落日的余晖，她看到纸条上写着"我喜欢你"，玻璃瓶折射的阳光调皮地晃在她脸上，她感觉脸瞬间比太阳还要烫。

当然再烫也烫不过她妈落下来的巴掌。李衣锦捂着火辣辣的脸，眼睁睁地看着她妈把瓶子摔得粉碎。

那张纸条倒是暂时保留了下来，作为"罪证"被她妈用于向班主任质问。不顾老师的阻拦，她妈冲到班里去，非要逼着那个男生主动站出来"自首"。

对李衣锦来说，那短短的几分钟比之后的数十年都要漫长。她绝望地盯着她妈站在全班面前，挥舞着那张罪恶的证据，目光如炬地射穿面前一群半大孩子茫然又疑惑的表情，直射他们的内心，企图揪出那个十恶不赦的罪犯。而她虽然不是始作俑者，却要因罪同罚。

最后她妈没有得逞，被教导主任和老师一起劝了出去。那个男生后来在电脑课上再也没有坐在她的旁边过，直到毕业分开，也没有再和她说过话。

她妈以为她早就把这件事忘了，她也以为她忘了。读大一的时候，有一次早上起来洗漱，她看到室友换上一条新裙子，还从柜子里小心翼翼地拿出一个漂亮的玻璃瓶，往手腕上喷了两下。

"真好闻。"李衣锦忍不住说。

"好闻吧！"室友兴高采烈地提起裙子转了个圈，慷慨地给她也喷了一下。"我爸从国外带回来的香水！你要是喜欢，我让他下次出差也帮你带一瓶！"

李衣锦看着她手中的那个瓶子。瓶身上印着一艘小小的船，里面的香水是蓝色的，拿在手里晃晃，就像是那艘小船在海浪中航行一样，闪闪发光，格外好看。和小时候那个打碎的漂流瓶有点像，但又不太像，她也记不清了。

"佳佳，"李衣锦忍不住问，"你这瓶香水用完了，瓶子能不能给我啊？"

"啊？"室友奇怪地看看她，"你要瓶子干吗？"

"不干吗……就，好看呗。"

"你喜欢这个瓶子啊？行，等我用完了瓶子给你，反正扔在家里也没用。"室友满不在乎地说。随后她突然眼睛一转，促狭地看着李衣锦，"那，你要答应我一个条件！"

"什么？"李衣锦问。

"加入我们宣传部啊！咱们寝室就剩你没进学生会了，我们部长让我一定要拉一个人，我都不知道拉谁，就你了！"

"……好吧。"

那是李衣锦人生中第一个属于自己的"收藏"。后来，她收藏了用空的爽肤水瓶、喝光的饮料瓶、啤酒瓶、罐头瓶、广口瓶、试剂瓶、花瓶、药瓶……室友们平时遇到没见过的瓶子都记着给她留下，买水果收快递箱子里装的泡沫也都攒着给她，因为她要用来包装保存这些大大小小的瓶子，以免碰坏。

大家都开玩笑叫她收破烂的。大学毕业的时候，所有人都在风风火火地打包，寝室门敞开着，不要的东西扔了满满一走廊。卖废品的老奶奶走门串户，看到李衣锦的瓶子们，满脸褶子都亮了："丫头，这些你还要吗？"

"要要要要要！！！"李衣锦立马冲过来，伸开两手扑在自己的藏品上，像老母鸡护崽一样，"这些不是废品！我要带走的！一个都不能扔！"

后来工作了，她就开始花钱买好看的玻璃瓶。她的藏品里有同事从泰国带回来的彩绘花瓶，博物馆逛展时礼品商店买的复古纪念瓶，不知道用来干吗的奇形怪状瓶,陆陆续续积攒得越来越多。

和那个逼仄狭窄的家中卧室相反,这才是完全属于她自己的一方小天地。

拖着行李箱打开出租屋的门,迎面等着她的就是她那放满瓶子的一整面墙的柜子和储物箱。当初她决定要租这间屋,就是因为看中了屋主打的整整一面墙的定制柜子,她猜想,原屋主可能也是一个收藏爱好者。

望着一个个瓶子,李衣锦心里突然冒出一个疑问。如果她和周到分开了,他们俩必须有一个人要搬出这间出租屋,那她的那些宝贝瓶子怎么办?毕竟从大学毕业到现在,她一直和周到住在这里,家一次都没搬过。每次一想象要转移这些藏品,她就头疼。

她用加班的借口拒绝在家里多留两天,也拒绝了她妈让她拿出医生开的处方以证明她吃短效避孕药是为了祛痘的要求。临走前她到楼下去跟姥姥说话,姥姥倒是意料之外地没有因为缺席家宴而怪她。

"我啊,老了,以后你们一个个的,都不听我这个老太太的了。"姥姥放下手里的算盘,摘下老花镜,看了李衣锦一眼,淡定地说。

"我错了,姥姥,就这一次。以后都不会了。"李衣锦连忙说。虽然不及陶姝娜的甜言蜜语功底深厚,但努力表姿态讨老人家原谅这种基本操作她还是及格的。

"行啦,你妈都不怪你,我还能说什么。"老太太说。

"又不是我妈八十大寿,是姥姥八十大寿。"李衣锦瘪瘪嘴,语调里不禁带了些委屈,"她怎么不怪我,她什么时候都在怪我。"

"你和你男朋友,怎么样了?"老太太一针见血,"今年就这样了,给他一个面子。不过你得告诉他,咱们孟家的女孩,将来女婿都是要带回家来过年的,没有例外。他要是问你,你就说是姥姥说的。"

李衣锦点点头:"我知道。不过……八字还没一撇呢。"一想心里就憋屈,又不想跟她妈说,忍不住叹了一口气。

"小孩子家家的,叹什么气。"姥姥说。

"我不是小孩了。"李衣锦说。

"大人也别叹气,"姥姥说,"天又没塌。"

嗯。天又没塌。李衣锦回手关上门,深吸了一口气,正准备打起精神来,厕所门开了,周到趿着拖鞋、叼着牙刷从里面出来,两个人面面相觑。

李衣锦顿觉天还是要塌了。

## 2

李衣锦心里发堵,憋了好几天的气噎在嗓子眼出不来。她这几天过得这么委屈,还被她妈打了一巴掌,为什么面前这个人还能表现得像什么都没发生过一样?他可是眼睁睁地看着她怎么在他全家人面前出丑,然后毫无尊严地被扫地出门的。

仿佛是看穿她的心思一样,周到终于有些心虚地开口了。

"……那天我出去找你了。"他把叼着的牙刷从嘴里拿出来,"你出门没多久我就出去找你了。"

"你奶奶不是说你出门就不是周家人了吗?"李衣锦冷笑。

"……反正回去被骂一顿就是了,她说的也是气话。"

"你爷爷不是说要打断你的腿吗?"

"他那么大年纪了,打不动我,举拐棍都哆嗦呢。"周到说,"我到外面找了好久,没找着你,你还把我拉黑了,电话、微信都不通,我没有办法。"

李衣锦没话说,毕竟这是事实,到现在她还没把他从黑名单里放出来。

"能不能别拉黑啊。"周到可怜巴巴地说,"电费欠了,绑定的是你的手机号。"

李衣锦顺手按了一下墙上的开关,确实没电了。她把行李箱拖到一边,低头拿手机交电费。周到碰了软钉子,看李衣锦脸色不好看,只好闭了嘴,回到厕所去继续洗漱。

她交完电费,进卧室换衣服收拾行李。周到洗漱完,跟进卧室,坐在床边看着她收拾,欲言又止。

"……你后来没不舒服吧?"周到问,"你胃不好,那天还吐了。"

不提不要紧,他一提这事,李衣锦的胃又开始神经性抽搐。她终于忍不下去了,把手里拿的衣服摔在地上,瞪着周到。

"你不觉得你该给我解释一下吗?"李衣锦问。

"对不起。"周到道歉得很迅速,"我不应该把你的生日告诉我爷爷奶奶,他们也不应该瞒着我弄那些神神道道的东西,吓着你了,我跟你道歉。我保证以后不会了,以后我不带你去我爷爷奶奶家了,行不行?"

这倒是遂了姥姥的规矩。李衣锦在心里哭笑不得地想。

但她的重点并不在此。"周到,"她说,"你知道我回家我妈怎么说的吗?她问我,为什么跟你在一起这么多年,我从来都没有跟她提过你父母是干什么的。"

周到的神色沉了沉,他最不想跟李衣锦提的就是这件事,但李衣锦不是傻子,他不可能避得掉。

"我知道你不愿意提,也知道我妈顽固,有偏见,我不想跟她说你爸去世得早。但你就真的什么都不跟我说吗?这么多年了,我们互相没有什么不了解的了,这是你家人啊,周到,是跟你关系最近的人,你打算瞒我一辈子吗?到底有什么不能让我知道的?"

周到低头捡起了李衣锦摔到他脚边的衣服,一声没吭。

"我们都不是小孩子了,周到,"李衣锦说,"你能不能成熟点?"

这句话倒是触了周到的某根筋,他看了李衣锦一眼,"是要成熟点,两个成熟的人谈恋爱过日子,就一定要知道各自的家长里短吗?你不是一直都不喜欢你妈管你太多吗?"

"这不一样!"李衣锦气恼起来。

"怎么不一样?"周到反驳,"你妈当年打上门来说我拐骗少女非要报警,你不记得了?你说你总盼着有朝一日能彻底脱离你妈的管教,过自己的生活,你说你结不结婚跟家里没关系,不想被家里影响,你不记得了?我不想让我的家庭影响咱们两个生活,又有什么不对?"

"那你总要跟我讲清楚吧?如果有一天我们结婚了,你也不让我见你妈一面?你爷爷奶奶还要再一次烧纸灰接鸡血给我喝?"李衣锦几近崩溃,跳着脚冲他喊。

"结婚,……不还八字没一撇呢吗?"周到愣了一下,心虚地说。

这句话从李衣锦自己嘴里说出来,和从周到嘴里听见,终究是不一样的心情。李衣锦愣了片刻,那些积压的火气和愤怒,突然就像上了膛却突然没了靶子的子弹一样，不知往何处去了。良久，她在床的另一头坐下来，疲惫地叹了一口气。

"分开吧。"她说。

周到没接她的话。他太了解李衣锦了，她懦弱、胆怯、优柔寡断，在一起这些年里，她每一次说出的分手，都不是真心的，他习惯了不去当真。

"这一次是真的。"李衣锦知道他心里想什么，续道。

说完这句话，她像是恢复了正常，把行李整理好，抱了脏衣服扔进洗衣机，然后翻冰箱搜刮晚饭食材，甚至做了周到喜欢吃的红烧鸡翅。

周到以为这不过是她的又一次任性闹情绪，便心安理得地啃掉了盘子里的最后一个鸡翅，并自觉地完成了洗碗工序。等到他洗完碗从厨房出来，却看到李衣锦拖了一把椅子坐在她的那面柜子前，把储物盒一个个搬出来打开，开始收拾她的瓶子们。

她平日里也收拾，但只是把放在外面容易落灰的瓶子拿出来擦一擦摆一摆，今天她是在打包，把她的瓶子们小心翼翼地放进箱子里，垫上好多层泡沫。

周到这才意识到李衣锦认真了。

他连忙走过去，手上洗完碗的水没擦干净，甩到了李衣锦手里拿的瓶子上，她淡定地抽出一张纸巾擦干。

"你干吗啊？"周到气恼地问。

"从咱俩合租到现在，15 年 8 月之前一直是你付的房租，之后是 AA，算上房租涨幅和各自出的部分，我出得少。所以理应我搬出去。"李衣锦说，"具体的账我随后发给你，我电脑里有记录。"

"李衣锦！"周到有些着急了，拦住李衣锦把瓶子放进储物箱的手，"你别闹。"

"我没闹，"李衣锦说，"以前吵架闹别扭说分手，就算是我闹好了，这一次不是。"

她推开周到的手，看了看手里的瓶子。

这个瓶子一直放在柜子的角落，不是第一眼能看到的位置，但也没有放在看不见的储物箱里。一个很普通的瓶子，但对她来说，仍然是独一无二的，虽然它没有后来她收藏过的更贵的瓶子那么精致，也没有当年那个装着蓝色香水的瓶子那么好看。

为了那个香水瓶，李衣锦答应室友加入了院里的学生会，每周要按时去开例会，听只比她们高两届的部长同学们扯皮吹牛。李衣锦从小到大没当过什么班干部，习惯了听老师和其他同学的指点和安排，倒也觉得稀松平常。

那天晚上在系里活动室开完例会之后，李衣锦正收拾东西准备回寝室，突然被他们的副部长叫住了。那个大二的学长是她的直属"领导"，非常痴迷于让下属写检讨。他找了一个同在院学生会的女朋友，后来女朋友跟他一起竞选，他气得要命，非让人家也给他写一份检讨，然后人家不仅跟他分手了，转身还竞选上了校学生会的部长。

因为李衣锦前一天在学校里遇到他没打招呼，他就让她写一份检讨明天交给他，然后扬长而去。

写检讨李衣锦不太擅长。从小到大，她最擅长的是听话且无存在感，这样的孩子在学校写检讨的机会并不多。

她莫名其妙地坐在原地思考了一会儿，决定还是收拾包回寝室。但她一按门把手，发现不知是有意还是无意，门被那学长离开时给锁住了，她从里面拧不开。

她拍了拍门，又把耳朵凑在门上听了一会儿，外面寂静无声，别的同学可能都已经走了，楼道灯都熄了。

她又想起手机里存了新生报到时校保安处的电话，找出来拨，却没有信号。她跑到窗边把手机伸到外面，试图找找信号，她所在的活动室是二楼走廊尽头，开窗就是学校后山，信号还是没有。

她们学校在郊外新校区，楼建得倒是气派，除了几乎每个学校都有的后山闹鬼啊、乱葬岗啊、午夜冤魂啊之类的传说外，倒没什么别的毛病，但也足以把一个大一新生吓破胆。她在活动室里无头苍蝇般绕了几圈，又推开窗看着外面黑漆漆的夜，一瞬间学姐们讲过的恐怖传说全都浮上脑海，不由得打了个寒战。

突然她听到窗外山坡上的小树林里传来声响，是人的脚步声，在黑暗中越来越近。

她紧张地盯着那团窸窸窣窣的黑暗，当一个白影倏地出现在山坡上的时候，她恐惧得尖声大叫起来。

对面也恐惧得尖声大叫起来。

是个男生的声音。两个人同时叫了五秒钟，反应过来，又同时手忙脚乱地打开手机照明。那白影摔了个跟头，裹着手机的光晃了几圈，滚到了山坡下的校园小路上，被垃圾桶拦住才停了下来。

那人好不容易才爬起来，抬头用手机照了照趴在二楼窗口的李衣锦，李衣锦也哆里哆嗦在用手机照他。

"你有病吧？"

"你才有病吧？"

"……"

## 3

从保安处出来，两个人一起慢慢走回宿舍区。

"谢谢你帮我打电话叫保安。"李衣锦说。

男生看了看她背着的帆布包，"刚才听见声响，你包里是不是有东西摔坏了啊？"

李衣锦这才想起来，打开背包，走到一旁垃圾桶边，把里面的瓶子碎片小心地拣出来扔掉。

"汽水瓶？"男生不解地看了看她，"你收瓶子干吗？攒着卖钱吗？"

"不是。就是觉得瓶子好看，想留着。"

"哦。"

两个人走到宿舍区，路过门口的学生超市。男生停下了脚步，指着冰柜里的一排排饮料。

"是水蜜桃口味的那个吗？"他说，"我请你喝吧。"

汽水不好喝，但瓶子她留了很多年。只不过那天晚上太黑，她根本记不起来那个男生的长相，唯一印象就是从山坡上滚下来的那个白影，即使之后在校园面对面遇到，她也不一定认得出来。一直到毕业前，男生突然来找她，问："你现在还收集瓶子吗？"

李衣锦觉得奇怪,点了点头。

"那你毕业离校行李不好搬,我帮你吧。到时你叫我。我也今年毕业,计算机三班的,我叫周到。"他说。

李衣锦每天下班回来的时间都用来给瓶子装箱,断断续续装了好几天。孟以安给她打电话的时候,她正趁着周末不加班的时间出去看房子。

"你要搬家?"孟以安问,"今年回家没见着你,还想着回来找你俩吃饭呢,要帮忙吗?"

"先不用。"李衣锦说。

"是真搬家,还是闹别扭?闹别扭的话,要不你来我这儿住几天。"孟以安说。

"不了不了。"李衣锦连忙拒绝。她可不想被球球拉着做儿童益智游戏。

"哎,"孟以安像是突然想起什么似的,"娜娜刚跟我说她要租房子,她的学校不是离你不太远吗?你俩可以合租啊,你妈也放心。"

"我妈什么时候对我放心过,"李衣锦说,"她要是知道我跟陶姝娜合租,要么骂死我,要么笑话死我。"

"娜娜也提前回北京了?"孟明玮一边在菜板上剁着馅,一边问旁边的孟菀青。

"嗯,说是不想在学校住了,要搬出来。"孟菀青无所事事地一边看着孟明玮剁馅,一边剥开一只橘子塞进嘴里。孟菀青在家几乎不碰炉灶,以前有妈妈做饭、姐姐帮忙、妹妹洗碗、爸爸负责赞美,她负责吃,后来有老公做饭、女儿帮忙洗碗,她仍然负责吃。到现在,只要陶大磊外出没在家做饭,她仍然会时不时地跑到老太太这里来蹭饭。要是碰巧孟明玮没在,她也不上楼去叫,也不帮她妈做饭,转一圈就走。

"今天蒸包子,鲅鱼海参白菜,妈最爱吃的,你拿点回去。"孟明玮说。

"嗯。"孟菀青点点头,"哎,衣锦和她男朋友怎么回事?那天家里人多,我没好意思再问。"

"没怎么,年轻人不懂事,分分合合呗。"孟明玮敷衍。

"是吗?"孟菀青若有所思地说,"年轻人是不是都没长性?那我就奇了怪了,我家娜娜怎么就邪门了呢?脑袋一根筋,就非得喜欢那么一个人不可,是不是这些年读书读傻了?"

孟明玮看了她一眼:"谁读傻了你家娜娜都不会读傻的。从小就精灵古怪,也不知道什么人能入得了她的眼。"

"就挺普通的一个男孩啊,我看过照片,也就一般帅,听娜娜说是她学长,在常青藤读博士……"孟菀青说。

孟明玮手里剁馅的力度忍不住重了些,没接话。

"……我们娜娜配他是绰绰有余,谁知道人家还看不上她呢。娜娜成天跟我念叨人家这好那好的,这倒霉孩子,热脸都贴哪里去了。"孟菀青撇撇嘴,轻描淡写说得像是不知道谁家女儿一样。

"娜娜连这都跟你说?"孟明玮忍不住问。

"对啊,"孟菀青说,"这不是很正常吗?平时聊聊天八八卦,我就知道了呗。"

孟明玮没作声。从小乖到大的李衣锦,直到她大学毕业第二年,孟明玮才发现她在跟男朋友同居,而在那之前她连周到这个人的存在都不知道,她气得连续几天都没睡好觉。

"我真的太累了,"陶姝娜拉着李衣锦走进小区,满口抱怨,"我是夜猫子,我有一个室友早上六点起来打坐,晚上我就得跟贼一样,吃东西都不能出声,我一定要搬出来。作为一个博士研究生,我有资格享受自己合理的夜生活。"

李衣锦附和地点了点头。

她根本不想跟自己的表妹合租。但她之前和周到的房子月租六千二,她一个人根本负担不了同等条件的房子。她也舍不得搬远,光坐地铁上班就要一个半小时。

"我们就租两居室,而且客厅要大,我每天要拉拉筋、踢踢腿。你不也有好多东西要放吗?最好是木地板。暖气不能是老式的那种。厨房要有门,不要开放式,油烟太大。洗手间要干湿分离。要是主卧带自己的洗手间就更好了。"陶姝娜一边按电梯,一边念叨。李衣锦听着,忍不住心里发酸,陶姝娜这种天之骄子从象牙塔一出来就对生活品质挑挑拣拣,她和周到曾经过的那种每次交完房租卡里就剩三位数,掰着指头挤出一个月吃穿用度的日子,陶姝娜是不会理解的。

"晚上小姨要和咱们一起吃饭。"陶姝娜说,"她说本来想叫你和你男朋友的,既然你分手了,那就我作陪吧。"

"小姨夫呢?球球呢?我以为你们一家都来呢。"陶姝娜进了餐厅,看到自己坐在那儿的孟以安,立刻问。

"她爸带她去玩啦,不用管他们。"孟以安随意地说,把菜单递给她俩。陶姝娜也不客气,开始专心研究点菜。

孟以安看了一眼李衣锦,从包里拿出一个盒子,递给她。

"给你的。"

李衣锦还没打开,陶姝娜一眼瞄到了盒子上的花纹和标识,"这不是草间弥生嘛!"李衣锦打开盒子,果然是一个草间弥生的波点花纹玻璃瓶。

"给你的藏品添砖加瓦,喜欢吧?"孟以安笑着说。

"喜欢。"李衣锦翻来覆去地看着瓶子,脸上终于露出了难得的笑。

"你和周到怎么了?"趁陶姝娜去洗手间,孟以安有些担忧地问她,"我还以为你俩过年回家是好事将近呢。"

李衣锦咬咬牙,还是把在他家的事情说了。在她妈面前没办法讲的话,她从来都是跟孟以安说。因为孟以安不会跟她妈告密,不会不分青红皂白地骂她不知羞耻,也不会摆着大人的架子教育她怎么做是对、怎么做是错。在她心里,小姨是不管什么时候都会坚定地站在她这一边、为她设身处地地着想的人。

她花了周末一整天的时间,把自己所有的家当搬进了和陶姝娜一起新租的房子里。周到明白她这一次是铁了心要走之后,没有挽留也没有解释,闷声不响地帮她把一个个精心包裹的储物箱搬下楼放到搬家公司的卡车上,还叮嘱了师傅好几遍易碎物品小心轻放。他穿着洗旧了的由外穿变成家居服的卫衣和睡裤,趿着拖鞋,满头是汗,挽高了袖子的胳膊肘上还有搬东西时蹭了墙留下的白灰。李衣锦远远地看着他,他比毕业那年胖了点,常年对着电脑,肩颈不好导致驼背有些明显,还多了几根白头发。她忽然想起了当年第一次见面时他从山坡上狼狈滚下来的样子,虽然当时她根本什么都没有看清,还差点以为学校后山闹鬼。

周到把箱子放好转身回来时,李衣锦拦住他,问:"你真的不想跟我解释了?"

最后一次机会,我再给你最后一次机会。她在心里想。只要他说实话,甚至只要他开口,她就把箱子全都搬回家里去,她就不走了。

在一起这么多年,她想,怎么说两个人的感情也值得彼此坦诚相对,如果连这都做不到,那她真的会彻底失望。

失望顺理成章。周到没有给她任何惊喜,他沉默着,像每一次争吵的时候一样,转身进去搬下一个箱子了。

李衣锦愕然呆立了片刻,跟着上了楼,回到房间门口,却听到清脆的一声响。她推开门,看到周到脚边的一地碎片。留了这些年的汽水瓶,终究还是在她搬走的时候粉身碎骨了。

第三章

# 最好的朋友

# 1

搬了家的第一天早上,李衣锦睡过头了,她忘了以往每天闹钟是在周到手机上响的,昨晚她没睡好,不知道是因为择席还是因为陶姝娜的卧室里一直放音乐。迷迷糊糊去洗漱,刚把洗面奶泡沫抹上脸就听见手机在卧室床头响,她又回来接电话,是同事催她赶紧上线收邮件。

好不容易挂了电话,她又回去洗脸,陶姝娜闭着眼睛从卧室里晃出来,没好气地冲她喊:"你在家里能不能把手机静音?电话铃声那么响我在隔壁都能听见。我不是说过了我通常凌晨三点睡,上午不起来吗?"

李衣锦本来就窝着被同事扔了烂摊子的火,但还是顾及表姐妹之间的脸面,应付了一句:"知道了。"

"还有,早上起来小点声,我觉轻。"陶姝娜说。

"都九点了,不早了。"李衣锦忍不住撑回去,"你住宿舍的时候,你室友是怎么忍你的?"

"哦,她们比我起得晚。"陶姝娜并未发觉李衣锦在撑她,"我们一般都是夜里十一二点才从实验室回来,有时就不回来。"

"你不是说你室友早上六点起来打坐吗?"

"那是其中一个室友啊。我们寝室二十四小时都有人在睡觉,也都有人醒着。"陶姝娜认真地说。

"……"

"你快去上班吧,别迟到了,可怜的社畜。"陶姝娜说完,突然反应过来,"九点多了?你上班不用打卡的吗?"

"我们不打卡,下班晚,所以上班时间也晚。"李衣锦无奈地解释。

"哦,"陶姝娜好奇地问,"那不是待遇挺好的吗?不用挤早晚高峰,还不用扣考勤。那为什么大姨总是嫌弃你的工作,说是哄小孩的?"

李衣锦翻了个白眼，不想回答她。陶姝娜倒也不介意，闭着眼睛晃回了卧室。

"你真的要和你表妹合租？"搬家那天周到问她，"你不是不喜欢她吗？"

我喜不喜欢她没有那么重要，李衣锦心里想，至少没有房租重要。但她不想跟周到这么说，就算他肯定能猜到。

李衣锦在门口换鞋时发现，她昨晚先放进鞋柜的鞋子被陶姝娜后来放进去的两排鞋盒和一排鞋子挤到了最里面，她连着掏出了好几个鞋盒和好几双鞋，都没能找到自己的那双。她沮丧地站起身捶了捶腰，看到衣帽架上也挂满了陶姝娜的大衣和外套，光用来搭配的帽子和围巾就有好多件。

"陶姝娜！"李衣锦终于爆发了，"你把你的鞋给我收拾了！"

"你怎么还没走？"陶姝娜的声音从卧室里传出来，"我的鞋怎么了？"

"你把柜子全占了，我放哪儿？"

"你随便放哪儿……放门口我也不介意，不小心踩到你别赖我。"

"……你给我出来！"

从小到大，陶姝娜总是觉得自己什么都没有做错，大家也这样觉得。事情的关键在于，正因为她什么都没有做错，反而让李衣锦显得浑身都是错。

原本她也算有个无忧无虑的童年，不管是跟小伙伴们在外疯玩到满身灰土脏兮兮地回家，还是爬到姥爷的书桌上把蘸了墨汁的毛笔吃进嘴里，都不会被家里人批评。直到陶姝娜出生，聪明伶俐人见人爱，三岁就能熟读唐诗二百首、倒背小九九，五岁就是远近闻名的小小神童。横向比较着自己家女儿，孟明玮敏感的自尊心一下子就觉醒了。

在一次因为李衣锦又在学校犯错误被老师请家长之后，年仅十岁的她跟妈妈一起走在回家路上，欣赏着鸟语花香的明媚春光，对即将到来的人生命运的转折没有丝毫觉察，还在想着放学回家能吃到姥姥做的黄花鱼。

不过是因为上课吃东西被老师批评了。她想，又不是什么大事，和她玩得最好的小伙伴冯言言每天都带小零食来学校，偷偷分给李衣锦吃。冯言言说，她妈做菜特别好吃。

"妈，冯言言让我有空去她家吃饭。"她说。

她妈紧锁着眉头，神色变得更加复杂古怪。

"李衣锦，"孟明玮压着脾气开了口，"你们班主任说，让我带你去医院检查检查，她怀疑你有多动症。"

"什么症？"李衣锦不明就里地抬头看着她妈。

"你为什么把蚂蚁放在你同桌的铅笔盒里？"

"因为她问我老师讲的是什么，她听不懂。"

"跟蚂蚁有什么关系？"

"我告诉她，听不懂就玩蚂蚁。"李衣锦理直气壮地说。

"……谁教你的？"

"冯言言。"

那一天李衣锦收获了出生以来的第一顿打。孟明玮不相信，当年因为不爱念书差点退学去结婚的孟菀青，凭什么能教出学霸女儿陶姝娜。但她不相信也得相信，李衣锦高考刚过一本线差点掉档被调剂到分最低的专业的时候，陶姝娜跳了级还拿了全国奥赛一等奖。李衣锦考研没考上还找不到工作的时候，陶姝娜放弃了保送的学校后以市理科状元的身份考进了全国最好的大学。

在李衣锦看来，她的不够好，是这些年来她妈郁郁寡欢最主要的原因。孟明玮不仅没能像妹妹们那样有机会读书，她的女儿也被人家轻松比过。她越在意，孟菀青一家就越不在意，仿佛这些都是命里自然带来的，不费吹灰之力，这让孟明玮心里更加不平衡。

"我真没管她。"每次看着孟明玮吼着呜哇哭叫的李衣锦写作业时，孟菀青就苦恼地摊摊手，"我又不懂学习，那都是她自己的事。"孟菀青和陶姝娜聊电视剧，聊明星八卦，聊社会新闻，聊家长里短，就是不聊学习。到现在孟菀青都不太清楚陶姝娜的专业，属于哪个学院，博士到底是研究什么的。

但孟菀青也不是完全不管她。在陶姝娜的学霸生涯中，也有一次非常难得的被老师"请家长"的经历。陶姝娜读初中的一天，班主任很严肃地打电话给孟菀青，让她务必立刻到学校来一趟。孟菀青当时正在理发店做头发，顺口问了句能不能等我烫完再去，班主任老师说不能，她只好弄掉刚卷好的一头卷儿，一边心疼自己的钱一边埋怨着去了学校。

到了办公室,一看自己女儿低着头站在老师办公桌旁边,孟菀青一下就心疼了,心想,自己这么聪明伶俐的宝贝闺女什么时候受过这种委屈?这是犯了多大的错误?当下一边起范儿跟班主任问好,一边心里暗暗做准备,就算是记大过退学什么的,也得帮孩子说好话求情,千万不能把孩子前途毁了。

她坐在老师面前胡思乱想,然后老师伸手递过来一张纸条。

"啊?"孟菀青不明就里。

"你们家陶姝娜,好学生还早恋,家长不管管吗?"老师一脸严肃。

孟菀青低头看纸条,上面是两个人你一言我一语来往得热热闹闹的对话,她一眼就认出其中一个是陶姝娜的笔迹。

"我下次带你去看另一场,更厉害,你绝对想不到。"

"说话算话?"

"当然。"

"那你可别告诉老师。"

"不会的,我也没告诉我妈,她肯定不让我带女生去。"

"那以后咱俩一起去。"

"好。"

怎么看怎么觉得是小男生小女生相约瞒着老师家长出去约会,还你情我愿的。

孟菀青没说话,抬头瞄了一眼陶姝娜。她站在一旁,趁老师不注意,给她妈递过来一个眼色,倒不是害羞也不是慌张,只像是一不小心被抓包了的"我有什么办法"。

陶姝娜他们班主任是个快退休了的男老师,头发花白性情执拗,平日里除了抓成绩抓纪律根本没别的话。孟菀青体谅他一把岁数管着一堆半大孩子也不容易,心想,大不了跟孩子一起挨他一顿训,服个软,回家再好好跟孩子聊。

"两个人逃学!逃掉下午自习课跑出去不知道干吗了,这还是好学生呢,蔑视学校纪律,对自己和同学不负责任,你这个家长怎么当的?啊,我知道你们家陶姝娜长得好看,讨男孩喜欢,那就勾着人家一起逃学?王若轩平时可是本本分分的一个男生,要是学习被耽搁了,考不上重点高中,怎么跟他家长交代?管好你们家孩子,小姑娘安分一点,别整天想这想那没个正形!……"

"老师,您这话我就不爱听了。"孟菀青眼睛一立,作势甩了一下自己的头发,意识到拆得急三火四的卷儿有损自己形象,不免心里又一阵抱怨,"您怎么知道是陶姝娜干扰他,还是他干扰陶姝娜?两个人一起逃学,那男孩呢?您就把我和陶姝娜请办公室来,这不太公平吧?"

"你这家长怎么说话呢?"老师胡子都快被孟菀青气飞了,"你们家是姑娘,我特意单独请你来,就是怕姑娘没面子,你在这儿跟我叫什么板?"

"怎么就没面子了?俩小孩一起犯错,为什么就只是我们家姑娘没面子?"孟菀青不卑不亢。

"我在这儿教育你不要纵容孩子早恋,你怎么不知羞耻?"

"我为什么要羞耻?就算我家孩子真早恋了,我也不会这么教育她,更不会说她不知羞耻!"孟菀青说,"女孩长得好不好看,招不招男孩喜欢,不会带坏任何人。那是他们男孩的问题。我的女孩,她想做什么,想喜欢谁,将来都是她自己决定的事,不会因为别人的偏见改变。再说了,"她气定神闲地冲一旁的女儿挤挤眼,"我还真不知道有哪个男生能入得了我们家陶姝娜的眼。"

孟菀青带着她拆坏了的一头卷儿,义正辞严地坐在老师办公桌前的景象,让陶姝娜觉得,她妈简直是世界上最酷的女人。

从学校出来,孟菀青回理发店把头发烫完了。她一边满意地打量着效果,一边看了看旁边翻杂志的陶姝娜。

"怎么样?跟我说说你和那个王若轩不?"孟菀青说,"我家闺女不会真早恋了吧?"

陶姝娜扑哧一笑,撇了撇嘴。"才不呢,"她说,"他就是我哥们儿,我才不喜欢他。"

"我就说嘛,"孟菀青笑,"那你俩逃课干吗去了?"

陶姝娜想了想:"我不告诉你。"

"哟,还学会卖关子了?"孟菀青敲了她脑门一下,"那我还就非得知道不可。"

"我带你去。"

## 2

于是陶姝娜带着她妈去看了她逃课跟王若轩去看的——青少年跆拳道比赛。

孟菀青回来之后心脏怦怦跳,一个晚上都没睡好,给自己做了好几天的心理建设。

"妈,你不是一直很支持我的嘛!三年级的时候我想学乒乓球,你也同意了啊!这不是一样的嘛!"

"哪里一样了!"孟菀青白了她一眼,"小姑娘家家的,磕磕碰碰的,万一你受点伤,影响中考是小事,身体出问题怎么办?"

"不会的不会的,那都是专业教学。"陶姝娜跟八爪鱼一样黏在她妈身上撒娇,"你就答应我嘛!你不是说我做什么都可以自己决定嘛!"

"那是将来!"孟菀青哭笑不得,"你现在未成年!要耽误了前程,你以后就会怨你亲妈浪费了你聪明的小脑袋瓜。"

"聪明的小脑袋瓜现在想学跆拳道。"陶姝娜挽住孟菀青的胳膊,露出委屈巴巴的表情,"以后我绝对不怨我亲妈,绝对。"

欣喜若狂地学起了跆拳道的陶姝娜,中考那年带着肌肉拉伤的腿以学校第一名的成绩考进了省重点高中。后来对跆拳道没那么狂热了,她又断断续续地迷上过古筝、滑冰、围棋,有的三分钟热度,有的坚持一年半载,孟菀青也就在不过度费钱的前提下随她去了。毕竟,用陶姝娜自己的话来说,没人知道她聪明的小脑袋瓜下一秒想要做什么。

但她知道,她妈永远是她最坚强的后盾,也是她最好的朋友。

"千万别告诉大姨我俩合租了,她会跟我姐断绝母女关系的。"陶姝娜像往常一样在微信上跟她妈开玩笑。

她扔下手机,把音乐声音调大了点。平日里她做实验不顺或是写论文枯燥的时候就习惯听音乐,换换脑子,也促进一下思考,但是这个晚上她失眠了。她突然意识到,她妈妈有很多秘密,作为女儿的她并不知道。

过年那几天她妈和她爸在家里偷着吵架,以为她没听见。趁她爸出门打麻将,她妈去做美容的时候,陶姝娜在自己的家里开始了侦察大业。

她们家的氛围一向宽容,虽然有些事情她不一定知道得那么清楚,但她爸妈也没有刻意去瞒她。她没费多大劲,就找到了她妈夹在皮夹里的存折和工资条、她爸留存的一沓收据单,以及用自己阴历生日的密码打开了她妈扔在家里的备用手机。

翻开消息记录的时候,陶姝娜的心里涌上一阵愧疚,爸妈这么信任自己,她却像个贼一样在自己家里找他们争吵的原因。

但手机里看到的东西让她一时间忘记了愧疚。

"你迟到了?"刚下地铁的时候,李衣锦收到同事赵媛发来的微信。反正走几步就到了,李衣锦看了一眼也懒得回她。转念一想,年前放假的时候,赵媛跟她说年后要辞职来着。"你没辞?"她又问。但没收到回复。

李衣锦从2015年起就在这个儿童剧院,做这份虽然到目前为止坚持的时间最长,但是从各个维度上违背她的生理本能、性格特点、习惯爱好,需要和不同年龄阶层的无数个人团队、甲乙丙方打交道的工作,一份她妈非常嫌弃,一以概之地称为"演木偶戏哄小孩"的工作。赵媛算是唯一跟她走得近点的同事,年龄相仿,差不多时间入职,一起拿着几年来毫无涨幅的工资,熬成了年轻人口中所谓的"前辈"。

她妈看不上她的工作,自然也看不上跟她共事的人。她在朋友圈发过跟赵媛的合影,她妈就说:"一看就是两个剩女,你就等着吧,她嫁出去了,你也嫁不出去。"她找男友的品位、交朋友的品位、生活的品位、工作的品位,都是她妈全方位贬低的靶子。

十五岁之后,她就没有过特别亲近的朋友。同学、同事倒是都可以和平相处,最多会觉得她话少性格内向,没有什么人格上的缺陷。但她以前并不是个话少内向的人,即使在她妈高压教育的压迫下长大,小孩子也总能在学校生活里见缝插针地找寻快乐。

教她听不懂课就玩蚂蚁的冯言言,和李衣锦从小学到初中都同班,每天一起吃一起玩,亲密无间。冯言言对李衣锦特别好,不是因为李衣锦有什么特别的人格魅力,是因为除了李衣锦,没人和冯言言做朋友。

冯言言长得好看,家境也好,但有一个毛病。不知道是什么原因,她说话口齿不清楚,嘴里像是永远含着一团棉花,一开口就呜呜噜噜,没人听得懂她说的是什么。但她智力又正常,成绩不算好也不算坏,也没法去专收特殊儿童的学校。老师只能通融一下，上课不点她回答问题，偏偏她又表达欲惊人，老师一提问题，她举个手半天不放下来，叫她又说不清楚，还惹得同学哄堂大笑，每每扰乱了课堂纪律。同学们总管她叫小哑巴，便没人和她做朋友了。

只有李衣锦能听得懂她说话。两个人下课总在一起，要么蹲操场边看蚂蚁搬家，要么偷偷分享小零食，不亦乐乎。渐渐地，老师上课偶尔也叫冯言言回答问题了，因为她有了她的专属翻译李衣锦。冯言言说一句，李衣锦就帮她说一句，交流沟通再无障碍。

初三一开学，班主任把李衣锦换了座位，离冯言言远远的，上课不方便翻译，李衣锦还愧疚了好几天，她并不知道是因为她妈去找了班主任。那天放学，她和冯言言正一人啃着一只鸭脖满手流油地出来，迎面就看见她妈凶神恶煞般地站在校门口。李衣锦手一抖，鸭脖都掉了。

"你就是冯言言吧？"她妈直奔主题，"你上个期末考了多少名？"

冯言言不敢开口。

"这孩子，不会说话啊？我问你话呢。"

"妈，你别这样，她不爱说话。"李衣锦连忙掩饰。

冯言言没办法，只好开口说了一句话。

孟明玮被她喉咙里发出来的古怪声音惊住了。

"这孩子……怎么回事？"

"……她说她考了全年级 284 名。"李衣锦只好说。

孟明玮的脸色变了又变，盯住冯言言看了许久，劈手把李衣锦揪到一旁，压低声音跟她说："你都跟什么孩子一起玩？"

"妈，不是这样的。我能听懂她说话。"李衣锦辩解。

"我不管你爱听谁说话！"她妈点着李衣锦的脑门，"你怎么不跟成绩好的学生玩？你就跟这样的人天天玩蚂蚁？难怪你期末下降那么多名，不下降才怪！要是再让我看到你跟她玩，等我回家收拾你！"

第二天，李衣锦特意在校门口的小卖部买了冯言言爱吃的糖打算给她，但一下课她就看到冯言言出了教室。在操场边那棵有两个蚂蚁窝的大树下，她找到了蹲在那里的冯言言。李衣锦伸手把糖递给她，被她冷漠地推开，糖掉在地上，立刻吸引了周围好多蚂蚁源源不断地爬来。

冯言言说了一句话,但李衣锦在出神,没有听清她说了什么,冯言言便站起身跑开了。

从那天起,冯言言再没举过手回答问题,李衣锦也再没吃过冯言言的零食。中考以后,冯言言考了另一所高中,两个人就失去了联系。

后来李衣锦再没有过要好的朋友。她不喜欢和成绩好的同学一起玩,怕人家嫌弃她连讲题都听不懂。也不敢和成绩差的同学一起玩,怕被她妈知道又说她学坏了。她不能和总调皮捣蛋的同学一起玩,因为被班主任看见会告诉她妈。她也不能和不调皮捣蛋的同学一起玩,因为他们只知道学习,不玩。

"大部分不懂事的小孩都有懂事的一天。"赵媛曾经跟她说,"我不喜欢这样。我喜欢看到从小到大都懂事的小孩,能有不懂事的一天。"

如果生活允许人不懂事,谁还愿意懂事呢?

放假前,赵媛跟李衣锦说,她真的熬不住了,这些年没攒下什么钱,不涨工资又没有编制户口,再不跟男友结婚,还不如听家里人的话回去做点小生意。

"我爸生病了,"赵媛对李衣锦说。"我妈每天以死相逼,要么结婚,要么回家。两条路,刀架在脖子上给我选呢,让我年末就辞职。"她一边说,一边手下没停地写着迎春精品剧目的宣传文案,"小朋友们都经历了快乐的幸福时光,和家人团聚在一起,勇敢面对生活,面对成长,迎来灿烂的明天,自信地喊出一声:加油!"

一进办公室的门,李衣锦就看见赵媛仍然坐在老位置上忙碌,手边咖啡冒着热气,面前电脑上是网站首页迎春精品剧目的开屏,仿佛从不曾动过辞职的念头一样。她叹了一口气,也没跟赵媛打招呼,径直走到自己的桌前坐下。

午休时李衣锦出去觅食,赵媛默不作声地过来,走在她旁边。

"煲仔饭还是牛肉面?"李衣锦毫无进食欲望地问。

"我想吃螺蛳粉。"赵媛说。

"你疯啦?"李衣锦瞪了她一眼,"下午回去,大家会以为你去扫厕所了。"

赵媛说:"我从来都没有试过在工作日吃完螺蛳粉回去上班。"

"没有人会在工作日吃完螺蛳粉回去上班!"李衣锦哭笑不得。

"我跟老沈分了。"赵媛说。

"啊。"李衣锦一时哽住,不知道说什么,脑子里突然莫名其妙地闪过搬家那天周到打碎汽水瓶的画面。

赵媛男友老沈是北京人,如果和他结了婚就有了家,有了学区房,有了养小孩的最低条件,也就能顺理成章地堵上爸妈要求她回老家的嘴。

"我想再给他一次机会,所以才回来的。愿赌服输。"赵媛说,"老沈需要的不是一个会为了他全家的施恩而感激涕零、逆来顺受的外地媳妇,而是一个没有经济差异和心理负担、可以无忧无虑跟他在一起的小公主。下午回去我就去辞职。"

"所以你才要去吃螺蛳粉吗?"李衣锦说,"那你干吗搭上我啊?"

"你怎么样?过年跟周到回家见家长还顺利吗?"赵媛突然想起来,问。

"……走吧,吃螺蛳粉。"

赵媛临走前把好多东西都留给了李衣锦,加湿器、暖手宝、便利贴、胶囊咖啡、正长着的多肉,七七八八都堆到了她桌上,带着赵媛的无奈和怨念也一起沉重地堆进了她心里。

她晚上习惯性转错了地铁,差点就回了她之前的住处。她恼火地下了地铁,索性上了另一条线。

"你在公司吗?"她给孟以安发信息,孟以安可能是没看见,没有回复她。

她平时也不会总去找孟以安,人家是老板,忙得很。她妈也不喜欢她去找孟以安。"从小就跟着你小姨瞎闹。"她妈说,"我这个当妈的说话你不听,人家说什么是什么。"

李衣锦走进电梯,电梯门正要关,见到有人进来,她就顺手帮人挡了一下。男士进来说了声谢谢,他看起来气质儒雅,李衣锦忍不住多打量了他几眼。

同一层下了电梯,李衣锦正在踌躇,却看到里面走出来一个人,正是孟以安。李衣锦突然心里跳了一下,下意识觉得不太对,便没往前走,从电梯口走到了走廊另一侧的拐角。

"这么准时?"她听到孟以安的声音,"看来今天不忙嘛。"

"再忙也得约会是不是。"男士说。

两个人一边等电梯一边低声说着什么,边说边笑。男士还接过孟以安的包和大衣帮她拎着,神色之间怎么看怎么不像普通朋友。

李衣锦目瞪口呆,脑子里像是瞬间滚过去了一串炸雷。

"不是吧?!"她在心里不可思议地无声尖叫。

"邱老师那么好,球球那么可爱。孟以安,你这个渣女,怎么能做出这种事?!"

# 3

李衣锦恍惚着回到家,发现陶姝娜竟然已经回来了。

"你不是说你都十二点才回吗?"李衣锦问。

陶姝娜窝在沙发上,眼皮没抬,哼哼道:"心情不好。"

"你也心情不好?"李衣锦看了她一眼,"这可真稀奇。"

"我怎么不能心情不好。"陶姝娜说。

李衣锦在沙发另一端坐下来。"能。"她有气无力地说,"我也心情不好。"

"因为分手?"

"也是,也不只是。"

"那还因为什么?"

"那你因为什么?"

"……"

尬聊失败,陶姝娜起身,从门口拆开的快递纸箱里拿出一瓶酒。

"送你的。"她把酒递到李衣锦面前。

"干吗?"李衣锦莫名其妙。

"你不是喜欢收集瓶子吗,我买的,我喝酒,瓶子给你。"

"……那我也要喝。"

陶姝娜倒了酒在杯子里,李衣锦瘫在沙发上刷手机,看到赵媛发了一条朋友圈，定位在机场。

"总算我也可以不懂事一回了。"她说。

字里行间读出了背水一战的沧桑。李衣锦不由得想起自己年前发的那条"逃跑计划"朋友圈，尴尬得头皮发麻，立刻翻回去给删了。

"我最好的朋友今天辞职了。"李衣锦说。

"我还以为你没朋友。"陶姝娜说，"大姨总说你性格孤僻，不爱交流。"

"那还不是拜她所赐。"李衣锦说，"你知道我最羡慕你的是什么吗？不是你比我好看，比我聪明，比我讨家里人喜欢，处处都比我强。我最羡慕的是你和你妈关系那么好，什么话都可以说。"

陶姝娜愣了一会儿："也不是什么话都说。"

她想着她在家里时看到的她妈手机上的信息。

那个人她也认识，还见过很多次面，只要她妈跟朋友出去聚餐玩乐打牌，就一定会有他出现并埋单。她妈让她叫他郑叔叔，说是她妈以前的老同学、老朋友。

陶姝娜一直觉得自己出生在特别美满的家庭。她爸年轻的时候是列车员，小朋友们都羡慕他穿上制服英俊帅气，还总能带回很远的地方的特产。她小时候因为她爸上班时间特殊，奶奶又卧床，她是在姥姥家长大的。后来他爸就在车站办公室坐班，有空也在家陪她玩，不像别人家的爸爸那样不管孩子。她妈绰约貌美，人称"百货公司一枝花"，做着销售经理又自己开店做生意。家里宽裕，她也就从没在意过生活的用度，更加没在意过，父母究竟是从什么时候起变得貌合神离的。

是因为这个郑叔叔的出现吗？看起来他跟妈妈认识很多年了，甚至也认识她爸。

手机里的信息说明了一切，她妈和这位郑叔叔的交往，绝对超出了世俗意义上的普通朋友。更可怕的是，他们之间不仅有情感，还有利益联系。她妈做生意有他投资，进货渠道是他介绍，买基金跟他有商有量，去医院做手术都要陪同。甚至她妈送她的包包鞋子，都是他买的，更不用说她妈首饰柜里的那些奢侈品了。

她想起过年那天她无意间提起包之后她爸的脸色，和她妈的争吵，一切都有迹可循。

有生以来,她聪明的小脑袋瓜里第一次充满了如此多的困惑,觉得怎么思考都毫无头绪,比推数学公式、做物理实验要难上千万倍。

"还是喝酒解愁吧。"她惆怅地跟李衣锦碰了个杯。两个人各怀心事,却又不知道该不该说、从何说起,不禁面面相觑,悲从中来。

喝到深夜,李衣锦喝得有点多,一身蛮劲没处使,灵光一现,挽起袖子,充满斗志地开始整理她还没拆箱的瓶子们。陶姝娜笑话她:"你别拆了,可能明天你就跟男朋友复合了,还得再搬回去,又要重新打包。"

"谁说的?"李衣锦赌气说,"我肯定不会回去,我宁可跟你合租,都不回去。"

"宁可跟我合租?我就这么讨嫌?我都给你买酒喝了。"陶姝娜瞪起眼睛。

"喝了你的酒我也不会让着你,又不是小时候了。"

"你可是我表姐!你就应该让着我。姥姥偏心,从小还教导我要让着你,这个老太太,真是的。"

小时候李衣锦考试考砸了,怕挨打不敢回自己家,在姥姥家哭。陶姝娜刚参加完文艺汇演,兴奋劲儿还没过,蹿上蹿下扯着嗓子唱她的表演曲目,还非要从李衣锦的腿上蹦过去,李衣锦一躲,陶姝娜从沙发上踩空摔了下来,号啕大哭。

还在厨房里做饭的姥姥赶过来,拉着陶姝娜到厨房,盛了一碗香喷喷的虾仁蒸蛋给她,陶姝娜吃着就不哭了。

"娜娜,你今天是不是台上站在最前面的那一个?是不是唱歌最好听、跳舞最好看的那一个?"姥姥帮她抹去嘴边沾着的食物,说。

"是!"陶姝娜笑嘻嘻地答,"老师都夸我呢!"

"嗯,那别的小朋友,是不是有站在你旁边的?还有站在第二排、第三排的?你想啊,你站在最前面,大家一眼就能看到你,但是那些站在后面的小朋友,大家看不到,他们开心吗?"

陶姝娜皱着小眉头想了想:"那……可能不太开心吧。他们要是想站前面,我可以跟他们换呀,我也可以站后面,没关系的。"

"姐姐今天心情不好,因为她没有站在前面,所以我们要安慰她的心情,对不对?你站过最前面了,也要让一下后面的小朋友,是吧?"

虽然这是一个不恰当的比喻，但年幼的陶姝娜还是大度地理解了，"好的，我让着姐姐，她就不会哭了吧？就愿意看我表演节目了吧？"

姥姥转身又端了另一碗去给坐在沙发上的李衣锦。

"姥姥，我不想吃。"李衣锦嘟囔。

"吃吧，吃完姥姥陪你上楼。你妈要是打你，我就打她。"姥姥笑着说。

李衣锦不吭声。

"娜娜年纪小，爱玩爱闹，你是姐姐，别跟她计较，让着她点。"姥姥说。

有时，她们觉得姥姥有着超乎年纪和时代的睿智，有时她们又会觉得，那些小时候听来认为天经地义的事情根本都是经不起推敲的。

"你啊，你永远都是站在前面的那个小孩，所有人都只能看到你。"李衣锦叹了一口气，"你想换也换不了的。"

"我又不是故意的。"陶姝娜举着酒瓶子嘟囔，"但你是我姐，我愿意让你。"

李衣锦无奈地笑笑。

"能让的我就让，让不了的不让。"陶姝娜说。

那晚两个人收拾瓶子到半夜，李衣锦拖着脚步回房间，倒头就睡，陶姝娜迷迷糊糊也跟她进了房间，在她旁边一倒，自然地劫走了她的被子。

"你回你那屋去。"李衣锦迷迷糊糊地说。

"脚麻了，动不了。"陶姝娜闭着眼睛说。

李衣锦伸手把被子抢回一半。

她实在困得睁不开眼，半睡半醒地听陶姝娜说："姐，我妈说，她们还有姐妹，咱们不像她们，都是独生女。将来她们不在了，你跟我，哦，还有球球，就跟亲姐妹一样。"

"滚，谁跟你亲姐妹。"

李衣锦说着，还是松了手，把被子往陶姝娜那边让了让。

# 第四章

# 意中人

# 1

"送我票?"孟以安在电话里语气疑惑。

"对啊,送你的,我们剧场的迎春精品剧目,特别适合亲子观赏,电子票我给你发过去了,两张成人票附一张儿童票。这周六下午。"李衣锦又特意强调,"你和邱老师带球球来,一家人一个都不能少。"

孟以安觉得李衣锦说话奇奇怪怪的,挂了电话,打开她发过来的电子票看了一眼,也没深究,顺手转发给了邱夏,然后继续在办公室里忙自己的事情。

过了二十多分钟,邱夏回复:刚下课。球球能爱看这个?

球球对戏剧并没什么兴趣,让她在剧场里一动不动坐一下午,估计还不如她爸把她扔到他的课堂上听他跟学生侃大山有意思。

这事邱夏也没少干。他带球球的时候,偶尔会把她领到学校去。球球也不怕生,见谁都能唠两句,是邱老师学生口中的小明星。

而邱老师是他们的大明星。孟以安永远记得第一次见到他的样子,大学的教室里,他穿着简单的T恤和牛仔裤,戴着现在看很土但那时很流行的黑框眼镜,随意地盘腿坐在第一排的空桌子上,微微耸着肩,手里捏着粉笔,和一个神情严肃的女学生激烈地探讨莱辛的《拉奥孔》。其他的同学都托着脸认真地听,没有人打断。他歪着头认真地看着对方,讲话清晰而略慢,咬字很特别,卷舌会读得格外卷一点,话尾会稍稍拖一点长音。他眼里闪着犀利的光,那道光给他整个人镀上了一道特别的色彩。

孟以安从后门溜进教室,坐在角落里,趴在桌子上听了一会儿,每个字都听得懂,合起来却一句也不明白,但不妨碍她觉得桌子上这个口若悬河的老师很迷人。

同学们不知道是什么时候散去的,孟以安被他敲桌子叫醒的时候,差点把口水滴到自己袖子上。

"这位同学，下课铃都叫不醒你？"他笑眯眯地问，"我看你刚进来，不是这个班的吧？"

孟以安眼睛一转，反问："那你猜我是哪个班的？"

"那我怎么知道，"他笑，"文学院本硕博没一个学生是我不认识的，就没见过你。"

见过才怪。她在心里忍不住偷笑，"谢谢老师治好了我的失眠，老师再见。"

她火速从教室后门溜之大吉。他在身后笑着应了句："不客气，再来啊。"

孟以安完全没想到自己会溜进陌生的大学课堂上睡到口水都流出来，她已经连着两个月失眠了。研究生毕业之后，她一直在金融公司任职，连续五年满世界飞，没日没夜的高压力、高强度工作从精神到身体全方位地压垮了她。医院诊断是中度焦虑，她思索再三，辞了职。没事做的第一个星期，她每天仍然到凌晨三四点才能勉强浅睡，醒来以为已是早上，看表却只走了四十分钟，她已经忘记怎么正常生活了。

朋友担心她状态出问题，推荐她去听一个心理学专家的讲座，在大学的礼堂。但她坐了五分钟就放弃了，那个专家讲话的样子太像她最讨厌的一个客户了，多一秒她都听不下去。

于是她在久违的大学校园里闲逛，混进学生食堂吃了饭，在球场外面看了一会儿年轻人打球，然后随便进了一座教学楼，一个个教室逛过去，没想到真歪打正着地治好了失眠。唯一后悔的是溜得太早，忘了问那位老师贵姓。

晚上她一回家就用电脑打开了学校的网站，搜了一下文学院的师资名录，没找着。她想给这位老师送一面锦旗，写上失眠患者必备之良药，但苦于没有恩人姓名。

下一周的同一天同一时间，孟以安又去了那天的教室。学生应该还是那批学生，她认出了上次跟那个老师讨论的不苟言笑的女生，老师却是一位花白头发的老先生。

孟以安没进教室，等到下课，她看到老先生走了，连忙叫住那个女生，

"同学，不好意思，我想问一下，上个星期教你们这门课的老师是谁啊？"

女生仍然板着一张严肃的脸："哦，你说的是邱夏师兄。他是我们教授带的博士，上周他代的课。"

等邱夏又来代课的那天，他远远地看见了在教室门外等着的孟以安。

"原来你不是老师，"孟以安说，"让我好找。"

"不是老师怎么了？"邱夏笑着说。

"正好，"孟以安也笑道，"我也不是学生。"

后来邱夏总是抱怨在孟以安面前毫无成就感。在学校他是明星讲师，开的选修课其他学院的学生都慕名而来，他的课从来没有人打瞌睡玩手机。而在孟以安这里，他的八斗之才唯一的功能就是用来助眠，比什么熏香啊、按摩仪啊、褪黑素啊都有效。

孟以安第一次带邱夏回家吃饭是在2013年春节。那年家宴全家都喜气洋洋，不仅因为工作狂孟以安破天荒带回了男友，还因为十七岁的陶姝娜以市理科状元的身份考上了名校，也就是邱夏任教的学校。老太太开心又激动，抹了好几回眼泪，拉着孟以安的手说，你爸要是在，得有多高兴。

"咱们以安哪，总算也找到一个体己人了，以前我一直怕她是不婚主义者。"孟菀青说。

"我现在也没打算婚呀，"孟以安说，"邱夏就是男朋友而已。"

"哎呀呀，行，你在咱家最说了算，妈都劝不动你。"孟菀青笑，"男朋友就男朋友呗，你俩都处好几年了吧？结婚还不是迟早的事儿。"

孟以安和邱夏对视了一眼，都笑笑没说话。

"咱们娜娜也念大学了，"孟明玮插嘴，"将来要是在学校里早恋，可得拜托邱老师帮我们看着点。"

"姐！"孟菀青埋怨地看了她一眼，"大学哪儿还算早了？咱们娜娜去了名校，条件优越的年轻人有的是，要是有了意中人，那还不得赶紧抓住机会？可不能像她小姨一样，拖到三十五六还不结婚。"

孟菀青一边说，一边颇有深意地看了自己女儿一眼。

"意中人有什么用。"陶姝娜哼了一声，"你当人家是意中人，人家当你是空气。"

"这孩子，情窦初开了吧，乱七八糟的懂得还挺多，骂谁呢。"孟菀青不以为意地笑道。

大家席间说笑畅聊，相谈甚欢，只有李衣锦默默吃饭。她第二次考研了，成绩还没出来，一家三口的心都悬着，年不可能过得好，加上她妈刚刚得知周到的存在，罪上加罪，已经十几天没给她好脸色了。看着大家热热闹闹，她实在是挤不出一个笑容来。

饭桌上没有人注意到她的感受，只有孟以安临走的时候戳了她手臂一下："你怎么回事？蔫头蔫脑。"

李衣锦囔着鼻子说："成绩还没出来。"

孟以安恍然大悟，同情地拍拍她肩膀："难怪就你们一家三口耷拉着苦瓜脸。"

"废话。"李衣锦说，"你们都是喜事临门，只有我在等着判刑。"

"好啦好啦，"孟以安拉着李衣锦躲远了一点，轻声说，"我也等着判刑呢。"

"你怎么了？"李衣锦下意识地问，"邱老师看起来那么文质彬彬，他不会打你吧？"

"胡说八道。"孟以安瞪了她一眼，"他打我干什么。"

"那你判什么刑？"

"我怀孕了。"孟以安说。

李衣锦差点叫出声，孟以安有先见之明地捂住了她的嘴。

"你怎么不跟姥姥说啊？"李衣锦支吾着问。

"我还没考虑好，所以先不告诉她。"孟以安说，"别给我说漏了。"

两个人躲在角落里说小话，被孟明玮远远地看到了，白了她们一眼："没个正形。"

## 2

"妈，那你说，当年我爸是你的意中人吗？"

现在陶姝娜回想起十七岁那年问的这个问题，只觉得无尽的讽刺。

陶姝娜的人生在外人看来是无比顺遂的，在她父母的问题困扰到她之前,她的小脑瓜除了被各种感兴趣的好玩的东西塞满之外,只有一个始终绕不过去的难题。

说是难题好像不太恰当,却又没有更恰当的形容。青春期的陶姝娜跟她妈倾诉过这个问题之后,她妈就笑着说:"原来你的意中人是这样。"

是意中人,也是难题。

这位难题名叫张小彦,是比陶姝娜高两届的高中学长。陶姝娜从高一时就开始崇拜他,但还没来得及说几次话他就毕业了。陶姝娜高三的时候放弃了保送资格,就为了跟他念同一所大学同一个专业。进了大学后,欣喜若狂的陶姝娜去跟他表白,他打开了陶姝娜送的礼物,是一个精致的火箭模型,她挑了好多天才选好的。张小彦脸上并没有出现陶姝娜所预期的惊喜,而是困惑地皱起了眉头,有些尴尬地说:"你这个玩具,是学龄前小孩玩的吗?"

陶姝娜一愣,连忙辩解:"不是啊,这上面写了,成人也可以玩,八岁以上。而且,我知道你喜欢火箭模型,特意给你找的,这个模型的原型是……"

"俄罗斯的东方号,我知道。"他说,"我小学的时候就已经有好几个了,现在早就不玩了。"

"……好吧,看来是我不够了解你。"陶姝娜倒没觉得丢脸,继续不死心地说,"我就是想说,我从高一就开始崇拜你了,一直到现在,我,我今天就是来跟你表白的。"

"你喜欢我?"他问。

陶姝娜点点头。

"我觉得,还是好好学习吧。"他说着,打开书包,拿出文件夹里夹着的一张写得密密麻麻的日程计划表,"我这个学期的日程排太满了,怕是抽不出时间来谈恋爱。"

陶姝娜愕然,看了看他的那张表,真的是排满的日程,从早上六点钟起床到夜里十二点入睡,从每天的各类项目时间分布到最后的一天总结,学业、社交、娱乐、休息,完美衔接,没有一秒钟浪费。

"要是没什么事的话,我先走了,我一会儿有实验课。"他真诚地把那个礼物递还给陶姝娜,"既然没有答应你的表白,我也不能收你的礼物,你自己留着玩吧。"

那是陶姝娜人生中遇到的第一个重要的挫折,也让她开始意识到,两情相悦原来不是一件那么容易的事。

而她一直以为两情相悦、多年如一的父母的恩爱婚姻,如今回想起来只觉得虚假而可笑。

"你说,是不是爱情没了婚姻还能照样继续啊?"陶姝娜摆出一副学术探讨的样子,认真地问李衣锦。

李衣锦脑子里正琢磨着周末的事,被陶姝娜一问,吓得一激灵。

"怎么突然问这个?"她心虚地看了一眼陶姝娜,"你是有爱情啊,还是有婚姻啊?"

"没有。"陶姝娜说。她倒没去想自己的事,张小彦在国外,再远她也够不着。"我今天看见邱老师了。"她说。

"啊?"李衣锦惊恐地抬起眼。

"就在他们系楼停车场附近。奇怪的是,有个女的在他的车旁边等他,还挺年轻挺好看的,俩人看着怪亲密。哎,他不会出轨了吧?那小姨怎么办啊?"

陶姝娜说完,就看到李衣锦脸色古怪。她问:"怎么了?"

"他也出轨了?"李衣锦愕然地问。

"也?"陶姝娜疑惑地反问。

李衣锦只好把她去孟以安公司时看到的说了。

"你还约他们三口人去看戏?"陶姝娜突然被勾起了好奇心,"哔嚯,这是什么修罗场,我也想看戏,你还有多余的票吗?"

"没有。"李衣锦说,"你什么态度啊?我都快纠结死了。这下可好,不会他俩双双出轨吧?这么狗血的事怎么被咱们家人摊上了?"

"会不会……"陶姝娜眼珠一转,"小姨观念那么开放,邱老师又风流倜傥的……"

"你想说什么?"李衣锦完全没懂陶姝娜的意思。

"他俩,open relationship(开放关系)啊!"陶姝娜说,"都什么时代了,只要两个人达成一致,也不碍着别人。现代人对婚姻各取所需,你情我愿,不是很正常吗。"

"你说得轻松,"李衣锦说,"那你那个男神呢?让你把他忘了找别人,你愿意吗?"

"当然不愿意。"陶姝娜立刻转移话题,"你到底有没有多余的票啊?"

"没有。卖光了。"

"你们那种剧院票也能卖光?还真有人带孩子去看木偶戏啊?"陶姝娜忍不住吐槽。

"不是木偶戏哦,是英国著名儿童剧团的巡演,衣服都穿得很漂亮的,歌也唱得很好听哦!"李衣锦指着宣传海报上的剧照,摆出官方的笑容,向一脸蒙的球球解释。

"你过年都没见到姐姐,今天姐姐请你看戏,不开心吗?"孟以安拍了拍球球脑袋,转身看见了走过来的陶姝娜。

"你怎么也来了?"孟以安奇道。

"……我啊,那个,晚饭一起吃啊?"陶姝娜顺口胡说,"上次吃饭不是邱老师没来嘛。"

"我就不了,一会儿看完戏我先走,你们一起吃晚饭吧。"邱夏笑着说,"学校有点事。"

"哦。"陶姝娜话里有话,"周末邱老师学校也有事啊?我们系老师一到周末连实验室都不来,中文系那么忙?也有实验要做?"

李衣锦把陶姝娜拉到一边。

"你来干什么,又没有票。"李衣锦瞪她一眼,"别乱讲话。"

"我没乱讲话,"陶姝娜说,"他俩要真是那种关系,我还要说一声佩服呢。"

一家人检了票进场,李衣锦和陶姝娜买了咖啡在露台边的落地窗前坐下。平日里没有观众时,这里也是他们约了人谈事情或者仅仅留作工作空余发呆的地方。

"你们这里环境还不错。"陶姝娜说。

"就是小孩太吵了,别的都好说。"李衣锦说。好在剧院虽然是服务小孩的,她打交道的还是大人。

"看球球的样子,也和以前一样活蹦乱跳的,一家人关系很好啊。"陶姝娜若有所思,"姥姥寿辰那天你没在,我看他们不像是感情破裂的样子。"

"感情破不破裂,在孩子面前尽到父母之责也是底线吧。"李衣锦说。

陶姝娜愣了愣。"是吧,"她说,"所以那么多父母瞒着孩子,其实感情早就破裂几十年了。"

"他俩不是球球出生那年结的婚吗?"李衣锦说,"什么几十年?"

陶姝娜摇摇头,没有再接话。

李衣锦倒也没介意她走神,自顾自地琢磨着:"我还是不相信,他俩明明那么好。"

邱夏的手机在观看演出的时候一直振动,他没有伸手去拿,孟以安也当没听见。球球倒是意外地安静,全神贯注地一直盯着舞台。李衣锦说的没错,还真是一个挺有名的儿童剧团,这出歌舞剧也很经典,小演员、大演员们唱跳俱佳,演出卖力,阵阵叫好,喝彩声不断,不仅台下的小孩们看得开心,父母们也看得津津有味,并没有想象中那么无聊。散场的时候,球球拉着孟以安的袖子:"妈妈,我下次还要来。"

"下次就不是他们跳啦,唱的歌也不一样。不过你想来的话,下次咱们就来看别的,好不好?"孟以安说。

球球点点头。

"我特意来就是要跟你们三口人一起吃饭的,"陶姝娜还想坚持,"邱老师这么不给面子啊。"

"娜娜,你什么时候开始管你小姨夫叫邱老师的?"孟以安不解地打断,"他爱忙什么忙什么去,咱们姐几个吃饭。"

球球抬着头看他们几个打太极,突然冒出一句:"爸爸要去找肖瑶阿姨。"

几个人一下子都噤声了,李衣锦和陶姝娜你看我我看你,谁也不知道怎么圆这个场。

邱夏反倒淡定地点了点头。"我真有事。"他说,"下次我请你们,好不好?今天我就先走啦。"

"这叫什么事啊。"在饭桌上,李衣锦低声说。

"算了,正好邱老师不在,有什么话咱们也可以直接说。"陶姝娜说。

"球球还在呢。"李衣锦说。

"球球都管人家叫那什么阿姨了!"陶姝娜说,"你以为大人感情出问题,小孩真的什么也不知道?她又不是傻子!"

说完,她顿时觉得无意中自己把自己骂了,忍不住沮丧地叹了一口气。

"我还是觉得不好。"李衣锦说。

"你俩说什么悄悄话?"孟以安在对面冷不丁地问。

陶姝娜眼珠一转。"球球,"她拿出自己的手机,"还没上菜呢,姐姐给你放个动画片看吧?"

说着,她掏出了自己的耳机。

"我不爱戴耳机。"球球说。

陶姝娜不由分说地给她塞上。

孟以安看着她俩欲盖弥彰、毫无默契地摆弄球球,隐约猜到了她俩接下来要说的话题。

"那个,我就不兜圈子了啊。首先表明立场,不管你做什么决定我都支持。其次,"陶姝娜露出掩饰不住的八卦表情,"采访你一下呗,什么感想?你可是我身边熟人里第一个尝试开放式婚姻关系的,我迫不及待地想知道你的心路历程。"

"开放?"孟以安愣了两秒钟,哈哈大笑,"你俩想什么呢?"

"不是啊?"陶姝娜的眼神瞬间黯淡下去,"行吧,你俩婚姻破裂了也别双双出轨啊,这道德污点,你俩在我心里的形象再也不高大了。"

"谁出轨了?"孟以安瞪了她俩一眼,"我跟邱夏早就离婚了。"

"早就?"李衣锦也忍不住大惊,"多早?"

"2017年。"孟以安说。

"那时候就离婚了?!"李衣锦瞪大眼睛,"那年春节回家,姥姥还问你们要不要二胎呢?!那时候就离了?"

"二胎暂时是没有了,将来有没有同母异父的就不知道了。"孟以安云淡风轻地说。

正好服务员陆续来上菜,陶姝娜和李衣锦闭了嘴,半天没说话。等菜上齐了,俩人终于异口同声地问:"为什么啊?!"

"还双双出轨。"孟以安说,"狗血剧看多了?我犯得着吗。"

"那离婚你犯得着吗?"李衣锦说,"不是说离婚不行,但那可是邱老师啊!"

"就说呢,"陶姝娜也说,"那可是邱老师啊!你结婚的时候怎么说的?你不记得,我们可记得!怎么没几年就打脸呢?"

孟以安结婚的时候,是李衣锦和陶姝娜给她当的伴娘。她懒得操持婚礼,全都是孟明玮和孟菀青帮着筹备的,光娘家摆酒就准备了不下一百个人的酒席,都是孟家这边的亲朋好友,孟以安表示过反对。老太太说,这婚礼不只是为你俩办的,你爸在天上看着呢,孟以安就不作声了。

春节夫家里吃饭的时候,她怀孕的事不仅没告诉家里人,也还没告诉邱夏。回来后她照常出差,和邱夏在一起之后,她讲了互联网公司做运营,几年时间熬到总监,不变的是仍然没有工作日和休假之分,满世界飞得脚不点地。即使如此,三十五岁以上的互联网公司女员工,在职场上也宛如半截身子入土了,都要开始考虑自己下半辈子的打算。第一次去医院检查之后,孟以安盯着片子上那个模模糊糊看不出形状的东西,终于下定了决心要留下它。

她私下里跟邱夏说:"别人老说,爸妈对孩子有多无私,其实爸妈是最自私的,养儿不过是为了自己活着有个盼头。我以前总说自己不愿意要孩子,现在变了,不过也是因为自己想多个念想儿。这样一看,我根本就没有自己想象得那么无私。"

"人之常情,谁能比谁无私到哪里去?"邱夏安慰她,"不管你是为了什么想要这个孩子,我都接受。咱俩把钱倒一倒,明年换个大点的房子吧。下学期,我少开一门课,能再多点时间。"

证是领了,但被家里叮着准备了婚礼之后,孟以安又退缩了。"这不是我的风格,"她跟孟明玮抱怨,"何必呢?都是我俩不认识的人,就是为了让咱妈收一顿红包,大家吃一顿喜酒而已,谁是新娘新郎有什么区别?我雇个替身去他们都发现不了,有什么意义?"

婚礼那天,她挺着七个月的肚子艰难穿进改了三次的婚纱里,坐下来喘着粗气。李衣锦和陶姝娜跑进来,扯着她的裙子左看右看:"我都没怎么见过你穿裙子,小姨,"陶姝娜说,"等你生完孩子以后,你也应该多穿穿,挺好看的。"

"怎么样,当新娘什么感受?"李衣锦问。

"饿。"孟以安翻了个白眼。为了穿进婚纱,她早上没吃饭,"我觉得我再饿下去,肚里这个都要奋起反抗了。"

李衣锦从口袋里拿出一块糖,"你自己的喜糖。吃吗?"

"不吃。"孟以安推开,"难吃死了。我想吃油焖大虾。"

"等仪式结束才能吃啊,你现在怎么吃?妆会花的,裙子也不能弄脏。"李衣锦说。

孟以安沮丧地瘫在裙子里,摸了摸肚子,感觉宝宝动了一下。她叹了口气:"朋友,你等会儿啊,我也饿,我想想办法。"

孟菀青风风火火地进来,看到陶姝娜和李衣锦在这儿偷懒,一手一个把她俩拎了出去。

房间里静了下来,孟以安四仰八叉地望着天花板出神。想当初她和邱夏刚在一起的时候,两个人约定只恋爱不结婚,虽然周围很多朋友无法理解,但的的确确度过了特别愉快的几年。不存在婚姻绑架的恋爱才是生活的助力而非阻力,那段时间即使工作再忙,压力再大,每次出差回来也有人接,加班回来有热腾腾的宵夜,邱夏寒暑假有空的时候还可以陪她飞国外,忙碌却丝毫不觉得辛苦。她一度觉得这样过下去,再过五年、十年,直到退休都可以。

邱夏嘴上承诺得容易,会陪她共进退,谁知道以后会怎么样呢?他原本就比她年纪小好几岁,自己还像个长不大的孩子,真的能跟她一起来打突然变成困难模式的这一关吗?

肚里突如其来的一脚把她拉回了现实。"你啊你,"她无奈地叹口气,"等见了面,咱俩得好好讲讲规矩了。"

婚礼仪式开始的时候,李衣锦和陶姝娜作为伴娘先站在了台侧。新郎先出场,司仪宣布了之后,全场等了好久,没人出来。

陶姝娜忍不住吐槽:"邱老师不会逃婚了吧?"

# 3

"我小时候爱闹,只有我妈给我讲故事的时候才能安静下来。我妈是在海边的一个小渔村长大的，我们姐妹三个，最喜欢听她讲海边的故事，讲虾兵蟹将龙王爷，讲鲛人泣珠，讲打鱼郎和水鬼，特别有趣。在城市里生活久了，偶尔能来海边静一静心，即使什么都不做，也觉得小时候的那些快乐又回来了。"

"这么看来，你还是有文学底蕴的嘛，怎么我一给你讲故事，你就睡过去了呢？太不公平了。"

"那是你讲得不好。"

"哼。"

孟以安靠在邱夏肩膀上，婚纱外面披着他戴着新郎胸花的西装外套，海边的风有些急，也有些冷，衣襟总被吹开，她顺手摘下邱夏的领带，当作腰带系在衣服外面，护住肚子。

刚才邱夏撞进房间的时候，孟以安吓了一大跳。

"你怎么样？没不舒服吧？"邱夏问。

"舒服才怪，我又饿，裙子又勒，闷得透不过气来，这崽子还老踢我。"孟以安咬牙切齿。

邱夏盯着她，孟以安不知道他心里在打什么鬼主意。

"你现在最想干什么？"他突然没头没脑地问，"如果没有婚礼，你最想干什么？"

"我想去海边吹风，然后吃油焖大虾。"孟以安说。

孟明玮和孟菀青没找到新郎，来新娘房间一看，也人去屋空。

陶姝娜和李衣锦也跟进来，几个人你看我我看你。"我天，"陶姝娜说，"我还以为邱老帅逃婚，这怎么回事，他俩一起逃婚了？这算私奔吧？"

"私你个头，"孟菀青看看孟明玮，"怎么办哪？妈还在席上坐着呢，大家都等着呢！"

后来孟菀青接通了孟以安的电话，她把司仪的话筒拿过来，把手机凑过去。

"大家吃好喝好啊，这婚就算结了！我俩祝大家幸福！没毛病！"孟以安在那头说。

倒也真是没什么毛病，亲朋好友吃得开心，红包也悉数收进了老太太的荷包。孟明玮和孟菀青怕老太太生气，一直提心吊胆地陪在身边，但老太太红光满面胃口大开,还喝了好几杯亲朋好友敬的酒。

"这孩子是在跟我较劲呢。"老太太咂咂吧嘴,"谁让她从小就有主意,知道她怎么闹她爸都不会生气,随她去吧。"

餐厅里,孟以安心满意足地剥着虾,面前已经摆了一堆虾壳,她对邱夏说:"有机会,将来咱们带小孩去我妈长大的地方看看。可有意思了。"

后来李衣锦和陶姝娜问她,她只说:"正因为他陪我逃了婚,我才值得跟他结这个婚。"

"这也太浪漫了吧!"陶姝娜心驰神往,"你俩真的是灵魂伴侣,就像那些电影里演的一样,心有灵犀、浪迹天涯的那种,太美好了。"

如今,她只能仰天长嗟。"完了,我再也不相信爱情了。"陶姝娜露出痛苦的表情,"你跟邱老师都离婚了,这个世界上还有什么感情能永垂不朽?"

"你刚才不还说小姨做什么你都支持吗?"李衣锦吐槽。

"支持是支持,不影响我为爱情的破灭而感到悲伤。"陶姝娜说。

"你悲伤什么,"孟以安说,"你不是有爱情吗。"

"我那是夭折的表白。"陶姝娜说。

"所以,你们真的没可能了?但是球球还需要爸爸妈妈啊。"李衣锦说。

"爸爸妈妈又没变,只是分开陪她,她也挺适应的。"孟以安说。

"所以,你真的有新男友了?"陶姝娜问。

"嗯。"

"邱老师真的有新女友了?"

"嗯。"

陶姝娜和李衣锦对视一眼,异口同声地叹了一口气。

吃完饭回家的路上,两个人还在消化这个巨大的八卦。

"你说,姥姥要是知道了,会怎么样啊?"陶姝娜若有所思地说。

"谁知道呢,当年他俩在婚礼上跑掉,咱们不也以为姥姥会生气吗?"李衣锦一边接话,一边漫不经心地低头滑着手机。

从搬家那天到现在,她虽然把周到从黑名单里放了出来,但是一个字也再没跟他说。平日里他俩的朋友圈全是工作,每天都有好多条动态。她点进了周到的朋友圈，突然意识到不对劲。周到在一家小型创业公司工作，基本上一个人当好几个人使，恨不得一天发二十条朋友圈，但从过年回来到现在，他一条朋友圈都没发过。以前发的还在，不是把她屏蔽了。李衣锦觉得奇怪，没忍住点开了她加过的一个周到同事的头像，还没开口问，她就看到他同事最新的一条朋友圈。

"公司倒闭，几年的努力一场空，打包滚蛋。"

她心里顿时忽悠一下。周到这个闷葫芦，什么都不跟她讲，还说年后回来要加班。公司都没了，加的哪门子班？

"你先回去吧，"李衣锦跟陶姝娜说，然后走到路边拿手机打车，"我有点事。"

门锁密码没换，李衣锦开了门，客厅没开灯，虚掩的卧室门透出光来。她走过去推开门，看见周到窝在电脑前戴着耳机打着游戏，桌上乱糟糟的，堆着泡面盒子和啤酒罐。

她心里顿时像被点着了火，不是那种噼里啪啦瞬间烧得什么都不剩的熊熊烈焰，而是温暾又焦灼的火苗，一点点地把她仅存的理智和冷静毕毕剥剥地烧成枯萎的灰烬。

"今天不加班啊。"她竭力控制着自己的语气说。

周到惊得猛一回头，被突然出现的她吓了一大跳，慌忙摘掉耳机。"啊……不加班。"他心虚地说。

目睹过孟以安和邱夏的"神仙爱情"，李衣锦也曾反思自己和周到的关系。不得不承认的是，他们从未有过对对方的疯狂痴迷和爱慕，在最黏腻的热恋期也像是一对度过了七年之痒而相敬如宾的老夫老妻。他们都不是会为爱情而不顾一切的人，也都不曾指望能够遇到两情相悦的意中人，之所以多年来仍在一起，仅仅因为他们是彼此能够找到的最优解而已。即使是最优解，也包含了无数清晰而无法容忍的缺点，这使他们总能一边嫌弃对方一边想到同样值得嫌弃的自己，因而丧失了督促对方变成更好的人的欲望。

"你还挺仗义的。"李衣锦说，"我当年失业了受不了跟你提分手，你特别慷慨地说你养我，那几年我老换工作，房租都是你交的。现在你失业了，我还搬走了，你自己付房租吗？真是高风亮节啊。"

"你是怎么知道的?"周到问。

"你别管我怎么知道的。"李衣锦说,"周到,你不是刚毕业的大学生了,你三十来岁了,公司破产我理解,没了工作我也理解,你应对的方式就是在家打游戏吗?"

周到没吭声。

"我以前以为,就算两个人都很失败,但总能互相拉扯着,把日子过得稍微好一点。怎么咱俩就过成了今天这样呢?"李衣锦心里一酸,眼泪忍不住掉了下来。

"你别哭了。"周到有些无措,想帮她擦眼泪,但还是收回了手,"我在投简历,通过朋友找了两个内推的职位,下周面试……我不是有意要瞒着你。只是过年那段时间,实在不想影响你心情。"

"你影响的还少吗?"李衣锦说,"周到,到今天我真的想问问自己,跟你在一起这些年,是不是一个错误。"

周到沉默了许久,开口道:"可能两个本来就没有那么喜欢的人在一起,就是错误吧。"

这句残酷的话从他嘴里说出来,虽讽刺却真实,让她无言反驳。

回到和陶姝娜合租的住处,李衣锦刚关上门,陶姝娜就飞一般地从卧室里冲出来,兴高采烈地冲她大叫:"我今天太开心了!"

李衣锦冷着脸被她晃来晃去,"什么好事?"

"我男神回国了!我男神!我的意中人!我的人间理想!我们家张小彦学长回国了!啊!春天到了!为我祝福吧!"陶姝娜眉飞色舞地大喊,"不行,我要再开一瓶酒,一杯敬我的爱情,一杯敬我们的未来!"

第五章

单 挑

# 1

第二天一大早,李衣锦还没上班,陶姝娜就出门了,不用想也知道是去会她归国的男神,李衣锦也没心思好奇。

她正在收拾东西,手机响了,她妈弹出来一个视频通话。她点了转语音,接通。

"没上班呢吧?"

"你真跟娜娜住一起了?"

说好的不告密呢?李衣锦在心里狠狠念叨陶姝娜。

"彻底分了?"

"那就好。刘阿姨记得吗?她外甥也在北京工作,我把他微信给你,有空你们联系一下。"

她没想到她妈这么着急,可能是看她分分合合了几次,盼着这次彻底翻篇,别再跟周到藕断丝连吧。她叹了口气,觉得喉咙里像是堵着一团棉花,想咳咳不出来,想咽咽不下去。

"我都打过招呼了,你懂点事,先联系人家。一天天的跟个闷葫芦一样,这么些年工作也没见你为人处世有什么长进,全都要靠我安排……"她妈在那边继续絮叨。

"妈,就算我跟周到分了,我就不能自己过一阵吗?"她说,"你非要给我安排一个无缝接档的吗?"

"这是什么话?"她妈说,"你一个人怎么过日子?等以后我和你爸不在了,你孤苦终老一辈子吗?你想什么呢?"

"……"

一个人为什么不能过日子?不管是父母还是伴侣,人生面对的问题不都得一个人承受吗?李衣锦在心里想,但她还是没有说出口。

孟以安和邱夏那样的神仙眷侣都分开了,到底需要怎样强大的感情才能让两个人心甘情愿绑在一起那么多年?她又要有多妄自尊大才能幻想自己这辈子也可能拥有那样的感情呢?

午休的时候,她盯着赵媛留下的多肉发呆,一只手突然伸过来,戳了戳多肉的叶片。

"崔总。"李衣锦说。崔保辉是她们部门的小领导,平日里对她和赵媛这种年纪不小、上进心不高的老员工也算宽容,但除了工作上的事情也没什么交集。

"赵媛这回是动真格的了?"他看似漫不经心地问,"离开北京不回来了?"

"应该是吧。"李衣锦看了他一眼,"崔总什么时候这么关心赵媛了?"

"怎么说也兢兢业业工作了好几年,这一下走了,我心里还空落落的。"崔保辉若有所思地说,"你不会哪天也突然走了吧?"

李衣锦没吭声,上司突如其来的关心让她惶恐。

"那天那是你亲戚呀?"崔保辉闲聊道。

"哦,我小姨。"李衣锦回答。

"我还以为是表姐什么的,挺年轻的,又有气质。是个女强人吧?"崔保辉啧啧两声。

"嗯。"李衣锦点头。

小时候她跟着孟以安出去玩,她们相差十来岁,长得又有几分像,别人就经常认为是姐妹。李衣锦心里很开心,虽然大家都觉得二姨更漂亮,但她就是天生跟小姨亲近,即使她妈总说小姨胡作非为把她带坏了。

她做梦都想成为孟以安那样的人,强大又洒脱,拿得起放得下,做什么事好像都很顺风顺水。长大以后,人家的优点自己也没学来,再也没有人说她和孟以安长得像了。相反,偶尔在照镜子的时候,她发现自己长得越来越像她妈,眼角上扬的细纹的弧度,面无表情时耷拉的嘴角,甚至在和周到闹矛盾互相冷战的时候,她都会想起她妈平日里看着她爸的眼神,没有愤怒也没有喜悦,只剩下下意识流露出的麻木和漠然。

"这个条件真好啊。"孟菀青看着孟明玮微信里点开的照片,"长得也帅,工作也好。"

"是吧,"孟明玮说,"就看李衣锦能不能抓住这次机会了。她越大越不听我话,一天天不知道想什么,拖泥带水不干正事。"

"你啊,也别太揪着她不放,给孩子逼急了怎么办?归根到底,还是孩子喜欢才最重要。"孟菀青说。

孟菀青最近觉得闺女不太对劲,平日里什么都跟她说的陶姝娜,这段时间像开了免打扰模式,也不跟她八卦,她发微信开玩笑也不怎么接茬儿。她问,陶姝娜就说刚开学忙,但以前忙的时候跟自己亲妈还是有话说的,不知道最近怎么了,直到昨晚陶姝娜给她发了个微信,说是张小彦回国了,她才觉得情有可原。

陶姝娜一大早就去了学校。博士生有自己的小办公室,和系里导师们的办公室楼上楼下的相临。她上楼的时候看到一个莫名熟悉的身影,立刻警觉,迅速躬身跑过楼梯,从另一边的安全通道上了楼,这才直起腰,松了口气。

远远听见一个声音在楼道里问:"同学,你看见陶姝娜没有?我刚才还看见她,怎么人一下子又溜了?不愧是古墓派传人,来无影去无踪……"

说话的男生叫廖哲,是她本科同班同学,衣食无忧的富二代,虽然差点因为挂科太多没毕业,却还是靠着名校光环和家族资本混得风生水起。全班同学都知道陶姝娜喜欢张小彦,他追陶姝娜碰过壁,便把陶姝娜认定是心里的红玫瑰、白月光,总觉得还有机会一样。张小彦回国,他鼻子倒是灵,立马回学校来跟进陶姝娜的最新动态,陶姝娜唯恐避之不及,忙不迭地逃开。

陶姝娜和她大学同班的男同学们一开始关系并不好。大一入学时,她看了一眼名单,三十个学生,就她一个女生,虽然理科生出身,她也知道他们专业大致的男女比例,但还是没想到这么惨烈。

第一次班会大家就撺掇她第一个站起来自我介绍。陶姝娜也没推辞,说了自己名字就坐下了,不过热情的男同学们并不太希望她坐下,都七嘴八舌地让她多说几句。

"就你这么一个女生,多讲点呗,让大家伙儿精神精神,一会儿都困了,这班会还怎么开。"

"就是啊,在咱们专业女生可是宝物,你这就是女神掉男人堆里了。"

"放心,肯定把你保护好了,肥水不流外人田。"

"肯定肯定。不过,咱二十九个人就一个女的,这可怎么分啊?"

"哈哈哈哈哈!"

"……"

陶姝娜觉得自己透支了所有的涵养,才忍住在第一次认识这些即将一同度过大学四年的同学时破口大骂的冲动。她妈告诉她平时要文雅一点、理智一点,出门在外求学不要惹是生非,遇事不要冲动,要用她聪明的小脑袋瓜解决问题。

对此她的新室友们持有不同意见。一个不当回事,"他们一帮没谈过恋爱的宅男,也就过过嘴瘾,你不用理就是了。"另一个酸溜溜,"你就幸福去吧,全班男生都让着你,独宠你一个,男朋友随便挑,扔文科专业做梦都没有这福利。"还有一个脾气比较暴躁,"说的都是什么话?怎么分?分他大爷的,把他们剥了皮剁了扔女生堆里看看有没有人要分?给狗吃狗都不要!"

陶姝娜觉得这都不是她该有的态度。在下一次班会,辅导员为了鼓励男生不迟到不缺席要求陶姝娜站起来唱首歌跳个舞的时候,她笑眯眯地站了起来,大大方方地说:"我跳舞可好看了,但是今天不行。我有个条件。"

打哈欠玩手机的同学们一下都精神了,抬起头齐刷刷看向她。

"想看我跳舞的,这一学年学分绩点得超过我才行。"陶姝娜说。

同学们愣了一秒钟,继而哄堂大笑。

陶姝娜其实并不太在意她的同学们,她只在意张小彦。张小彦拒绝了她之后,她反倒对他更感兴趣了,因为觉得他不为感情所困,是个特别有头脑、有上进心的人,不会被任何细枝末节影响自己对目标的努力。她加入了航天俱乐部,还以学生代表的身份参加了与美国常青藤盟校联合举办的航模协会展览。虽然她和张小彦的关系并没有因此更进一步,但她还是乐在其中。直到转年下个学期,她听说张小彦有女朋友了。

"你不是没有时间谈恋爱吗?"陶姝娜愤愤不平地在教室外堵住他,问。

"哦,陶姝娜同学!你上次在航模展上的发言我看到视频了,真不错……"

"你别打岔。"陶姝娜说,"我上次跟你表白,你说你没有时间谈恋爱。"

"……"

"但是你有女朋友了。"陶姝娜问。

"是。"他诚实地答。

陶姝娜失望地瘪了瘪嘴,"咱们院的?"

"不是,管理学院的,比我高两届。她今年去美国读 MBA。"

"……"

"那,你跟她就有时间谈恋爱?"陶姝娜忍不住问。

张小彦愣了一会儿。"也不算有时间。"他说,"你看,她马上要去美国了,隔着时差,我们俩都很忙。"

"那你为什么选择跟她在一起?"

张小彦没有回答。

## 2

孟以安给李衣锦的建议,和她妈正相反。"你最好还是自己冷静一段时间。相亲如果倒霉,遇到些奇葩更窝火。等你考虑好了,不管是复合还是彻底翻篇重新开始,我都支持你。"孟以安说,"别草率决定。多一点个人独处时间,脑子就会拎清楚很多,不会犯傻。"

"不管我做什么,在我妈眼里都是犯傻。"李衣锦无奈地说,"我听她安排,她就嫌我傻,不能扛事。我不听她安排了,又嫌我翅膀硬了不把她放在眼里,怎么都是错。她就不盼着我好,希望我像她一样,二十年靠妈,二十年靠老公,二十年靠孩子,然后啰里啰唆招人厌烦地终老。"

"别这么说你妈。"孟以安笑,"她怎么会不盼着你好?你们只是在哪种好才是真的好这个问题上有代际观念差异而已。你还年轻,以后你就知道,靠妈靠老公靠孩子,都是靠不住的。靠自己虽然更难,但却是唯一的办法。"

"可你就不难。"李衣锦说,"你做每一件事情那么厉害,读书、工作、创业、婚姻……哦,婚姻就差点。"

"喂,"孟以安说,"离了婚就不厉害了吗?不要有偏见。"

"……好吧。"李衣锦说。

做每一件事情都那么厉害？孟以安虽然不认为自己担不起李衣锦的崇拜和羡慕，但也只有她自己知道，每一件事情背后是无数个不眠不休的日夜和耗尽的脑细胞，以及再不眠不休和再多脑细胞也不能解决的一百万件其他事情。

就像她原本自信满满地以为生个孩子完全不会影响自己的人生轨迹，但还是被接踵而来的现实困难逼得节节败退、毫无胜算。

预产期那天她还在公司和同事们准备着跟某教育品牌合作的一个活动，正一条条地确认流程，突然手机上日程提醒弹出来，预产期三个字突兀地撞进眼里。她吓了一跳，不由自主地摸了摸肚子。"你能不能稍等一下？"她在心里悄悄念叨，"今天要是不想跟你妈见面，明天也行，让我把今天的活动跟完。"

年轻的女实习生把她的保温杯递过来，"姐，要喝热水吗？"

她接过，道了谢。

"姐，你的宝宝什么时候生呀？"女孩善意地问。

"今天。"孟以安说。

"啊？！"女孩大惊失色，"你怎么没告诉我们是今天？我以为还有一两个星期呢！那你这周不应该来公司啊！"

"来都来了。"孟以安不在意地喝了一口水，把杯子放下，继续看流程。"这个郭晓文还是很厉害啊，一个做童书出身的，2012年转型就能拿到天使轮融资，去年A+轮融资，教育行业这么热门的吗？当妈的真是不差钱啊，恨不得从娘胎里就开始早教了，真能教出神童来？"

女孩忍俊不禁，"姐，你不也是即将当妈的人了吗？"

"也是。"孟以安说，"要是有一天我不想干了，我就回家教神童去。"

说话间，另一个男同事进来，"以安，怎么样？身体还行不？"

"行，怎么不行？"孟以安说，"你们一个个的都把我当伤残？"

"那可不能怠慢了。"他说，"生孩子可是你们女人这辈子的头等大事，哪儿能像你这样马上要生了还在这儿拼命工作的，赶紧回去吧，这边没你的事了。你老公也太纵容你了，万一孩子出事怎么办？"

"我怎么生我愿意。"孟以安说，"他管不了我。"

"王总是关心你呢。"一旁的女孩笑着说,"他太太去年生的龙凤胎,早早就辞职回家养胎了,两个小孩都长得特别好呢!姐,你应该听王总的话,打电话叫姐夫接你回去吧。"

孟以安觉得,自己的孩子,怎么说也跟自己有心灵感应,不会给亲妈找不痛快,结果就在大家严阵以待等着线下活动和线上直播同时开始的时候,她觉出不太对劲,低头一看,身下椅垫已经湿了一大片。

身边同事盯着屏幕和电脑,没人注意她。她小心地起身,随手拿了外套盖在椅子上,托着腰慢慢走出会议室,提了自己的包和电脑,用手机叫了个车,然后给女实习生发了个微信,让她忙完记得叫保洁清理椅子。

在去医院的路上她给邱夏打了个电话,邱夏吓得课上到一半就从学校跑了出来,开车连忙往医院赶。到了之后,看到她已经自己办好手续靠在病房床上,一边吃东西一边继续盯着电脑里的直播活动了。

"这个益智 App 反响真的很好啊,"看到邱夏惊慌失措地冲进来,她用手指头点点屏幕给他看,"我们这次活动应该挺成功。将来要是有后续合作,看能不能想点新办法。"

"祖宗啊,您先想想您肚里这个小祖宗行不?"邱夏脚都快吓软了,"我今天就不应该答应你去公司!不是,你就不应该跟这个项目!"

"为什么不应该?"孟以安说,"我很有收获啊!我在想,将来我要是真不想干了,要不去做教育?你看你也是做教育的。不过儿童教育又跟大学教育是完全不同的体系了,学前教育更特殊……"

"行了行了,"邱夏上来就把她电脑屏幕扣上,"做教育你也得先把孩子弄出来再教育啊!"

痛感暂时阻断了孟以安的头脑风暴。

第二天顺利生下球球后,她打开手机看群里昨天活动的复盘,却发现大家都在排着队祝贺王总,说这次他劳苦功高,运筹帷幄、指挥有方,明年升职了勿相忘。

孟以安心态顿时就崩了,但无奈身体缓不过来,提着半口气浑身骨头都疼,一哆嗦把手机掉在地上,只能倚着床头哼哼。邱夏进来,问她要什么,她的眼泪啪嗒啪嗒往下掉。

"怎么了怎么了?"邱夏连忙抱住哄,"这一天一夜都熬过来了,特别厉害,不哭不哭,啊!想宝宝了是不是?马上就给你抱来。"

她摇摇头,好不容易捋顺了气,艰难开口道:"……等老娘杀回去,不弄死他算我输。"

邱夏吓一跳,"弄死谁啊?"

一直以来,孟以安的顺风顺水有目共睹,她也从来没有怀疑过生活对她的宽待。生了孩子之后,她才渐渐承认,事业的鲜花和掌声、亲友的爱护和支持、伴侣的理解和共情,这些固然珍贵,但人生本就是一条越走越狭窄的小径,到最后削尖了脑袋拼命活下来的,只有自己一个人,没人能告诉她那一百万件其他事情要怎么做,十月怀胎艰难分娩的时候没人能替她疼,更不可能有人手把手地教她为人母的职责。

孟以安出生那年她妈已经三十七岁了,那几年家里厂子刚起步,爸妈根本顾不上她,她算是两个姐姐带大的。孟明玮大她十四岁,能像妈一样照顾她;孟菀青大她四岁,正好能陪她玩闹。即使是家里最难的时候,她也几乎没有尝到过忧愁的滋味,从不知道父母和两个姐姐经历和承担了多少。父亲早逝,母亲已老,姐姐们囿于时代和阅历的局限,不能在人生选择上陪伴和开导她,她只有靠自己。庆幸的是,家庭赋予了她独立的人格和强大而坚定的心态,让她对人生持续怀有信心和期望。

球球满月那天,只有陶姝娜和李衣锦去了,同事们问孟以安为什么不办满月席。她说,办了满月席还有白天席周岁席二三四五六七岁席,她可办不过来,他们准备红包也肉疼,索性算了。

陶姝娜对小婴儿很好奇,在摇床旁边戳小脸、捏小脚,还试图让球球品尝巧克力、冰激凌,被孟以安制止了。

"省省吧你。"孟以安说。她看了一眼坐得远远地吃冰激凌的李衣锦。李衣锦不太想接近这个叽叽歪歪的小东西,只是来送红包和蹭饭的。

"我这段时间忙活小家伙,都没顾得上问你,"孟以安问陶姝娜,"你前阵子不是跟我吐槽过你们大学同学吗?后来怎么样了?"

"啊,"陶姝娜漫不经心地说,"你说那事儿啊。"

"不然呢?"孟以安说,"你上次跟我说,我就觉得不能姑息,本来一个班就你一个女生,你性格又直。还好你妈心大,这要是李衣锦她妈,立刻御驾亲征把你们学校掀了。"

远处，李衣锦敏锐捕捉到关键词，"我妈干什么了？"

"没事没事，没说你妈，别害怕。"孟以安连忙说。

"那事儿解决了啊。"陶姝娜说，"如我所愿。"

第一学年，陶姝娜不仅学分绩点是他们班第一名，得了院里的奖学金，还得了学校的新生奖学金。期末放假前最后一次班会，辅导员表扬祝贺完得了奖学金的同学们之后，正要宣布散会，陶姝娜不紧不慢地站了起来，说："各位，还有个节目呢。"

大家抬起头看着她。

"上次辅导员老师和同学们盛情邀请我表演节目，我不懂事，驳了大家面子，今天补上。"陶姝娜说，"虽然我之前说，想看我跳舞得学分绩点超过我才行，但我后来想了想，这样太难为各位了，给各位赔个不是。"

陶姝娜起身走到讲台前，给大家鞠了一躬，然后站到教室门口，活动活动脖子和手脚关节。

"大家平日里团结友爱，争相保护我这个全班唯一的女生，让我感激不尽。今天，到了我回报大家的时候了。"

# 3

大学四年，陶姝娜成了他们班的镇班之宝，不是男同学口中"掉进男人堆里"的那种宝，而是贴在门上比钟馗还能辟邪除灾、镇妖降魔的宝。那天的事情后来被大家口耳相传，发酵出好多个版本。有人说她单挑全班男生一次都没落下风，导致二十九个人里十个手腕脱臼、两个肌肉拉伤，剩下的被猴子偷桃。还有人说她一女当关万夫莫开，打得没人出得了那个教室门，造成全班的人都有了心理阴影，大学四年再也不在那个教室开班会。如今她都读博士了，偶尔还从学弟学妹那里听到自己的传说，并因此被邀请为学校跆拳道爱好者协会的荣誉会员。从那以后她也多了许多称号，什么海淀周芷若、陶春丽、古墓派第八十几代传人等等。陶姝娜既不辟谣，也不澄清，当有好奇的同学偷偷来问她到底是跆拳道几带几段，她就云淡风轻地说，虚名无用，打架的时候不吃亏才重要。

"暴力不是解决问题的最终手段。"那天临走的时候陶姝娜说,"我只是提醒你们看见问题而已。下一次当你们物化、歧视、带着主观臆断的偏见去故作幽默地嘲笑和评价女性的时候,希望你们想起今天,也希望你们记住,不仅仅是女性,任何一个弱势群体,为了平等,为了争取应得的权益,为了将来有一天同类不再被歧视,都可以做出强势的事来,比如我。"

当然,她也并没能蝉联每一年的一等奖学金,毕竟那是一个半数是各省高考状元的班级,不过她确实是得到了同学们至少表面上的尊重,再也没有人敢开她的玩笑。大二换了新的辅导员,开联欢会征集节目的时候,他看到陶姝娜是班里唯一一个女生,就顺口问了一句她会不会唱歌跳舞,陶姝娜还没回答,全班男生异口同声:"不会!!!"整齐划一的声音中透着团结一心的坚定和劫后余生的侥幸。

"听着像是咱们家孩子能干出来的事。"孟以安笑着对陶姝娜说,"先讲清道理还是先打到服气,有时候还真没法根据社会阶层和知识水平来预判。"

陶姝娜有一下没一下地摸着球球的小手:"你说,球球将来会什么样?希望她不要遇到需要单挑才能讲道理的时刻。"

"在她妈还能挑的时候,先替她挑一挑吧,"孟以安叹了一口气,"以后她长大了,还真就得自己单挑了。谁不是这么过来的呢?"

"你也别太焦虑。"陶姝娜说,"小姨夫会陪着你的,他对你、对球球都那么好。"

孟以安没有回答。

休完产假回公司之后,她不仅没能"弄死"王总,人家还顶替了她的位置,她就像是被架空的指挥官,大家表面上细心呵护,生怕她受凉腰疼头晕腿乏,甚至特意安排了两个实习生帮她端茶倒水地跑腿,实际上不管是在做的活动还是在筹备的项目,都没人再去听她的意见。她奇怪群里面怎么不发会议纪要文档了,私下里问别人才知道人家又另外建了一个没有她的群,每天备忘和讨论进度。

"王总让我们别来烦你,新手妈妈很忙的,不需要操心这些啦。"同事回答。

她准备了背奶的全套设备用具,带着冰袋上下班,因为写字楼的洗手间略远，而且没有合适的遮挡空间，她把公司一个没人用的小储藏室清理出来，暂时当了自己的专属吸奶室，每天躲在里面"卸货"。还没坚持一个星期，有一天她急吼吼地带着装备过去推开门，却发现她清理干净的桌椅上堆满了同事们周末团建用过的篮球、护膝、头盔、轮滑鞋，味儿还挺刺鼻。她一下子没反应过来，呛得咳了两声，退后两步关上了门。

她想去跟同事说道说道，但还拿着装备准备吸奶，只好直接去了洗手间。关上隔间的门，盖上马桶盖，她精疲力尽地坐下来，捂住脸，沉默了很久很久。

后来邱夏问她为什么打定主意辞职，她说，是因为被占了储藏室，但她心里知道并不是。她脑海中永远有两个小人在昼夜不停地打架，一个人说，你怎么这么矫情？生完孩子回来丢了工作的女人有的是，你庆幸还来不及，辞了职喝西北风？另一个说，矫情不是你的错，不管你月薪几位数，只要你是一个妈妈，就有权利为自己的身体和心理状况争取更好的条件。一个说，你以前口口声声说着事业家庭两手都要抓，现在反倒成了你最看不上的家庭主妇？另一个说，家庭主妇怎么了？育儿和事业谁说不能兼得？每次半梦半醒的时候，绷着一根筋等待喂奶闹钟响起之前，这两个小人的话她都一字不落听在了心里。

"你帮不了我。"她对邱夏说，"不管你是一个多少分的爸爸，我还是要自己做一百分的工作和一百分的妈妈，而且很可能到最后两边都不及格。"

"及不及格谁给你评分？你又不是靠着学分过日子的大学生。"邱夏说，"那么在意别人的眼光干什么？咱们一家人活得开心不就好了。等球球大一点，你再出去工作，你这么聪明，差不了，不过就是少赚几年钱而已。"

孟以安不吭声。半响，她说："不是别人的眼光，是我自己过不去这道坎。我妈总说我是我们家最争气的姑娘，我混得好一点，家人也安心一点。"

"那也不能把宝都押在你身上啊，你两个姐都有自己的老公、孩子，又不用让你帮着养老。"

倒也没人需要孟以安帮着养老。以前她帮李衣锦找个工作都会被孟明玮埋怨，好像这样就欠了她好大一个人情一样，后来她再问李衣锦要不要帮忙什么的，李衣锦也不再说了。

于是李衣锦突然开口问她的时候，孟以安觉得很诧异。"你不是没想换工作吗？"她问，"怎么突然问我有没有在招人？"

"不是我，是周到。"李衣锦说。

孟以安好奇，"你自己都不爱找我帮忙，怎么这回为了他到处求人呢？"

"哪有到处求人，"李衣锦说，"就随便问问，你们要是没在招就算了。"

"我把我们 HR 的名片推给你，让她给你发。"孟以安说，"别的我也不管。"

后来周到给李衣锦留言，说朋友给他推荐的是一个游戏制作公司的职位，所以她回去那天看到他在玩游戏。李衣锦知道误会他了，但又拉不下脸来道歉，就没再回复他，只是把孟以安发给她的招聘信息转给了他。

周到的自尊心太强，如果不是李衣锦发觉，他绝对不会告诉她自己丢了工作，更不会开口借她的关系找新工作。但李衣锦仍然念着他的好，刚毕业那几年她处处碰壁，没有一份工作能做满一年，加上她妈给她的压力，整个人又丧气又暴躁。周到忍了她的脾气，还跟她说，换工作没关系，换到你觉得安心为止，我养着你。虽然他工资也不高，但负担了全部的房租，李衣锦靠着他宽心的安慰度过了那段时间，直到她去了剧院工作。

"收到了吗？"周到隔了一天都没回复她发过去的招聘信息，她忍不住拨了语音过去，"你投投看吧，是我小姨她们公司，虽然做的是亲子教育品牌，但也招前端工程师，可以试试。"

周到没吭声，半天，哼哼一句："不用。"

"你找到工作了？"李衣锦问。

"还没。"

"他们本来也在招人，你试一试怎么了？"李衣锦说，"跟我又没什么关系，我小姨也不管招人。"

"你不用帮忙，我自己想办法。"周到说。

"你不是还没想出办法吗？你朋友能给你内推，我怎么不能帮你了？"李衣锦不满道。

"我不用你操心！"周到的语气里带着不耐烦，"都已经分手了，你别管我了。"

听他说话这么冲，李衣锦的心也凉了。"我没有管你，"她也没了生气的欲望，"我就是觉得，以前我失业的时候，你说过你养我，我很感激，欠你的也会还。你难的时候，我虽然养不起你，但也想尽力帮你一把。既然你不需要，那算了，我热脸贴冷屁股，自找没趣，对不起。"

她挂断了电话，窝在沙发上很久，一动不动。陶姝娜回来的时候看到客厅里没开灯，以为她没在，一开灯吓了一跳。

"你在啊？"她凑过来坐下，"还想问你什么时候回来呢，跟你取取经。"

"我有什么经值得你取。"李衣锦漠然道。

"就是，失恋的时候什么样的安慰比较有效？"陶姝娜问。

"你失恋了？"李衣锦问。

"我没有啊，我男神失恋了。"陶姝娜说。

"为什么你每天不考虑实验和博士课题，要考虑怎么去安慰失恋的人？"李衣锦发出灵魂拷问。

"我在考虑啊，只是不得已在 multitasking（多任务处理）而已。为了和我的男神更进一步，我决定要去他工作的地方实习。"陶姝娜说。

"什么地方？"李衣锦问。

"嘘，"陶姝娜故作神秘地把手指竖在嘴边，"国家机密。"

第六章

# 你不配做妈妈

# 1

孟明玮每天都在给李衣锦发相亲对象，刘阿姨的外甥、王叔叔女儿的同学、赵奶奶家孙子的表姐的前男友的同事，列表上的名字越来越多，李衣锦却像屏蔽了她一样不搭不理。她觉得李衣锦现在越来越不服管了，从过年敢不回家开始，电话打十个才接一个，信息发十条回一条。思来想去，她只好打给了孟以安。

孟以安在出差去机场的路上，匆匆说了两句就挂断了。"你就放心吧，她好着呢，还把周得推荐到我这儿来面试了。"孟以安顺口说。

"你还帮他找工作？"等李衣锦晚上进了家门终于接了电话，她妈劈头就问。

"没有，就朋友圈别人发的招聘。我能帮他找什么工作？"李衣锦辩解。

"我想也是。"她妈说，"你别咸吃萝卜淡操心，有那工夫赶紧看看我发给你的那些人，加人家聊聊。"

"……"

"怎么？你还看不上人家？"

李衣锦进了自己房间，关上门。

"妈，"她努力让自己的语气听起来顺从，"你能再给我点时间吗？我现在不想相亲。过一阵子行不行？"

"过一阵子是多久？"她妈立刻说，"反正你工作也不忙，等什么呢？早联系不是能早聊上吗？我跟你说，你听我的没错，都是条件好的男孩，人家现在都在找对象，愿意跟你接触，你左推右推的，等过几天一个个的都有对象了，你到时候后悔都来不及……""妈，如果真像你说的条件那么好，又怎么可能看得上我？"李衣锦忍不住说，"我就一个没钱没房的大龄北漂。"

"你也知道你是没钱没房的大龄北漂？那还不抓紧，还过一阵子？"她妈说，"还不相亲，你要等到什么时候？等到过几年找个缺胳膊断腿的，还是去给二婚的当后妈？"

有时李衣锦更希望自己从来都不知道别人家是什么样的，这样她就可以假定全天下的家都一样，家人之间恶语相向是日常，子女在父母面前毫无自尊可言。但她看得到陶姝娜和她妈无话不说，看得到孟以安和邱夏对球球严格又不失宠爱的教育，她没办法骗自己。大学的时候，有个室友每天都絮絮叨叨地和家里打电话，抱怨食堂难吃，笑话南方同学没见过雪，想念妈妈的拿手菜，问爸妈出去旅游好不好玩，担心家里狗狗又闯了什么祸，而李衣锦家里打来的电话，永远是她妈无尽的数落。在外时刻担心着她妈查岗，在家二十四小时被监视。李衣锦一面深刻检讨是她做得不够好才活该得不到认可和理解，一面又无法自抑地怨恨她妈为什么不能像别人家的妈妈那样能在该放手的时候放孩子独立，也能在孩子孤立无援的时候敞开怀抱让她回家。

"就算我像你说的那么一无是处，我也不想去相亲。"李衣锦绝望地说。

那边沉默了半晌，是暴风雨前的宁静。

"李衣锦，"熟悉的咬牙切齿的语气，"你还有理了？你去也得去，不去也得去！现在你翅膀硬了，就嫌你妈啰唆，嫌你妈管你了？要不是我管你，你今天还不知道在哪儿呢！你以为我愿意管你？你要是像陶姝娜那样事事拔尖不用人操心，我何苦给自己找罪受？辛辛苦苦三十年养了个白眼狼，我图什么？"

"你不是养白眼狼，"李衣锦终于爆发了，"你是养一个符合你心意的工具！任打任骂不会还手，还能满足你母慈子孝的虚荣心的工具！我不聪明，不懂事，长不成你期望的样子，你就算再怎么操心，我这辈子也只会是一个又失败又可怜的人，永远都不会让你满意！你就早点死心吧！"

一番话说出来，把她自己都吓到了，她妈也被吓到了。

"李衣锦……你反了天了。"她妈抖着声音说。

"我想说这话很久了，"李衣锦脱口而出，"我不配被你生出来，你也不配做妈妈。"

那边没了声音。

良久,李衣锦听见外面客厅门响,是陶妹娜回来了。她丢开手机,窝在被子里无声地大哭。

孟明玮在没开灯的房间里枯坐,客厅里传来李诚智每天雷打不动地看中央七套的声音。她把目光投向墙边老旧的书柜,那里面分门别类地收着李衣锦读书时的书本和试卷。柜子上摆着的照片她每天都会拿出来擦,有李衣锦的百日照和周岁照,有她们母女俩的合照,有她姐妹三人和父母的黑白老照片,还有她珍藏的父母年轻时的照片。

她盯着那张合照,她抱着只有四五岁的李衣锦,两个人都笑得像花一样。好像李衣锦长大后,她们俩就都没再这样笑过了。她一发火,孩子就认错;她一打,孩子就哭;她好了,孩子就默不吭声,仿佛成了一个逻辑圆满的循环。

说实话,她也曾经想过,当初该不该生下李衣锦,没想到这句话今天竟然是从李衣锦嘴里听到的。

你不配做妈妈。每一个这样说出口的女儿,在震怒和气愤的当下都不会去想,被她这样说的妈妈,心里究竟是怎样的感受。她曾经是这样的女儿,如今也是这样的妈妈。

作为家里的长女,她从八岁起就学会了搬个板凳站到灶台前给自己做晚饭。两个妹妹相继出生之后,她妈忙得不可开交,她手把手带着妹妹们长大,从来没抱怨过一句。

高考恢复的头一年,邻居家孩子下乡回来考上了省内最好的大学,她羡慕得要命,想着自己三年后也能考上大学。

十八岁的那个夏夜,她照顾两个妹妹睡着之后,她妈把她叫到屋里:"这几年呢,妈妈的厂子才起步,所有的心血和精力都投在了里面,你也看到了,妈妈每天这么忙,只能辛苦你帮忙带妹妹。"

孟明玮点点头,心里升起不祥的预感。

她妈看了她爸一眼:"爸妈的意思,是希望你毕业之后,能来厂子里帮忙。一个呢,咱家人迟早要一起干这些活,你早点熟悉了,也能减轻一点爸妈的负担。另一个呢……家里现在正是困难的时候,确实是没有闲钱供你念大学，两个妹妹还小，还要吃穿用度……"

孟明玮低下头，憋了半天，憋出一句话。

"我才不去搬你的那些臭鱼烂虾。"

她妈从来没有忘记过自己是小渔村出来的女儿，离开体制之后，她把原本渔民的生意做大，办了一个冷冻厂，加工、储存、销售海鲜鱼类产品，给小镇青年们创造了很多工作机会，她爸也被她妈劝了来帮忙。但孟明玮只知道爸妈每天忙得不着家，妹妹有什么事她只能码头和厂子两边跑，还总找不到爸妈的人影。散发着鱼腥气的冷库，满身臭汗的工人，在一个少女的虚荣心里，那不是她想要的生活。

"明玮，"她爸立刻说，"不能这么说话。爸妈每天辛苦赚钱，不都是为了你们吗？"

"为了我的话，为什么不让我念大学？"孟明玮说，"就因为有了妹妹，我就不能念书？我每天带孩子，我们班同学都笑话我！"

"笑话你？带孩子有什么丢脸的，谁家不是一堆孩子？"她妈看了她一眼。

"谁家的妈妈像你一样从来不管孩子？"孟明玮梗着脖子反驳，"邻居们都说你成天不回家，你为什么不能像别人家的妈妈那样给我们做饭洗衣服？"

孟明玮说着，就看到她妈脸色不悦起来，还没开口，反而是一向惯着她的她爸瞪了她一眼："跟你妈道歉。"

"我要念大学。"孟明玮说。

"行，你不是要念吗？"她妈严厉起来，"你能考上我就让你念！"

"你说的？"孟明玮不示弱地看着她妈。

"我说的！"她妈说。

"那你说话算话，"孟明玮说，"否则你就不配做妈妈。"

这话一出口，她就看到她妈脸上的神情一下子黯淡了下去，咬了咬牙，终究还是没有再说一个字。不知是不是她的错觉，她觉得妈妈眼里泛出了水光。

那晚她也没睡着，蜷缩在自己的小床上听着两个妹妹此起彼伏的呼吸声，透过门缝看到外间的灯光一直没有熄。爸妈在低声地说话，沙沙地翻着账本，这些声音里，还夹杂着妈妈隐约的啜泣。

## 2

孟明玮上午买完菜进了家门,就开始打扫。她妈现在虽然腿脚还利落,但是腰不好,她就包揽了家务。孟菀青过来也懒得帮忙,只三天两头买稀奇古怪的新玩意儿来孝敬她妈,什么高级吸尘器、扫地机器人、自动晾衣架、懒人料理机,换着样地往家里送。有的孟明玮艰难地试了一次,有的因为说明书看不太懂又怕使坏了人家的高级货,包装都没拆就束之高阁。

她给她妈泡了杯茶端过去,她妈坐在椅子上戴着老花镜看账本,看她过来,就放下账本,拉她坐在身旁。

"李衣锦最近怎么样?"老太太说,"她走的时候我可告诉她了,下不为例,咱们家的女婿是要带回娘家过年的。"

孟明玮叹口气,盯着茶杯上缓缓上升的热气,盯到眼睛发酸。

"还女婿呢,我给她介绍相亲,生我气了。"她说,即使要重述这句话也是无比艰难的事,"说我不配做妈妈,当初就不该生她。"

母女俩沉默了许久。孟明玮低下头抹了抹眼睛:"我以前,对她严厉,打她骂她,总想着将来她出息了,就知道我的苦心了。现在可好,恨我恨得跟仇人一样。"

"你还记得你高中毕业那时候跟我吵架不?"老太太抿了口茶,笑着说,"你从来懂事,也没有过什么叛逆的时候,就那会儿,也恨我来着,对吧。"

孟明玮哭笑不得,"妈,你就笑话我吧。我自己不是那块料,后来才盼着李衣锦能出息。她要是好,我这辈子不也值了吗?"

孟明玮当年高考落榜了,彻底理屈词穷,毕竟不是她妈不让她念,而是她自己考不上。

她自己在屋里躲了好久,叫她吃饭她也不出来,炎热的夏天夜晚,两个妹妹只能挤到爸妈房间去睡。她爸想去跟她讲道理,被她妈拦住了。

转天早上,天刚蒙蒙亮她就起来了。她妈已经出门,两个妹妹在床上睡得四仰八叉,她爸手里拿着蒲扇缩在角落打着呼噜。她进了厨房,准备好早上吃的稀饭和小菜,然后直接去了厂子里。

她妈正在跟运货的工人核对数目,她就站在一边等了好久,直到货车开走了，冷库前来来往往的人各忙各的去了，她妈一抬头看见了她。她走过去，还没开口，她妈倒是先发话了。

"明年还想试试吗？"

"啊？"她没反应过来，一愣。

"你们同学，今年落榜的，不是也有明年再考的吗？"她妈说，"你还想考吗？"

看她没回答，她妈就转身往里走。她跟在身后，踌躇了好一阵，说："妈，以后我在厂子里帮你吧。"

从那之后，她没再提过要念大学的事，爸妈也没再提过。

"你要是再考一年，说不定就考上了。"老太太说，"怪我那几年一心扑在厂子上，忽略了你。后来我想想，挺后悔的。"

"再考几年我都考不上。"孟明玮摇摇头，"你看李衣锦，考了两次研，也没考上，我俩都没这个基因。妈，你说，你和爸脑子都那么好使，老二、老三也都聪明伶俐，怎么我就没遗传呢？"

老太太就笑："有什么可遗传的。你啊，就是把孩子逼得太狠了，你看老二，随便散养，咱们娜娜不照样学啥是啥。"

"李衣锦要是像娜娜一样，还用我操什么心？"孟明玮心里发酸，"妈，你是不是觉得我特失败？我们姐妹三个，就我最没出息。我才是最不配做妈妈的那一个。"

"怎么叫配？怎么叫不配？"老太太不慌不忙地说，"自己姑娘闹别扭，说了句气话，就觉得自己当妈失败。要真是这样，这么些年养大你们三个，我得失败成什么样？"

孟明玮叹口气，不吭声了。

"你还记不记得，老二出生的前一年，你才八九岁吧，我大着肚子带你去进修的时候。当时去学校给你请假，告诉校长我要把你带到外地去，那老爷子就跟看电一样看着我。"

"我爸那时候干吗呢？"孟明玮问。

"你爸在传染病院住着，我都没法去照顾他，走到哪儿都得把你领身边。"

孟明玮知道她妈其实没什么正规学历，以前在工厂做出纳，后来进了税务局做了几年会计,就下海做生意了,也不记得小时候跟她妈去外地进修是为了什么。

"乔海云,三十二岁。"学校的接待人员看了看她的证件,注意到了她的肚子和她身旁拉着她袖子的怯生生的小女孩,"你是来进修的?"

"对,"她说。"财会专业。"

"你这?"接待人员指了指她的肚子。

"没事,估计明年才能生,不耽误。"她连忙说。

接待人员咂咂嘴,摇摇头,绕着她走了一圈。孟明玮警觉地退后两步,躲到了她妈身后。

"这我得去办公室跟领导请示一下。"他说,"我可没想到来了个你这样的。"

"我这样怎么了?"她说,"我家老大今年九岁了,听话懂事从来不给我闯祸。我现在就是大着肚子,又没坐地就生,生了也不会赖你们,你怕什么?"

那人一脸惹不起的样子,"你别跟我说这个。女的大着肚子还来进修,成什么体统?你家当家的呢?就让你拎一个揣一个到处跑?"

"我就是当家的。"她说。

"你当什么家?我看你是男人跑了吧?保不准是谁的孩子呢,还进修,先给你闺女找个爹吧?没爹你怎么当妈?你还当家,你配当家吗?你都不配当妈!"

课还没开始上,一起上课的同学间就传开了,来了个"拎一个揣一个"的孩子妈。在孟明玮模糊的记忆里,并不觉得奔波难熬,相反,宿舍里的阿姨、姐姐都很照顾她们娘儿俩。一个瘦瘦的姑娘,把靠窗的下铺让给了她们,还拖来自己的凳子垫在床边,怕她乱动掉下床去。还有一个短头发的胖阿姨,喜欢在街上买热腾腾的烤红薯给她,看到她妈在宿舍用小炉子熬小米粥,会把自己平日里攒下舍不得吃的红糖给她掺进去。每到晚上休息的时间,她妈就捧着肚子靠在床边,给姑娘们讲出海打鱼的故事。孟明玮听着听着就睡着了,梦里乘船出海,放眼望去全是驭风破浪的帆。

"我那个时候啊,年轻气盛,那个人无缘无故就骂我,我真想揍他。但是一想,你还在旁边呢,肚里还有老二呢,我就什么脾气都不想发了,就告诉自己，忍一忍，只要我能把书念了，孩子能平平安安出来，什么都能忍。好在还是念上了。"老太太悠悠地说。

"那后来呢？"孟明玮问。

"后来啊，菀青提前出生，我就没拿到那张文凭。课倒是上了十之八九，后来我就去当会计了嘛。"老太太说。

"你俩不公平，把智商都分给孟菀青、孟以安了，我一点都没沾着。"孟明玮半开玩笑地说，"所以李衣锦才怨我，我要是把她生得聪明点该多好。"

"哪有这么说自己闺女的。"老太太笑，"哎，你想想，我带着你去进修的时候，也就像李衣锦现在这么个年纪。你啊，也该放手了。"

"话是这么说，"孟明玮叹了口气，"你让我去干什么呢？每天跟你一起去小公园看别人打太极拳吗？"

"也行啊。"

说话间，她拿起手机看了一眼，上面有李衣锦发来的消息。

"妈，对不起。"

周到去孟以安她们公司面试了，回来等消息的时候，给李衣锦打了个电话。

"那天我不该那么跟你说话。"他说，"我面试不顺利，所以那天心情不好，你别放在心上。"

"分手都分手了，"李衣锦回答，"有什么放不放在心上的。"

"你这么说就是还在生气。"周到说，"对不起。"

"我真没生气。"李衣锦说。

"那……好吧。不管顺不顺利，麻烦你跟你小姨……道个谢。"

"好。"

"还有，我想说，咱们在一起这些年，我只是付了房租而已，确实也没有能力给你更好的条件。你爱记账，平时你自己买东西什么的，都记得清楚，你那天说，房租算下来你花得少，我就希望你别当成负担，也千万别觉得咱俩一定要 AA 制分得一清二楚，你不欠我钱，你什么都不欠我。以后……希望你能找一个更好的人。"

这算是正式的分手赠言了吧。李衣锦平静地道了谢，挂断了电话。她窝在床上，翻开电脑，点开一个名为"REAL LIFE"的文件夹，里面是按年份日期排序的一个个 Excel 表格，事无巨细地记载了她从工作以来赚到的和花掉的每一分钱。

记账这个习惯她从小就耳濡目染，还不会走路的时候，她就趴在姥姥腿上，看她拨弄算盘珠子，听着清脆的声音。姥姥教她的珠算她长大几岁就忘了，但也有样学样，拿了一个小本本当账本，虽说她也没什么账可记。上大学之前，在她妈的管束之下，她几乎没有经手过什么钱，后来总算独立了，大到房租工资，小到柴米油盐，她每一分钱都妥帖地记在账上，每月跟信用卡账面一对，丝毫不差。从手工账本变成手机 App 和 Excel 表，她的账单记录下了生活的每一丝痕迹。

她打开 2011 年 7 月的账单，那是毕业前因为搬家和周到熟悉起来的第一个月，他们一起吃过一次冰激凌，花了二十五元。2011 年 10 月，他们第一次斥巨资去看演唱会，两张票花了七百八十元，坐在最远的地方，举着望远镜都只能看大屏幕，但还是兴奋得叫哑了嗓子，望远镜是五十元从门口小贩手里买的，进了场才知道别人只花了二十元。2012 年 5 月，她因为上司骚扰辞了工作，郁郁寡欢，周到安慰她，两人去吃了惦记好久都舍不得吃的海鲜自助，二百九十八元一位，吃到扶墙出来，为了消食在夜晚空无一人的街道上狂走三个小时。2013 年 6 月，周到过生日，她因为加班过了十二点，第二天给他补了一个蛋糕。2016 年"双十一"，她放在购物车里很久的一套口红礼盒被周到偷偷下了单，她收到之后喜欢得舍不得拆开，但还是嫌贵，替他心疼，左思右想之后忍痛退了货，下单了耳机，因为他的耳机被她洒上咖啡弄坏了……一笔笔账把两个人的生活织成细细密密的网，即使分开了，也是打断骨头连着筋，不知道什么时候才能彻底翻篇。

李衣锦关掉文件夹，给周到又发了一条信息。

"也希望你能找到一个更好的人。"

# 3

孟以安出完差突然回了老家，先去了她妈那里。门铃响的时候，孟明玮正在客厅帮她妈给一件旧衣服钉扣子,开门见孟以安回来了,很是意外。

"怎么突然回来?也不提前说一声。"孟明玮说,"大忙人终于有闲回来看咱妈啦。妈午睡呢,等起来再跟她说话吧。"

"嗯,"孟以安一边进屋一边答,"我临时回来办点事,明晚飞机就走了。那天你又训李衣锦了?她来问我,是不是把周到过来面试的事跟你说了。"

"我训她?她现在说起我的罪状来头头是道。"孟明玮说。

孟以安笑:"你呀,有时候也稍微反思一下,当妈又不是当上帝,不需要管太多。孩子早就是成年人了,你要相信她有她自己的人生要走。"

"你也来教育我。"孟明玮忍不住叹了口气,"咱妈已经教育过我了。但我能怎么办呢?咱妈不把期望放我身上,可她还有老二和你啊,你们俩争气,她这辈子也值了。我呢?我只有李衣锦了。"

"什么样才叫争气呢?李衣锦现在至少也能自食其力,不就是没结婚,怎么就不争气了。"

孟明玮不吭声,良久,岔开话题:"你回来办什么事?"

"你还记得我在锦绣家园买的那套房子吗?2008年买的,我打算卖了,回来办手续。"

"记得,怎么突然要卖啊?"孟明玮问。

孟以安就笑笑,没说话。

晚上母女三个一起吃了晚饭,孟以安正收拾着自己带回来的文件和证件,被老太太叫进卧室去给她捶腿。

"怎么突然想起卖房子?没什么事吧?"老太太又问,"邱夏和孩子都挺好吧?"

"挺好的。我就是倒腾点闲钱出来,没事。"孟以安说。

外面客厅里,孟以安没收拾完的文件扔在沙发上。孟明玮坐在一旁,看到户口本放在最上面,拿起来翻了翻,一眼看到孟以安那一页,婚姻状况一栏写着"离异"。

孟以安最近准备再买一套房子,琢磨着家乡小城房租也升不上去,就想着不租了把房子卖掉。跟邱夏离婚之后,财产分割得也顺利,房子也留给了她和孩子,她只是未雨绸缪想着再多一分打算。

两人都不是会为离婚而撕破脸的人，说实话，两人也都没想到会真的走到离婚的地步。

分歧从一开始便存在了。球球没满周岁，孟以安就决定从公司出来创业，邱夏不同意，两个人争执了很久，谁也不能说服谁。邱夏觉得创业比留在公司更辛苦更不稳定，收益又很难说；孟以安觉得反正都是辛苦，留在公司升职又希望渺茫，还不如放手去试她想尝试的。邱夏觉得带孩子的时间更难保证，孟以安觉得球球马上就断奶了更好带。邱夏觉得她说得轻松，到时候肯定是把孩子二十四小时扔给他，她自己忙得不着家。

僵持不下，孟以安脾气犟，自己二话不说就去做了。邱夏知道劝不住她，看她赌气带着孩子到处跑又心疼，还是替她接下了大部分照顾孩子的重任。

球球刚上幼儿园那年，孟以安的公司从无到有，终于渐渐走上了正轨，和许多优秀的业内专家合作，推出的很多亲子公益活动都得到了好评。她陪球球的时间越来越少，一心想着她上幼儿园之后就能解放了，反正有邱夏接送，他又不坐班。

幼儿园在感恩节那天教小朋友们画贺卡送给最爱的人，那天是星期四，放学早，邱夏应该下午三点就把孩子接走，但是五点半的时候孟以安接到幼儿园老师打来的电话，说她家孩子没人接，还在园里等。

孟以安当时正在跟人签合同，连忙出来打电话给邱夏。响了半天却没人接。她便着急起来，只好回去跟对方道了歉，约了改天再谈，然后开车匆匆往幼儿园赶，路上她给邱夏打电话又没打通，只好发了语音，告诉他自己去接孩子了。到了幼儿园才看到只剩球球一个小孩子，孤零零地和老师一起站在门口等她，一看她来了，竟说："怎么是你啊。"

孟以安被气笑了："我是你妈，不是我是谁？这孩子怎么说话呢。"一边忙不迭给老师道歉，"对不起啊，她爸临时有事没来，我从公司赶来，又堵车，给你们添麻烦了，不好意思。"

"没事没事，球球妈妈，"老师说，看她拉起球球手要走，"那个，等一下啊……不好意思，这是我们的规定，我没见过您，每次都是球球爸爸来接……您能不能出示一下您的证件信息？还有跟球球的合影什么的，证明您是球球妈妈？无意冒犯，就是……规定要求的，怕万一有事。"

孟以安愣了半响,百感交集,只好拿出自己的证件和名片,又翻了翻手机里的照片,滑了好久,都是工作上存的图,一直滑到几个月前带球球去海洋馆拍的照,才如释重负般拿给老师看。

在回家的路上,孟以安又打了邱夏的电话,还是没人接,她有点担心。球球坐在后座的儿童座椅上,一直默不作声。孟以安就问她:"等妈妈来的时候害怕了吗?"

球球摇摇头,"不是爸爸来吗?"

"……"孟以安又哽住,没回答。

进了家门,她才看到家里没开灯,邱夏坐在自己的书房里一动不动。孟以安有点暴躁,走进去没好气地说:"怎么没去接孩子?"

邱夏的声音里透着疲倦:"我看见你的语音了,你不是去接了吗?"

"那你今天怎么回事?"孟以安问,"不是三点就放学吗?五点半球球还在幼儿园等着!"

邱夏抬起头看了她一眼:"你知道得还挺清楚,你接过几次?哦,就今天这一次,你有什么权利说我。"

"邱夏,你今天吃了枪药是吗?"孟以安脾气也上来了,"你知不知道我着急赶过去,合同都没签?"

邱夏冷着脸站起身,"那你知不知道我今年又没评上职称?"他狠狠地砸了书桌一下,"第三年了,和我同资格的早就评上副教授了,我还在这儿混!"

"那你怪我?"孟以安气得哭笑不得,"你没评上职称你就不去接孩子?你就这么当爸的?"

"你就这么当妈的?"邱夏也气急了,"这两年你给孩子做过几次饭?哄睡过几次?你好意思说我吗?自从创业以来,你还顾得上这个家吗?顾得上孩子和我吗?"

"可是我赚钱了啊!"孟以安反驳,"孩子将来不也是要用钱?难道靠你当教授的死工资吗?我忙不也是为了家庭条件更好点,将来给孩子更多的选择吗?你以为谁都像你,天天念叨着你的文学和艺术就能当饭吃?不照样还是没评上职称?"

"孟以安,你可以瞧不上我的专业,瞧不上我一辈子只能困在象牙塔里，但你不能太过分了！为了这个家我一直在退让，我支持你做自己的事业，但是你也要体谅一下我吧？"

"我没有不体谅你啊！我去年就问过你，你要是愿意的话，可以跟我一起做，你不是喜欢给你的学生们上课吗？做成线上课受众能多成千上万，还有收益，是你不愿意来！"

"你那不叫体谅我，你是非要用你的观念改变我。我以前是不爱争，也不在乎职称啊、薪资啊这些，但不代表我不爱我的工作！我宁可拿一辈子死工资，一辈子都评不上职称！"

"那我说要让球球拍我们的亲子公益广告，你为什么拦着我？"

"孩子那么小懂什么？你就非得把咱们家搅和得乱七八糟，全都为你的事业服务？"

"怎么乱七八糟了？你的事业是事业，我的事业就不是事业？！"

两个人争吵的声音越来越大，球球躲在书房外，眼里含着泪花，踌躇了一会儿，从自己小书包里拿出了一个东西，小心地走了过去，递给了邱夏。

邱夏打开，发现是幼儿园教她们做的感恩节贺卡。球球用五颜六色的笔画了太阳和花朵，在画面的正中间重重地描了两个字母 Q，一个大，一个小。那是邱夏教她画的，她不会写字，邱夏告诉她那是爸爸和她的姓氏。

她指着那两个 Q，说："爸爸，今天老师教我们画感谢的人，这个是爸爸，这个是我。"

孟以安气不打一处来，上前抢过那贺卡一看，更是大发雷霆，劈手就摔在一边。球球被她吓到，大哭起来。

"行，你就知道你爸，连你妈都不认，是吧？谁把你生出来的？啊？你知不知道谁把你生出来的？是老娘疼了一天一夜把你生出来的！"她情绪濒临崩溃，球球号啕大哭，邱夏气急，把她拉开，"你有毛病吧？冲孩子发什么火？"

"我凭什么不能发火？"孟以安大喊，"只许你没评上职称发火，不许我没签合同发火？"

"孟以安，你看看你现在这赖皮的样子，"邱夏冷着脸说，"谁当时跟我说保证陪孩子的时间，谁当时说创业也能当一个好妈妈？你看看孩子，你看看你！你摸着良心想一想，自己配不当妈妈。"

邱夏把地上的贺卡捡起来，抱着大哭的球球摔门而去。孟以安歪倒在墙边，满头冷汗，浑身发抖，终于也号啕大哭起来。

最伤人的话，从最信任的人口中说出来，成了压垮婚姻的最后一根稻草。两个人后来冷静地谈过，他们都是极其骄傲又极其倔强的人，终于还是不愿放下自尊向对方做出妥协。

孟以安等老太太睡着之后从卧室出来，看到孟明玮坐在沙发上，像是有话等着跟她说，她就坐到旁边。过了好久，孟明玮问："什么时候离婚的？"

她的反应大大出乎孟以安的意料。她这个大姐，保守又古板，从小管她训她的次数甚至比她妈都多，但这次孟明玮格外平静。

"2017年离的。"孟以安说。

"那这两年春节回来……"孟明玮问。

两个人分得和平。邱夏的忠告她都遵守了，从那以后，她再忙也没有缺席过球球的生活，而邱夏也几乎随叫随到履行父亲的职责，两个人反而比没离婚的时候更和气，互相谦让，默契配合，过年回家的时候更是一副美满三口之家的样子，天衣无缝。

"我还是不告诉妈了。妈年纪大了，就别让她再惦记咱们的糟心事了。"孟明玮说。

"姐，你不骂我？"孟以安倒好奇起来，"我没跟你们说，就是怕你骂我。"

"你也知道我要骂你啊，"孟明玮说，"我说过多少次了，咱妈的期望就是咱们姐妹三个幸福。"

"才不是，"孟以安嗤笑一声，"咱妈的期望是咱们仨不离婚。她那老一辈人的想法，觉得离了婚就是大忌，大逆不道，不管出了多少糟心事，只要不离婚，就还像万事大吉一样。但怎么可能呢？不离婚就一定婚姻幸福？离了婚就一定不幸福？"

"你别拿你那套跟我说。"孟明玮说，"你不敢在妈面前说，就在我这儿胡说八道。"

"妈面前我也敢，"孟以安说，"姐，你不骂我，是因为心里有事吗？"

孟明玮没回答。

"是李衣锦的事？还是别的？"

孟明玮摇了摇头。良久，她若有所思地问孟以安："一个人想离婚，到底是因为什么？"

从小到大，大姐都是像妈一样教导她的那个人，但孟以安看着那张皱着眉头、苦涩的脸，写满了小孩子一样迷茫的求知欲望，一个走过半生的中年妇女，在婚姻这本教材的某个章节上，遇到了不会做的难题，要向这个小她十四岁的妹妹请教。

孟以安突然心头一酸，伸手握住了孟明玮的手。

"姐，"她说，"遇到什么事，你都别害怕，我们都陪着你呢。"

第七章

# 金童玉女

# 1

早上李衣锦还没上班,门突然被敲响了。她从猫眼往外看,是个男的,扛着一个巨大的长条形包裹,一边敲门一边问:"在家吗?"

她吓了一跳,连忙跑到陶姝娜房间推醒她:"快起来,有人敲门,不认识,要不要报警?你上次存的那个社区治安中心的电话在哪儿呢?"

陶姝娜眯着眼睛爬起来,走到门口一看,就把门打开了。

"你干吗?!"李衣锦大惊。

"我认识,我让他来的。"陶姝娜说,"廖哲,我不是让你来之前打个电话吗?"

"我也没手打电话啊,这么大个东西,我亲自给你搬上来!你们楼下还不让停车,我得赶紧下去,行了!我走了。"

廖哲把巨大的包裹搬进屋里放在地上,正要走,看到一旁目瞪口呆的李衣锦,"这位是?"

"这是我表姐,跟我一起住。"陶姝娜说。

廖哲把目光落在她搬进来这么多天都还没全部拆箱完毕的瓶子上,"哇,这是高手啊!"他啧啧称奇,"表姐,你是收藏家吗?"

"得了吧。"陶姝娜不屑一顾地打断他,"您老人家收藏那么多名表,怎么不说是收藏家,别在这儿装腔作势。"

廖哲摸出手机来迅速点了几下:"表姐,加个微信,你扫我。"

陶姝娜把他推出门,他喊道:"娜娜,那你把表姐名片推给我!记着啊!娜娜,你最好了!"

陶姝娜走到窗边看了看,李衣锦也跟过去,看见廖哲从楼里出来,上了他那辆炫酷的超跑。

"开超跑送包裹?"李衣锦疑惑地问陶姝娜,"你的崇拜者?"

"不是啦。"陶姝娜一边蹲下身来拆包裹一边说,"以前本科同学。那天他回学校,没躲开遇到了,就叙了叙旧。我说我要买个沙袋,他说他投的一个健身工作室最近倒闭了,一堆东西处理不掉,这个全新的训练沙袋就送给我。我还以为他叫个闪送呢,结果他自己来了。"

"追过你吧?"李衣锦了然地笑了笑,问。

"嗯。"

"你不是说你本科同学都怕你吗?"李衣锦说,"还有个不怕死的?"

陶姝娜忍不住笑:"他是最怕死的。"

当年陶姝娜英姿飒爽地发表完单挑感言之后,正准备潇洒离去,发现她漏了一个人,这个人一早就躲进了最后一排的桌子底下。陶姝娜上前把桌子挪开,他嗷的一声蜷成一团。

"别打我!别打我!"他哭道,哆哆嗦嗦地露出右手手腕,"别打我,我把我表给你,别打我!"

"谁稀罕你的表……"陶姝娜话音没落,还真被他的表吸引了目光,"嚯,看起来还挺贵。"

"贵,贵贵贵!我爸送我的大学礼物,全球限量,真的!你不信你去搜!"他连忙说,"别打我,求你了!"

于是他成了传说中唯一毫发无伤的人。传说还说他尿了裤子,跑掉了他手工定制的皮鞋,但都是小道消息,已经无从考证。有趣的是,他后来对陶姝娜死心塌地,追了四年未果仍然念念不忘。

李衣锦帮着陶姝娜把沙袋在客厅中央的地上安装好,陶姝娜拍拍手,满意地绕着走了一圈。"挺好,"她说,"你也可以打两下解解压。"

"不了吧,"李衣锦打量着沙袋,又忐忑地看了一眼旁边箱子里她还没收拾完的瓶子,"明天我就把我的瓶子搬到卧室去。"

李衣锦收拾了东西刚要出门,收到一条新好友提醒,正是廖哲。她通过了申请,并删掉了最近的一条工作宣传的朋友圈,又设置了三天可见,才把手机装进口袋里,出门上班。

没了赵媛平时跟她说闲话解闷,午休时,李衣锦只好一个人到露台上去发呆。

"小李,这段时间有点心事重重啊。"一个声音从背后忽地冒出来,李衣锦吓了一跳,转过身,是崔保辉。

"崔总,我就午休出来放放风。"她说。不知道为什么,感觉崔保辉最近找她说话的时候多了起来,他是演出部的主管,事可不少,还没有清闲到无缘无故找她说话的程度。

"嗯。听说你也跟男朋友分手了?"崔保辉问。

"也?"

"啊,赵媛不也是因为分手才辞职的吗。我就问问。"崔保辉说,"她辞职之后跟你联系过吗?"

"没有。怎么?"

"没事。"他打了个哈哈,晃着步子到楼上办公室去了。

李衣锦心里正奇怪,看到手机上弹出新信息,又是廖哲。

"表姐,我是廖哲,很高兴认识你。"

李衣锦没有理他。

"听娜娜说,你在儿童剧场工作?"他又说。

李衣锦想了想,回复道:"如果你觉得跟我套近乎就能追到陶姝娜的话,劝你省省。她也不会听我的。"

廖哲像是屏蔽了她的回复一样继续说:"感觉做这样工作的也是很有童心的人啊。"

李衣锦没再搭理他。

"是啊是啊,我们家姑娘在儿童剧场工作。对对对,她喜欢,多有童心啊!虽然工资不高,但是她开心!好的好的,你给我一个联系方式,我催催我们家孩子,让他俩赶紧联系上。就算不成,也能做个朋友不是!"孟明玮说完,刚挂断电话,门铃就响了。

"妈吃饭了没?"孟菀青兴冲冲地进了家门,"我郑哥刚带回来的螃蟹,知道咱妈爱吃海鲜,特意给我留了一箱,等下个月休渔就吃不到了。赶快放冰箱,一会儿冰袋该化了。"

跟在孟菀青身后的是个戴着眼镜微胖的中年男人,穿着朴素,进门也没动,就憨厚地笑。郑哥是孟菀青的高中同学,孟明玮以前就记得他。每次他来都买好多老太太爱吃的东西或是看起来很贵重的补品。孟明玮觉得欠人人情，偷偷问过孟苑青，孟苑青满不在乎地说没事。

"妈昨晚腰疼没睡好，今天起得晚，"孟明玮说，"我还没做饭呢，你们先坐，中午一起吃饭。"

"不了，"孟苑青说，"下午我还有事，就是把螃蟹给妈拿过来。"

两个人打了招呼就又急匆匆地走了。

孟明玮从窗外往楼下看，两个人有说有笑地挽着手，上了一辆奥迪。和孟苑青过年时开回来那辆有点像，但又不是同一辆。

孟苑青坐在奥迪副驾上刷手机，看到陶姝娜发了张自拍在朋友圈，就在他们系的楼前，她只露出了半张脸，远处是模糊得熟人都不一定认出来的张小彦。

"所以，你是真的心情不好吗？"

"……"

"是因为失恋吗？"

"……"

"你什么时候去入职？"

张小彦看了她一眼，"你怎么知道？"

"王老师说的，我申请实习的时候问他要推荐来着。"陶姝娜说，"全院的人都知道我想追你。虽然我明白，这个时候跟你说这些不合适，但我也想告诉你不需要有压力，我没想让你怎么样，也没觉得女追男隔层纱，我拼命主动你就能答应。你不是要入职了吗？我实习要是没申请上，我就明年再试。反正，你没有权利拒绝我争取跟你一起工作的机会。"

说完这番话，陶姝娜如释重负，转身就跑。

她一路狂奔上楼，坐下来看着朋友圈满足地笑了一会儿，虽然舍不得，但还是删掉了。

晚上孟苑青跟陶姝娜视频，陶姝娜说了两句就敷衍着要挂断。"对我又搭不理的，是不是又琢磨你那男神呢？"孟苑青忍不住问。

陶姝娜无语，掉转摄像头让她看自己电脑屏幕上的实验报告："我真在忙。"

"行吧。"孟苑青犹豫了一下，还是不放心，问，"你是不是真追他呢?"

"啊,"陶姝娜说,"是,也不是。"

"怎么?"

"妈,你别惦记我了,我心里有数。我每天忙着做实验,还要去实习,腾不出那么多时间来追男神。对了,妈,你知道明天是什么日子吗?"

"明天?"孟菀青被她问得一愣,"什么啊?"她绞尽脑汁想了半天,都不知道这鬼丫头问的是什么。

"明天是你和我爸的结婚纪念日。你记得吗?"陶姝娜问。

孟菀青完全没想到会是这个答案,一时间哑口无言。

"不记得是吧?那我再问你,今年是你俩结婚多少年?你记得吗?"陶姝娜又问。

那边一直沉默。

过了好久,孟菀青问:"你怎么问起这个?"

"我看了你俩的结婚证,过年在家的时候,我找的。"陶姝娜说,"我不想问你什么,因为我不想知道,我不敢知道。妈,我觉得你也没有什么资格教我谈恋爱。如果你和我爸的婚姻也会变成现在这样,那我宁可不结婚。"

陶姝娜挂断了视频。

孟菀青出神良久,才起身进了卧室,在陶大磊的呼噜声中点开灯,打开床头抽屉,找出了她的结婚证。日期果然是明天,她跟陶大磊结婚已经有二十六年了。

她们姐妹三个,大姐勤快老实,妹妹古怪调皮,只有她是全家人最宠爱的公主,长得好看性格又讨喜,从小就会哄她爸妈开心,受大姐照顾,还能随便欺负妹妹,呼风唤雨无所不能。她爸常常说,咱们家二姑娘最娇生惯养,将来可一定要嫁个把她捧在手心里疼的人。

爸妈唯一一次真正生她的气,就是她偷了家里户口本跟陶大磊去领证的时候。那时她大专还没毕业,刚满法定婚龄,两个人满心欢喜急吼吼地赶过去,刚拍完照,还没发证,就被追过来的爸妈给堵了个正着。

她妈狠狠瞪了陶大磊一眼,抢了户口本,把她拎到一边,质问道:"我同意你结婚了吗?"

孟菀青缩着脖子，自知理亏不敢吭声。她偷眼瞄陶大磊，两个跟她妈差不多年纪的工作人员看他窘迫，在一边笑他摊上了个厉害的丈母娘。陶大磊不善言辞，只好老实地赔着笑。

他长得俊，个子又高大，走到哪里都有小姑娘看着他脸红，也有中年妇女拉着他问他有没有对象。她第一次遇见他的时候，是在跟她妈一起从外地回家的列车上，车已到站，她走在她妈身后正要下车，看到一个大妈拽着年轻的列车员的袖子不放，不住口地问他叫什么名、籍贯哪里、生辰八字，想把自己的闺女介绍给他。他手里拿着扫帚，满脸通红，被大妈手里的瓜子皮撒了一身。他一抬头，那张俊脸一下子就撞进了孟菀青心里。她也不知道哪儿来的多管闲事的勇气，上去一把拉住他的胳膊，对那位妇女说："阿姨，这我对象，你别为难他了。"

## 2

"你看看，金童玉女，多登对，闺女愿意嫁，你当妈的何苦要拆散孩子们的好姻缘呢？"

婚姻登记处的工作人员们纷纷劝说，孟菀青她妈还是没给她好脸色："结婚的事先放一边，你先把学念完再说。"

孟菀青灰头土脸地回到家，又被她姐训了一顿："书还没念完就想成家？我当时想念书都没念成，你倒好，半点念书的心思都没有，身在福中不知福。"

"那是你没考上，跟我有什么关系。"孟菀青回撑。

没领成证，她不甘心地拉着陶大磊去照相馆，特意拍了张红底的合影，美滋滋地用塑封裱好，放在枕头底下，每天睡觉前都要拿出来看上一会儿。她总往火车站跑，到站台上去等他，两人腻歪讲话，车都开了才发觉，陶大磊因此被单位严肃批评过好几次。

她妈管不了她，就总跟她爸抱怨说把她惯坏了。她爸也没有办法，她喜欢的，又拗不过。孟菀青心里明白她妈为什么不同意，陶大磊父亲早逝，她妈一个人住在郊区的老房子里，身体也不好，听说陶大磊找了个家里开厂子的对象，喜极而泣，立刻跟儿子嚷嚷着要搬到城里来。

"你就是嫌他家穷。"孟菀青说，"妈，咱不能这么势利，咱家条件好你就看不上穷人。我俩以后好好过日子，吃自己的穿自己的，不沾你的光。"

"你说的？"她妈一针见血，"行，你非要跟他结婚，我不会给你一分钱。"

孟菀青立刻蔫了下去。

"妈不会真的一分钱都不给我吧？"单独和孟明玮在一块儿的时候，孟菀青心事重重地问她。

孟明玮打着毛衣，没吭声。

孟明玮结婚的时候，她妈给了她一套房子，就在她爸妈现在住的房子楼上。那时候大家普遍没有什么钱，儿女成家的时候嫁妆啊彩礼啊都是令人头疼的大难题，自然也上演过诸如彩礼不够女方悔婚啊，嫁妆被公婆私吞给了小叔子啊，亲家之间没谈拢价格大闹喜宴啊等等戏码，却从没见过娘家能慷慨到二话不说给小夫妻出一套婚房的，一时间风头无两。亲朋好友间传了个遍，都在说别看乔厂长平日里雷厉风行不顾家，对她家这个难嫁的老大可是真上心，倒贴一套房子也要招个入赘女婿进来。

孟明玮却丝毫不以为傲，反以为耻。厂子里每个人都知道，那个跛脚老姑娘就是乔厂长家的老大难。她结婚的时候，她妈那些老同事老员工老朋友全都来了，热情洋溢满口称赞，说她妈积了大德，但她只觉得自己像被剥了衣服游街示众的死囚。

她没办法拒绝，她没长相，没学历，不年轻，不贤惠，还跛脚，唯一的价值就是她妈很早就放话说，她的家产将来都是三个女儿的。

她也没办法否认，她妈对她的确上心。工作好的嫌她长得不好看，长得丑的嫌她年纪大，不嫌她年纪大的又忌讳她跛脚，挑来挑去，她妈相中了一个既年轻又诚恳、不嫌她年纪大也不嫌她跛脚、愿意娶她的小伙子，是他们厂子里的一个维修工，平日里不怎么说话，只知道闷头干活。孟明玮每天在厂子里进进出出，都没有注意过这个人，她妈跟她说过之后，她出门去找他，正赶上一帮老少爷们儿吃完饭光着膀子在门口放风，剔牙抽烟讲荤段子。她看到他躲得远远的，穿着一身脏兮兮带着机油印子的工作服，一个人坐在墙边发呆，像是不屑与他们为伍的样子。

"我叫孟明玮。"她走过去说。

"我知道，"他局促地站起身，手胡乱在衣襟上擦了两把，"我叫李诚智。"

很多年后，孟明玮突然想起来那一天，问他："那时你在厂子里为什么不愿意跟那帮老爷们儿混在一起？"

李诚智愣了很久，"哦，"他点了根烟，说，"因为我兜里总没钱，他们抽的我抽不起，嫌丢脸。"

帮孟菀青换床单的时候，孟明玮看到她枕头下的照片，红彤彤的底色衬得两个人明眸皓齿，笑靥动人。孟明玮摩挲了两下，顺手夹在了孟菀青放在床头的《烟雨濛濛》里，便洗床单去了。

转年过去，孟菀青念完书，如愿和陶大磊结了婚，她妈果真一分钱也没给她。她爸疼孟菀青，看不过去，偷偷拿了自己的私房钱，包了好大的红包，趁陶大磊没注意，偷偷塞给孟菀青。

"闺女，你别生你妈气。"她爸悄悄跟孟菀青说，"她不是嫌大磊家里穷，她是提醒你，他和他的家庭跟咱们家不是一路人。他那个人，也没什么上进心，将来给不了你好的生活。"

"那不就是嫌他穷吗！"孟菀青气急，"知道他穷还不帮衬，我妈就是故意让我难堪！"

她爸只好继续安抚："你们小两口现在靠了爸妈，将来万一指望不上家里了，你们怎么办？"

"我现在就指望不上！"孟菀青气呼呼地把红包塞进口袋里，说，"凭什么我姐结婚她给了套房子？还帮她添这添那？一碗水不端平！"

"你姐不是情况特殊嘛。你看你，脑瓜聪明，能说会道，你们俩互相帮衬着，好好工作，以后什么没有？"她爸安慰道。

婚礼上她妈全程冷脸，笑都没笑一下，不过所有客人的目光都在孟菀青和陶大磊这一对璧人身上。大家都说金童玉女，天作之合。

那年李衣锦才五岁，跟着她妈在婚宴上，全程吃喝，对所有的事情都无印象。她并不知道那天从婚宴回来后，她妈一个人躲在房间里哭了很久。

李诚智跟孟明玮结婚不久就从厂子里出来，自己打零工去了，孟明玮问起他，他也不说为什么。那时孟明玮也已经不在她妈厂子里做事，但她跟他说，要是他愿意，她就去求她妈给他再安排个活，至少还有碗饭吃。李诚智死活也不回去，他三天打鱼两天晒网地打零工，家里的支出全靠孟明玮的那点工资，她心里委屈，但又不敢多言。孟菀青还总挤对她，说她吃家里的用家里的，房子也住家里的，轮到自己结婚却什么都没有，妈太偏心。

妈确实太偏心。孟明玮心里想。以为靠一套房子来把她从此拴在一段不明所以的婚姻里她就会心存感激，却不知道她从心底往外羡慕那对被宾客争相称赞的金童玉女，羡慕可以追求自己爱情的孟菀青。

后来孟菀青搬去了婆家住，逐渐记事的李衣锦，就发现她妈脸色永远是黯淡的，眉头永远是皱成"川"字的，在家永远是唉声叹气的，和她爸即使一同在客厅里看电视也是各自坐在沙发最远端的。

她从小就认为，全天下的夫妻都是一样的，争吵和指责是习惯性的，父母是不需要陪孩子玩的，一家三口是不会共同出行的，婚姻里是没有笑声的，生活是没有盼头的。

随着她的长大，拼了命地为她好然后以此为由要求她有出息的念头，逐渐占据了她妈全部的思想。有时她会好奇，她妈理想中的孩子到底是什么模样。难不成是个哪吒？三头六臂神力无穷？又或许是个机器人？外星来的，超长待机不需要充电还智商爆表？最不济应该也是个陶姝娜，才貌双全小神童，从小享受亲朋好友的艳羡，一路开挂顺风顺水走上人生巅峰。

她好想变成她妈期望的那个孩子，那样的话，不管她是拒绝相亲，跟相处多年的男友分手，或者单恋男神没结果，或者穿着运动内衣披头散发在客厅里狂揍沙袋，都没有人说不可以。

陶姝娜狂揍沙袋一顿之后，满头大汗地躺在沙发上喘粗气。

"你又心情不好了？"李衣锦问。

"没有啊，"陶姝娜说，"我心情特别好，跟我男神说话了，还过了初试，明天就要去面试了，一切都特别顺利。"

"嗯，应该的。"李衣锦说。

陶姝娜闭上眼睛，长出一口气。

她跟她妈已经好几天没说话了。她觉得自己话说重了，但又实在不知道要怎么求和。她们母女俩从来没吵过架、说过伤人的话，她不知道昨晚那番话之后她妈是怎样的感受,也从来没有想过中年狗血婚外情这样的事会发生在自己的父母身上。她妈平时是爱打扮了点,朋友交际多了点,但那不是她有外遇的理由。她虽然困惑,却不敢去刨根问底,怕这一刨,原本在暗处盘根错节的事情,带着淋漓的泥土和密布的枝蔓全都暴露在光天化日之下,会给家人带来怎样的伤害都未可知。

## 3

"我今天在我们学校停车场看见邱老师和他新女友了。"陶姝娜回家后跟李衣锦说,"跟小姨不是一个风格,不过和邱老师站在一起,倒也算金童玉女,风流才子和清秀佳人的感觉。"

"我以为邱老师只喜欢小姨那种风格。"李衣锦说。

"那谁说得准呢?"陶姝娜故作老成地长叹一声,"爱情已逝,徒留遗憾。"

李衣锦好奇地问:"所以,真的看起来特别好?比小姨还好?"

陶姝娜摇了摇头,"倒也没有可比性。情人眼里出西施这种事情,外人没法说。说到底,小姨跟邱老师毕竟年纪上差了几岁,以后走的路要是再越来越远了,两个人各方面的差异变大,可能就真的难以挽回了。我看邱老师的女朋友挺年轻的,估计比他小好几岁。"

"球球好可怜啊。这么小就要跟爸妈分开。"李衣锦也叹一声。

"也没什么,你看我那同学,就廖哲,人家富二代,他爸妈都各自结了好几次婚了,异父异母的兄弟姐妹都认不全,他不照样过得滋润。小姨也挺能赚,球球也算是半个富二代,什么都不缺,咱也不用替她可怜。"

"你什么时候变得这么拜金了?"李衣锦好笑地问她。

"我不拜金,我拜能力,"陶姝娜说,"当富一代的能力,追求爱情的能力,为科学奉献终生的能力,我都拜。"

"原来你外甥女就在你们学校,你没跟我说过呀。"两个人烛光晚餐的时候,肖瑶问。

"嗯，平时也没什么联系。小姑娘很厉害，机械工程的博士。"

"是孟以安的外甥女？"肖瑶问。

"对。"邱夏回答。

"果然和她一样聪明。"肖瑶笑眯眯地说，"看来是一家子高智商。不像我，四肢发达头脑简单。"

"头脑简单挺好，"邱夏说，"活得不累。"

邱夏认识肖瑶同样是在课堂上，球球每周日下午两点的儿童芭蕾舞课堂。他有次去接球球去早了，在一旁坐着看她们上课。一群穿着粉红裙子、白袜子的小朋友中间，肖瑶瘦削高挑的身段格外显眼，简单的黑色练功服，高高的发髻在头顶扎起，额角全是晶亮的汗珠，不厌其烦地弯下腰给小朋友摆腿。有小孩爱闹，抱住她的腿不撒手，她就顺势坐在地上让小姑娘跌坐在她怀里，一大一小都笑开了花。

"我喜欢肖瑶老师，"球球说，"她喜欢笑。"

那是他和孟以安分开的第一年。他们俩时间安排得精准，保证在无缝衔接球球日程的前提下不需要见面。但不用见面他也能知道孟以安的近况，不是签了什么合同和什么品牌合作，而是球球口中的妈妈"总是不笑""总是不睡觉"。

有很多次，按例不是他去接球球，但他还是去了，把车停在很远的路边，看着幼儿园的小朋友们和家长陆陆续续地出来。他总能在人群中一眼认出孟以安，就像她第一次闯入他的课堂时，他虽然正和学生讨论，但还是第一时间发觉了这位不速之客，她努力假装听课却还是没过多久就睡了过去，这样子让他忍俊不禁。后来不管是一起出去旅行还是接她下班，他都习惯了等她，然后看着她穿过来来往往的陌生人向他走来。现在她手中牵了蹦蹦跳跳的球球，眼里也不再有当年的光，他看不清她的表情，但看一眼总比没看好。

后来他就接触了肖瑶。肖瑶比他小五岁，看上去比实际年龄更年轻，性格软糯，说话声甜甜的，她说她就是因为喜欢和小孩子们待在一起才学了舞蹈教育，虽然收入没多高，但是心里舒坦。她家里条件不好，父母又生病，北漂多年的积蓄一直在接济家里，没攒下什么钱，平日里也过得节省。跟邱夏开始约会之后，即使是他顺手买的礼物，她也表现得受宠若惊。

"太贵了，"她咋舌道，"也不实用。我平时去上课就只背那一个包，装练功服和鞋的，别的包我用不上。"

"你收着吧，我也没法拿去退了，总不能让我留着背吧？"邱夏坚持。

肖瑶只好收下。去上课还是背自己的旧包，但去他学校找他的时候，就特意背他送的包，还精心化了妆，挑了同色的鞋子搭配。见到邱夏，就甜甜地笑起来，像是表现好等着邀功的小朋友，和她的课堂上仰着胖嘟嘟小脸儿等她奖一朵小红花的娃娃们一模一样。

那是孟以安永远都做不出来的事情。孟以安这个人，什么时候稀罕过别人奖的花？如果她乐意，她能徒手给自己造一个生态系统。在他认识孟以安的时候，她就已经是经历过大风大浪的船，只需要一个并肩航行的伴侣，不需要有人帮她掌舵教她调整方向。她的骄傲，她的争强好胜，甚至她的嚣张跋扈不讲理，都曾是他所痴迷的，如今那些回忆中的闪光点却成了他们感情的陪葬品。她不会改变，他也不会，所以牺牲的只有他们的婚姻。

孟以安去接球球从不早到，每次都是卡着下课时间出现，鞋跟踩在走廊里嗒嗒作响，昂贵的外套和包包笔挺又熨帖，发型妆容一丝不苟，面无表情的脸只有在球球满头大汗冲进她怀里的时候才会现出点笑意，低头拿湿巾给她擦手擦脸，陪她去换衣服喝水，然后冲肖瑶微微点一点头，就拉着球球的手，絮絮说着话离开。

她从来没和肖瑶说过一句话，但肖瑶相信她知道自己的存在。某一次她来接球球的时候，肖瑶就在一旁和别的学生家长说话，她擦身而过，目光落在肖瑶颈间的项链上，意料之外地顿了一顿，挑起了眉。

那条项链要四万多，肖瑶可买不起。

肖瑶买不买得起并不重要，重要的是，邱夏曾经在结婚纪念日送过孟以安一条一模一样的，肖瑶在他朋友圈的照片里见过。

孟以安眼都没眨就走开了，肖瑶甚至无法判断她是不是在自己身边多停留了一秒，自己反倒心虚得手心里都出汗了。

"你的项链挺好看。"邱夏对肖瑶说。

"高仿货。"肖瑶笑着回答。

"哦。"

"等放寒假了，我们去海岛玩好不好？"她笑着说，"我都没去过海岛。出国太贵，咱们去三亚就行。"

"我看看吧。"邱夏说。

后来没多久，他在幼儿园门口看到孟以安从一辆陌生的车上下来，进去接了球球后，又一起上了车。

那辆车就从他面前驶过，开车的是个气质儒雅的男士，孟以安坐在副驾，两个人有说有笑。

他旁敲侧击，总算从球球口中套出，她叫那个男的"宋叔叔"。他越想越觉得奇怪，那天车里的那个人，好像在哪里见过。

他再也没有在不该去的时候去幼儿园了，琢磨了好几天，头发都愁白了几根，终于想起了那位宋姓人士的来历。

那还是他和孟以安正在处理离婚的时候，有一天来了个陌生人到他办公室找他，见面就递了一份文件，说："您和孟以安女士的离婚事宜，有涉及财产分割的部分，孟女士委托我来代理。具体的文件都在这里，请您过目一下。"

他一愣："我也没跟她争抢什么啊，我俩离得挺和平的。"

"我知道，"那人笑了笑，说，"和平也要分割财产不是。一方面孟女士自己比较忙，法律上的事情还要咨询我，所以就由我代理了，另一方面，这也是为了您好，分得清楚，没有任何遗留问题，将来你们两边不落埋怨。您说呢？"

邱夏只好点点头，接过文件。

那人递过来一张名片："我是孟女士的代理律师，我叫宋君凡。"

# 第八章

# 命运的馈赠

# 1

"来，小朋友回到位置上，表情记住了，我们再来一遍。"

摄影棚里灯火通明，孟以安坐在角落，一边手里不停歇地在手机上打字，一边时不时地抬起头来看看按照导演的嘱咐一遍遍跑出画的球球。

一杯热咖啡递到她面前。她抬头一看，宋君凡不知道什么时候站在了身边。

"谢谢。"她接过咖啡。

"跟我还客气。"宋君凡笑着说，看了一眼远处的球球，"球球挺像样啊，将来说不定也是个小明星。"

孟以安笑着摇头："要不是因为预算不够，拍个几分钟的公益广告，我何必让自家孩子上阵？还好她精神头过剩，什么都想体验一下。"

"放心吧，"宋君凡说着，从旁边拖了一把椅子坐下，"球球随你，将来也会是个女强人。"

"你觉得我是女强人？"孟以安微微笑着反问了一句。

宋君凡觉得她在开玩笑，就也笑了笑："几点收工？球球说晚上想吃火锅。"

女强人这种头衔她听得腻了，邱夏倒是没这么说过她。两个人在一起后，有说他们年龄差距大的，有说她工作不适合带小孩的，有说老婆赚得太多老公会有危机感的，就连他那知书达礼的大学教授父母都曾经委婉地瞒着他跟孟以安沟通过，问她能不能为了家庭换个工作，这样邱夏就不必因为接送孩子每学期都不能选晚课。工作倒是换了，但不仅换得越来越忙，还换得彻底离了婚。孟以安知道邱夏心里有怨，即使如此，他也还记得她其实并不喜欢被叫作"女强人"。

这个词不知道是什么年代流行起来的，孟以安考上大学那年，就有人说风凉话。

"乔厂长雷厉风行了一辈子，这老幺又念了名牌大学，这是想女承母业，也变成一个女强人回来接班吗？"

"别的不知道，老幺跟她妈一样厉害，可不像她两个姐姐。我看啊，陪一套房子都不一定嫁得出去。"

孟以安虽然性子倔，但跟自己无关的事，比如别人的闲话，她其实不太在意。离家读大学前的那个夏天，孟菀青回娘家来，拉她去逛街，要给她买两件像样的衣服，正巧遇到了一个她妈以前的老员工。那老头子认出是乔厂长家的两个漂亮姑娘，就一路跟着她们，嘴歪眼斜地骂着极脏的话。她俩吓得街也没逛就狂奔回家，锁上门喘着粗气。

"那老头什么毛病啊？"孟以安惊魂未定地问。

"可能是以前下岗的那批人吧。"孟菀青说，"他们记恨妈。前几年还有人到家里来骂过。就是为了泄私愤。"

"为什么恨她？他们下岗，妈心里不也难受嘛，又不是她的错。妈那么厉害，没有她，他们连做工的地方都没有呢。"孟以安说。

孟菀青摇摇头："可能就因为她太厉害了吧。你呀，将来读的书多，有出息，可别变成像妈那样的女强人。"

"不好吗？"孟以安问。

"你看你，又较劲，"孟菀青岔开话题，"今天真是的，衣服都没买。明天我带你去我认识的一家裁缝那里，咱们买料子，我让他给你做好看的。"

"我不想穿裙子。"孟以安说。

孟菀青进了爸妈卧室里，打开衣柜翻翻找找："妈要是问起来，别说我回来了。"

"姐，我发现你最近不怎么穿裙子了。"孟以安在旁边看着她姐把衣服翻得乱七八糟的，说道。

孟菀青是全家最爱美的一个人。孟明玮因为身体缺陷，寡言又自卑，孟以安从小调皮捣蛋上蹿下跳，不修边幅。而孟菀青呢，十一岁的时候偷拿家里的牛奶抹脸，被她妈痛骂了一顿，上中学的时候就懂得烧热竹签子把眼睫毛烫弯，还会把旧毛衣拆了织成有复杂纹路的发带头饰。以前没有彩色照片的时候，他们拍过一张全家福，她妈抱着孟以安坐在中间，她爸站在她妈身后，孟苑青和孟明玮站在两边。那张黑白照片被压在她爸书桌玻璃板下好久，直到她妈偶然发现，孟苑青不知道什么时候把照片偷拿出来过，把自个儿涂上了颜色，小脸红扑扑的，白衣服也变成了红衣服，于是孟苑青又被她妈痛骂了一顿，骂完之后，她妈拿着那张照片又去了照相馆，麻烦老师傅给每个人都上了颜色。

孟苑青的少女时期是家里条件最优裕的时候，沾着妈妈是厂长的光，她们能见识好多新奇的玩意儿。孟苑青知道她妈有一个盒子，里面的首饰从不拿出来戴，她常常趁她妈不在偷偷打开看，她最喜欢一对红玛瑙的耳坠，其实不值钱，但她就是觉得漂亮，虽然没有耳洞，还是每次都放在耳朵上比来比去，直到臭美够了再依依不舍地放回去。

她知道孟明玮结婚的时候手上那只玉镯子是妈给的，心里就暗暗期待，等婚礼的时候问她妈要那对耳坠来戴，还特意为此去打了耳洞，但并没要来。

结婚后，陶大磊依然要经常出乘值班，她在家照顾身体不好的婆婆。婆婆原本以为找了个城里的儿媳妇就能搬去城里住了，没想到不仅搬到城里的梦泡汤了，这新媳妇还是个十指不沾阳春水的娇贵姑娘，饭也做不好，衣服也洗不干净，连帮她洗个脚都不情不愿的，态度也太差了。

但孟苑青觉得自己态度已经够好了，要知道，她在自己家里可是横行霸道的小公主，出嫁之前连脚指甲都不自己剪的。她不过就是偶尔把香葱当成了小葱，放多了油或是放少了盐，也不是什么可怕的事，婆婆却大呼小叫得像是她犯了惊天大错一样。

婆婆趁她出去买菜，翻了她带过去的衣箱，把她的漂亮裙子全给扔了。她回来还没反应过来，傻子一样地去问婆婆，婆婆就说：“穿那么花哨给谁看？"

孟苑青从衣柜里找出一条紫色白花的裙子，叠了叠，装进自己包里。孟以安蹲下来，两个人一起把被翻乱的衣服重新理好，原样叠进柜子。

晚上她妈果然问："老二今天回来了？"

孟以安挺吃惊，"妈，你怎么知道？"

"还翻了我的衣柜,"她妈轻描淡写地说,"以为我发现不了?"

孟以安就把白天的事说了。她妈听到孟菀青拿了条裙子走,抿了抿嘴,什么都没说。

"妈,"孟以安叫了她妈一声,"你觉得我以后会像你一样,当一个女强人吗?"

她妈就笑了:"强不强都行,你自己说了算。"

后来她便不喜欢别人称她女强人,在他们眼里好像女强人都是说话嗓门大,跟男人们开会靠吼,生孩子当天还在工作,因为忙事业跟老公离婚,一个人带孩子带得焦头烂额也死不松口承认脆弱的人。而不是那个跟着邱夏逃了婚礼去海边吹风,肆无忌惮地吃油焖大虾,听他讲文学听到流口水打呼噜,和他头挨着头趴在摇篮边看着孩子睡颜小声地畅想未来的人。但这两种人都是她啊,虽然她们在她脑子里成天打架,她还是希望她们能和睦相处。

宋君凡无疑是一个好的事业伙伴,孟以安因为离婚认识了他之后,请他当了公司的法律顾问,凡事都会征询他的意见。他欣赏她的魄力和胆识,作为男友,他成熟多金、温和体贴,无可挑剔,球球也不讨厌他,因为他愿意教她滑雪。

但也仅此而已。生活里失去的部分,有的时候也并不一定非要按原样补回来。宋君凡明确表示过不会走入婚姻,而孟以安不愿意也没必要带着球球投入下一段婚姻。

"但是邱老师就不一样了,他女朋友那么年轻,万一人家想早点结婚生孩子呢?"陶姝娜吃着抹茶蛋糕,振振有词地反驳。

孟以安不为所动:"那跟我有什么关系。"

"当然有啊,"陶姝娜说,"你想一想,有另外一个孩子跟球球享有同一个爸爸。"

孟以安试着想了一下,整张脸都皱起来:"这话怎么听着那么别扭。谁爱享有谁享有去,反正球球就我一个妈。"

陶姝娜看了一眼李衣锦面前没动的蛋糕,把叉子伸过去剜了一口。

"话说,你不是每天都泡在实验室吗?今天非要出来吃下午茶,是有什么意图?"李衣锦忍不住问。

"当然有。"陶姝娜意味深长地笑了笑,掩饰不住的喜悦浮现在脸上。她放下叉子,小心翼翼地从包里抽出一张工牌,在李衣锦和孟以安面前迅速地挥过。

孟以安劈手夺下来:"什么玩意儿,大惊小怪的。"李衣锦也凑过去看。陶姝娜就把她不吃的蛋糕连碟子一起端到自己面前,继续剜了一大口。

## 2

"哇,我们娜娜如愿了。"孟以安端详着工牌上的字,"航天院,总体部,这是正式入职啦?"

"就是实习,"陶姝娜说,"我还念书呢,还不能转成正式职工。但是,"她神情严肃地说,"我正式跟男神成为同事啦!一起为我国航天事业做贡献!"

"我的天,当年你念大学的时候我就该想到的。"孟以安一脸欣慰,"咱们家竟然出了个科学家。"

"也还好啦。你们不知道,我男神,他一家三代都是航天人,他爷爷还参与过当年'长征一号'火箭发射'东方红一号'卫星的项目。"陶姝娜有点没底气地说,脸上露出佩服的神情,"跟他比,我什么都不算。"

"谁说的,我们娜娜自己争气,一样能为科学做贡献。"孟以安说,"哎,你们也有宣传口吧?问问能不能合作个活动,让小朋友们去接受一下科普教育什么的。"

"那应该行!"陶姝娜低落了一秒钟,又喜笑颜开。

"你看她乐的,"孟以安笑着对李衣锦说,"事业、爱情双丰收,这孩子什么事都难不倒她。"

陶姝娜把工牌收回包里,一脸满足。

"五一假期回去吗?回去告诉姥姥,她肯定特别开心。"孟以安说。

李衣锦怕了她妈给她列的相亲对象长名单,假期没回去,陶姝娜一个人回了家。

陶姝娜走后第二天早上,门又被敲响了。李衣锦立刻警觉起来,一边踮着脚走近猫眼去看,一边在手机里按报警电话。

"在家吗?"又是那个廖哲。

"不在。"李衣锦只好应道。

"这不是在吗?"廖哲在门外困惑道。

"陶姝娜不在。她放假回家去了。"李衣锦说。

"哦,这样啊!那我找表姐也行!表姐开下门。"廖哲立刻自来熟地说。

陶姝娜在不在他会不知道?发个微信打个电话不就清楚了?李衣锦心里想,把我当傻子?

她打定主意不开门。廖哲也像是打定主意不走了。

"表姐,你知道她去航天院实习吗?"

"知道。"

"那你知道她喜欢我们学长吗?"

"知道。"

"那你知道我追过她吗?"

"知道。"我还知道你被她吓得尿过裤子呢。李衣锦心道。

"哎,这你都知道?娜娜说我,肯定没好话。她看不上我,觉得我有两个臭钱就显摆。我们班同学当年那可都是各省的状元,万里挑一考进去的,要么背着光宗耀祖的担子,要么浑身抱负想要指点江山,现在有的是科研专家,有的是业界精英,都混得挺好。我一个啃老的,没什么追求,他们当然觉得跟我没有共同语言。"廖哲隔着门在外面絮絮叨叨。

"你不上班的吗?"李衣锦问了一个白痴才问得出来的问题。

"不啊,"廖哲倒没笑她白痴,认真地回答,"在我老爹公司里挂个闲职。他看我也心烦,巴不得我天天不上班。"

他上不上班李衣锦并不关心,她本来是要出门的,她这两天给周到发的消息都石沉大海,电话也不接。不知道他面试顺不顺利,找没找到新工作。她试着给他以前的同事发信息,也没人了解他的去向。实在忍不住,她决定还是回去看一眼,晚上睡觉时辗转反侧地给自己想了一个理由,就说是搬家时东西忘了拿。

想来想去,她只好打开了门。廖哲果然还在门口,一看她开门,眉开眼笑就往里进，被李衣锦推了出去："陶姝娜要是知道了，饶不了你。"

"饶得了饶得了，"廖哲说，就看李衣锦带上了门转身就走，连忙跟上，"表姐，你要出门啊？你去哪儿？我捎你？"

"不用不用。"李衣锦心里发愁，想着等陶姝娜回来一定要叮嘱她摆脱这个死皮赖脸的追求者，否则就报警告他骚扰了。

"表姐，你是去约会吗？约会我就不打扰了。"廖哲跟在她后面进了电梯，说。

"不是，分手了，我去前任家，看看他是不是还活着。"李衣锦说。

"哇，对前任这么善良吗？"廖哲说，"我也有一个这么善良的前任，分手后每天都打电话来看我死了没有。"

两个人下了楼，廖哲说："表姐，我捎你吧，我也闲着。要是你前任把你甩了，我帮你解气，替你冒充一下新欢，气死他。"

李衣锦看了他一眼，他就像开屏的孔雀，立刻摆出像模像样的架势来："再怎么说我也是气质修养性格人品都没得说的，追哪个女生基本上没失过手，只有娜娜嫌弃我。"

陶姝娜倒不是嫌弃他，是眼里根本就没看见过他。大学同学四年，她除了记得他吓尿过裤子之外，这个人在她脑子里就只剩下一张写着"廖哲"二字的标签，被自动归为"不太需要认识的同学"那一栏，如非必要根本想不起来，对他的一切一无所知，也不在意。

"我们家娜娜太厉害了。"陶姝娜坐在姥姥身边，老太太拍着她的手笑得合不拢嘴，"要是你姥爷还在啊，肯定高兴坏了。他年轻的时候啊，最羡慕的就是科学家，结果呢，自己只知道吟诗作对，当个教书先生。帮我管账，连账都算不明白。你说咱们娜娜这科学家的脑袋瓜，是随了谁呢？"

"当然随姥姥。"陶姝娜给出一个完美答案。

"今天姥姥亲自下厨，你想吃什么，姥姥给你做！"老太太一开心，就要起身去厨房，被陶姝娜按住了，"姥姥，你就在这儿坐着，今天大姨不在家，我和我妈做饭给你吃，好不好？"

"你妈哪儿会做饭？"老太太笑，"她呀，平时来了吃完饭就走，连碗都不拣的。"

"我会!"陶姝娜说,"我数了剩下的泡面,我姐吃泡面的次数绝对比我多,说明我比她会做饭!"

老太太拗不过她,只好被她安顿在沙发上看电视。陶姝娜拉着她妈进了厨房,一眼看到窗台上水盆里一条新鲜的鲫鱼,"这肯定是大姨买回来的,咱们清蒸了吧?"

其实陶姝娜不怎么会做饭。从小到大,家里都是她爸做,她爸对吃饭比较挑剔,不像陶姝娜和她妈怎样都能凑合。

陶大磊挑剔的胃口自然归功于婆婆的养育,用婆婆的话来说,家里就算只剩一粒米,那也是给宝贝儿子吃的,家里条件那么差,硬是砸锅卖铁把儿子供了出来。后来婆婆卧床的那段日子,总是念叨她早逝的老伴,说自己没辜负他,把儿子养育成人了,可惜她老伴抱不到孙子了。

孟苑青本不想和婆婆计较。婆婆脾气不好爱骂人,她忍了。婆婆嫌弃她做饭不好吃,她忍了。婆婆把她的漂亮裙子全扔了,她也忍了。她偷偷从娘家带回自己那条紫色白花的裙子,藏在一堆剪成尿布的旧秋衣秋裤里,没被婆婆发现。

陶姝娜出生之后,婆婆嫌小孩吵得她神经衰弱睡不着觉,大冬天里把坐着月了的孟苑青和孩子一起从暖和的南屋赶出来,让她们娘儿俩去睡没有暖气的北屋。屋里太冷,孩子一直哭闹,孟苑青又困又睡不着,只好留着灯,迷迷糊糊一边哄着孩子一边等陶大磊回来。

凌晨陶大磊才进家门,看见北屋灯亮着,推门进来,裹挟着一阵冷空气。孟苑青忍不住打了个喷嚏,怀里好不容易哭累了的孩子又开始哼哼。

陶大磊没待几分钟,说了句:"北屋也太冷了!",起身披上衣服就出去了,没一会儿从南屋传来响亮的鼾声。孟苑青呆坐到天明,孩子在怀里睡熟,直到南屋里传来婆婆醒来咳嗽吐痰的声音,接着是喊她烧洗脸水做早饭的声音。她张了张嘴,想说话,但终究没有再说一个字。

冬天过去后的一个下午,婆婆午睡了,孟苑青把孩子哄睡后,拖了盆和小板凳,坐在厕所旁边洗衣服。敲门声响起的时候,她还有些奇怪,陶大磊刚出门上班,家里也从没有客人来。

"谁啊?"孟苑青走到门边,问了一句。

"我。"

孟菀青听出来她妈的声音，慌了，毛手毛脚地跑回去，把没洗完的尿布塞进盆里，拖进厕所关上门，又把屋里乱七八糟的小孩东西粗粗收拾了一下，最后还不忘用床头柜上唯一的梳妆镜照了一下自己。不照不知道，这一照让她彻底泄了气，毛衣袖子脱了线，露出里面洗褪色了的秋衣，胸前全是奶渍和孩子留下的口水印，裤腰的松紧带松了，不提就往下掉，裤脚上还沾着两颗不知道什么时候留下的已经干涸的米饭粒。她绝望地看着镜子里的自己，徒劳无功地伸手抓了两下乱糟糟的头发，带着必死的心去开了门。

她妈站在门外，脸上倒没什么表情，也没打量她，进了门说："孩子睡着呢？"

"嗯。"孟菀青说。

"今天孩子百日，等她醒了，咱们去照相馆拍张照吧。"她妈说。

"好。我去换件衣服。"

孟菀青让她妈坐下，自己进了卧室，从一堆尿布里翻出藏起来的那条裙子，眼泪啪嗒啪嗒往下掉。孩子就在一边睡得香，她不敢出声。

出来后，看到她妈正帮她把晾在阳台上迎风飞舞的尿布一块块拿下来叠在一边。"我听别人说，现在有一种高级的尿布，纸做的，用完不用洗直接扔。人家外国人都用，就是贵了点。等托人买点，给咱家孩子也用用。"她妈说。

拍完百日照，陶姝娜就被姥姥抱回了自己家，再没回去过。姥姥说："不心疼我们孩子的家，不回也罢。"

陶姝娜她爸记恨丈母娘，说奶奶离世都不让孙女回去看她一眼。孟菀青说："你妈临走嘴里还在念叨她对不起你爸，没让他抱上孙子，她连娜娜大名她都没记住过，娜娜为什么要回去看她？"

陶大磊就不吱声了。那时候孟菀青在百货公司工作，嘴甜手快脑子活，月月得销售冠军，干得好赚得多，而陶大磊已经退下来在车站办公室坐班，死工资没几个钱，全家都靠着孟菀青的收入生活，他自然敢怒不敢言。

孟菀青也早已和他无话可说。结婚前，她觉得遇到陶大磊是命运给她的馈赠，等她意识到，当年她妈不让她跟陶大磊结婚时说的话，句句都真切有理，只是她从来没有听进去过，馈赠变成了诅咒，时时刻刻提醒她自己有多愚蠢可笑。

她妈倒是没再说过那些话,只是在后来的某一天,不经意地收拾东西,从首饰盒里拿了那副玛瑙耳坠出来给她:"不是新做了裙子吗?搭配着戴挺好看。"

陶姝娜的百日照上,孟菀青穿着那条紫色白花的裙子,抱着陶姝娜笑靥如花,其实裙子背后的拉链都拉不上了。她才不管那些,照片上仍然要美美的。

"妈,我最近老吃夜宵,都胖了。"陶姝娜一边做饭一边跟孟菀青说,"但还是姥姥家的饭好吃。在外面吃饭,就是填填肚子,解不了真的馋。"

"你是有多馋。"孟菀青笑着损了她一句。

"你不也天天回来蹭饭吗?"陶姝娜笑,"咱娘儿俩属猫的,最喜欢鱼腥。"

陶大磊海鲜过敏,家里他掌厨,从来没有鱼虾。所以孟菀青三天两头回娘家来蹭饭,老太太倒是从来没忘她们家老二最喜欢吃简单的清蒸鲫鱼。

## 3

鱼蒸上之后,孟菀青切菜炒菜,陶姝娜在一边打下手。灶上的火响着,炒菜的香气熏着,两个人一时间都没说话,但陶姝娜心里的忐忑,也莫名地在氤氲的饭菜香味中消散了。

晚上从姥姥家出来,两个人打着饱嗝,挽着手慢悠悠地在初春渐暖的街上散步。

"娜娜,"孟菀青悠悠地说,"你就没有什么话想问我?"

"当然有啊,"陶姝娜说,"我等你跟我讲呢。从小我有什么事都跟你讲,你都不跟我讲,太不够意思了。"

孟菀青看了她一眼,她表情倒是淡定,孟菀青问:"你不说我?我还以为你要说我。"

"你是我妈,我说你什么?"陶姝娜笑。

"妈也是从闺女过来的。"孟菀青说,"也有做错事的时候。"

孟苑青不是逆来顺受的人，也不想眼睁睁地被婚姻的诅咒困住一辈子。她工作做得越来越好，赚钱的能力和人际关系中的如鱼得水让她的虚荣心重新苏醒，等到她瘦得又能穿进那条旧裙子的时候，她仍然是风姿绰约的孟苑青女士，没人能否认她的魅力，更没人能取笑她一事无成。她是百货公司赫赫有名的销售一枝花，领导、同事都喜欢她。

只有陶大磊不喜欢，孟苑青也知道他不喜欢。工作上的朋友，她从来不往家里带，在家里也从来不提，但陶大磊还是有一次撞见了她和同事、朋友吃饭喝酒。当天回家之后他就沉着个脸，盯着孟苑青换下来的裙子看了半天，说："你以后别穿这个裙子。"

"这个裙子怎么了？"孟苑青问。那是一条水红色的裙子，她最喜欢的就是它的裙摆，转起来能扬得好高，忽扇忽扇的，特别美。

"没有袖子，而且太短了。"陶大磊说。

孟苑青一听就不高兴了，"这都到膝盖了！你让我穿拖到地上的裙子出门吗？没有袖子怎么了？夏天谁不穿短袖啊？"

"反正就是不许穿了！"陶大磊也来了劲，"穿了就去跟人喝酒，你像话吗？你都是孩子妈了，还以为你谁呢？以为你年轻漂亮呢？能不能要点脸？"

听他这么说，孟苑青的神情就变了，她一把把裙子掼到地上，走过去指着陶大磊的鼻子，"陶大磊，你别给我在这儿甩脸色，要不是我工作赚钱，要不是我妈帮衬，咱俩能住上这房子？能有现在的条件？我怎么就跟人喝酒了？那都是工作认识的，就正常吃饭，怎么就不像话了？"

"工作认识？工作认识你穿成那样是去勾引谁？孟苑青我告诉你，你别以为你赚了两个臭钱就嘚瑟了，你就是想天天出去抛头露面！"

"我就是个搞销售的，哪有抛头露面？不然像你一样天天坐办公室？"

"你别看不上我，孟苑青！"

"我还就是看不上你了！怎么，你没用，你媳妇能赚钱还给你丢脸了是不是？"

"你以为我们单位人都是怎么看我的？他们都笑话我，说你不检点！"

"是该笑话你，要不是你没钱，我也不用这么辛苦！吃个饭就不检点？你检点，你敢告诉你们单位的人我工资多少、你工资多少吗？你凭什么说我？"

陶大磊爱面子。他待了一辈子的单位是他的避风港，宁可打碎牙齿往肚里咽，也不能让单位同事知道自己的窘迫。他俩在家里一吵架，孟菀青的撒手锏就是"你再说，我就去你单位闹"，陶大磊一下子就蔫了。

但孟菀青只是说出来堵他的嘴，她才不稀罕去他单位闹，那是没招又没品的人才干得出来的事。他们单位有什么好的？她现在只觉得当年看他穿着列车员的制服光鲜神气就要嫁给他是瞎了眼。结婚以后，她再也没有特意去火车站找过他，不管他是出乘还是坐办公室，对她来说已经没有区别了。

有一次她因为工作的事情要去火车站接人，穿了一件新做的改良款旗袍，既时髦又大胆，还烫了流行的发型，提着小手袋意气风发。她想着反正陶大磊天天坐办公室，车站那么多人，也不用担心遇到，刚走到人来人往的站前广场上，好巧不巧地正看到他和几个同事迎面走来。

在灰扑扑的人群中，孟菀青一身玫瑰红色的旗袍格外惹眼，人又长得好看，周围目光自然而然地都聚焦在她身上。就见陶大磊注意到她的前一秒还和同事们谈笑风生，下一秒立刻像是眼睛被蜜蜂蜇了似的，脸色绿一阵白一阵，挺高的个子硬是缩脖塌肩地往同事旁边躲。那几个同事不认识孟菀青，还颇为好奇地打量了她好几眼。

孟菀青目不斜视，昂首挺胸地从他们身边走过，心里却是又寒了几分。她一路走到出站口，周围人的目光和议论的声音也好像没那么明显了。

"孟菀青？"

一个陌生的声音在耳边响起。孟菀青回过神来，面前站着个有点眼熟的男人，风尘仆仆地提着个公文包，有点疑惑地打量着她，"是孟菀青吗？"

"你是？"

"我是郑彬啊，咱们一个班的，你不记得我了？"男人说。

初春的阳光落在身上，照得整个人暖洋洋的，玫瑰红色的布料泛着温润细腻的光泽，一片不知什么花的花瓣落在她袖口。她低头拂掉，眼看着那花瓣随风轻轻飘远，心里多了些难以名状的情绪。

假期结束后陶姝娜回来，一进门就问李衣锦，"廖哲没又骚扰你吧？"

"没有，"李衣锦摇摇头，"他人还挺好的，是我之前带偏见了。"

鬼使神差地坐上廖哲的小超跑的时候，李衣锦心里泛起一种诡异的荒诞感。找个只见过两面的富二代小朋友假扮现任去气前任,这是什么狗血剧情?

"所以,你俩为什么分手呢?"路上,廖哲问。

李衣锦就把过年时去他爷爷奶奶家的事讲了。

廖哲带着绝不是讽刺的好奇语气问:"纸灰什么味儿?好喝吗?"

"……"李衣锦思考了几秒钟,"黑芝麻糊你喝过吗?"

廖哲的狂笑声盖过了发动机和油门的声音。

走到熟悉的门口,李衣锦按了锁,却响起密码错误的提示音。她愣了一会儿,又换了两组以前周到用过的密码,仍然错误。

她正在奇怪,突然门里响起一个高嗓门的女声:"谁啊?找错门了吧?"

李衣锦吓了一大跳,退后一步:"不好意思……我找周到。"

"谁?"

"周到。"

"不认识啊!"门里窸窸窣窣响了一阵,"你问的是不是之前的租客啊?我昨天刚搬进来的。"

李衣锦愕然,也不敢再瞎按,手足无措地站在走廊里发了好久的呆。一旁的廖哲不耐烦了,"表姐,你这前任是不是欠高利贷了啊?怎么一声不响跑路了呢?我之前认识一小子就是欠了债到处躲,给我们的电话、地址都是假的,我还差点借他钱,真是万幸……"

李衣锦也顾不上礼貌,拿出手机给周到以前的同事打电话。

"周到?他跟我说他回老家了,好像走得还挺仓促的,我说出来吃个饭,他也没答应。"同事在电话里说。

三年前周到曾经动过一次离开北京的心思,连车票都买好了。两个人工作上都不顺利,生活成本又高,他愁了好一阵子,后来试探着问李衣锦,愿不愿意跟他回老家。

"我是你什么人呢?跟你回老家?"李衣锦发出灵魂拷问。

于是两个人心照不宣地各退一步,李衣锦不再提她是他的什么人,周到也不再提回老家。

李衣锦一直以为她和周到都是宁可漂在外面也不愿回家的人,一个一年到头接不到家人打来的电话的人,能有多想回家?而李衣锦是为了躲开她妈,只有离开家远远的,她才自欺欺人地觉得不用为了没有达到她妈心里的期望而痛苦。

李衣锦她爸有四个姐姐、三个哥哥,到李衣锦出生的时候,她乡下的爷爷奶奶已经有了五个孙子,知道孟明玮生的是女孩,压根儿就再没注意过她们。姥爷姥姥反而对这第一个外孙女很是疼爱,姥爷甚至亲自给她起名字,当年三个姑娘的名字都出自他之手,颇有讲究。他翻了好多天书,给外孙女取了许多个文绉绉又好听的名字,孟蒐青和孟以安在一边帮忙挑,各执己见,还差点打起来,最后都没争过孟明玮自己。

"我希望她衣锦还乡。"孟明玮说。

对孟明玮来说,女儿的到来是命运的馈赠,但这令李衣锦惶恐,这名不副实的馈赠落在她头上成了永远不能实现的妄想,落在她妈身上又是压垮了生活的重担,她妈怕是这辈子都看不到她衣锦还乡了。

而现在,周到说放弃就放弃了,连句话都没给她留下,只剩她自己漫无目的地继续漂向看不清的未来。

"表姐,回吧?咱别在这儿站着了。"廖哲说,"凡事呢要往好了想,这种前任啊,一刀两断,连念想儿都不给你留下,干净、利索,多带劲!你还惦记他活没活着,何必呢?活着也当他死了!咱今天权当过来给他上坟了,再过几天,头七,烧点纸……"

话音没落,房门开了,一个满头发卷的大婶恶狠狠露出脸来,就是刚才的高嗓门,"丧不丧气啊,在谁家门口上坟呢?!再胡说八道我报警了啊!"

大婶手里拿着拖把作势,廖哲见状不妙,连忙拉着呆滞的李衣锦逃离了现场。

一口气跑到楼下,廖哲说:"我送你回去啊?"

李衣锦拒绝了,说要一个人走走。她从无数次经过的小区门口走出去,看到每次加班回来都光顾的煎饼馃子摊,以前他俩不管谁回来晚都记着买两个回去当消夜。摊煎饼馃子的小哥还记得她,笑着问:"今天休息?还是一个加香菜、一个不加香菜?"

李衣锦摇摇头,哭了。

# 第九章

# 习　惯

# 1

李衣锦一边开家门一边跟她妈说:"我到家了,先挂了。"

"到家了怎么就挂了?娜娜回来没有?你晚上吃什么,让我看一下。我上次让你买的维生素你买了吗?……"

那边话音未落,李衣锦就看到陶姝娜和廖哲正坐在沙发上打游戏,茶几上摆着还没动的烧烤和小龙虾。

看到她进门,陶姝娜笑着说:"廖哲非要等你回来再开吃,我要饿死了。快点来!"

廖哲也从游戏机上抬起头,人畜无害地冲她笑,"快点来!"

李衣锦不解地看一眼陶姝娜,像是在质疑她什么时候跟廖哲成了一起打游戏的关系。她妈却立刻捕捉到了陌生的声源,顿时提高音调问:"谁说话呢?家里有谁?"

"没有谁,"李衣锦吓得顺手按住镜头,一边示意廖哲不要出声,"没有。陶姝娜在家呢。是游戏的声音。"

"是吗?你把手拿开,让我看一下。"她妈在那边说。

陶姝娜小声跟廖哲说:"我大姨这人比较保守,她要是看到家里有陌生人,估计要对我姐家法伺候,你快躲一躲,别让她看见你。"

廖哲正盯着游戏玩得目不转睛,顺口说:"看见我怎么了?本帅哥行得端、坐得正,从八岁到八十岁的异性就没有不着我的道的,还怕看?"

陶姝娜只好站起身来在李衣锦镜头前挡住廖哲,但李衣锦她妈已经听见了廖哲说话的声音。李衣锦无奈,只好冲陶姝娜摆出求助的表情。

陶姝娜就说:"大姨,这我同学,来家里玩的。你别误会。"

"对,是她同学,我根本就不认识。"李衣锦连忙补充,"妈,没事我先挂了。"

"桌上是什么?"她妈在不停旋转跳跃的画面中抓住重点,"吃什么乱七八糟的东西呢?我跟你说过多少次了,晚餐要清淡,少油少盐,不要吃辣,饮食养成好习惯你才能瘦,才能不长痘,省得你非去吃避孕药……"

"妈!"李衣锦气恼地喊了一句,还没反驳,就被陶姝娜接过了手机,笑眯眯地说:"大姨,我同学给我带的外卖,我姐一口也不吃,我看着她,她今天晚上要是吃一口,我就跟你打报告,你看好不好?"

李衣锦她妈当着陶姝娜不好发作,只得悻悻地住了声,目光落在镜头角落玩游戏的廖哲身上,客套着说了句:"小伙子长得蛮帅的。"

廖哲闻声立刻抬起头,摆出讨中老年女性喜欢的表情,礼貌又标准地对着镜头微笑:"谢谢阿姨夸我,我会继续努力的。"

"你真是娜娜同学?"李衣锦她妈又问,"你做什么工作的?哪里人?有对象没有?"

"妈,可以别问了吗?"李衣锦窘得头皮发麻,"信号不好,我挂了。"

总算应付完她妈,三个人踏踏实实地围坐在沙发上剥小龙虾。

"大姨连你每天晚上吃什么都要管?"陶姝娜说,"累不累啊。"

"因为她嫌我丑,生活习惯又不好,非要她盯着才行。"李衣锦说。

除了记账以外,李衣锦的大部分习惯都是在她妈日复一日的教导下养成的,习惯到不去想那些习惯到底有什么来由。"每天养成一个好习惯。"她妈这样说,"你以后会感谢我的。"走路的样子不好看,学着习惯抬头挺胸平视前方迈步。穿裙子腿不好看,学着习惯穿裤子。胆子太小了,练习在众人面前讲话。讲话声太大了,练习轻声细语。太瘦了,加强锻炼。太胖了,控制饮食。太没有上进心了,强行参加并不擅长的竞争。太要强了,要学会故意示弱。

她在无数个好习惯中自相矛盾地长大,带着什么都想要的期待,活成了什么都不是的样子。

"你这还叫生活习惯不好?账本记得比银行流水都清楚,连什么时候卫生巾该囤货,面霜用到哪一天空瓶都算得分毫不差。"陶姝娜做出惊恐状,"没有比你生活习惯更好的人了。"

李衣锦没说话,赌气似的往烤串上撒了一大把辣椒面儿,像是要和被她妈养成的好习惯进行毫无说服力的抗争。但她软弱的喉咙和胃背叛了她,辣劲烧上来,呛得她好一阵咳嗽。

"所以,你为什么来啊。"好不容易灌下一大杯水缓过来后,李衣锦问廖哲。

廖哲看了一眼陶姝娜。

陶姝娜意味深长地笑了笑。

李衣锦疑惑地看看他们两个,"我错过什么了?"她好奇地问陶姝娜,"你今天不是第一天实习去见你男神了吗?"

今天是陶姝娜去实习的第一天,忙着熟悉各种工作内容,张小彦在不同部门不同科室,要不是特意去找也根本见不到面。下班前,陶姝娜站在门口看着大屏幕,屏幕上正播着前一天的新闻,西昌卫星发射中心用"长征三号"丙运载火箭成功发射了第四十五颗北斗导航卫星。新闻播完,她回头看到张小彦站在屏幕另一边,也在看。

"别灰心,实习都是只能打打杂,以后转正,就可以真正参与到任务中去了。我也才刚开始,一起加油。"他看穿了陶姝娜的心思,说。

陶姝娜点点头:"谢谢你。"

"其实你不是因为我才来的,"张小彦笑道,"这原本就是你的理想,是不是?"

"也是,也不是。"陶姝娜说。

高一的时候她第一次知道张小彦,那时他代表学校去北京参加高中生知识竞赛,午休的时候,每个班级的电视上都在回放他夺冠的精彩瞬间。陶姝娜原本心心念念等着看,但午休时她恰巧被班主任叫到走廊里去训话,她就只好一边听老师说话,一边从敞开的教室门远远望着电视屏幕。

"你回去跟家长好好商量商量。理科班人才济济,等文理分完班,你就没有优势了。还好你不偏科,去文科班说不定还可以冲一冲,女孩子嘛,学文科保险一点。"班主任语重心长地说。

但陶姝娜的眼睛和耳朵早就飘到了电视上。张小彦正代表学校接过知识竞赛的奖杯和证书,主持人把话筒递给他,让他发表夺冠感言。

"从那个时候我就崇拜你了,"陶姝娜悠悠地说,"你说,永远不要做随大流的人,也永远不要怕选择一条冒险的路。"

"那是我说的?"张小彦摇摇头,"你记错了吧,谁会在知识竞赛领奖的时候说那样的话?"

"你说了,我信了。"陶姝娜说。她当场就跟班主任立下军令状,指着电视上的张小彦说:"我也要成为那样的人。"

班主任旋即给她泼了一盆冷水,"你知道人家张小彦什么家庭?他爷爷和爸爸都是科学家,才能培养出这么一个优秀的学生,不是你嘴上喊喊口号就可以的。"

陶姝娜有点受打击,但回家后也什么都没说。晚上她去洗漱,孟菀青倒了杯温水放在她桌上,看到了她的文理分科志愿表。上面划来划去,理改成文,文改成理,理又改成文。

等她洗漱完回到房间,孟菀青就问她:"有心事?分班的事,你们老师怎么说的?"

陶姝娜迟疑了一会儿,就说了白天老师说的话,但怕她妈在意,又补充道:"妈,我没有觉得你和我爸的职业不好。科学家有什么好的?不一样要吃喝拉撒,不一样要坐火车,不一样要买衣服吗。"

孟菀青忍俊不禁:"你能这么想,说明妈把你教得很好。就学你想学的,将来做你想做的,妈都支持你。"

"但是老师说的也有道理啊。"陶姝娜说,"我可能怎么努力,都成不了张小彦那样。"

"为什么要成为他那样?他有他的好,你有你的好。"孟菀青戳了戳女儿的脑门,"他再好,也不是我闺女,对我来说,我闺女就是怎么都好。"

陶姝娜就笑了,拿起笔来把最后一个文改回了理。

"你知道吗?后来大家都说我顺风顺水,是天之骄子,但我每一个习惯、每一个目标、每一个人生信条,都是为了追赶你。"陶姝娜对张小彦说,"跟你在一个地方学习、工作,我就已经挺知足了。当然,等我毕业以后能转正就更好了,我特别想亲自参与一次发射任务。"

"一定会的,"张小彦笑了笑说,"等你转正,我们一起庆祝。"

"庆祝可以省了,"陶姝娜突然狡黠地笑开来,"给我一个奖励呗。"

"什么奖励?"

"当我男朋友啊!"陶姝娜说。

"这些跟他有什么关系?"李衣锦一头雾水地指了指廖哲。

"嗯,算了我不编了。"陶姝娜对廖哲说,"你自己说吧。"

廖哲立刻把手里的小龙虾放下,摘下手套,用湿巾擦擦手,李衣锦这才注意到他身后放着一个巨大的盒子。

"见面礼。"廖哲一边小心翼翼地把盒子移到李衣锦面前一边说。

"不是见过好几面了吗?"李衣锦惊奇道。

盒子没有封,掀开盖连着侧面就一起打开了,映入眼帘的是一大捧精心装饰过造型的花。她虽然不懂插花艺术,但也觉得搭配起来层次错落,煞是好看。装着花的是只绿色透明的玻璃花瓶,瓶身是细密的浮雕花纹,精致漂亮。

"瓶子好看。"李衣锦说。

"你看你,你可不知道这瓶子装不装花差多少价……"陶姝娜还没说完,就被廖哲打断了,"喜欢吧?花送你,瓶子也送你。"

"为什么?"李衣锦警惕地站起身盯着他。

"表姐,你能不能不要总是拒人于千里之外呢?"廖哲摊了摊手,无奈地问,"还要我直说吗?"

陶姝娜忍不住在一旁说:"还叫表姐?"

"啊,也对。但是叫什么呢?你家里人都叫你什么?小衣衣?小锦锦?好像都不那么好听。"廖哲挠了挠脑袋。

"打住!"李衣锦气恼地看着陶姝娜,"今天到底怎么回事?他是专门来刺激我的吗?"

"怎么会呢?姐,你是不是被大姨气傻了?廖哲今天跟我说了,他想追你。"陶姝娜说。

李衣锦愣了片刻,上前抱起装花瓶的箱子就往门外走。廖哲吓了一跳,跟在后面让她别打碎了,被一起赶出了门。李衣锦反手把门锁上。

"表姐,我说真的!我今天跟娜娜都说过了,你不信我啊?"廖哲在门外拍门喊。

"你干吗呀?廖哲就是不学无术了点,人品、性格没说的,长得也挺帅,哪里惹着你了?"陶姝娜不解地问。

"陶姝娜,我觉得我没做对不起你的事吧?"李衣锦问,"你为什么要用廖哲来笑话我？就因为他一直追你，你有你的男神了，就想把他塞给我是吗？人家有貌有钱的富二代就听你的，指哪儿打哪儿？显得你很有魄力是吗？他那么招女生喜欢，他去随便招一个啊！用得着来招我吗？是，我失恋、单身、没人要，连我妈都觉得我一无是处，但不代表你们能随便拿这种事来开玩笑！"

李衣锦甩手进了自己卧室，砰的一声摔上门。

陶姝娜一个人站在客厅里，沙发上李衣锦的手机还在不停地响，又是她妈弹出的视频请求。

## 2

"那个男生真的靠谱吗？"孟以安一边开车一边戴着耳机跟陶姝娜通电话。

"说实话，虽然是我同学，但除了有钱有貌，我真不太了解他，"陶姝娜说，"我姐就是这些年跟周到在一起待傻了，除了年纪啥都没长，不过没事，要是廖哲敢骗她，我就再让他尿一次裤子。"

"那倒也不必，"孟以安笑，"李衣锦就是被她妈管得太压抑了，其实她没那么差的。"

"就是，"陶姝娜说，"有个新开始也挺好。还是比她小五岁的小鲜肉啊！你跟邱老帅不也差五岁吗！完美。"

"……"孟以安不知作何回答。

今天是她和邱夏的交班日，本来说好邱夏去接球球下课，晚饭后再送她回孟以安家，但是邱夏学校有事，临时给孟以安打了电话让她来接班，孟以安就难得地早了二十多分钟到。

她坐在外面休息区，隔着玻璃窗看着教室里肖瑶带着小姑娘们翩翩起舞。她想，邱夏每次坐在这里，不知道看的是球球还是肖瑶。

时间还早，她翻着手机日程，想起有个工作电话没打，就出去打了个电话。说得久了点，回来的时候马上就下课了，有几个来接孩子的家长已经等在走廊里说着话。

"我给童童找了一个更好的舞蹈班,以后就不来啦。"一个妈妈说。

"怎么突然换地方了?我觉得肖老师教得挺好啊。"另一个家长好奇道。

"你不知道,"那个妈妈抬眼看了一下周围,八卦道,"我听说肖瑶老师,嗯,风评不太好。"

"风评?谁风评的?说什么了?"旁边几个家长也凑过来。

"小道消息,小道消息。我孩子同学的家长认识她之前的同事,说她当小三儿,撬别人老公,还傍上了大款。你别看她长得年轻单纯,其实可有心机了呢。就她这样的条件,不趁早靠脸蛋往上爬,过几年还能吃青春饭?这样的人教你家孩子,你放心?"

几个家长连连摇头:"也是。"

大家八卦得起劲,没注意到那边小朋友们已经下课了,肖瑶就站在教室门口,脸涨得通红。

几个家长倒是面无愧色,那个挑起话题的妈妈还笑着冲肖瑶说:"肖老师,我们家童童下次就不来了哦,这段时间谢谢你了。"她女儿欢快地从教室里跑出来,她拉着女儿就要走。

这时,一直在旁边默不作声的孟以安走了过来,不动声色地挡住了她们的脚步。

"不好意思,"孟以安面无表情地说,"我不知道这位女士的小道消息是怎么考证的,也不认识你孩子同学的家长或者肖瑶老师的前同事,我只知道你所谓的她撬的别人老公,恰好是我前夫。我们离婚两年了,他和肖瑶老师现在是普通的男女朋友,不存在什么小三儿,我前夫更不是什么大款,他赚的还没有我多。肖老师这样的人教你家孩子,你不放心,你这样背后空口白舌给别人造谣的家长教你家孩子,就让人放心了?"

一番话说得那个妈妈理屈词穷,讪讪地带着女儿走了。几个家长也有些尴尬,只得装作什么都没发生过,各自散了去找自己家孩子。

肖瑶还站在教室门口,咬着嘴唇没说话。孟以安冲球球招了招手,球球手舞足蹈地冲过来扑进她怀里。

"妈妈,怎么是你来啦?"

"今天爸爸有事,妈妈提前来接你,一会儿带你去吃冰激凌,好不好?"孟以安笑着说。

"好!"

孟以安要走,肖瑶在身后叫住了她,"聊聊?"

孟以安就笑了笑:"行啊,你还有课吗?没课一起去吃冰激凌吧。"

"球球挺聪明的,也挺有天分,学得也早,将来要是想参加专业的比赛,我也可以帮忙培训。"看着球球吃冰激凌,肖瑶对孟以安说。

"随她吧,小孩子现在还没长性,今天喜欢这个明天喜欢那个,我也不想太约束她,以后看她自己的想法。"孟以安说。

肖瑶踌躇了片刻:"今天谢谢你替我解围。其实我早就想跟你聊聊的,但是也没找到机会,听邱夏说你很忙。"

孟以安点点头,不置可否。

"我想说的是,球球很可爱很懂事,我挺喜欢她。如果……我是说如果,将来我和邱夏……我也会好好对球球,希望你不要担心。"肖瑶斟酌着词说道。

孟以安倒是抓住了她话里的话,"你俩打算结婚了?"

肖瑶抬头看了她一眼,有些心虚,"还没有。但我确实是打算跟他好好地走下去,所以……"

"所以不希望我和球球碍你们的事,"孟以安接道,"明白了。你是怕我跟他复合吧?"

"你别误会,"肖瑶连忙说,"如果你们真的要复合,我绝对不会再介入。但是,"她顿了顿,"如果你们不打算复合,我就不会放弃我的机会。"她声音低下来:"我是个想走入婚姻的人。不像你,你没有婚姻,也一样可以活得很好。"

"这是邱夏说的?"孟以安问。

肖瑶没接话,但也没摇头,算是默认了。

"他说的也有道理,"孟以安若有所思地说,"我可能确实不怎么适合婚姻,我习惯了独当一面,对邱夏来说,我能给他的,他能给我的,其实都有限。不像你,能有很多时间陪着他、照顾他,让他也能有被你依赖的成就感。你放心,你俩以后的计划,我和球球不会碍事。"

"没有没有。"肖瑶连忙摆手说,"你人很好。如果不是你和球球……我也不会认识他。"

两个人一时间都没再说话，默默看着球球津津有味地把冰激凌吃到见底。

孟以安的目光无意中落在肖瑶的颈间，发现她戴了和上次同品牌不同款的项链。

邱夏这个人，虽然腹有诗书却不懂风情，唯一那条项链还是纪念日的时候她挑好了款让他去买的，还千叮咛万嘱咐别买错颜色。现在反倒开窍了，懂得拿珠光宝气的小玩意儿讨好女朋友了。他应该很喜欢肖瑶吧，愿意为她改变自己那么多习惯。

结婚几年，她又为邱夏改变过什么呢？一个人即使曾经喜欢你喜欢到愿意包容你的棱角，也会渐渐因为你毫不在意棱角对他的伤害而心寒。

"妈妈，爸爸真的会和肖瑶阿姨结婚吗？"球球坐在后排问。

孟以安不知道怎么回答，犹豫良久，问："球球愿意吗？"

"不愿意。"球球倒是坦坦荡荡，"不都是亲人才能结婚吗？"她掰着手指头，一个个数着，"爸爸和妈妈结婚，姥姥和姥爷结婚，大姨和大姨夫结婚，二姨和二姨夫结婚。肖瑶阿姨很好，但是是阿姨啊，妈妈才是妈妈啊。"

## 3

李衣锦正在多次拒接她妈打来的视频通话，突然看到了赵嫒发来的信息。

她自从在机场发了那条朋友圈之后就再没了消息，人间蒸发一样，李衣锦有时转发一些文章给她，她都像没看见，也不回复。

李衣锦连忙拨回去，"你怎么回事？消失了？发什么都不回我，担心你。"

那边有些喧哗，赵嫒轻快地笑了几声，听起来状态很好，以前上班时的有气无力一扫而空，"你最近好不好？"

"好个屁。"李衣锦闷闷地说。

"哎，我问你一个事，你不要告诉别人，好不好？"赵嫒突然说。

"什么事?"

"我辞职之后,崔总有没有找你问过什么话?"赵媛问。

"什么话?"李衣锦莫名其妙。

"啊……没有就好。"赵媛迅速截住了话头,"没事,就当我没说。你现在怎么样,周到后来又找过你吗?"

"没有了。"李衣锦叹了口气,"他一声不响地回了老家,根本就没告诉我。"

"唉,就当是青春喂了狗吧,想开点。"赵媛安慰她,"做点自己喜欢的事,比什么都强。"

活了这么多年,她从来没有一刻在做自己喜欢的事。她永远活在别人替她养成的习惯里,剥离那些习惯,她便成了无法直立行走的寄生虫,自己都不知道能不能活得下去。

她究竟喜欢什么事,她根本就不知道。

但她现在想知道。她想试试看。

李衣锦出门上班的时候,陶姝娜偷偷让廖哲把那瓶花搬了回来,还放在客厅沙发旁边。"看你运气了,"陶姝娜跟廖哲说,"说不定晚上回来,她就改主意了。"

"她要是不改呢?!"廖哲不满地反驳,"这可是我重金求购的,再给我打碎了。"

"重金个头,你廖大公子还差这几个零钱。"陶姝娜立刻回怼。

晚上她比李衣锦回来得晚,发现花瓶完好无损地放在原处,而李衣锦竟然破天荒地在做饭。陶姝娜闻到味儿,笑嘻嘻地进了厨房。

"不生气啦!"她凑近吸了吸鼻子,"炖排骨。"

陶姝娜开始实习之后更忙了,单位、学校两头跑,连揍沙袋解压的时间都没有,甚至经常忙忘了张小彦的存在。两个星期以后,她中午吃饭的时候在员工食堂见到他,他正背对着她坐在桌前跟同事说笑。

好久没看见他,陶姝娜立刻觉得工作的疲惫感都消散了,一心想上前跟他开个玩笑,就悄悄地走到他身后,伸出手,刚想戳他肩膀,突然愣住了。她看到他手边放着的手机,锁屏图案是她的照片,但她并不知道自己什么时候照过这样一张照片。

"欸?!"她忘了开玩笑,下意识地发出疑问的声音。

张小彦回过头,依然是平日里处变不惊的样子,看到是她,笑了笑,"怎么样?今天忙不忙?"

陶姝娜指了指他的手机。

张小彦一愣,脸上的表情总算有了一丝意料之外的慌乱,立刻伸手按了锁屏。

屏幕上照片暗下去,陶姝娜的脸上却笑起来,转身仰着下巴一脸骄傲自顾自地走开,"说吧,偷偷拿本小姐的美照做锁屏,意欲何为?"

张小彦有些脸红,顺手端了餐盘,跟着陶姝娜到另一张空桌坐下。

陶姝娜看他吃瘪,心里更是扬扬自得,笑嘻嘻地夹了只鸡腿到他碗里。

"其实我早就知道,"她说,"我的实习申请是你求王老师推荐的,是不是?你还装傻,不让王老师告诉我。"

"王老师怎么骗人呢。"张小彦嘴里嘀咕,"我好歹也是他的得意门生,就这么出卖我。"

陶姝娜就又笑。"老实交代,"她说,"什么时候被我攻略的?我怎么不知道?"

张小彦笑笑不说话,低头吃鸡腿。

"那我换个问法,"陶姝娜咬着勺子,"我是不是能提前转正啦?"

"你不是没毕业吗?怎么转正?"张小彦说。

"我不是说实习,"陶姝娜说,"我是说女朋友。你之前答应我的,我转正了你就当我男朋友。"

"我没答应。"张小彦故作严肃,但眼里的笑意已经再次出卖了他。

"那我现在再问一遍,你答应吗?"陶姝娜笑着盯住他。

"答应。"

"我那照片,你什么时候偷拍的?"

"你偷拍我的时候。"

陶姝娜想到自己在教学楼前极显做作的自拍,和背后故作不知实则偷偷拿出手机拍照的张小彦,笑出了声。

心想事成的陶姝娜为了庆祝自己攻略了男神,一晚上都泡在学校实验室里赶报告。李衣锦凌晨两点钟起来上厕所,看她没回来,还以为她跟男神共度良宵去了，也不好打电话询问。回到被窝里，就看到陶姝娜发了张照片在朋友圈，是实验室里正跑着数据的几台电脑。

"感觉人生又到达了巅峰。（我为什么要说又呢？）"

"神经质。"李衣锦对陶姝娜的脑回路百思不得其解，吐槽了一句就去睡觉了。

不像李衣锦要偷偷屏蔽她妈，陶姝娜发神经从来不屏蔽家人。孟菀青隔天看到了，也只会抱怨一下，说她不注意身体不好好睡觉。同为夜猫子的孟以安更是经常实时给她凌晨发的朋友圈留言点赞。

凌晨两点钟，孟以安正带着球球在医院挂水。球球在学校出汗受了风，回家就一直高烧不退，她只得深夜带孩子来医院看急诊。球球挂着水睡着了，孟以安睡不着，就在手机上安排工作，累了就刷刷经常来不及刷的朋友圈，给一排人都点个赞。

点到肖瑶的新照片，孟以安手指顿了顿，忍不住点开放大看了一眼。玫瑰红酒烛光晚餐，虽然只有女主角出镜，但在画面角落露出酒杯一双，对着镜头的温柔笑容自然也是留给掌镜的男主的。

邱夏在那条朋友圈下点了一个赞。孟以安想了想，也点了一个赞。

十几分钟后，邱夏发了句话给她。

"球球怎么了？"

孟以安叹口气，"医院呢。没事，已经退烧了。你怎么知道？"

"不是陪球球，你哪儿有空半夜点赞。"

孟以安盯着手机，不知道说什么，想起肖瑶的照片，就说："你现在品位提高不少，给女朋友买的项链一条比一条好看呢。"

"什么项链？"邱夏说，"我没给她买过项链。就送过一个包，她嫌贵，后来就不送了。她朴素，不讲究那些花里胡哨的东西，我们偶尔一起去吃个晚餐她都嫌贵。"

孟以安心里犯起了嘀咕，但她什么也没说。

"球球真没事？用不用我过去？"邱夏又问。

"千万别，大半夜把你从女朋友被窝里拽起来，我没那么狠毒。"孟以安连忙说。

"没关系，肖瑶不介意这些。"邱夏说，"她对球球很好，球球也挺喜她的。"

孟以安反复打下一行字又删除，还是问道："你们真的要结婚了吗？"

过了很长时间，她以为邱夏肯定是睡着了，正打算继续看工作，却收到了邱夏的回复。

"是啊。"

孟以安盯着那两个字看了好久，久到她都快不认识了，才抬起头，揉了揉酸涩的眼睛，然后退出聊天页面，打开了工作群里的PPT。

邱夏已经睡熟，肖瑶把聊天页面里最后两句话删除，然后把手机放回邱夏枕头下面，顺手轻轻关掉夜灯。

"还没说完。"邱夏迷迷糊糊咕哝着。

"说完了。"肖瑶柔声哄道。

# 第十章

# 分　身

# 1

孟菀青提过离婚,很多次。

陶姝娜要上小学那年,孟菀青想换个好学区,把现在住的小房子卖了,正好换个稍微宽敞点的大房子。换房子就要加钱,孟菀青算了算家里的积蓄,觉得不够,又不想跟她妈张口,翻来覆去地琢磨了好几天,正好她有个以前的同事大姐,辞了职下海做生意赚了点,过得也不错,闲聊起来时,答应借孟菀青点钱,等以后买完房子慢慢还。

也不能可着一个朋友借,孟菀青心里想。某天晚上孩子睡了之后,她躺在床上跟陶大磊商量,问他那边有没有同事、朋友,能多少借一点。

陶大磊蒙着被子闷头睡觉,语气很不高兴,"没有。大老爷们儿谁天天跟别人借钱啊?换大房子能怎样?脸面就那么重要?"

"不是脸面,那是学区房,娜娜要上小学了,咱这片学校不行。"孟菀青坚持。

"你还知道行不行,好像你上过似的。"陶大磊说。

"反正娜娜得上好学校!"孟菀青说,"教育环境是影响一辈子的事,你想让她将来跟你一样当列车员?"

"不然呢?像你一样?天天站柜台跟别人赔笑?穿裙子出去跟人喝酒?"陶大磊冷笑道,"谁知道你非要换房子是存了什么心思,是不是想跟你那老相好郑彬住同一个小区。"

孟菀青心里升起一股火,猛地坐起来,声调拔高:"陶大磊,你能不能别一天天的酸来酸去的?他就是我以前同学,谁是老相好了?"

陶大磊重又用被子蒙住了头,一副不稀罕跟她争执的样子。孟菀青的火窝在腔子里无处发泄,在枕头里憋了一会儿,倒也平静下来,继续琢磨着差的那点钱要怎么周转。

不过是夫妻间为了家里用钱的争执,还远不是离婚的理由。

那个时候郑彬跟她确实没有任何老同学以外的交情,唯一帮过她的一次忙,是给她介绍了一个市立医院男科的大夫,是他同事的远房亲戚。

外人谁会想到一表人才、年富力强的陶大磊会有难以启齿的不举之症呢?反正只要孟菀青不说,没有人会知道。陶大磊得知孟菀青帮他约了大夫之后,在家里发脾气砸坏了所有的家具,死也不去看病。没办法,孟菀青只好亲自去了一趟医院男科,跟大夫道了歉,又问大夫有没有什么办法。大夫说,人都不来,我有什么办法?

不过是讳疾忌医,人之常情,也远不是离婚的理由。

孟菀青第一次提出离婚的时候,什么理由都还没发生,但什么理由也都已经发生。

后来的很多年里,陶大磊都认定自己蒙受了不白之冤,一口咬死孟菀青肯定一早就有外遇,只是不承认。

孟菀青当然不承认:"我跟你提过离婚了,是你不离。"

她想堂堂正正地结束然后重新开始。不管之后是单身带娃,还是另觅新欢,都和陶大磊没有关系,和他们的婚姻也没有关系。但陶大磊不同意,他一改往日对她的冷嘲热讽,一把鼻涕一把泪地抱着她的大腿哭诉,让她为了孩子不要拆散这个家。孟菀青知道他并不是舍不得自己和孩子,而是怕她把他们的事抖搂出去,让别人看笑话,笑话他不举,笑话他拴不住自己的老婆还戴了绿帽子。

"我什么都答应你,我求求你了,"他哭道,"你怎么样都行,你想穿什么裙子就穿什么裙子,想跟谁吃饭就跟谁吃饭,就是别让别人知道,别离婚,我求求你了。"

后来孟菀青又提过很多次,离婚协议都拟好了,陶大磊永远是这一套说辞。有时孟菀青被他求得烦了,答应给他立个字据,上面写了好多条,比如离婚之后孟菀青绝对不去他单位闹,绝对不能说离婚是孟菀青提的,绝对不跟任何人说他不举,绝对不能在他再婚之前再婚……都由着他来,他想加多少条就加多少条。但陶大磊往往又在同意的下一秒变卦,撕毁孟菀青签好字的字据,然后哭天抹泪说她一定会背信弃义离了婚就编派他的瞎话。

再后来，孟菀青便练就了分身之术。在家里，她是开明通透的妈妈；在人前，她是陶大磊美貌懂事的妻子；在工作上，她是热情练达的生意人。而在郑彬面前，她还可以当高中时对爱情和生活都有无限憧憬的那个小姑娘，假装自己还不曾谈过恋爱，不曾走进婚姻，不曾跟生活讨价还价，不曾在如今表面衣食无忧内里却千疮百孔的家中扮演着自相矛盾的角色。

她到底换了好学区的房子，陶大磊问起，她就说跟同事多借了点，以后慢慢还。陶大磊不信，她把借条拿出来他才作罢。

孟菀青心里赌气，她要是跟郑彬提一句，郑彬一定会帮她还上，但她犹豫再三，还是没开口。终究还是她妈知道她换了房子，手头可能周转不开，二话不说就给她填上了窟窿。

"给孩子的，娜娜上学以后，用钱的地方要多了。"她妈云淡风轻地说。

老太太给孟菀青钱，孟明玮也都知道。后来孟菀青家里条件好多了，就不需要她妈帮衬了，要真算起来，这些年还是贴补给孟明玮的最多。以前孟菀青还会抱怨，等自己赚了钱，也就不在乎了，反倒每次大手大脚的，有什么由头就慷慨地给李衣锦包个大红包。李衣锦小，不懂，乖乖地把红包交给妈妈，觉得自己挺争气；孟明玮却酸溜溜的，像是受了孟菀青的施舍。

孟菀青是她姐带大的，肚子里那些弯弯绕绕她姐都门儿清。孟菀青从小就漂亮，男孩都喜欢她，她也似乎有点高明，那些喜欢她或者喜欢过她的小伙子，跟她关系都挺好，和谐共处，蔚为奇观。

后来孟明玮渐渐觉得，虽然她带大了这两个性格完全不同的妹妹，但她们俩各自的过人之处，她这个做大姐的，却是一辈子也没能学来。

要是她们家李衣锦也能学来半点识人之明、驭人之道，不至于落到这般境地。孟明玮心里想。

她一边心里骂着李衣锦蠢笨，一边点开视频通话，毫无意外又是没人接。她念叨着点开朋友圈，意外地看到李衣锦没屏蔽她，还发了一张自拍。

李衣锦从来不自拍。她妈查岗的时候，她就顺手用后置摄像头毫无灵魂地拍一张。她的手机相册里放眼望去，除了工作存图，其他灰扑扑、乱糟糟一大片，跟她干净利落的账单文件夹比起来简直是天壤之别，不像出于同一人之手。

"这可不行,"廖哲说,"来,我给你拍一张。"

他拿过李衣锦的手机,对着坐在他副驾上的李衣锦左看右看,拍了一张,低头鼓捣了片刻,把手机丢给她,潇洒地发动车子。

李衣锦接过来看看,拍得是不错,连美颜滤镜都恰到好处,既自然又加了分,她自己是修不出来。她特意把这张照片发在了朋友圈,只有两个人可见。

放下手机,她想来想去,越来越觉得可疑,忍不住问廖哲:"你不会不喜欢女的吧?就是拿追小姑娘当幌子?是的话,你跟我说实话,我也拿你当个幌子,省得我妈再让我去相亲。"

廖哲一愣,哈哈大笑。

"不然为什么是我?"李衣锦问,"我还是想不明白。"

## 2

"我跟你讲啊,"廖哲语重心长地说,"这一点你放心,我喜欢女的,而且特别喜欢。"

李衣锦不置可否。

"就是因为娜娜大学的时候跟我不熟,她要是跟我熟就知道了。我这个人,别的优点没有,为什么招女生喜欢,我还是很有发言权的。"

"因为你有钱?"李衣锦问。

廖哲摇了摇头,颇为自豪地摆摆手,"谈钱就俗了,钱当然重要,但是你要说现在的姑娘们真的都为了钱什么都不要?也未见得。但凡恩格尔系数没有那么高的,总要多少讲究点精神契合吧?就算找不着灵魂伴侣,也不能找个灵魂废物啊?"

"那你倒说说,你的灵魂有什么独到之处。"李衣锦被他的言论逗笑了,忍不住好奇起来。

"我就是一庸人,我的灵魂没有什么独到之处,但我有一双发现美的眼睛,能看到别人灵魂的独到之处。你说,这是不是优点?"廖哲振振有词。

李衣锦不以为然,她突发奇想觉得也可以和廖哲相处看看,大半原因是跟她妈赌气。不是说这样的人绝对不会看上她吗？她就非要试一下。至于廖哲到底是不是喜欢女的，又为什么是她，也并不是最重要的。难不成她还真以为廖哲这样的人能跟她这样的人一见钟情、两情相悦，从一而终、白头到老？她又不傻，廖哲也不瞎。

"就比如你，"廖哲仍然在娓娓道来，"你肯定觉得我瞎了。"

"……"

"但真的不是，你有你的优点。你那么仔细地收藏那些好看的瓶子，娜娜说你平时生活喜欢记账，特别详尽，能看得出你谨慎又细心，而且你和你前任一起那么多年，感觉你们分开也是有不得已的理由，不是一个对感情不上心的人。所以你真没必要总觉得娜娜什么都比你好，各花入各眼，总有人懂你的好，不要妄自菲薄。"

"你就是这么追到女孩的？转身不喜欢了就编派别人。"李衣锦不为所动。

"我没编派她啊，我喜不喜欢她，她的好都是客观存在的，不能因为人家不愿意当我女朋友我就否定人家的价值。"廖哲倒是坦然。

陶姝娜从李衣锦口中听说廖哲这番言论，也有些对他刮目相看的意思。"想不到他这个公子哥儿不学无术，谈恋爱倒是挺有气度。"她啧啧称奇，"我有点明白为什么大学里女孩都喜欢听他夸一句了，就算再没优点的人，他都能夸出优点来。"

李衣锦她妈微妙地沉默了一整天，没给她发新相亲对象，也没打视频通话。这突如其来的安宁让李衣锦更加确信，她妈一定是看到了她那条朋友圈。

果然，晚上睡觉前，她妈发来一句话。

"不用相亲了？"

那一刻，李衣锦奇怪于自己竟然毫无大仇得报的快感，反而莫名觉得她妈也挺可怜。不像别人家的妈妈，退了休就到处去旅游，去公园里跳广场舞，甚至只是在家里养花种草，看肥皂剧。她的妈妈为她精打细算了一辈子，恨不得替她走每一步路，却被这件她一个人无法完成的婚姻大事折磨至此。

第二天起来，李衣锦看到手机里凌晨三点多她妈连发的几句话。

"他做什么工作的?"

"家里条件怎么样?"

"切记不能搬到一起住。跟周到的教训要记住了。"

周到怎么就成了个教训了呢？李衣锦不太爱听这句话，但至少她妈没有骂她，这样的质问已经算是温和了。她便懒得顶嘴，囫囵地回复道："他不用工作，将来继承家业的那种，小富二代。"然后她就上班去了。

孟明玮却是慌了神，在家里焦急地踱了好几圈，想来想去，拨了孟以安的电话。孟以安正在开会，一上午都没看到，开完会出来一看十几个未接来电，吓了一大跳，急忙拨回去。

"你给我好好探听明白了，她怎么就真找上个富二代了？别是被人骗了吧？这孩子心眼不够用，万一真遇到坏人呢？昨天我刚看新闻，一个女孩被富二代骗了，从十几层高楼跳下去了……"孟明玮连珠炮似地说道。

孟以安哭笑不得，"她都这么大人了，你能不能省省？"

孟明玮看孟以安没当事儿，更急了，"就是因为她都三十好几了，我这辈子就这么一个姑娘，辛辛苦苦把她带大，什么念想儿都在她身上了。她还不让我省心，我将来死都没办法瞑目……"

说着说着就带了委屈。孟以安对她姐一问吃软不吃硬，只好答应："行了行了，我帮你问问去。不过你别指望我，我也不是测谎仪。"

李衣锦在孟以安面前没什么可装的，照实说了。孟以安倒也没觉得奇怪，就是听李衣锦絮叨完之后，好心又半开玩笑地说了一句："反正这种男孩，只要不走进婚姻，肯定哪儿哪儿都好。只要别脚踏几只船就行。"

这话突然提点了李衣锦，廖哲这样招女孩喜欢，前任没有一个排也有两个班，不可能没有任何历史遗留问题。她这么大年纪了，可没有多余的心力每天跟斩不断理还乱的小姑娘们纠缠。

"这容易，"陶姝娜说，"本科时候我室友是他某一个前任的闺密，问问那个前任就行。这种随机抽取前任的突击调查应该能够比较真实地反应出他的品行。你要问什么？人品？钱品？床品？"李衣锦也说不好要问什么，就说随便问问。

这一问还真问出了意外收获，虽然那位前任对廖哲极尽褒奖，说他在她前任里人品钱品床品都数一数二，唯一让陶姝娜和李衣锦觉得带点意思的，是前任给她们发了微信的截图，廖哲不久前还在跟她聊天点赞，而他的微信并不是他平日里跟她们联系的那一个。

"现在很多人都工作、私人两个手机号，有两个微信吧？"李衣锦琢磨着，"至少我有好几个同事都这样。"

"话是这么说，但你是他的准现任，准现任和随机前任都不是同一个号，我不太信。"陶姝娜摇摇头，八卦之心大起，"要不咱们试他一下？"

李衣锦皱起眉头，"不好吧？我还不是他女朋友，这样窥探人家隐私是不是不对？"

"怎么是窥探呢？我一没偷他手机，二没黑他账号。"陶姝娜说，"大数据时代根本就没有隐私。"

接下来陶姝娜的一系列高能操作把早已自知落后于时代的李衣锦惊得目瞪口呆。她通过廖哲和前任联系的微信搜索关联社交账号未果，继而通过前任朋友圈的某短视频平台账号找到了跟她互关并经常互动的廖哲小号，又从这个小号互动过的账号找到另一个前任的微博ID，顺路找到了廖哲的几个不同的微博小号，把他小号关注互动频繁的再筛一遍，筛出十几个账号，果断私信群发过去，得到的回应叹为观止：十几个女生一半是他前任，一半是他现任。再通过她们询问廖哲的微信号，纷纷给出了五花八门的答案，并且就在昨天他还跟不止一个现任和前任进行过高频率的互动。

"这还是漏网率很高的筛查，"陶姝娜也啧啧称奇，"按这比例来看，廖哲这鱼塘可是个大工程啊。"

李衣锦还沉浸在震惊中缓不过来，好半天才把自己的下巴合上，艰难地吐出一句话："鱼塘是什么？"

陶姝娜用手指点了点手机屏幕上的前任、现任列表，画了一个圈。"鱼塘。"又指指李衣锦，"鱼。"

"……哦。"李衣锦呆滞地点了点头，突然反应过来，瞪着陶姝娜，"你是不是早知道他是这种人？还把他介绍给我？！"

"我不是！"陶姝娜连忙求饶，"我发誓我真不知道。要是知道，我大学的时候就揍他了。我还以为给你找一个富二代小鲜肉，你能早点走出周到的阴影，大姨也不会成天逼你相亲了。"

李衣锦沮丧地扔了手机，窝进沙发，半天没说话。

陶姝娜琢磨了半晌，问："那现在怎么办？要不要去拆穿他？"

李衣锦摇摇头："我又不是他什么人，有什么好问的。"

"那不一样，"陶姝娜说，"我也不是他什么人啊，但咱们不能看着这种违章建鱼塘的人祸害更多无辜的女孩是不是？为了防止世界被破坏，守护世界的和平，贯彻爱与真实的——"

"行了吧你。"李衣锦叹了口气，觉得自己精疲力尽。光是看陶姝娜一步步查出廖哲这孙猴子一样七十二变的分身就耗尽了她的心神，她无法想象廖哲到底是怎么办到的。

"你想怎么做？"

## 3

"尊敬的女士您好，诚邀您参加廖哲先生举办的'惊喜之夜'派对，我们将为您打造一个难忘的夜晚。缘分的奇迹，完美的邂逅，人生的无尽可能，都在这里开启。派对时间：本周六晚八点。报名请联系下方廖哲先生私人助理微信，并请注明您和廖哲先生的关系。派对地址为某五星级酒店顶层露台酒吧，报名审核通过之后会告知具体地点，需凭借确认短信才可入内。期待您的参与，也请期待我们给您准备的惊喜，一定不会让您无获而归。"

"我现在有点相信你比正常人多长了好几个脑子了。"李衣锦趴在床边看陶姝娜兴致勃勃地编辑信息，疑惑地说，"为什么你有时间实习、弄实验报告、勾搭男神、揍沙袋，还能搞这种不知道是不是违法乱纪的事？"

"一点也不违法乱纪。我是充满正能量的好公民，将来是要为国家未来做贡献的呢。"陶姝娜沾沾自喜，"你看我说的哪个字是假的了？全都是事实。咱们替廖哲办一件大好事，一劳永逸拆除这个违建鱼塘，为民除害。你看没看过一个老港片？讲的就是把男的劈腿的一堆情妇全约在一起，一人一句话光是唾沫星子都能把他淹死。当时看了就觉得太逗了，没想到竟然有实践的一天。"

"你真的预订了那个酒吧？"李衣锦弱弱地岔开话题，"包场不要预付定金吗?"

"报廖哲的名字和电话就行了呀,"陶姝娜说,"反正他是老熟客。"

李衣锦没见过什么世面,更没搞过这么大的恶作剧,还作弄的是一群有情感纠葛的成年人,这种修罗场她连做梦都没想过,结果现在就要作为始作俑者来围观这场大戏了,紧张之余竟然也有那么一点点刺激和期待。

在陶姝娜的导演下,她给廖哲发了信息,约他周六晚上九点在酒吧见面。

"你说她们真的会去吗?"李衣锦问陶姝娜。

"会,我安排了卧底。"陶姝娜说,"我跟其中几个聊得比较多的妹子透了底,她们听说自己被养鱼了,又有当面对质的机会,肯定是要去的。"

还要当面对质。想象一下动作片里一言不合就开打的场面,李衣锦更紧张了。

周六当天,陶姝娜拉着李衣锦早早就去了。"迟到就看不到好戏了。"她千叮咛万嘱咐,"不要暴露你的主办方身份,也先别跟我说话,就当是跟她们一样被邀请来的。"

明明你才是主办方。李衣锦心里吐槽。

李衣锦看着陶姝娜扮作廖哲私人助理,一本正经地核对每一个人的进场确认短信,拼命忍住笑,自己也装模作样地找了吧台角落坐下来,一边喝饮料一边暗中观察,由衷地感叹,廖哲这个人也算是有点厉害,鱼塘里的鱼都不撞型。有穿一身职业套装看起来年纪和她差不多的,有踩着球鞋背着白色帆布袋看起来像在校学生的,有妆扮精致的网红小姐姐,手机上带着自拍杆和补光镜头,也有刻意穿得低调但挡不住面相就透着高贵仙气的名媛。

大家还算安静,有的到吧台要了喝的,有的就在天台上吹吹风散散步,有的坐在卡座沙发里歇息,似乎都在等着她们以为的主办方廖哲的出现。

有两个女生在李衣锦旁边叫了同一款饮品,两个人忍不住互相打量了一下对方。

"姐姐,你也是廖哲哥哥邀请来的吗?"一个女生友善地问。黑长直,圆圆眼镜圆圆脸,白T恤背带裤,没化妆但也很好看,吧台小哥递过来鸡尾酒,看了她一眼,她就不好意思地解释道:"我二十二了,可以喝酒的,就是长得有点显小。"

她旁边那个姐姐却是一副冷脸,烟熏妆配姨妈色口红,黑西装细高跟,拿出包万宝路爆珠往酒杯旁边一扔,吧台小哥提醒她不能抽烟,就又收起来了。背带裤妹妹跟她搭话,她从鼻孔里哼了一声,算是回应。

"姐姐,你是廖哲哥哥的朋友吧?"小姑娘并没太觉出万宝路姐姐心情不好,又问了一句,"我听说他的朋友都还蛮有趣的,他说以后要多介绍给我认识,还说要帮我介绍实习呢。"

姐姐冷笑一声:"他给你介绍实习?没给你介绍情敌就不错了。"估计是陶妹娜通过气的"卧底",来算账的。

小姑娘一头雾水,"姐姐,你什么意思啊?"

姐姐把面前的酒一口喝尽,拍了拍小姑娘的肩膀,"姐姐告诉你一句话,不要轻信任何人,偶尔夸夸你的话信了也就信了,别的半个字都不要信,尤其是廖哲这种人。"

小姑娘觉得不对劲,下意识地站了起来。

"我跟你说句话,你看你信不信,"姐姐说,"你看见这个屋里的人没有?还有那露台上的,全都是廖哲的女朋友。你也是吧?我是他其中一个现任。你是现任还是前任?今天这个派对你是不是不知道来干吗?现在知道了吧?"

小姑娘的脸一下子涨得通红,眼睛里蓄满了泪水,委屈的声音从嗓子眼里艰难挤出来:"不是这样的……"她看到那个姐姐要走,也不知为什么就像抓住救命稻草一样抓住她,不小心把自己没喝完的酒杯碰到了地上,清脆的声响让四周的人全都回过了头。

"妹子,你抓住我也没有用,"姐姐说,"我虽然是你理论上的情敌,但你也没必要揪着我不放,咱们都是受害者。今天这里的人,一半是来找廖哲算账的,另一半是马上就会去找廖哲算账的。"

一时间四下寂静,所有的人霎时间都明白了什么,表情各式各样,姹紫嫣红,十分精彩。

廖哲就在这时毫不知情地走了进来,宛如带着光环的男主角在情节发展到最高潮的戏剧性时刻从天而降。

李衣锦瑟瑟发抖地用手捂住了眼睛,预感到那部老港片里的剧情即将上演。所有的女生都冲上前,揪头发的揪头发,扒衣服的扒衣服,一个把酒杯举到他头顶直直倒下,另一个端起一旁的冰激凌果盘就砸在他脸上。廖哲精心搭配的西装和衬衫染了红的西瓜、黄的芒果、绿的猕猴桃,昂贵的领带夹和袖扣飞出去如连环暗器般撞上了张口结舌的吧台小哥的门牙和背带裤妹妹的眼镜,手工定制的皮鞋又一次在劫难逃,接受了巧克力冰激凌的灌溉。

过了不知道多久,可能有两分钟,也可能只有两秒钟。李衣锦小心翼翼地把手指打开一条缝,想要判断一下战况再决定是否撤离。

眼前的景象出乎她的意料。酒没有酒,冰激凌果盘好好地待在桌上,廖哲的西装衬衫笔挺洁净,领带夹、袖扣一个没少,吧台小哥埋头做着酒,想象中的一切都没有发生。

只有被背带裤妹妹带翻的酒杯碎在地上,很快有服务生过来收走并拖了地板。

而万宝路姐姐和背带裤妹妹坐在原来的位置上,两个人又各自要了一杯酒,正低声说着话。其他的姑娘三三两两地在卡座吃东西,或是在露台聊天,就像没有见到廖哲进来一样。

一个穿着宝蓝色连衣裙的女孩迎面向廖哲走了过去,廖哲既惊讶又尴尬,刚开口叫:"涵涵,你怎么在——"

女孩连看也没看就径直走向一旁的服务生,"不好意思,我问一下洗手间在哪边?"

廖哲瞠目结舌,一眼看到旁边沙发上的另一个女生,又是一惊,"梓欣?"

梓欣正在跟对面的女生聊得火热,"我跟你讲,我们公司的线下主播只有几个,其中还有两个是老板的女朋友,我怎么可能混得下去?我早就想转行了,天天播,我都快抑郁了,嘴比做了微笑唇还僵,但是转行我还能做什么……"

廖哲放眼望去,觉得自己好像掉进了一个虚幻的空间,这个空间里的每一个人他都认识,并且他理应在她们共同出现的时候装作不认识她们,现在反而她们每一个人都像不认识他一样。

李衣锦躲在角落里,正在愕然,陶姝娜不知道从哪里出现,拉住她悄悄从后门溜了出去。借着露台上的晚风，李衣锦转不过来的脑子才似乎清醒了一点。

"怎么回事？"她呆滞地问。

"我也奇怪，竟然没有打起来？"陶姝娜吐槽，"我还等着看大戏呢！结果？"她隔着玻璃指着里面的人，"你看到那个穿白衬衫的女孩了吗？她在银行工作，给旁边那个穿黑色衣服的女孩介绍基金呢。还有那个，米色西装的那个，HR，刚才已经有两个人跟她加微信发简历了。那个蓝色连衣裙的女孩是网店店主，自己做原创品牌的，好像在问那个主播要不要签给她家当兼职模特……"

两个人面面相觑，摸不着头脑，感觉事态并没有像她们预期的那样发展，却又莫名庆幸事态没有像她们预期的那样发展。

李衣锦按照计划，给廖哲发了一个信息："临时有事，没办法赴约了，祝周末愉快。"

等到一脸蒙圈的廖哲准备离开的时候，服务生拦住他："是廖哲先生吗？麻烦您把卡刷一下，账单我们随后会发到您手机上。"

廖哲下意识地想拒绝，一恍神，觉得所有的女生都抬头看向他，千奇百怪的眼神刀了一样唰唰飞过来。他想起了当年被陶姝娜吓到桌子底下的恐惧，哆哆嗦嗦地刷了卡，落荒而逃。

廖哲走后的酒吧派对立刻充满了和谐快乐的空气，大家完全忘记了廖哲本人以及她们来此的目的，愉悦地交谈，聊得来的互相交换了联系方式，喝得开心的慷慨地自掏腰包又请大家多喝了好几轮。万宝路姐姐有事要提前走，临走跟陶姝娜道了谢，还把背带裤妹妹带过来给她们介绍了一下："这是许卉，你们校友学妹，学教育的，听说你家人有做教育行业的？要是有实习招聘什么的，顺手给推荐一下，麻烦就不必了。"

"其实我也不是太生气。要是没有小姑娘们在，我可能还会扇他一巴掌练练手。但是呢，咱要给小朋友们做出良好的表率，渣男不值得动怒。"万宝路姐姐临走前说。

"谢谢你们。"许卉真诚地对陶姝娜和李衣锦说，"谢谢姐姐们辛苦为我们准备的惊喜，我交到了好多新的朋友，还认清了一个渣男，你们还要帮我介绍实习，真的是一个难忘的夜晚！"

陶姝娜和李衣锦只好微笑着说不用谢。

回家的路上，两个人琢磨来琢磨去，都觉得今天这事比想象中更意味深长。

"不过廖哲也挺可怜的。"李衣锦说，"他苦苦经营这么多个分身，难道付出的不少吗？他得到什么了呢？反观这些女孩从他身上得到的，一段体验感还不算差的恋爱，管他真不真心但是听起来美的情话和夸赞，一个识人不淑的教训，很难说谁亏谁不亏。"

"哇，是谁昨天还在说，自己年纪大了可不能在渣男身上浪费心力的？"陶姝娜看了看李衣锦，"你好像也没有因为这事对他彻底反感，我还挺意外。"

"我现在信他说的是真的。"李衣锦说，"他跟我说，他喜欢每个女孩都是真的喜欢，也真能看到她们身上的独一无二之处。这明明是优点啊，不过是因为他太博爱了而已。"

"还博爱？他以为他是耶稣呢？"陶姝娜大笑，"迟早有一天女孩们不需要他来鉴赏也会看到自己的独一无二之处。"

走在深夜空无一人的街头，李衣锦跟陶姝娜讲她脑补的动作戏，两人越想越觉得有趣，忍不住放声大笑。

"我们公司又不是你开的，你没事给我乱推什么实习生啊？"孟以安不满地在电话里跟陶姝娜说。

"那你就给你们 HR 看一眼，不行就算了。"陶姝娜说，"我跟你讲啊，昨天我和我姐干了件大事，巨帅。"

"你留着以后再跟我讲吧，我要出门。"孟以安说。

"这么早下班？接球球？"陶姝娜问。

"还没接。约了邱夏聊事情。"孟以安说。

"哟，两口子还说得这么客套。"陶姝娜立刻八卦，"有戏？要复合？"

"没有。"孟以安生硬地说，"人家俩人都要结婚了。"

今天是邱夏约的她。孟以安还觉得挺奇怪，明明他俩刚换完班，球球这个月跟她。

一见面，孟以安就觉得邱夏神情不太对劲。她问了半天，邱夏平时出口成章，现在却支吾半天，孟以安大惑不解。

"你再不说我要走了，"她说，"今天要接球球去上钢琴课，不然我也不能这么早出来跟你说话。"

"……我说。"邱夏纠结道，"是肖瑶的事。"

孟以安一下就反应过来："要结婚了？那恭喜。所以今天是来给我送请柬的吗？你要是说不出口，寄来也行。"

邱夏一愣，"我什么时候要结婚了？"

"你不是刚说吗？"孟以安奇道，"那天晚上我问你你说的。"

"你什么时候问过我？"邱夏更奇，"我早上起来还看了聊天记录，看你没回我，还想着你肯定忙着照顾孩子去了。"

孟以安瞬间明白了，也没解释，就问："肖瑶什么事？"

邱夏没去过肖瑶住处，因为网购存过她的收件地址，有一天开车路过，一时起意，没给她打电话就临时过去了。这才发觉那地址是个不仅房价比天高，即使租住租金也令人咋舌的富豪楼盘。

肖瑶跟他说过，不让他去的原因是跟人合租，月租四千块一间主卧。这个小区里可不像有四千块租一间主卧的房子。

孟以安突然想起那天舞蹈班家长的闲聊，脑子里的因果穿上了线，指向了她没想过的一种可能性，顿时觉得自己那天仅义为她出头颇具讽刺意味。

"原来是这样。"她若有所思地说。

邱夏猛地抬起头，"你知道？"

孟以安摇头苦笑："我不知道啊，瞎猜而已。不管是因为什么，都只能你自己去确认，要是由我来说，又像是我离间你们俩的感情了。"

"我没办法相信。"邱夏长叹一口气。

"没办法相信什么？"孟以安问，"是没办法相信她不是你平常见到的那个人，她有另一个分身，在另一个生活里扮演完全不同的角色？还是没办法相信她对你的真心？又或者，是没办法相信你对她的真心？"

邱夏痛苦地皱起眉头，他无法回答。

## 第十一章

# 化敌为友

# 1

快递来的箱子放在肖瑶家门口,很重,她费了好大力气才把箱子拖进来,关上门,迫不及待地拆开。

她还以为是邱夏寄给她的礼物,眼前却是满满一箱子她自己留在邱夏家的东西,护肤品、电吹风、睡衣、袜子,还有她买给邱夏的剃须刀、鞋子、床单、咖啡杯、音箱……

最上面是她在他家没看完的一本书,邱夏把她折起来留着之后看的那一页抚平了,夹了张书签,书签上写了三个字——分手吧。

邱夏这个人,平日里脾气好得很,既有成熟男士体谅女友的那份懂事,又没有大男子主义的执拗和不耐烦,但越是平时随意好说话的人,一旦碰到他的底线,他翻脸就越决绝,连个解释的机会都不会给。

她抖着手给邱夏打电话,果然不接,发微信给他,发现被拉黑了。

她又往他的电话号码发短信,也没有回复。

她想什么都不顾立刻冲到邱夏面前求他不要分手,但她晚上还有课。课上她浑浑噩噩的,不小心走神扭了脚,只能请了两天假。

邱夏还是不接她电话。她偷偷拍下过他的课程表,知道他第二天上午学校有课,敷了一晚上脚踝之后,她艰难地出了门,打个车去了邱夏的学校。

算着他下课的时间,她往他平日里停车的地方走,远远就看见邱夏往这边来,但她还没来得及开心,就看邱夏笑着冲停车场里某个方向招了招手。

孟以安笑吟吟地倚在车边,球球坐在车前盖上,两条小腿晃啊晃,大声喊"爸爸",邱夏一把把她抱起来悠了一个圈。

肖瑶这才想起,邱夏今天限号,孟以安一定是来接他的。她眼睁睁地看着他们一家三口有说有笑地上了车,绝尘而去。

球球今天特别开心,因为老师布置的家庭活动题目是跟爸爸妈妈一起去野餐。在车里她就欢蹦乱跳,明明还堵在路上,她非要每隔不到五分钟就问一次到了没,问得邱夏烦了,就指着她手腕上戴的儿童GPS手表:"你自己看。"

孟以安听出邱夏心里有事,就给球球看手机里的动画片。趁球球消停,孟以安问邱夏:"她没联系你?"

"联系了。"邱夏有些疲惫地说,"我不知道怎么面对她,也不敢听她解释。"

"是怕你猜对吗?"孟以安说,"我倒觉得,不管怎么样,你们应该好好聊一次。就算分手也分个明白。两个人的感情不是儿戏,值得一个坦诚相对的答案。"

邱夏沉默着没回答。

"好吧,不戳你的伤心处了。"孟以安笑了笑,故意岔开话题,"给你讲个好玩的事,你要不要听?"


廖哲约李衣锦和陶姝娜见面,就约在那天的酒吧。

"完了完了,"李衣锦说,"他又不是傻子,肯定猜到是咱俩捣的鬼了,不是,是你捣的鬼。怎么办!"

"我又没犯法,也没揍他,他敢对我怎么样?"陶姝娜说,"本姑娘行得端走得正,不怕鬼叫门,也不怕廖哲这个小兔崽子寻仇。走着!"

还没入夜的酒吧人很少,两个人早早到了,一眼就看见廖哲一个人坐在露台边上,捧着一杯酒,忧伤地仰望着天空。看到她俩在面前坐下,叫了服务生过来。

"喝什么?"他说,"我埋单。"

李衣锦和陶姝娜对视了一眼。

"你不是来寻仇的啊?"陶姝娜问,"你要是真生气,骂骂我也行,我绝对按住自己的手,不会揍你的。但是你不能骂我姐,她也是受害者。"

廖哲十分哀怨地看了她们俩一眼。

"你俩干的好事。"他哀怨地喝了一口酒,又继续望向天空,"我觉得我被掏空了。"

陶姝娜忍不住笑出声:"你原来才是被掏空吧,脚踏那么多条船不掏空你才怪。"李衣锦用胳膊肘捣了她一下,示意她不要笑。

"你懂什么!"廖哲委屈地叹了口气,"我对每一个女孩的喜欢都是真心的。以前有女孩图我的钱,刷爆了我好几张副卡,还有女孩想嫁给我,刚在一起的时候就偷偷找律师查我家家底,我都没说什么,我是真的喜欢。每一个女孩,我都很想跟她们好好在一起啊。"

"你怎么跟那么多个女孩同时好好在一起?"陶姝娜又忍不住吐槽,"你是宝莱坞机器人啊?"

"碍着你了啊?"廖哲犟道。

"碍着我了。"在一旁的李衣锦弱弱开口,"说实话,虽然我年纪也不小了,也一直认为我这条件找不到什么好的对象了,但是被你这样的人喜欢,好像也没什么值得高兴的。"

"姐,我跟你认个错。"廖哲说,"咱们化敌为友行不?不友也行,以后咱井水不犯河水,各走各的路。"

"然后你继续当你的宝莱坞机器人?再去祸害小姑娘?"陶姝娜嗤笑一声。

廖哲白了她一眼。

"廖哲,你觉得那些女孩那天为什么不理你,装作不认识你?"李衣锦问。

"你以为她们都像陶姝娜那样,动不动就揍人?"廖哲说,"当然是因为她们对我余情未了。"

陶姝娜伸脚踹了他一下,"你别自我感觉良好了。我告诉你,她们纯粹就是觉得丢脸。你觉得你夸几句就是对她们的奖赏了?并不是,被养鱼就是被养鱼,花了你的钱也好,看上你的人也好,没有人想在一段平等的情感关系中跟别人分享伴侣。"

"也没有分享啊!要不是你俩捣乱,不是好好的吗?谁也不认识谁!"

"你还有理了?"陶姝娜气又上来,被李衣锦按了回去。

"我觉得不是。"李衣锦说。

"不是什么?"陶姝娜没反应过来。

李衣锦看了一眼廖哲："那些女孩没有跟你撕破脸，甚至没有上去质问你、骂你，可能是因为她们真的觉得跟你谈过恋爱挺好的，好到即使发现没有办法再继续，也不想落个反目成仇的下场。余情未了不至于，但有过情是真的。"

廖哲不吭声了，又喝了一口酒。

"我也没什么资格说你，你要是真叫我一声姐，那我希望你以后要是再遇到喜欢的女孩，就专心喜欢她一个吧。也不是很难，你试试看。"李衣锦说。

过了好久，廖哲说："我六岁的时候我妈就离婚走了，我爸再婚的老婆带来个姐姐，比我大。我小时候都是她在陪我、照顾我，我特别依赖她。后来我爸又离婚，她跟她妈走了，我就没再见过她。但是我一直觉得她特别美好，各种层面上的美好。"

"你别告诉我你找的女朋友都像你姐。"陶姝娜嫌弃地说，"要不你联系联系你姐，问问她对你建鱼塘什么态度？"

廖哲就不说话了，又喝了一口酒，继续惆怅地仰望天空。

陶姝娜突然恍然大悟："我说呢，要不他为什么看上你，可能你年纪比较像他姐。"

"滚。"李衣锦说。


李衣锦要求陶姝娜三缄其口，千万不能把廖哲的事告诉她妈，也就难得地偷了几天清静日子。陶姝娜周末跟张小彦去约会，李衣锦更是乐得自己在家里宅，还打算放纵一下，点垃圾食品外卖。

门铃响的时候她还以为是外卖来了，念叨着还挺快，结果一开门却是陶姝娜。

"不是去约会了吗？"李衣锦惊奇道。

陶姝娜气呼呼地踢掉鞋子冲进屋，乒乒乓乓对着沙袋一顿暴揍。李衣锦站在角落里都感受到了整个客厅的震颤，担心下一秒楼下邻居就要冲上来投诉了。

"被放鸽子了？"她小心翼翼地问。

约会还是张小彦提的，他天天忙，陶姝娜又单位学校两头跑，两个人确定恋爱之后,都没有像别的情侣那样正儿八经地约一次会。陶姝娜定了她超想吃的一家米其林餐厅,买好了他俩都想看的科幻电影,还被李衣锦笑话像两个中学生谈恋爱。

"我以为你们科研人士都觉得科幻电影小儿科呢。"李衣锦说。

"小儿科倒不至于,"陶姝娜大笑,"但一边看一边吐槽也是真的。放心,我们娱乐和事业分得很清,绝对不把工作带入约会。"

刚刚自夸过的陶姝娜,拉着张小彦的手走进电影院的前一秒,他接了个电话,回来就苦着一张脸,惨兮兮地说:"今天就出发。我要回去收拾了。"

他们的工作安排和出差总是来得猝不及防,而且去的地方永远是没信号也不让用手机的深山老林,一两个月没消息都很正常。同事们从不觉得难熬,还互相打趣说,也算是体验了古代人的生活。

陶姝娜气喘吁吁地倒在沙发上,看见李衣锦接了外卖,哼哼道:"带没带我的份。"

"你说呢?"李衣锦哭笑不得,"你不吃米其林,来跟我抢炸鸡,凭什么带你的份。"

## 2

啃着炸鸡的陶姝娜满血复活,开始挥舞着油乎乎的手指头,跟李衣锦吐槽科幻电影的剧情。

"所以你自己去看了?"李衣锦问,"你不是因为张小彦放你鸽子不高兴吗?"

陶姝娜白了她一眼:"当然要去看了,电影票浪费一张就已经很过分了,怎么能浪费两张?!还好餐厅预订可以取消。"她嗦了嗦手指头,叹了一口气,"我是不高兴,但不是因为他放我鸽子。我是嫉妒。"

"嫉妒?"

"嗯,我好嫉妒他啊。"陶姝娜恨恨地又啃了一大口炸鸡,"我做梦都想着去基地,想着能跟前辈们一起从头到尾跟着一个项目,看着它从图纸变成现实，多有成就感。每次看单位组织活动，总有家属团，女朋友啊、老婆啊，送礼物写情书，说我永远支持你、是你最坚实的后盾什么的。我可不是家属，等我转正了，我不比他差。"

李衣锦就笑了："你啊，真是个工作狂。等将来你俩一年半载见不着面，你怎么办？"

"那就见不着面。"陶姝娜信口开河，"然后等回来了，单位里遇见，连认都认不出来，看半天叫一声，哎，你怎么过劳肥了？哎，你怎么头发这么长了？你怎么连胡子都不刮？"

"净瞎扯，"李衣锦大笑，"又不是真的与世隔绝，不理发不刮胡子吗？"

"那你就不懂了，"陶姝娜故意说，"我们科学怪咖都这样。"

"喊。怪咖别穿那些漂亮小裙子。"李衣锦逗她。

"那没门！"陶姝娜眼睛一瞪。

有时陶姝娜也会稍微反省一下自己，是不是太贪心了，什么都想要，是不是她妈把她惯坏了。但下一秒她就会给自己的贪心找到更多理所应当的理由，毕竟从小她妈就告诉她，她是这个世界上最棒的小孩，也值得拥有她想去争取的任何好东西。

有的小孩即使很优秀，家长也会按住内心想炫耀的欲望，在外人面前虚伪地替孩子谦虚一下，无非是怕别人嫉妒，怕自家孩子骄傲。孟菀青却不会，她比陶姝娜还要骄傲，一定要当着别的孩子和家长的面把陶姝娜夸上天。

"小姑娘念那么多书干什么？趁年轻身体好，赶紧生小孩！弄那些没有用的……""就是，趁咱们菀青还年轻，还能帮着带。咱们菀青这么年轻美丽的姥姥上哪儿找去！"打牌的时候，孟菀青的牌友们闲聊道。

"今天咱们郑哥什么时候来埋单呀？我们一会儿要去吃火锅啦！"

"放心放心，郑哥肯定来，有菀青在的局，郑哥什么时候缺席过？"

"……"

孟菀青来打牌的时候，笑容满面和往常一样，只不过她刚刚在家里和陶大磊吵了一架，原因是陶姝娜往家里打了一个电话。

陶大磊对女儿也算尽心，对他来说尽心的标准就是孟菀青顺着孩子从小玩这玩那他也并不过问。加上同事朋友、左邻右舍见到他就夸一句女儿冰雪聪明、如花似玉,是个贴心小棉袄,他听着也开心,陶姝娜考上大学那年,他还试图拿她的录取通知书去她奶奶坟前烧,被孟菀青臭骂了一顿作罢。等陶姝娜读研读博的时候,陶大磊的态度就没那么支持了,孟菀青一直坚持,他也没在陶姝娜面前表达过什么不满,陶姝娜便也没当回事。

但陶姝娜这一次牵手成功,本想正式跟她爸妈分享这个喜讯,结果她爸突然问了句:"什么时候结婚?"

陶姝娜莫名其妙,"结什么婚?我刚开始谈恋爱,就问我什么时候结婚?"

她爸不以为然,"你不是一直惦记这人吗?现在正好在一起了,就赶紧结婚啊,等什么?你们年轻人就是磨叽,非得谈恋爱谈恋爱,拖着不结婚,一拖再拖,那缺点啊,毛病啊,不就暴露了吗?那还怎么结婚啊?"

"爸,你什么意思啊?"陶姝娜性子也急,当场就跟她爸翻了脸,"结了婚再暴露就没事了呗?这什么封建糟粕?"

"得得得,你少说两句行不行?"孟菀青连忙救场,试图把手机从陶大磊那儿抢下来,但是失败了,他仍然谆谆教诲着:"闺女,爸不是说你,爸是觉得我闺女这条件,顶尖名校,女博士,样貌又好,你现在挑着你喜欢的,正好结婚生孩子,你现在不结,可就错过你最值钱的时候。等以后年纪大了,还是女博士,就该贬值了,到时候你想找别人,可能还不如你现在这个……"

陶姝娜气得脑瓜冒烟,刚想撑回去,手机终于被孟菀青抢回来挂断了。

"你瞎说什么?"孟菀青面露愠色,"姑娘高高兴兴谈个恋爱,你非得给她添堵?"

"我说的实话啊,她以前没谈恋爱没关系,现在谈了,这不正好教育教育吗?"陶大磊说,"闺女这些年让你惯坏了,开始骄傲了,得提点提点她。二十好几了,这博士读下去,三年五年毕不了业,怎么着,烂在家里一辈子?"

孟菀青狠狠瞪他一眼,厉声道:"我闺女读这么多年书读到今天,活蹦乱跳的一个人,怎么就烂在家里了?她爱谈恋爱谈恋爱,爱结婚结婚,我都管不了,你更别管。"

"读书读傻了？再读书也得结婚嫁人啊？你总惯着她干什么？"陶大磊完全不理解他说的话哪里惹到孟菀青了，"我这不也是为她好吗？正因为咱姑娘优秀，才得优秀出价值来啊。她要是过几年没结上婚成了大龄剩女，你到时候后悔了，就知道我今天说的对了。"

"陶大磊，"孟菀青厉色道，"这样的话，你跟我发发牢骚也就算了，以后不许在孩子面前说。"

"我连说都不能说了？"陶大磊说，"好像你干的那点破事就有脸在孩子面前说似的。"

孟菀青出门的时候还怒火中烧，陶姝娜又打来电话，她平复了一下情绪接起，打算替陶大磊安抚一下陶姝娜的火气。

没想到，手机那头陶姝娜并不是发火的语气。

"我爸没在你旁边吧？"她问。

"没有，你说吧。"孟菀青说。

"当年我奶奶不喜欢我，是因为我是女的，"陶姝娜说，"二十多年过去了，我一直以为我爸不一样，他不在意这些，原来他骨子里只是觉得我比别的女的更值钱一点而已，能在市场上卖个高价，而且仅限于这几年年龄最优的时候。"

孟菀青一时间不知道该怎么回答。她从来没有因为她和陶大磊之间的龃龉而在女儿面前说过任何一句抹黑她父亲的话，这样不管夫妻关系如何，女儿至少还拥有完整的父母的爱，此时此刻她突然觉得疲惫，不想给这次争吵做任何无能为力的粉饰。

"如果我爸一直都是这么想的，那我也无话可说。"陶姝娜说，"我是一个独立自主的成年人了，我有我的三观，他的三观我也改变不了。但我对他很失望。"

"我明天要去约会，妈，"陶姝娜沉默了片刻，又说，"开心吧？我俩加了一星期班，终于要约会了。"她的语气里终于透出了一点点轻松和雀跃。

"开心。"孟菀青连忙说，"妈妈为你开心。你好好玩，注意安全。"

有时候她想，自己从小不爱念书，也没什么文化，何德何能养出这么一个聪明伶俐有头脑、情商又高的小姑娘呢？明明给父母打电话高高兴兴报告恋爱却遭了教训，转头又可以什么都不在意地去想明天的约会。这二十几年来，她这个当妈的，每当一想到女儿将来可能要出嫁，可能要和别人一起组建一个陌生的家庭，可能面对她妈妈年轻时经历和不曾经历的艰难和麻烦，甚至想到以后自己不在了，心肝宝贝再也没有妈妈护着，一旦受到委屈和伤害也无处求助，心里就揪成死结地疼，舍不得到眼泪都要掉下来。同是亲生父母，为什么陶大磊就能有理有据、轻描淡写地说出"值钱""贬值""烂在家里"这种话？在他眼里，甚至在当年的他妈眼里，她这个妻子，这个儿媳妇，又值几个钱呢？

洗牌和闲聊的声音掩藏了孟菀青的愁绪，她试图打起精神来加入吃火锅的讨论，突然手机响了。她不动声色地接起电话："是快递吗？家里现在没有人，你放在楼下代存点就行。"

"你方便出来一下吗？"郑彬的语气有些古怪，"我就在门外。"

郑彬刚到地方，正转着圈找车位，突然看到一个人在附近探头探脑地到处张望，正是陶大磊。

陶大磊是临时起意跟着孟菀青过来的，他在家里还没过完嘴瘾，孟菀青就甩手出了门，这让他很不爽，索性后脚也出了门。还好地方近，孟菀青没开车，溜达着就走了，他就跟在后面，非要看看孟菀青到底是不是像她说的那样只是跟老姐妹们打牌吃饭。跟到了地方，他又不敢进门，在外面逡巡良久，好巧不巧地撞见了郑彬。

郑彬停好车下来，见陶大磊站在车前，就大方地打了个招呼。

"来了啊。"郑彬说。

陶大磊那没处发的无名火又蹿了上来。

他俩不是没见过，两家人甚至齐齐整整地在孟菀青朋友婚礼上见过面，但都装得礼貌客套，极有分寸，就像互相什么事都不知道。这么多年都过来了，陶大磊突然就觉得很委屈，觉得自己这辈子活得太窝囊，连老婆把自己绿了都不敢光明正大地叫板。

他也很想男人一回。他知道孟菀青年轻的时候也有很多小伙子喜欢，神奇的是她总能让喜欢她的小伙子们和谐相处，从没引起过争端。

他决心要霸气一把主动出击。看郑彬那样，戴着眼镜，也有点胖，应该打得过。

陶大磊在心里酝酿了一会儿，脸上红一阵白一阵，眼神游离，双拳攥紧，似是在运气发力。郑彬完全摸不着头脑，也不知道他一声不吭是在琢磨什么，奇怪地问："你没事吧？"

陶大磊正在运气，嘴闭得紧紧的，没说话。

"陶哥，"郑彬走近一步，试图跟他握个手，缓和一下气氛，"咱也好久没见了，要不找个地方喝一盅，化敌为友？"

谁跟你化敌为友？

陶大磊上去就是一拳。

孟菀青急匆匆地出来，郑彬站在外面，拿着手机，手足无措地等着她。孟菀青绕到车头，就看到陶大磊靠坐在地上，端着胳膊，有气无力地哼哼。

"怎么了?!"孟菀青又疑又恼。

陶大磊一拳打过去，郑彬下意识躲开，他不偏不倚怼到车前盖上，胳膊脱了臼，后背和腰也闪了。

"用不用我送你们去医院？"郑彬有些尴尬地问。

# 3

孟明玮把孟菀青爱吃的鲅鱼馅饺子装了两饭盒，送到她家里去。孟菀青开门开得犹犹豫豫的，孟明玮觉得奇怪，一闻，屋里一股云南白药的味儿。

"怎么了？谁上药呢？"

孟菀青示意了一下。孟明玮进屋一看，陶大磊仰在卧室床上，也不知道睡着还是醒着。

"这是怎么搞的？"孟明玮忍不住问。

"闪了腰。"孟菀青说。

"这身子骨弱的，"孟明玮说，"上了年纪，不能不当回事了。"

"可不是嘛。"孟菀青说。

孟菀青煮了饺子端到餐桌上吃，孟明玮就在一旁坐着。"我看你脸色不太对啊，"孟明玮端详着，"又不是你闪了腰，怎么这副模样。"

孟菀青不言语，又吃了两个饺子，才囫囵着开口："我说了，你别笑话我。"

"我笑话你?"孟明玮倒笑了,"我什么时候笑话过你?从来都是你们俩笑话我,笑我老土,笑我古板,我这个当姐的,就没给你俩带过一点好样儿。"

孟苑青吃不下了,放下筷子,说:"我琢磨着离婚呢,琢磨好久了。"

孟明玮一愣。

"好久是多久?"她问。

这个问题倒是难住了孟苑青。是从什么时候开始的?从她第一次跟陶大磊提离婚的时候起?一开始的决心并没有那么坚定,但陶大磊每一次撕毁那些签下的字据,每一次哭天抹泪的乞求,似乎都在她的决心上添一块砖、抹一层水泥,最后把她的心浇筑得像钢筋混凝土那样冷酷、那样坚硬,从一堵墙活生生建成了一座长城,什么都无法让她回头了。

孟明玮很久没说话。这句话,她之前问过孟以安。那天她看到了孟以安户口本上的"离异"两个字,然后困惑但并无责怪地问,一个人到底为什么会离婚。

"要是我这么大岁数想离婚,是不是很丢人?"

孟以安很奇怪,就问:"难道是姐夫有外遇了?"

孟明玮摇头。"我真盼着他有外遇。"她说,"做梦都盼。他要是有外遇,是不是我就可以提离婚了?"

在人生的进度过半之后,年轻人的婚离了一拨又一拨,反倒是她们这些中年人畏手畏脚地在婚姻里苟延残喘,即使亲姐妹之间也从不曾提起离婚这个话题。

"要不,你出去旅旅游,散散心?"孟以安建议孟明玮。

孟明玮迟疑了片刻,摇了摇头。"我没有散过心。"她说,"结婚这半辈子以来,我从来没有散过心。我也没有旅游过,我手里没有钱,只有每个月李诚智给我的买菜钱和咱妈逢年过节的红包。"

"你不是有工资吗?"孟以安问,"你现在退休了,退休金每个月也有吧?"

"工资卡长什么样我都不记得了。"孟明玮说,"我从来没拿在手里过。"

孟以安沉默良久,说:"这样不行。姐,你要有自己的钱。你明天就去把你的工资卡拿回来,查查里面有多少钱,每个月退休金多少钱。听到没?"

孟明玮没吭声。后来,工资卡她到底还是没见着。

"我有钱的话,是不是就可以离婚了?"她问孟以安。

"离不离婚,你都得有钱。"孟以安严肃道。

孟明玮就低下头不说话了。

孟以安看着李衣锦和陶姝娜长大,和两个孩子关系好,便对孟明玮的教育方式颇有微词,但又不是自己亲生的,也不好管。加上李衣锦总跟她抱怨,她也觉得孟明玮太古板不可理喻。但想到这个大姐劳碌了一辈子,和唯一的女儿无法沟通,又身无分文地想着离婚,心下不免也多了些难过和悲悯。

邱夏跟肖瑶单方面分手之后,不愿意去舞蹈班接球球,孟以安也觉得再见面尴尬,就想着给球球换一个舞蹈班。没想到负责的老师告诉她,肖瑶辞职了,今天是她最后一节课。

等到学生和家长都散了,肖瑶背着包出来,看到孟以安远远地站在那里等她。球球在她旁边,低着头专心看手机里的动画片。

"家长说的那些,都是真的吧?"孟以安问。

肖瑶低下头,脸涨得通红。

"没有那个人,我就没有钱让我爸用上最好的药。我爸去世以后,我妈哭着求我,让我对自己好一点,不要再为了她的病花钱,不要去依附别人,但我已经不知道不依附别人要怎么活了。"

她轻笑了一声,抹去了眼泪:"反正说了你也不会明白。你们生来优越的人,看到女孩子蠢到被骗、被伤害,用自己的青春和尊严去换金钱,就会问为什么自甘堕落,自甘下贱。但是我没有选择,我少考虑一秒,我爸就可以多用一支药,我妈就可以多做一个疗程,我算得很清楚,我认。

"遇到邱夏以后,我没有再求过别人。原本,这个月我打算从那边搬出来的。"她说,"我是真的想谈一段正常的恋爱,想光明正大地喜欢一个人,想感受一下拥有平凡的婚姻是什么样子。"

说完这番话,两个人都沉默了。

"我也不知道我为什么跟你说这些。反正今天之后，我们也见不到了，少了我这个阻碍，你们一家人会过得更好吧。"

孟以安摇头道："你不用这么想。没有人有资格审判别人是否自甘下贱，谁都被生活折磨过、迷路过，关键是怎么解决，怎么走以后的路。"

"我以前就想过，如果和邱夏走不下去，那我就放弃在这里的生活，回老家照顾我妈。"肖瑶说，"如果没有这些事，或许你会跟我做朋友吗？"她又自嘲地笑，"算了，以后也遇不到了。我们今天也算化敌为友了吧？"

"我们从来就不是敌人。"孟以安说。

## 第十二章

# 迟来的道歉

# 1

肖瑶在离开之前把那本小说看完了。她看的书不多，邱夏让她不要客气，可以随便看他书柜里的书，她就随手拿了一本。小说的名字叫《琥珀》，译文腔对她来说略显艰涩，但她还是认真地读完了。她曾说过羡慕邱夏能言善辩会写文章，邱夏就说，她没事也可以学着写一写。

临走的前一天，她叫了快递把那本书寄回了邱夏的学校，"明天我就回老家了，书是你的，我不要，书签我留下了。从来没人写过信，还挺有意思的。"她在书里夹了一封信，写得很长，足足好几页。

"对不起，我让你失望了，也谢谢你给过我希望。"在信的最后，她这样写道。

"就这样？"孟以安问。

"就这样。"邱夏说。

"你也没去送送。"孟以安道。

邱夏摇摇头。

他没有真的生肖瑶的气。肖瑶已经把他升级为可以走入婚姻的一个理想对象，而他对她的情感还停留在当初舞蹈教室外见到的那个穿着黑色练功服满脸汗水和笑意的女孩身上。肖瑶本不需要乞求他的原谅，他也并没有在肖瑶身上预设太多的期待，他们在情感这条路的里程上是不对等的，而从各自的人生进度来看，又是永远也不可能对等的。他的人生已经不可避免地印上了孟以安和球球的烙印，这辈子是绕不开了，也不想绕开了。

"我下学期不想学跳舞了，妈妈。"球球说。

"为什么？"孟以安奇怪地问。

"舞蹈班没有跟我一起玩的小朋友。"球球噘起嘴。

"你不能因为没有小朋友和你一起就不学，"孟以安说，"你不想像肖瑶老师跳得那么好?"

"她跳得那么好,也不给我们上课了呀,所以我也可以不上舞蹈课了。"球球有理有据地说。

"你就是懒,嫌练舞蹈太累,不想上,是不是?"孟以安毫不留情地拆穿她。

"是呀。"球球真诚地点点头,仿佛知道她深明大义的妈妈不会在这种小事上跟她翻脸一样。

孟以安工作上严格,别人想象中她对待孩子也应该是一副疾言厉色的样子,恰恰相反,球球过得挺开心,课外学的东西也是她自己目前喜欢的。如果不喜欢,她就跟妈妈商量,一般孟以安都会同意。也有朋友见到球球时,不无客套地夸她聪明伶俐,夸孟以安教育得好,但孟以安也不会当真。

给球球拍的那条宣传片出来效果很好,大家赞不绝口。但孟以安甚至都没给孩子看过,一来不希望球球年纪这么小就被外界的评价影响,二来她知道邱夏不喜欢她把孩子牵涉进工作的事情里来。好在球球根本不太懂得她跟妈妈去摄影棚玩的事情会被镜头记录下来,孟以安也就不担心她在邱夏面前说漏嘴了。

"邱老师跟女朋友分手了?"李衣锦问孟以安。

难得孟以安百忙中想起这两个合租的外甥女,绕路到她们俩家里慰问一下,但陶姝娜还没从实验室回来,家里只有李衣锦一个人。

"是啊。"孟以安答着,目光被客厅里那个奇异的花瓶吸引了。花瓶里的花仍然开得热烈灿烂宛如初绽,李衣锦当时仔细观察了半天,发现是用绢布做的仿真花,忍不住质疑廖哲的品位。陶姝娜点开手机给她看价格,她这才住了口。廖哲是不会再来了,但李衣锦还真舍不得扔这个花瓶,不知道怎么处理,只好暂时把它留在家里。

"这是那个小富二代送的?"孟以安问,"你们把他那么一顿捉弄,没决裂?"

"不算决裂吧,最多是友尽。"李衣锦说。

"你妈天天打电话跟我搞侦查,我是真没空应付她。"孟以安抱怨道,"你跟你妈能不能成熟点,自己的事自己解决?明明这个富二代都翻篇了,你就跟她说实话吧,要不然以后怎么办?"

李衣锦想改变，但不管她下多大的决心，不管她做什么事，她妈从小到大对她洗脑的那些话都无孔不入地环绕在她耳朵边，随时等着跳出来把她骂得一无是处。

"你知道你妈想离婚吗？"孟以安问。

"什么？"李衣锦一愣，没想到孟以安会突然问出这个奇怪的问题。离婚这件事情，似乎和她妈那个年纪的妇女没有什么关系，她得知孟以安离婚会惊讶，但不会觉得全无可能，但她妈离婚，她似乎想都没有想过。她沉默地在这个家里长大，活到三十岁，然后拼命地想离开，却从来没意识到她妈同样也在这个沉默的家里活了更长的年岁。

如果不是孟以安告诉她，她也没想过她妈连自己的退休工资都不知道有多少。过年的时候，她被周到的爷爷奶奶赶出家门一个人在街上流离失所，她妈二话不说就给她打了两千块，那钱又是偷偷攒了多久的呢？

孟以安走之后，李衣锦忧虑了很久，打电话给她妈的时候便多了愧疚和忍让。

毕竟是亲生母女，就像李衣锦前一秒还在为了她妈想离婚的事而震惊难过，下一秒就能被她妈骂她的话气到头皮发麻一样，孟明玮前一秒还能为了担心李衣锦被坏人骗而坐立不安，下一秒得知那个小富二代没戏了之后，立刻暴跳如雷。

"我就说你缺心眼！"孟明玮气急败坏地说："就你这样的，一辈子能遇上几个富二代？要不是陶姝娜，你半个都遇不上吧？不还是他追你吗？这都能被你搞砸了？你有什么可嫌弃人家的？"

李衣锦还没来得及辩解，孟明玮又说："是人家嫌弃你吧？不熟的时候看你还像个人样，熟了谁还能看上你？自己几斤几两不知道掂量掂量？"

孟明玮骂了一会儿停下来，以为李衣锦故意不想听她说话，把手机扔在一边去做别的事了，"人呢？死哪儿去了？有能耐把手机撂一边，有能耐你别长耳朵！"

过了好久，李衣锦出了声，压抑很久的哽咽让她的声音听起来沉闷苦涩，难以辨认。

"妈，"才开口叫了一声妈，李衣锦突然就忍不住自己的眼泪，"妈，你为什么要折磨我？你想离婚，是因为我的存在，把你绑在这个家里，所以你离不了，你就折磨我？……可我也不想被你生出来啊，你问过我同不同意了吗？"

孟明玮被她突如其来的反问问住了，没办法再流畅地骂下去。

"我们不要再互相折磨了，妈，我跟你道歉，做你的女儿是我的错，我对不起你，你放过我吧。姥姥以前总说，女儿是妈妈前世的福报，是来报恩的。我没能报你的恩，是我不好，下辈子换个你喜欢的孩子当你的女儿，行吗？"

李衣锦已经形成了肌肉记忆，她妈一骂她就哭，就认错。小时候她妈每次打她，都是打一下问一声，错没错？她一开始以为认错了就不挨打了，便认错，但还是挨打。哪儿错了？怎么改？不对！重新说，怎么改？她便机械地哭，机械地认错，而什么时候不打只能看她妈心情和当天的饭点。

但这一次的认错和道歉，她是最真心的，像是给三十年以来挨的打做一个复盘总结。她一边哭，一边在心里发誓，从此以后无论她妈怎么骂，她都不能再哭。仿佛只要忍住了哭，就在独立自主的道路上前进了一大步，就能从此摆脱她妈带来的阴影。

"妈，你瞧不起我，我知道。但是你知道吗，我也瞧不起你。"

孟明玮等了两天，总算等到在家无所事事的李诚智出门遛弯。上一次孟以安跟她提过，她没敢尝试，这一次她又鼓起勇气，在家里翻找了好久，总算找到了她的工资卡。她退休两年多了，据说退休金还涨了两次，但都是买菜时听别人说的，她自己并没有过切身感受。把自己的工资卡拿在手里的时候，她真切地感觉到一种奇妙的踏实，虽然不是真正的钞票，但心里也莫名多了几分底气。

"我也瞧不起你。"

李衣锦这样说。

孟明玮心里想，她嫌弃李衣锦没出息，找不到好工作，赚不到钱，甚至找不到一个条件优越的对象，她有什么资格去嫌弃孩子这些？她都五十多岁了，竟还在靠拿八十岁老母亲的买菜钱生活，她又比李衣锦强多少呢？

平常这个时候她该去买菜，回来帮老太太做午饭了，但她不想耽搁，怕李诚智回来发现，脚步不停地出了家门，径直去了银行。

她一个人走到取款机前，却为密码犯了愁。踌躇了许久，她只好放弃了，进了一旁的营业厅。银行的小姑娘热心地问她要办什么业务，她递过卡，说："我想查查这卡里有多少钱，但是密码不记得了。"

"行，阿姨您坐那儿等一下，我帮您排个号。没人，马上到。身份证带了吧？这卡是您本人的吧？"

孟明玮一愣，总觉得这话问的像卡是她偷来的一样，她张口结舌地点点头，"……是，是我自己的。就是，密码忘了。年纪大了，爱忘事儿。"

"哦，"小姑娘笑道，"没事，密码可以找回重设。"

在柜台前回答了问题又重新绑定了手机号，窗口里的柜员一边把身份证递还给她，一边说："卡里余额八百七十九点二元。您还有什么其他业务要办理吗？"

孟明玮没听清，疑惑地盯着他，"多少？"

"八百七十九点二。"柜员又看了一眼屏幕，说，"您还有什么其他业务需要办理吗？"

## 2

像往常一样，孟明玮去菜市场买了菜，准备回家做午饭。

一路上，她脑子里都想着那八百七十九点二，卖水果的找给她的零钱都差点忘了拿。她每个月退休金应该是有两千多，涨了两次，也不知道到没到三千。但是退休三年，卡里怎么就剩下八百七十九点二？李诚智每个月只在抽屉里留一千块现金，她要是一下子全拿走当生活费了，他还会甩脸子不高兴，剩下的钱他都弄哪里去了呢？

"大姐，你菜掉了。"刚进小区，后面有人叫她。她一低头，看到香菜掉了出来，被后面的一位妇女捡起，送回她手里。

"谢谢你啊。"她道了谢。

"没事儿。"那人看起来比她年纪轻，打扮得也整洁体面，看孟明玮一个人两手提满东西，热心地说，"大姐，我帮你拎一会儿。"

"不用。"孟明玮下意识的拒绝,但那人已经二话不说拎了满手,"你叫我小高吧,我也住这社区,就前面楼。你贵姓呀?"

"哦,小高。"孟明玮渐渐从自己的思绪里回过神来,"我姓孟。"

"孟姐,"小高一边走一边笑着唠起家常,"看你有闲心一大早逛菜市场,是退休了吧?闲在家没事干?孩子也成家了吧?"

"退休了。孩子还没,还没。"孟明玮应道,"我就每天帮我妈买买菜,做做饭。"

"老太太高寿呀?"

"八十了。"

"硬朗吧?"

"还行。"

"那可是福气呀!"小高说,"看你这说话、这打扮,知书达礼,你家肯定不是小康家庭就是书香门第。"

孟明玮不知道自己怎么就看上去知书达礼了,敷衍着说了句:"没有。你看上去才是小康家庭里的,又年轻又精神。"

"是吗?"小高立刻喜笑颜开,"我今年五十五啦,看不出来吧?"

"你就比我小两岁?"这倒是引起了孟明玮的注意,"我还以为你四十出头呢,比我年轻多了。"

这句话打开了小高的话匣子,她把手上提的东西利索地往胳膊上一挽,拿出手机点开,一边给孟明玮看,一边滔滔不绝,"孟姐,你不知道,我今年刚退休,就加了这个文化养生群,里面全都是高知和专家,特别有收获,跟着他们文化养生,又能永葆年轻,又能赚钱……"

"赚钱?"孟明玮一晃神,抬起头盯着她。

不像孟明玮总对李衣锦的能力有不符合实际的期待,李衣锦其实很早就明白,她这辈子只能努力维持做个普通人。那些条分缕析的记账表格,那些从工资和信用卡里精打细省下来的每一分钱,甚至她每一次开心或不开心时收集来犒赏或安慰自己的瓶子们,都是帮助她一点点构建信心来维持普通人生活的。

曾经周到也是她信心的一部分,有他在,她就总觉得自己也是个活生生的人，能笑能哭，能发脾气，能偶尔偷懒也能打打鸡血，能沮丧也能被鼓舞。虽然两个人经常都很丧，但丧的频率和程度总不会完全一致，一个缓过来了，便勉勉强强可以一边嫌弃一边把另一个拖拽着度过生活中的每一个低谷了。

当然她也会羡慕初入社会的年轻人，拿到实习工资都很开心，小姑娘每天全妆、高跟鞋来上班，跑上跑下也不嫌累，和脸色蜡黄、目光呆滞的老社畜一看就不是同一个物种。

"姐，崔总答应我下个星期开始就都跟着你。"实习生孙小茹趁李衣锦刚想起身拿着手机去厕所的时候，适时地出现在她工位前，说道。

"跟着我？"李衣锦奇怪地问，"你是说下周的演出你都要跟吗？"

"对呀。"孙小茹兴致高昂地点点头。

"你还不需要做这些事，平日里写好稿子就行了。"李衣锦说。

"没事没事！姐，我喜欢那个戏剧工作坊，这是他们第一次跟儿童芭蕾舞团合作童话剧，我想看看。"

"哦，行。那你来吧。"李衣锦说。

小姑娘兴高采烈地跑开了，李衣锦拿起手机去厕所。她入职前也觉得这是个特文艺特高雅的工作，但入职后很快就发现平时做的工作跟艺术几乎没有任何关系，打交道的人都是对接合同的、核算票款的、运输舞美器材的、物流公司安保的、写营销方案的、给小演员们买饮料订盒饭的、处理观众投诉意见的……

每年都会有孙小茹这样的实习生满怀憧憬地前来面试，并坦然表示，薪酬不重要，他们追逐的是梦想。她高考考砸了没来成北京念大学，在很偏远的一个城市读了中文系，却一直喜欢戏剧，毕业了来当北漂，入了职就在剧场附近走路十分钟的胡同里租了个小单间，厨房浴室公用，上厕所要出门，连空调都没有。

"反正我住得近，下班想多待一会儿，顺便洗漱。"孙小茹笑嘻嘻地说。这姑娘有股没心没肺的倔劲儿。看她喜欢布置她的工位，李衣锦就把赵媛留下的几个多肉和一些小摆饰送给她。"多肉我能不能拿回家一个呀？"她开心地问，"我房间里也想摆一个，地方太小，摆不下别的，只能放在窗台上。"

"都送你啦，你想摆哪儿摆哪儿。"李衣锦说。

对孙小茹来说一切都很新鲜，第一天跟李衣锦一起下晚班，走出剧场的时候都是蹦着的。李衣锦打了个哈欠，加快了脚步，只想早点回家睡觉。

孙小茹还跟在她身后滔滔不绝："我好想要个合照发朋友圈啊！好羡慕现在的小孩，我老家那边的孩子，从小到大连剧场都没进过，最繁华的商场搞活动请来的主持人半点水平都没有，对着孩子和家长开口就是黄段子……"

正说得起劲，李衣锦突然猛地站住了，孙小茹差点撞在她身上。

"怎么了？"孙小茹不解地问。就看李衣锦满脸疑惑地盯着剧场大门外的一处，那处路灯下站着个人，晚上也看不清楚长相。

"谁啊？"孙小茹吓一跳，"昨天我室友说附近有个暴露狂，让我晚上回家小心点，不会这么点儿背吧？"

李衣锦观察着路灯下的那个影子，影子背着个包，拖着一个行李箱。那行李箱她太熟悉了，有一年他俩因为过年回家的事情吵架，他气呼呼地拖着箱子就走，箱子被电梯门夹了一下，有个角凹了个坑，怎么弄都恢复不了原样。和好之后，李衣锦还笑他买了个伪劣产品。那个凹了坑的箱子，他一直用到现在也没换掉。

"周到。"她说。

路灯下的人拖着箱子走过来。

"认识呀？姐，是来找你的吗？男朋友吗？"孙小茹好奇地说，但看了李衣锦的脸色一眼，立刻识趣地打住了，"那我先回去啦。"

"没事，"李衣锦说，"刚才不是说要陪你走到家门口吗？晚上胡同里人少，又黑，以后你还是不要一个人回家。"

李衣锦把孙小茹送到家门口，自己继续往前走，准备拐过街角去坐地铁。周到拖着箱子跟在她后面，差个十几步，不远也不近。两个人都没说话，只能听到陈旧而艰涩的轮子在胡同里并不平坦的地面上摩擦的沉闷声。

## 3

过年的事发生以后，周到一直没跟爷爷奶奶认错，他觉得他唯一的错就是当时没有立刻追李衣锦出门。直到姑姑打来电话,说奶奶犯病住院,他才心软下来。

"回来吧。还耗什么呢?两个老人家这些年最惦记的就是你了。"姑姑说。

没有了工作,李衣锦也搬走了,他留在北京的理由都没有了。

亲戚给他介绍了老家的新工作,虽然薪水降了档,但工作时间和强度同步也少了好多,他甚至可以连续一周都按时下班。他在公司附近租了房子,又便宜又敞亮,上班走路十分钟,下班还能顺路去看奶奶。姑姑给他介绍了一个相亲对象,非让他去见见。

"不该说的别说,你知道吧。"去相亲之前,姑姑跟他说。

女孩性格很好,周到说要吃饭,她说不用破费,坐一坐喝个茶就好。两个人面对面喝了十分钟的茶,周到不知道要说什么,还是女孩先问了他。

"北京不是很好吗?为什么要回来?"她问。

周到不想说实话,也不想说假话,想了想,只好说:"家里让的。"

女孩笑道:"来相亲也是家里让的吧?我也是,谁也不用笑话谁。我小姨介绍的,好像是你姑姑同事。"

"对。"周到说,"我姑姑是中心医院的护士,奶奶家就在附近住。"

"那你是中心医院附小的吗?"女孩问,看周到点了头,就说:"小时候我家里条件不好,交不起择校费,就没去,我们家邻居的小孩就是交了择校费去念的。附小是好学校呀,你后来也考上市重点了吧?"

周到愣了愣,还没回答,女孩就自顾自地说:"也是,你都能考到北京,肯定很厉害。我那个邻居后来也考到上海去了。"她笑了笑,"不过我这个人比较知足,就想过安稳的生活,每天上班下班,爸妈就住在附近,还能帮我们带孩子,多好。"

"带孩子?"周到下意识地打断了女孩的话。

"对呀。"女孩笑眯眯地看着他。

"这,我们还是第一次见面。"周到尴尬地说。

"没事,你不是就在广州路那边上班吗?很近的,我们多相处相处就好啦。放心,我不是那种祈求完美爱情的女生,我很现实的,适合恋爱的人也不一定适合婚姻,两个没那么喜欢的人也不见得不适合在一起,咱们慢慢来。"

真的吗?周到突然觉得这句话好像似曾相识。他不就是这么对李衣锦说的吗?然后他回过神来,想起他说的话刚好相反。

北京的深夜街头,李衣锦和周到一前一后地走到地铁站。李衣锦停下了脚步,转过身面无表情地看着他,也不说话,等着他开口。

"我……不知道你地址,就想着来这边等你下班。"周到说,"你最近还好吧?"

"还好,我表妹给我介绍了一个富二代。"李衣锦故意说。

"不错吧?我就跟你说这家人靠谱,女孩稳重务实,家里爸妈条件也不差,有戏。"姑姑说。

没想到第一次见面之后,女生足足两个星期都没再联系他。他倒不急,姑姑急了,非让周到给她发微信。周到拗不过,只好发了句话,竟然发现她把他拉黑了。

周到回想了一遍当天的情形,觉得自己应该没有做出什么得罪人的举动,就给女生打了个电话。电话响了好久才接,女生那头的"喂"犹犹豫豫。

"你好,我是周到。"周到说,"不好意思,我想知道,你为什么把我拉黑了。"

那边隔了很久没说话。

"喂?"周到又问了一遍。

"周到,"女生说,"你是中心医院附小的,是吧?"

"是啊。"周到有点摸不着头脑,不知道女生怎么突然问起他的小学。

"那你认识徐莹吗?"女生问,"她比你大一届。"

"不认识。"周到说。整个小学,或者说整个学生时代,他都是在孤独中度过的,到现在,他一个老同学的名字和长相都想不起来,也不想想起来。

"没关系,她认识你。"女生说,"她是我邻居,花择校费念的中心医院附小。她说,你不认识她,但是全校同学那时候都知道你。"

一瞬间,他就明白她在说什么了。学生时代每一个漫长的日夜,他听到的都是这样的话。

"你都去相亲了,还回来干什么?"李衣锦冷冷地问。她面对着他站在台阶上,背后是地铁进站口的光,他看不清她的表情,但她能看得清他。每一次她等他解释的时候,他都是这样的表情,纠结、忧虑、死气沉沉,她最恨的就是这样的他。

他从包里掏出一个看不清是什么的东西,递给她。

"道歉。"他说,"我回来给你道歉。"

她低头一看,那是一个汽水瓶。搬家的那天,周到不小心打碎的,她保存了整个大学时期的那个汽水瓶。

"现在没有卖的了,我从网上淘的。"周到说,"跟以前的不太一样,但是是同一个牌子……"

李衣锦接过,转身几步走到垃圾桶前,狠狠地扔了进去。垃圾桶可能刚被清空过,瓶子摔进去的响声格外清脆。

"我不稀罕。"李衣锦说,"你道完歉了,现在可以走了。"

她转身走进地铁站,周到慌忙提起箱子,跟在她身后。

"不是。"他说。

李衣锦一直恨他的隐瞒、他的不坦诚,甚至以分手相逼,即便如此他也不愿意说出实话。因为他心里知道,就像那个来跟他相亲的女孩一样,他说出实话,只能让她更加当机立断地分手。

"全校同学都知道你。"女孩说,"你是那个杀人犯的儿子。"

随便两个人都能七拐八拐沾上关系的小城里,这样的秘密又能瞒多久呢?他姑姑以为人家不住在城里,就不会了解到二十多年前发生的事,但还是失算了。

"你还有脸来相亲,你太可怕了。别再联系我,否则我要报警了。"女孩说完便挂断了电话。

"没事,姑姑再给你找别人,找外地的。"姑说。

怎么会"没事"?周到想。这两个他生命里最重要的人,一个给他带来了童年所有的噩梦,一个给他带来了学生时代所有的辱骂和歧视,一个活在奶奶床头的黑白遗像上,每年家里人要去哭祭,另一个在牢里度过半生，名字连提都不能提。他拼命挣扎了多年乞求拥有普通人的生活，却还是在掉以轻心的时候被一头拽进深渊里万死不得超生，怎么可能"没事"？

李衣锦往地铁站扶梯走，周到跟在她身后，快速地说完："……就是这样。全校同学都知道我是杀人犯的儿子。我妈就是那个杀人犯，我八岁那年，她杀了我爸。"

他话音未落，李衣锦已经踩进了下行的扶梯，但周到的话她每个字都听清楚了，只得错愕地回头望着他。周到站住了，没有再跟过来。

"对不起。我一直不想说。"周到说，"因为我知道，说了也不会留住你。"

扶梯下行，李衣锦看不见周到的脸了。地下通道里的风吹散了温度，只剩下彻骨的绝望和孤独。她抱紧手臂打了个哆嗦，突然很想下一刻就推开家门，看到姥姥亲自下厨做的热汤热饭，看到陶姝娜和她妈你一言我一语地打闹，看到小姨宠着不听话的球球，甚至看到她妈拖着脚步皱着眉头瞪她的样子。

可真好啊。

# 第十三章

# 姐　姐

# 1

早上李衣锦带着黑眼圈来上班,看到孙小茹拿着洗发水去了洗手间。她坐下来,打开孙小茹发来的文案。

她脑子里很乱,昨晚回到家之后,她思来想去,不知道该和周到说什么,想跟陶姝娜聊聊天,但陶姝娜又是很晚才回来,也没空跟她说话就睡了。辗转反侧之余,她下意识地刷手机转移注意力,意识到一个有点反常的现象。

她妈竟然已经超过四十八小时没给她发任何消息了,没有文字,没有语音,没有视频通话,简直破了她的纪录。意识到这一点的时候,她觉得自己应该雀跃欢喜,但好像并没有。她打开跟她妈聊天的页面,默默地发了一个中老年表情包,然后才放心躺下。

以她妈平时的生活习惯,最晚六点钟应该也醒了,但等到她十点钟坐在工位上,打开手机,还是没看到她妈的任何回复。

孟明玮坐在小公园的长椅上,小高坐在她身边,笑容满面地说:"你看你加进群里也有好几天了,大家发的图和文章你也看见了,亲身去体验一下,也不损失什么,对吧?我天天都去!咱们周末活动你也可以参加,我跟他们说一声,让他们加个名额,这名额一般不随便给的!我是跟你聊得投缘,看你也是个靠谱的人,咱们交个朋友,有什么问题就包在我身上……"

她跟着小高去听了他们的文化养生课,讲课的是个非常慈祥的老太太,看起来比她年纪大不少,但打扮得精致体面,PPT什么的也操作得很溜,底下坐的全是跟她差不多的中老年妇女,一个个拿着手机和小本本,戴着老花镜,专心致志地记,非常用功。听完课,小高还把她介绍给了老师和其他几个人,大家都非常热情,拉着她的手嘘寒问暖。聊到出门买菜提的东西多，上下楼费劲，就有人帮她下单了一个可以拉也可以爬楼的买菜小车送货到她家，看她腿不好，立刻有人给她推荐可以发热和按摩的护膝和理疗仪，还有人带来自己家种的水果和土鸡下的蛋给她们分。每个人都好像认识很久的样子，聊得热火朝天，也丝毫没有冷落她这个第一次来的人。

"咱们老师讲得好吧？"小高说，"之前有个大姐，连字都不认识几个，经过咱们培训之后，成了明星讲师，课上得可好了，出场费一次要好几千！怎么样，心动吧？"

孟明玮尴尬地摇头："我不行。"

"没事，咱慢慢来，赚不了大钱可以赚小钱嘛！对不对？"小高说，"咱们的宗旨就是让每个退了休在家的姐妹都能有立刻上手的副业，发不了大财，咱至少吃喝玩乐不愁！这周末有咱们的活动，我先给你占个名额，吃住全免，两天你就花个报名费，还能跟咱们姐妹出去玩一圈，好多人想去都去不了呢！"

护膝和买菜车很快就送上了门，孟菀青来蹭饭的时候，看见孟明玮放在门口的小车，不由得好奇道："之前我就说让你弄个小车买菜，你不愿意，说走街上别人都看你，怎么现在倒买了？"

从孟菀青刚上小学的时候起，孟明玮就经常去给她送饭送东西或是接她。那几年孟明玮在厂里干活，每天灰头土脸的，也不知道收拾，中午给孟菀青送饭的时候也不换衣服，每次她提着饭盒往门外一站，就有小孩喊："孟瘸子又来找她妹啦！"

孟菀青非常不满，拍桌子瞪眼地让他们别喊了，但总有那讨人嫌的小孩，别人越讨厌被喊什么，他们自然就变本加厉地喊什么。

第二天到了送饭的时候，孟菀青躲进了厕所，以为孟明玮找不着她就走了。她没想到，孟明玮不仅没走，还以为孟菀青不见了，着急得到处找她，见到一个小孩就问是不是和孟菀青一个班的，看没看见孟菀青。

孟菀青从厕所出来，就看到孟明玮正没头苍蝇一样地乱转，喊着孟菀青的名字，屁股后面跟了一堆看热闹不嫌事大的小孩，一边歪歪斜斜地学孟明玮走路的样子，一边嬉皮笑脸地喊："孟菀青！孟瘸子找你呢！孟菀青！……"

孟菀青很想回头躲进那个厕所里，一辈子不出来。

## 2

当天晚上孟菀青就跟她妈闹开了,非要她妈答应不让孟明玮再去学校送饭,否则她就不上学。爸妈一直都最宠她,即使她总闯祸,她妈最多也只是骂她几句,她爸更是无条件护着她。但那天她并没有得逞,她妈不仅没惯着她,还让她跟孟明玮道歉。

"跟你姐道歉,"她妈说,"你姐每天要干活,还要给你做饭送饭,你倒挑三拣四了,有能耐你别吃!"

孟菀青委屈得大哭,"我不吃!我再也不吃她做的饭了!"

"那你就滚!"她妈说,"什么时候想明白了再回来吃饭!"

"滚就滚!"

孟菀青大哭着出了家门,觉得自己像个众叛亲离的死士。天已经黑下来了,每走过一家,鼻子里就飘进不同的饭菜香味,她肚子饿得咕咕叫,但一整天积攒下来的委屈又让她不愿意停下脚步。

不知道走了多远,她迷了路,终于害怕了,也走累了,环顾四周,陌生的恐惧袭来,而她已经又累又饿,没有力气哭了。

"真美啊。"孟明玮坐在旅游大巴上,看着窗外飞驰而过的景色,发出由衷的赞叹。

"孟姐,你不常出来玩吧?"小高坐在她身边说,"看你的样子就是过日子很省的那种人,钱都给老公孩子花了,不舍得花在自己身上。咱们女人哪,要对自己好一点,自己都不心疼自己,谁心疼你?你说是不是?"

她就像个离家出走的小孩一样,贪婪地环顾四周,内心充满了陌生的喜悦。第一次觉得没见过的景色这么美,空气这么清新,世界这么美好,第一次把那个兜兜转转几十平方米的小家完全抛诸脑后,想都没有再想起。

到了晚上,孟菀青过来给她妈送一箱新鲜樱桃,装了一半准备给孟明玮拿上楼,这才发现孟明玮不在家。李诚智在家里就着花生米喝小酒看电视,见孟菀青问起,看了一眼时间,这才说:"啊,都七点半了?我也不知道她哪儿去了,没在楼下吗?"

孟菀青觉得奇怪,孟明玮通常也没什么地方可去,晚上更是雷打不动地在家里待着,她能去哪儿呢?孟菀青拿起手机打电话,她没接,孟菀青又打给了李衣锦,这个时间是晚场开始之前最忙的时候,李衣锦根本就没有听见。

孟菀青不知道该打给谁了,拿着手机愣了一会儿,发现她并不知道她姐有什么朋友,有没有朋友。

老太太已经在卧室休息了,孟菀青想了想,还是没告诉老太太。要是告诉她,她八成是要亲自拄着拐杖去找。老房子没有电梯,还是别折腾老太太上下楼的好。

"没回家?"孟以安在电话里疑惑道,"她能去哪儿呢?咱们这小地方,有什么事晚上七八点也该办完回家了啊。"

"就是啊,"孟菀青说,"而且她也没什么事可办啊!"

"要不你还是去问一下姐夫?"孟以安建议,"家里有什么事,他总该清楚吧?"

孟菀青就又上楼去孟明玮家敲门,李诚智酒醒了一半,正在起疑,从门口柜子上找到了孟明玮留下的纸条。

"和朋友出去玩了,明天回来。"

孟菀青松了一口气,便放心地回自己家去。李诚智关上家门,就回屋里翻找,发现孟明玮的工资卡不见了。

次日一大早,孟菀青还没起床,就接到了孟明玮打来的电话。

"你真出去玩啦?"孟菀青伸着懒腰笑嘻嘻地调侃,"我发现你最近有点不一样了呀,挺好挺好,我总说你得认识点新朋友……"

"那个,"孟明玮小心翼翼地打断了她的话,"能不能帮我一个忙?"

孟菀青立刻觉得孟明玮的语气有点奇怪。"你在哪儿呢?"她从被子里坐起来,问道。

在漫长的青春期,孟菀青一直是最漂亮、最骄傲的女孩,她有个叱咤风云的女强人妈妈,有个无限宠着她的爸爸,有个调皮古怪得远近闻名的妹妹,唯一不太值得提起的,就是那个她希望不要再出现在学校的瘸子姐姐。

她的瘸子姐姐从她大哭着跑出家门的那一刻起就一直跟在她后面,追着她深一脚浅一脚地过了无数条街,然后在她精疲力竭蹲在路边的时候,仍然是面无表情地出现在她面前,拽起她的胳膊:"回家。"

她没有力气挣扎,就那样被拖回了家。

孟明玮把给她留的饭菜热了,端给她,她大口大口地扒进嘴里,什么话都没说。

第二天她还是照常上学了,但是到了送饭的时间,她没有再看见孟明玮。别的小孩陆陆续续出了教室,她也走出门,四处张望,看到那个熟悉的饭盒,放在教室外的窗台上,饭盒上还写了"孟菀青"三个大字。

从那天起,孟明玮没再给她送过饭。至少,再没让孟菀青和别的同学见到过。

后来孟以安也上小学了,孟菀青上初中,每天还是孟明玮送饭,放学的时候,孟菀青会去顺便接孟以安一起回家。她最喜欢的就是逗孟以安身边的小朋友,问他们孟以安的姐姐好不好看。小朋友们都挺喜欢她,也都说她好看,夸得孟菀青飘飘然。有一次她去接,正看到孟以安一边等她,一边和小朋友们说着话。

"你姐姐太厉害了吧!那她在你妈妈工厂里干活,将来也会像你妈妈一样当厂长吗?"小朋友问孟以安。

"那我不知道,"孟以安说,"不过她就是很厉害呀。我妈说,她要是能念书的话,更厉害。"

"而且她今天做的炸鱼,太好吃了!"另一个小朋友眼睛放光地说。

"那你明天中午自己告诉她,"孟以安笑嘻嘻地说,"别人夸她做饭好吃,她就可高兴了!我下次还给你带炸鱼!"

回家的路上,孟菀青故作生气地说:"就知道夸大姐,不夸夸我!"

孟以安便像个小大人似的哄她:"夸你!你是全天下最好看的姐姐!"

晚上孟菀青进了厨房,跟正在刷碗的孟明玮说:"姐,今天中午的炸鱼真好吃。"

孟明玮瞪了她一眼,伸着湿手去推她:"又不是第一天做,你没长嘴啊。赶紧出去,这儿乱。"

孟菀青被推出厨房,回头看了一眼孟明玮扎着围裙洗碗的身影,眼泪还是掉了下来。

## 3

晚上李衣锦又几乎是最后一个下班。她看了一圈,没见到孙小茹,在心里暗笑,这小姑娘的理想也不过三分钟热度,才坚持几天晚班就没影了。

准备出门时,李衣锦还是拨通了孙小茹的电话。翘班也得给我个理由啊,她想。

空无一人的走廊寂静无声,电话刚接通,她就听到远处洗手间里隐约传来手机铃声。

"孙小茹?"李衣锦提高声音叫了一声。

没人应她。

李衣锦往洗手间走,手机的声音还在响,却没有人接。她心里突然升起莫名的恐惧,小心地推开洗手间的门。

里面空无一人。隔间的门也都开着,手机铃声正是从正对着她的最外侧隔间里传出来的。李衣锦松了口气走过去,隔间角落的垃圾桶后面的地上躺着正在响铃的手机,上面来电显示"李衣锦姐姐",正是孙小茹的。

李衣锦按断了电话,俯身捡起孙小茹的手机。

这孩子上厕所把手机丢了都不知道,就跑了?李衣锦摇摇头,觉得不太可能,便决定顺路去把手机还给她,然后再坐地铁回家。

沿路走到上次送孙小茹的门口,李衣锦张望了一下,试着敲了敲门。

里面没有声音,似乎连灯都没有开。

"请问孙小茹在吗?我是她同事。"她大声问了一句。

敲了一会儿,没有人回应,她刚转身准备走,门开了,露出一条小缝,孙小茹的声音从里面透出来,"姐?"

"你什么时候跑的?手机落在洗手间都不知道?我顺路给你送过来。"李衣锦说。

"姐,就你自己?"孙小茹问。

"什么?"李衣锦没听明白,"不是我自己是谁?"

孙小茹这才把门打开:"姐,你能进来坐坐吗?我有话跟你说。"

李衣锦跟着她趟过了堆成山的鞋子,避开了浴室门口湿漉漉的地面,踩进了她自己的小房间,关上门,把旁边厨房散发出的油腻呛人的味道挡在了外面。进门就是床,孙小茹拍了拍整齐干净的床单,说:"姐,你坐。"

李衣锦回头看了看,除了床也没地方坐,不坐也没地方站,就不客气地坐下了。

"姐,我跟你说个事……我不知道怎么办。"孙小茹在她旁边坐下来,接过李衣锦递给她的手机,在手里摆弄着,眼神不知所措地瞟向别处,欲言又止,"你答应我别告诉别人。别告诉任何一个同事。"

"怎么了?"李衣锦问。

"……崔总。"孙小茹说,声音低到不能再低。

那天下班之后,大家都走了,孙小茹就去洗头。但她并不知道,她去洗手间的时候,崔保辉回来拿东西,看到了工位上她还没关机的电脑,她扔在桌上的手机,还有她散落着洗漱用品的化妆包。

她弯着腰开着水龙头洗头发,洗好之后用干发帽裹好头发,转身去上厕所。她进了最里面的隔间,闩上门,脱下裤子在马桶上坐下来。一缕湿头发没塞好,从干发帽里掉了出来,她抬起眼睛把它塞回去。眼神向上的一刹那,她突然看到隔间门缝里,有一只眼睛眨着,盯着她,亮了一下。

她嗷地尖叫出声,提着裤子跳了起来。

"谁?!"她喊道。

"我啊。"外面的声音说道。

"崔……崔总,你还没下班啊?"她结结巴巴地说。虽然她不知道崔保辉为什么会突然出现在女厕所里,就站在她的隔间门外,她刚才洗头的地方。

"这不回来拿东西嘛。"崔保辉意味不明地说。

孙小茹的脑子嗡地炸开,手心瞬间渗出一层细密的冷汗。她没有遇到过这样的事情,完全不知道要怎么办才好。她觉得她死也不能开隔间的门,但崔保辉站在外面,她不敢顶撞他,也不知道要怎么出去。

"崔总,我住的地方洗头不方便,我有时……就在这儿洗头。"她不知道自己说了些什么。

"嗯。"崔保辉并没有要挪动的意思。"你不是在上厕所吗?"他慢悠悠地说,"你上啊,我看着你上。"

孙小茹这才看清楚,那只眼睛不是崔保辉的眼睛,而是他的手机,透过门缝，闪着沉默而恐怖的光，盯着她。她不知道它拍下了什么，也不知道他看见了什么，她不想知道。

有那么一瞬间，她以为自己要在这个隔间里待到天亮了。

楼下停车场的大爷救了她。"这谁的车停这儿还不走？过了晚上十点停车费算过夜啊！"他们停车场地方小，不仅平时倡导观众绿色出行，员工也没太多人开车上班，只有崔保辉天天风雨无阻地开着他那辆路虎揽胜大摇大摆地往里进。同事有时调侃他工资不够油钱的，或是笑话他那车往小胡同里挤就像老母鸡趴窝，他也毫不在意。

孙小茹不知道楼下车子开走的声音是不是崔保辉那辆发出的，又等了好久好久，这才胆战心惊地从厕所出来。狂奔回家的途中，她在心里狠狠地骂自己，骂自己为什么把手机扔在桌上没带，骂自己进去洗头的时候为什么没把女洗手间的门反锁，骂自己为什么要每天等别人都走了蹭空调和厕所，骂自己为什么要租洗漱都排不上队的合租房，骂自己为什么没钱还要来当北漂。

第二天，她拖到迟到才去上班。崔保辉若无其事地跟别的同事闲聊着从她身边走过去，就像什么事情都没有发生过一样。

晚场开始的时候孙小茹就想上厕所，一直忍住了没去，想下班回家再说，但是等到散场之后她实在憋不住了，趁人还没走完，迅速地冲到了厕所里。进了外侧第一个隔间，攥紧了手机，想着快速解决赶紧下班。

就在她准备推开隔间门出来的时候，她又看见了门缝里晃动的人影和盯着她的眼睛。

她顿时惨叫一声，推开的隔间门硬生生撞到了外面的陌生女人身上。

"你有毛病啊？"女人瞪了她一眼，走开了。

她又一次落荒而逃，连手机掉在了隔间里都没有察觉。

"姐，崔总今天给我发信息了。"孙小茹快快地说，"他说，我要是敢把这事说出去，他就开除我，再把照片发给所有同事。"小姑娘声音带了哭腔，"我……我不敢去上厕所了，怎么办？下次你能不能陪我去上厕所？"

"这不是陪不陪你上厕所的问题。"李衣锦说，"他这是性骚扰，他还开除你？该走的是他吧。"

"那……姐……你说，我该怎么办？你帮帮我，好不好？"孙小茹手足无措地问。

话谁都会说,但是几年前李衣锦遇到类似的事情之后,慌里慌张地辞职了,跑得比兔子还快。她有什么资格来教育孙小茹?

从孙小茹的合租房出来,李衣锦一个人往地铁站走,孙小茹的话一直在她脑海里盘旋不去,直到手机铃声打断了她的思绪。

"回来了,没事了!我打过来告诉你一声!"孟菀青在那边没头没脑地说。

"二姨,"李衣锦一头雾水,"你说什么呢?"

"啊?我忘了昨天给你打电话你没接了,"孟菀青一拍脑门,"你妈让我给接回来了。我这傻大姐,差点让人骗钱,还好她没钱。没事了,你别担心,家里一切都好,你快忙吧!"

"等会儿?我妈去哪儿了?谁骗她钱了?"李衣锦连忙问。但孟菀青已经急急地挂断了电话。

孟菀青是亲自开车去把孟明玮接回来的。在电话里听孟明玮简单说了几句之后,孟菀青立刻明白了原委,不仅一口应承下来,还特意让孟明玮把电话给小高听。"小高呀,"孟菀青热情洋溢,"谢谢你们这么照顾我姐,有好事当然要大家一起了,这样,我今天就过去,我也了解一下。是这样的,我这个大姐呀,在家里只管买菜,手头也没什么钱,好在呢我朋友多,认识的人也多,等我了解一下之后,我可以给你好好发展发展,你说好不好?"

小高自然是满口答应。孟菀青一接孟明玮回来,立刻让她拉黑删除了小高以及她在那个群里认识的所有人。

回了家,老太太发觉她俩不对劲,孟菀青心想倒也没损失什么钱,就把这事说了。

老太太都被气笑了,"你都快六十岁的人了,这种话也信?"

"就是,要是遇上咱妈,让他们连根毛都不剩。"孟菀青也在一边说,"幸亏你没钱,他们一看你也没什么好骗的,就放你回来了。你要是有钱,真是谁拐你就跟谁走啊。"

孟明玮委屈地坐在沙发上,低着头,抠着手,接受来自她妈和她妹的批评，看着孟菀青拿着她的手机一顿拉黑删除操作，嘴里不甘心地说："群里每天还要发课件呢，他们帮我在网上买的东西还没寄到家呢。"

孟菀青翻了个白眼，长叹一声："我的傻姐姐啊，你能让我省点心不？谁会没事跟你示好，给你买东西啊？要是知道你没有一分钱可骗，连入会员的五千块都拿不出来，人家费心思讨好你干啥？你不知道，前面那个楼有个老太太，就是在这样的养生群里买仪器买补品，被骗了小几十万，她儿子气得心脏病发作进医院了。"

孟明玮害怕了，咬着嘴唇不敢说话，好像她真有几十万似的。

孟菀青费了好大劲才跟孟明玮解释明白，他们这样的所谓培训上课都是骗钱的，像她这样没什么钱可骗的，就只能忽悠她发展下线，多骗一个是一个。

"你以后换个时间去买菜或者换个市场，别碰见那个小高。要是再有人往家里寄奇怪的东西，不是你自己买的，也别拆，直接扔。"孟菀青说。

"真的这么严重？"孟明玮说，"但是他们人看起来都挺好的啊，还给我买护膝……"

孟菀青又叹了一口气，什么话也没说。

"是我不好，我信了骗子，给你们添乱了。"孟明玮低着头，脸通红，一副承认错误的样子，"哎，你别跟李衣锦说。"

孟菀青心想她都已经说完了，收回也来不及了，就没回答。

"姐夫不会生你气吧？我陪你回家吧，你俩别吵架。"孟菀青说。

孟明玮打开家门，看到李诚智还像往常一样坐在沙发上看电视。一看她进来，他站起身，脸色铁青看，从鼻孔里哼了一下。还没哼完，他看见孟菀青跟在孟明玮身后，又立刻虚伪地由阴转晴，假笑着说了句："菀青也过来了啊，家里乱，就不留你了。"

孟菀青看他们俩也没什么事，就跟孟明玮打了个招呼，关门走了。

李诚智这才露出他的本来面目，盯着孟明玮，什么都没说，又冷笑了两声。孟明玮攥紧了手里的包，包里有那张原本就属于她但是她从李诚智手里偷出来的工资卡。报名剩的六百块钱，她放在包里，但回来怎么都找不着了。

她总不愿意相信那钱是小高趁她睡着的时候拿走了，也总不愿意相信那些热情的老姐妹其实都像孟莞青说的那样,是被骗来或者来骗她的。

也没什么不好啊,她在心里想。一帮年纪相仿不会互相嫌弃的人聊天、买菜、关心腿脚、研究养生,就算让她花钱,她也认了,总比回到这个愁云密布的家里,面对无休止的争吵和斥骂,好得多呢。

# 第十四章

# 不等价交换

# 1

午休的时候,李衣锦陪着孙小茹去厕所。几个女同事在镜子前研究新买的高光,点在鼻尖照来照去,嘻嘻哈哈地说笑着。

"姐,你是不是觉得我矫情?"从厕所出来,孙小茹有点不好意思地问,"多大的人了,连上厕所都要拖你陪着。"

李衣锦笑笑:"没有。"

"小时候在乡下,半夜我不敢上旱厕,堂姐每晚都陪着我,"孙小茹说,"你就跟我姐一样好。她嫁到深圳去了,我们好多年没见了。"

沉默着应下了这夸奖的李衣锦莫名觉得有点心虚,除了陪她上厕所之外,她还能做什么?

两个人走回办公区,看到崔保辉正在和同事说话,不知道说起什么好笑的事,哈哈大笑。孙小茹噤了声,一溜烟跑到自己工位,埋下头消失了。

李衣锦心里烦躁,转身去露台透气。崔保辉聊完天,踱步过来,李衣锦头一次没给他好脸色。

崔保辉倒也没有介意,像是吃准了李衣锦是一个被捏也不会反抗的软柿子,和孙小茹一样。"姐妹俩手拉手上厕所?感情真好啊。"他说。

李衣锦被恶心到了,没说话,往一边挪开了两步。

"咱俩做同事这么久了,"崔保辉漫不经心地说,"你怕什么?我又没对你怎么样。你看看人家刚毕业的大学生,小裙子、高跟鞋,再看你,放一百个心,让我看我都不看。"说完他还轻松地笑了两声,仿佛自己讲了个精妙无比的笑话。

崔保辉慢悠悠地踱回去了。李衣锦站在原地,愤怒和耻辱感一瞬间从脚底直升到头顶。她胸口发闷,手心发麻,似乎那个坐在隔间里被偷拍的人不是孙小茹,而是她自己。

回到工位之后，李衣锦盯着电脑屏幕根本看不进去，心慌气短之际，突然念头一动，想起了赵媛辞职后问过她的话，崔保辉也问过。

赵媛一定是知道什么，崔保辉干这样的恶心事也绝对不是第一次。

下午得空的时候，她给赵媛发了信息。

"崔保辉这人什么毛病？"她写道，"偷看新来的实习生小姑娘上洗手间，死变态。"

一直到下班，赵媛也没有回复她。

回家的路上，她忍不住打电话给赵媛，"你没看见我下午给你发的信息吗？"

"看见了。"赵媛在那头说。

"那你没反应？人家小姑娘好端端的被他一吓，连厕所都不敢上了。我以前怎么不知道他这么猥琐？"

赵媛那边没说话。李衣锦觉得奇怪，"喂，信号不好？你听不见啊？"

"听见了。"赵媛说。她声音低下去，听起来很别扭。

李衣锦立刻觉出她不对劲。

"我当时跟老沈分手，不仅仅是因为……我跟你说的那些原因。"赵媛叹口气，说。

崔保辉两年前就在某次同事聚餐时摸过赵媛的大腿，还夸她裙子好看。赵媛当时躲了，心想，他有家有室的，就当他喝多了犯浑，没追究。后来他得寸进尺，不仅逮着机会就跟她说浑话，还有好几次半夜给她发自己的裸照。赵媛吓得要命，就好像裸的不是崔保辉而是她自己一样，慌里慌张地删掉，生怕被她男友老沈看到。崔保辉达大言不惭地说，要是赵媛把这事告诉别人，他就把他俩的聊天记录发给她男友。

"发又怎样啊？"李衣锦说，"撩骚的是他，又不是你！"

"你不知道，"赵媛说，"老沈那个人，疑心重。如果他真知道了，就算骂崔保辉撩骚，肯定也要说我不检点。"

"你怎么不检点了？！"李衣锦气得声音都提高了八度，"崔保辉这个人太恶毒了，他到处撩骚不算，还要往你身上泼脏水！"

赵媛没把崔保辉的事告诉别人，但还是被男友老沈发现了，赵媛越否认，他越觉得她遮遮掩掩，断断续续吵了很多次，加上其他事情也不顺利,还是走到了分手那一步。

"我已经翻篇了,不想再提。"赵媛说,"你也别管了,反正他恶心的又不是你。"

"不是我我也恶心!你翻篇了,那孙小茹怎么办?他还是会到处撩骚,这种人没有切肤之痛是不可能长记性的。"李衣锦义愤填膺,似乎忘记了自己也是像赵媛那样采取翻篇对策的人。她想帮孙小茹做点什么,但也不知道该怎样做。

回到家,陶姝娜竟然早早地回来了。

"你今天怎么回来这么早?"她问陶姝娜。

"啊,我的小彦哥哥明天出差回来。他之前给了我一把备用钥匙,我打算做一回田螺姑娘,给他一个惊喜。"陶姝娜双手捧脸,露出幸福的表情。

李衣锦笑了笑:"你可是科学家,就算是小彦哥哥也不能把你当田螺使唤。"

"没使唤没使唤,"陶姝娜笑嘻嘻地说,"我乐意。"

"我怎么都没看见他为你做什么呢?"李衣锦故意逗她,"你们搞科研的,成天聚少离多,搞得像异地恋一样,怎么促进感情?"

"真正喜欢一个人当然就想尽可能地付出啊。"陶姝娜振振有词,"感情本来就不是等价交换。要是都算计着你进几步我退几步,那不是促进感情,那是跳探戈。我不会跳探戈,我只会跆拳道,喜欢就出击。"

陶姝娜从沙发上蹦起来,一边进卧室一边说:"我还在 App 上学会了好几个菜呢!要是小彦哥哥说好吃,我回来就给你做。"

"哇,我待遇这么好?"李衣锦忍俊不禁,"难道不应该是我来当你的小白鼠,然后你做给你的小彦哥哥吃吗?"

"那不一样,"陶姝娜的声音从卧室里传出来,"男朋友就是男朋友而已,姐姐可是亲的。"

李衣锦又笑了。

洗完澡,她打着哈欠进了自己卧室,靠在床上,打开电脑。

点开"REAL LIFE"文件夹,李衣锦在里面新建了一个表格。然后她拿起手机,打开和孟明玮的聊天页面。

聊天还停留在李衣锦发的中老年表情包那里,李衣锦点了转账,转过去五千块。

第二天早上五点，孟明玮起来，看到李衣锦发来的转账，心里一热，但还是嘴硬地发了一句："干什么？"

李衣锦没回，肯定是还没起床。果然到九点钟，她回了一句："给你发工资。"

孟明玮下意识地就要点视频通话过去，想了又想，还是收回了手。她戴上老花镜，在她跟李衣锦的聊天记录里翻了半天，翻到一个李衣锦随便发来敷衍她的、年轻人用的可爱表情，存下来，发了过去。

## 2

"……两勺生抽、一勺料酒、一勺蚝油……盐、黑胡椒……"

陶姝娜盯着手机上的菜谱，在厨房里鼓捣。

她一下班就来了张小彦这里，算好了他回来的时间，把屋里屋外打扫得干干净净，又把热腾腾的饭菜摆在桌上，叉着腰欣赏了好一会儿，觉得自己真是心灵手巧。

眼看着时间到了，又过了十分钟、二十分钟，张小彦还是没有进门。

"航班延误了？还是单位又有急事？"陶姝娜觉得奇怪，就打电话给他，但是半天没人接。她有些不高兴，在餐桌旁边坐下，噘起嘴，看着饭菜的热气一点点消散。

又过了好久，张小彦的来电显示出现在手机屏上，陶姝娜一蹦三尺高地接起。

"你去哪儿了啊！"她愤愤不平，"不是说八点前肯定到吗？"

没想到张小彦也问："你去哪儿了？"他听起来一样充满怨气，"我八点就到了啊，你也没在啊！"

"我在哪儿啊？"

"你在哪儿啊？"

"我能在哪儿？"陶姝娜莫名其妙地说，"我当然在你家了啊，给你准备了惊喜！不然你给我备用钥匙闹着玩的啊！你在哪儿啊？"

"我能在哪儿？我来你实验室了啊！"张小彦也很委屈，"你平时这个点儿不都在实验室吗？我从单位直接就过来了，连你影儿都没见着！"

两个人愣了几秒钟，忍不住同时笑出声来。

"我还重新订了那家米其林呢，还买了电影票。"张小彦说，"本来想着把约会补上。这下好，又要取消了。"

陶姝娜又气又感动，笑了半天，说："你回家来吧，给你把饭菜热热。"

李衣锦还没下班，收到陶姝娜发来的微信："今晚不回去。"

李衣锦忍不住偷笑，"你这进展有点快吧？"

陶姝娜秒回："呸呸呸，谁快？别诅咒我。"

李衣锦今天有些紧张。崔保辉这两天看到孙小茹跟她形影不离，就私下给孙小茹发微信，威胁她要是敢瞎说就让她好看。并且告诉她，他知道她住的地址，甚至知道她身份证上的户口所在地，也就是她老家父母家的地址，警告她不要乱讲话。孙小茹吓坏了，又跟李衣锦求助，导致李衣锦一整天都心不在焉地想该怎么办。

下了班，天已经全黑，两个人走在小胡同里，还是有些胆怯。李衣锦忍不住轻声跟孙小茹说："你能不能换个地方？别住这儿了。"

孙小茹有些委屈，说："我也想换，但是我的钱都交房租了，至少得住满这个季度吧。"

李衣锦也不好说什么，就叹了口气。

突然，两人同时听到后面有窸窸窣窣的脚步声，顿时鸡皮疙瘩起了一身。两个人一路狂跑，一直跑到孙小茹家门口，后面的人才跟上来。

"是我。"周到说。

"你要吓死我?!"李衣锦差点一口气没跟上来，"装神弄鬼干什么？"

"我本来来找你，看你们跟同事说话来着。我想着你们两个小姑娘走夜路不太安全，就在后面跟着了。"

李衣锦和周到一起帮孙小茹把网上买的报警器和摄像头在她门窗上安好，又用手机测试了，才放心离开。

"房子到期了赶紧换，"李衣锦临走还不忘了叮嘱，"别让那个死变态钻空子。"

两人走在去地铁站的路上，李衣锦讲了崔保辉的事。

周到一定也想起了李衣锦之前辞职的原因，什么也没说。

"我知道，你肯定说我多管闲事。"李衣锦说，"我那次辞职，你还说，吃一次亏事小，赶紧翻篇找新工作才是大事。"

"你还记得咱们俩第一次见面吗？"周到突然问。

"什么？"李衣锦一时没明白他在问什么。

"大 的时候，咱俩第一次见面，你被锁在二楼活动室，我打电话给校保安处。"周到说。

"哦，记得，"李衣锦说，"怎么突然想起来提这个？"

周到笑了笑："我那时候在楼下，你手机没信号，让我走远几步，打电话叫保安。我手机信号也不好，我就一边试，一边走，走到楼前去，好不容易打通了。等我打完回来一看，这女的也太拼了，自己就从窗户爬出来了，沿着二楼的那根管子往下爬。当时我快吓死了，又不敢喊你，怕一喊把你吓掉下来，就只能在底下张着手，心想万一你掉下来了，我还能接着你点。"

李衣锦忍俊不禁。"你提我的黑历史干什么？"她笑道，"后来去保安处，还得谢谢你替我作证，要不然差点被学校记我违纪。"

周到也笑："我的意思是，不管你做什么决定，我都支持。你要知道，其实你比你自己以为的强大得多。"

李衣锦愣了愣，没说话，转过头继续往前走，但脚步慢了许多。

"这些年来，其实是我更依赖你。我怕你会离开，所以一直不够坦诚，对不起。"周到说。

"你已经道过歉了，不需要再道歉。"李衣锦说。周到走在她身后，她慢下两步，拉住了他的手。

"我是因为你不说实话才走的，你要是说了实话，我就不会走了。"李衣锦说。

周到不吭声。

"当初你都没想到我会从管子上爬下来。"她突然说，"可见你还是不了解我有多强大。"

两个人沉默了半晌，然后一起笑了。

"陶姝娜说，感情不应该是等价交换，如果总算计着你进几步我退几步，那就是没那么喜欢。"李衣锦说，"我们也试一试，重新开始，好不好？"

"好。"周到说，但突然又发觉哪里不太对，"你不是……约会了一个富二代吗？"

李衣锦扑哧一笑："那个嘛，说来话长。"

"我要听。"

"你确定？"

"听了我会疯狂吃醋吗？"

"不确定。"

"那还是要听。"

"好吧。"

…………

## 3

陶姝娜早上进了家门，立刻敏锐地觉察出家里与往日不同，看了一眼门口的鞋子便心下了然。当李衣锦听见她开门回家的声音，在卧室里试图把正要起床的周到塞回被子里时，陶姝娜隔着李衣锦的门悠然地说："别藏了，就你还想瞒过我。"

李衣锦只好尴尬地出来洗漱。

"合租守则第……第几条我忘了，"陶姝娜凑过来对李衣锦说，"禁止带陌生异性回家留宿。鉴于我昨晚也没在家，原谅你了。"

李衣锦尴尬地笑笑："知道了。"

"不过算你走运，以后不会给你这样的机会了。"陶姝娜转身出门。

"什么意思？"李衣锦连忙从洗手间出来，问了一句。

"我要搬到小彦哥哥那里去住啦，"陶姝娜说，"以后随便你带哪个前任回来，我都没有看见哦！"

"我哪有……"李衣锦弱弱地辩解，但陶姝娜已经飞身闪人，只留下关门的声音。

## 第十四章 不等价交换

李衣锦虽然觉得陶姝娜搬走的话正好周到可以住过来,但她还是更担心陶姝娜,"你这么快就跟他同居吗?二姨知道吗?"

"我会告诉她的啊,"陶姝娜漫不经心,"又不是什么大事。我妈之前一直觉得我事业脑嫁不出去,这回进展神速,她高兴还来不及呢。我爸就更不用说了,巴不得赶紧把我出手省得将来降价打折赔钱甩卖。"她撇了撇嘴,语气里充满鄙夷,"旧时代中老年男性的婚姻观真让人恐惧。"

李衣锦还想说什么,被突如其来的手机响声打断了,一看是她妈打来的视频通话,李衣锦的心里立刻升起一种不祥的预感,顾不上骂陶姝娜,拿着手机进了卧室,把门一关。

接通之后,孟明玮果然上来就问:"你跟周到怎么回事?"

其实从周到回来的那天起,李衣锦就想过要怎么在这件事情上应付她妈,毕竟她妈对周到积怨颇深,又火眼金睛不好蒙骗。她想过很多种方案,比如继续骗她妈自己单身,然后疲于应对接踵而来的相亲,但那样不仅自己太心累,对周到也不公平。或者伪造一个复合的理由,像她以为周到劈腿了,但是个误会,他俩又和好了,但听起来过于狗血,像小孩子过家家,连自己都不信怎么骗得过她妈。再或者编一个莫须有的新人选,让她妈以为她在跟新的人约会了,就算没到谈婚论嫁的程度,至少也暂时不需要跟别人相亲了,但这个需要强大的人设素材支撑,否则她妈随便问两句就穿帮。

一万个念头在脑海里转过一圈之后,她还是选择了最难但也最简单的方式。

她打完电话从卧室里出来,陶姝娜就过来说:"对不起啊,大姨是不是又骂你了?"

李衣锦在沙发上坐下,没说话。

"我只是觉得,妈妈和女儿之间,没有那么多过不去的坎。你不能因为怕她生气就不敢说实话,自己亲妈,还真能有事瞒一辈子呀?"陶姝娜说,"我和我妈也互相嫌弃,互相吵,但是话说开了不就没事了?"

"我说了。"李衣锦说。

"说什么了?"陶姝娜问。

李衣锦就把当初周到为什么答应分手的事讲了。

陶姝娜也没想到，愣了好久，怅然地叹口气，问："那大姨怎么说？"

李衣锦说了实话，也预想到一定有一顿臭骂在前面等着她。但孟明玮头一次没有骂，只是比骂她还要更坚决。

"不行。"她说。

"就没有任何余地吗？"李衣锦不甘心地问。

"没有。"孟明玮说，"当初你和周到住在一起，我找上门来骂他的时候，都没拦住你跟他在一起的决心，但这一次没得商量。我绝对不会允许你和这样的人在一起。"

但周到是哪样的人？李衣锦仰面倒下，茫然地想。和自己一样，他不过是个为房租和吃饭操心的不得志的小北漂，一个在她面前虽然有很多毛病但也总会相互支持依靠的男友，一个优点和缺点都生动地刻在她生活里的人。就因为他的家庭、他的父母，因为一群他挣扎了三十年也没能完全摆脱的家人，就要被定性为"这样的人"，这样不值得爱的人，不值得和任何人在一起的人，不值得同情和谅解的人，公平吗？

她去孙小茹工位上催稿子，看到孙小茹不知道在想什么出神，就上去拍了一下她的肩膀，孙小茹吓得一激灵，就像小区楼下那些无家可归、人一近前就奓毛的流浪猫似的。李衣锦看她可怜，就叫她一起去露台喝咖啡放风。

"崔保辉下次再恶心你，你就反过来威胁他。"李衣锦对孙小茹说，"他再说要把你照片发给别人，你就说把他的聊天记录发给他老婆。"

"我不敢。"孙小茹说，"万一他真发我照片，怎么办？"她哭丧着脸，"我还没找过男朋友呢。"

"这跟找男朋友有什么关系！"李衣锦气得点她脑门，"难道遇见过死变态的人就找不到男朋友?！"

"但是你说，之前辞职的那个姐姐，不就是这么跟男朋友分手的吗。"孙小茹嗫嚅道。

"如果你将来要找那样的人当男朋友，还不如不找。"李衣锦说。

她一边跟孙小茹闲聊，一边在手机上看着邮件。新项目的宣发文案，地方儿童剧团来巡演的剧目，她漫不经心地往下滑，滑到演员资料那几张，突然觉得不对，又滑回去细看。

她看到了一个眼熟的名字,下意识以为是重名,还在心里笑自己大惊小怪,但那个演员是主演之一,后面附了背景信息、出生地和求学经历等等。看见出生地那一栏,她心里突地一跳,很久很久以前的记忆,忽然被拂了一把灰,抖落在她眼前。

那个名字叫冯言言。

## 第十五章

# 伟大的父亲

# 1

周到的生日在六月末,但他忙着找新工作,李衣锦忙着帮陶姝娜搬家,两个人都没什么心思过生日。

搬家那天,李衣锦第一次见到张小彦,颇为好奇地打量了他好久,毕竟是陶姝娜的男神。

"你配他呀,绰绰有余。"李衣锦故意逗她。

"为什么?"陶姝娜说。

李衣锦就笑笑,"你不是跟我说过,读书的时候他是那种日程要精确到秒,连吃饭睡觉的时间都要给学习科研让步的吗?"

"是啊。"陶姝娜说,"他说那是他的习惯,家人从小那么要求的。人家学术世家,咱们可比不了。"

"哟,未来的著名科学家陶姝娜女士也有妄自菲薄的时候?"李衣锦笑,"你反过来想,在他精确到秒的时候,你还在吃喝玩乐,练跆拳道,买衣服逛街,但你们读的是同一个学校同一个专业,还在同一个单位工作,说明什么?说明他拼尽全力,你劳逸结合。你说你们两个谁更聪明一点?"

陶姝娜跳过来一把搂住李衣锦脖子:"你也太不客观了,就因为你向着我,你就觉得我什么都好。"她笑嘻嘻地说,"不过我喜欢。以后这样的话多说点,最好当着他的面说。"

"当我的面?说什么?"张小彦进来搬箱子,拣了个话尾。

"嘿嘿,我姐说我那么喜欢你,你也要多喜欢我一点才行。"陶姝娜立刻改口。李衣锦嗤笑:"没出息。"

搬家的工人正要把陶姝娜的一只行李箱往推车上撂,她连忙蹿出去,"这个要小心!要轻放!易碎的!"

陶姝娜跟着下楼去了,李衣锦把另一只储物盒往外搬,张小彦伸手接过来。

"娜娜真的很喜欢你。"李衣锦对他说，"你可不要辜负她。"

"我知道。"张小彦说。"娜娜总说，她追我追了好几年，其实我早就知道她。她有趣，有个性，在人群中，你看到她，就完全没办法再看见别人。"

张小彦搬着储物盒放到门口搬家工人的推车上，又回来拿另一个。

"她总说她羡慕我，其实我也羡慕她，"他笑着说，"她喜欢的事情，就永远热情百倍地去做。不像我，我也没想过我喜欢做什么，从出生起，我爸和我爷爷就没给我别的可选择的道路。"他耸耸肩，跟着推车进了电梯。

陶姝娜很郑重地跟周到谈了一次话。"虽然我姐原谅你，但是我可不一定哦。"她说，"你将来要是敢再欺负她，我绝对不会放过你。我的手段，你是知道的。"

"知道，知道。"周到连忙保证。李衣锦早就给他讲过陶姝娜的传说，加上廖哲事件，他连连感叹陶姝娜入错了行，虽然这世上多了一个科学家，但少了一个为正义而战的神奇女侠。

整理房间到深夜，两个人都精疲力尽地瘫在床上不想动。

"你明天生日。"李衣锦打了个哈欠，揉了揉酸痛的肩膀，顺势把脚搭在周到腿上。

"嗯。"周到说，"以前你问过我，为什么我家里人很少给我打电话，连生日都没有过。"

"是啊。"

"其实有的。"周到往床里靠了靠，以便她躺得更舒服一点，"每年生日都有。"

"哪有？我没看你接过啊？"她仰头看着他。

"我妈会给我打。"周到说。他语气很慢，像是不知该从何说起，"她可以往外打电话。每年我生日，她都会打给我，但经常是响几声，她就挂断了。有时我确实在忙，没听见。有时听见了也不接。"

"你会去看她吗？"李衣锦问。

"有几年没去了。"

"我能去看她吗？"

周到笑了，拍了拍她脑袋："傻子，"他说，"不能。"

"为什么不能？"李衣锦说，"你带我去。"

"这是规定，很严格的，你以为监狱能让你随便出入吗。"周到摇头，"我是直系亲属，你不是。"他看着李衣锦有些失望的神情，拉着她的手，故意逗她，"但是有一个办法。"

"什么？"李衣锦上当，睁大眼睛等着他往下说。

"我带我老婆去是可以的，"他笑，"还得带身份证、户口本、结婚证，证明你是我老婆。"

李衣锦一愣，伸手打他。

"逗你呢。"周到说，"所以说你没办法去看她。"

李衣锦放下手，不吱声了。

周到起身拿了自己的电脑过来，"你想看看她的样子吗？"

"嗯。"李衣锦凑过去。

"没几张，"他一边在文件夹里找一边说，"我离家上大学那年，她娘家那边的亲戚给我的。姥姥去世之后，她也没有娘家亲戚再跟她来往了。"

照片明显是前几年的老式手机翻拍的老照片，电脑上一放大，既陈旧又寡淡。一张看起来年轻，最多也就二十岁，两根极长的麻花辫子，脸圆圆的，笑得见牙不见眼，清晰可见的酒窝连低像素也清晰可见。另一张她剪了短头发，瘦了很多，抱着孩子，没有笑，直视镜头，紧抿着嘴。孩子还不懂得看镜头，只仰起头看着她，小手抓住她的一根手指头。

"你小时候胖乎乎的，"李衣锦说，"挺可爱。"

周到笑笑："我就这么一张小时候的照片，都不知道这是多大。"

"前阵子不是有个流行的 App 能把老照片修复吗？模糊的照片都能修清晰，你这个应该也可以。"李衣锦突然灵光一现，说道。

周到摇了摇头："不用了。"

"你妈妈长得很好看。"李衣锦端详着照片，说道。

"是。"周到说，"从小她就希望我像她多一点。"

但从小到大，身边的人对周到说的都是："你跟你爸一模一样。"

他长得像他爸。他出生时他爸才二十岁，年轻英俊，大家都觉得夸他像他爸是对他的最高褒奖。

只有他觉得不是。

小学一年级，老师要求大家写作文《我的爸爸》，要写一百个字。他交了空白的本子上去，被老师丢在教室窗外罚站，不写完不许回座位。他趴在梅雨季节长满霉斑的窗台上，含着泪咬着牙在作文纸上一笔一画地写下每一个字。

"我的爸爸是一个魔鬼。"他写道，"我不知道他今天喝酒了还是没有喝酒，他今天是打妈妈还是打我。我想要酒瓶变得软，砸到身上就不会疼。我想家里的椅子全坏掉。我没有衣服穿，妈妈也没有衣服穿。世界上为什么要有爸爸。为什么每一个小朋友都要有爸爸。我不想要爸爸。"

"魔鬼"两个字他不会写，就写了拼音，还写错了。但终于艰难凑满了一百个字交了上去。

他记得那天老师把他妈叫到学校，他妈拿着他的作文本抱着他大哭。所有的小朋友都盯着他看。

没有爸爸的二十几年，他每天的噩梦里都听见人说"你跟你爸一模一样"。那不是褒奖，而是最恶毒的诅咒。他甚至不愿意看镜子里的自己，就因为有一年回老家时，他姑姑无意中说他长得越来越像他爸，虽然他不记得他爸到底长什么样了。

第二天周到没有面试，早上李衣锦要上班，他贴心地煮了粥，还在楼下买了油条。

电话就是这时候在餐桌上响起来的，一声、两声，他筷子夹了根油条，手腕就像粘在桌上一样动弹不得。李衣锦突然伸过手来，迅速地按了接通，他想拦也来不及了。

电话打通了，两边却一下子都安静下来，可能他妈也没想到他会接。

他只听得见自己沉重的心跳声，手心冒汗，筷子尖一抖，油条落进粥碗里，溅出的水花烫在手背上。

"向向？"他妈在那边试探着问，能清晰地听到声音的颤抖。

李衣锦在对面，扑哧一笑，"原来你小名叫向向？哪个向？是大象的象吗？也太搞笑了吧？"

"是谁呀？"他妈问。

李衣锦就开了免提。

"阿姨，我叫李衣锦，是周到的女朋友。"李衣锦说。

"啊，啊呀，"那边的声音明显一下子紧张起来，小心翼翼又有点拘束地说，"你，你好。我是周到的妈妈。"

"我知道。"李衣锦说，"我……原本过年的时候，给你准备了礼物，希望……以后有机会送给你。"

"谢谢你，你太客气了。"妈妈的声音有些低哑，但听起来很温柔，"你肯定是一个特别好的女孩子，周到肯定特别喜欢你。他内向，不爱表达，也不太会哄女孩，要是他有什么让你不开心的，你就多说说他，他对喜欢的女孩呀，什么话都听的……"

"嗯，"李衣锦说。"阿姨，我看到你年轻时的照片，真好看，还有一张上面周到很小很小，胖乎乎的，穿个背心，你是短头发，那是什么时候的照片呀？"

"很小的时候？啊，我知道了，是不是我穿了件短袖衬衫的那张？那个是向向百天呀。其实是一百零一天，我粗心大意的，给算错啦。他那个时候最胖了，刚会翻身，特别好玩……"

两个人就这样絮絮地聊了好久，直到那边说，"我该挂断啦……时间快到了。"

"那，我也要去上班啦。"李衣锦说，"阿姨你放心，每年周到生日，我都陪着他过呢。下次他要是再不接你电话，你打给我。你记一下。"

她报了自己的电话号码。

"阿姨，周到还有话跟你说。"李衣锦说，然后把手机往周到面前戳了戳，示意他。

周到一愣，无措地摆摆手，又摇头。

"说呀。"李衣锦轻声说。

"向向，"那边说，"生日快乐。"

周到咬了咬嘴唇，轻咳了一声，"谢谢妈。"他嗫嚅道。

回应他的是一片寂静。李衣锦以为时间到了要挂断了，正拿过手机来准备按掉，却听见了那边传来的压抑的啜泣声。

## 2

李衣锦请了半天假周末回家,孙小茹凑过来问:"姐,你周一就回来吗?上午还是下午?保证吗?"

李衣锦看了她一眼:"不然呢?不回来谁给我开工资。"

"那你早点回来。"孙小茹惨兮兮地看着她,"你不在,我连上厕所都害怕。"

"你去找梁漫姐姐陪你。"李衣锦指着远处工位上的另一个同事。梁漫比李衣锦晚两年来,漂亮又高冷,平时除了工作上的沟通不怎么跟同事说话,大家私下里总说她矫情。

"我可不敢。"孙小茹说,"从我入职到今天,梁漫姐姐好像就没正眼看过我。"

"那就钱姐?"李衣锦说。钱姐孩子都上高中了,跟她们也没什么共同语言。

孙小茹哼唧了半天,可怜巴巴地目送着李衣锦出门,仿佛她不回来了一样。

她原本没计划回家。明天是姥爷忌日,往年她们这些小辈也不会特意回,老太太没那么多讲究,清明也不用她们回去扫墓。但她想趁这个机会和她妈好好谈一谈。

陶姝娜工作忙不回,孟以安也不回。孟明玮和孟菀青在这件事上难得地达成了同盟,经常在老太太面前联袂数落孟以安的不是。

"爸还最喜欢她。要是知道她现在连清明和忌日都不来看他一眼,得多寒心。"孟菀青说。

"咱爸难道不是最喜欢你吗?"孟明玮故意酸溜溜地说。

"我哪有老幺聪明伶俐哟!"孟菀青撇撇嘴,"我小时候矫情,什么都要抢个先。咱爸你还不知道,最喜欢聪明有才华的小孩。那可不就是最喜欢老幺。"

"你还挺有自知之明?"老太太从账本上抬起头,笑着打趣她俩,"你爸都走了这么些年,还争个什么劲?多大的人了。"

"哪儿争了?孟以安这人没良心,妈你不说她,还不让我们说。真是的。"孟菀青说,"她呀就是仗着这些年钱赚多了,能安排咱们家里人生活了。要不是咱们家的栽培,她哪来今天。"

"她爱来不来嘛。"老太太倒是云淡风轻,"活着的人,没必要被去了的人绑着。随她的吧。"

从小到大,在爸爸面前争宠是三姐妹之间永恒不变的主题。每当她们的妈又忙得见不到人影,每当跟邻居的小朋友又起了纷争闹得哭花了脸,每当学校的老师和同学又出了难题,每当二姐欺负了小妹又不听大姐讲道理,她们第一时间想到的永远是爸爸。

爸爸无所不能。他会把家里坐坏了的板凳改成孟以安的推车,会把孟以安长高后用不上的婴儿床做成孟菀青专属的小衣橱。有一年他去外地办事,接触到当地一个做笙的工艺世家,竟然只花了几天就学会了吹笙,还自己做了一把笙带回来。三个女孩争着吹出乱七八糟不成调的曲子,开心得很。

他给孟菀青编好看的辫子,孟菀青骄傲地去学校接受小伙伴们的艳羡,然后为了显摆她把辫子拆掉,却再也编不起来了,只好哭着回家找爸爸,他不厌其烦地重新编好。他陪孟以安做手工,玩九连环,把家里的收音机拆了研究它为什么会出声,但又装不回去。妈妈回来之后,他替孟以安打掩护说是自己不小心把收音机摔地上了。

她爸以前是个教书先生。她妈做生意之后,也让他一起帮忙。但他对做生意一窍不通,不是搞错了账,就是进错了货,气得她妈跳脚了好几次,后来终于放弃,就让他在厂子里做些无关紧要的闲事,主业便是照看家里的孩子们。

"老大是被小心翼翼带大的,老二是捧在手心宠大的,老幺他是打心眼里喜欢。"她妈这样说。虽然外面的人总说她妈是女强人,她爸吃软饭,她妈以前的那些下属有时也背地里笑话她爸是个手无缚鸡之力的文弱书生,但在孟以安眼里,她爸是她最崇拜的人。她喜欢看她爸写书法,一看就是一个下午,也喜欢翻他柜子里破破烂烂的书,最喜欢她爸敲敲打打、修这修那的时候,不仅眼都不眨地全程监控,还总试图上手并提出一些背道而驰的建议。

孟以安从小到大的家长会都是她爸去开的,她爸坐在一教室的妈妈中间,心安理得地接受老师对孟以安的表扬,当然也有很多时候是批评。孟以安的思维总是跟别的小孩不一样,虽然聪明,但有时也调皮得让老师头疼。不过在她爸这里,她做什么都是对的,由着她闹,由着她异想天开,闯祸捣蛋。

高中的时候,有一次家长会之前,孟以安神秘地跟她爸说:"今天有惊喜。"

她爸立刻惊恐地看着她:"你又怎么了?我先声明啊,要是闯大祸,我都兜不住的那种,你妈骂你我可不管。"

孟以安狡黠一笑:"你去了就知道了。"

那天家长会上,老师特意表扬了一篇习作,说是写给整个教室里唯一的爸爸的。那篇习作的题目叫《伟大的父亲》。

在别的小孩都毫无新意地写什么父爱如山,爸爸对我的严厉管教,体贴关怀的时候,孟以安却写了她的爸爸和另一个小孩的故事。

"强子的父母以前都是厂里的工人,他们去世之后,爸爸把他接到家里,给他衣服穿,让他和我们一起吃饭。我和姐姐不理解,还跟他发脾气,不知道为什么他要带一个陌生的孩子来家里。

"后来妈妈才告诉我,爸爸这些年来,一直在救济那些父母早逝,或者家里没有条件读书的小孩,希望他们不要因为生来贫穷而丧失了信念和改变人生的机会。他资助他们买书、交学费,送他们食物和冬天的棉衣棉袜,让他们可以像我们一样,不用担忧饥饿和寒冷,坐在明亮的教室里学习,憧憬着将来做什么样的工作,期盼着实现自己的梦想。

"强子后来被他的亲戚接回了老家,临走的时候,他给爸爸磕了头,说将来他考上大学,走出小乡村,一定会来报答。

"爸爸却说,不必报答,只希望强子平安健康地成长,就像他对自己女儿们的期许一样。

"大家都说,父爱平凡而伟大。我却觉得,能够对陌生的小孩像对自己的孩子一样,甚至更加宽容慈悲,慷慨给予,不图回报,这才使我的父亲更不平凡,也更伟大。"

孟以安一向理科成绩好,语文拖后腿,那一次作文难得地拿了高分。开完家长会的那个晚上,她听到她爸跟她妈说,真好啊,这孩子像我。

多年以后，当有人采访孟以安，问她为什么选择半路转行做儿童公益事业的时候，她还是会提起这件事情："希望爸爸在天上可以看到，我也像他一样，在尽自己的力量帮助那些需要帮助的孩子。我希望他们平安健康地长大，就像我对我女儿的期许一样。"

## 3

孟菀青开车，一行四人到了郊外的公共墓园。李衣锦记得，姥爷和姥姥都不是本地人。据姥爷说，当年他离开老家后，就和家人失去了联系，身后事也是一早就和姥姥说好，就葬在离妻女最近的地方。姥爷的墓旁空着一个位置，是当年姥姥给自己留的。

姥爷爱吃的东西，姥姥都记得，一样样地摆在墓前。李衣锦跟在孟明玮和孟菀青后面，也放了鲜花。

这些年姥姥身上毛病渐渐多了，除了挂着她的拐杖下楼买菜晒太阳，再没出过远门，每年最远也就是去扫墓了。孟菀青总说带她出去转转，她也不愿意，似乎年轻时那走四方的无畏劲头已经用尽，剩下的只有守着她的算盘和账本度过漫长时光。

但她并不觉得无聊，很多个清闲的午后，她翻完了账本，就拿一本老相册，坐在她的椅子上，一页相片看半小时，再翻一页，又能看半小时。李衣锦她们私下里常常笑着说，以前雷厉风行的乔厂长，退了休也跟那些大字不识的老太太没什么区别，逮着一个话头，说起过去的事，能絮絮叨叨地说一整天。

说起姥爷的时候，她总是笑着的。以前厂子里的人都知道，虽然乔厂长性子急、脾气爆，一个不顺心就大开杀戒，但孟老师一劝就服服帖帖。两个人不是传统意义上大家觉得登对的夫妻，却默契地一起走过半辈子，从未有过隔阂龃龉。三个姑娘就算再怎么争宠，也知道在她们的爸爸眼里，排第一位的永远是妈妈。

回来的路上，李衣锦陪着姥姥坐在后座，问："为什么小姨每年都不回来扫墓？"

老太太就笑:"我怎么知道?你去问她。"

回家之后,孟菀青还有事就先走了,留下李衣锦和她妈一起陪姥姥吃晚饭。通常这样的时候,李衣锦她爸即使就在楼上看电视,也不会下来跟她们一起吃。

李衣锦从小就不喜欢在自己家里吃饭,只喜欢在楼下姥姥家吃,甚至胃口都会变好,能多吃半碗饭。虽然姥姥家总有陶姝娜跟她抢这抢那,也总有孟菀青或者孟以安以及她们的朋友,或是姥姥姥爷的老朋友、老下属来做客,不大的房子里闹哄哄的,但就是比她自己家里舒服。

因为在她自己家吃饭的时候,往往不知道什么时候就会被她妈突如其来地挑出什么刺,然后责骂一顿。即使没挨骂,也是对着她妈她爸两张阴晴不定、风雨欲来的脸吃饭,她吃不下去,她宁可在楼下姥姥家饭桌旁拖个板凳坐下,搛几口还没凉的剩菜,听二姨讲肥皂剧,听陶姝娜吹牛,听姥姥讲一些不知道从哪儿听来的旧故事。

有一次她和周到约会,因为什么事情吵了架,一直吵到去吃饭。原本很期待的一顿大餐,两个人都气呼呼的,相对而坐谁也不理谁。等菜上来了,周到看了看她的表情,就拿起筷子给她夹菜。

"不要生着气吃饭。"他一本正经地说,"为什么你胃不好呢?就是因为你吃东西的时候不开心,长此以往,胃也会不开心。我们以后约定好,吃饭的时候谁都不能生气,吃饱了之后再吵吧。"

李衣锦愣住了,从小到大无数餐桌上的记忆迅速涌上心头,欣喜地夹了块最爱吃的炸鱼还没张口就被她妈一筷子打掉的感觉,一勺热腾腾的冬瓜排骨汤就着咸溜的泪水喝进肚的感觉,嘴里的饭还没嚼两下就要为了不挨打而着急狼狈辩解的感觉,一下子全都堵在喉咙口。她猝不及防地大哭起来,把周到吓了一跳。

吃饭的时候不许生气。李衣锦想,她为什么活了这么多年才听说这个规定?这是全世界最美妙的规定,她恨不得把它打印出来贴在小时候的饭桌上,如果有用的话。

"所以我真的对不起你。"周到后来跟她说,"我知道你最看重过年的家宴,也最在意家人,但我让你失望了。"

那时李衣锦还不知道,吃饭时不许生气的约定,也是他从小到大的奢望。

于是她一直等到吃完饭才开口。"妈,"她一早就想好了,这些话当着姥姥的面说,"我想跟你聊一聊周到的事。"

"周到,就是你那个男朋友呀?怎么了?"姥姥问。

"还能怎么?"孟明玮瞪了一眼李衣锦,"早知道,当初你跟他住一起的时候我就该让你俩彻底分了。妈,你是不知道,那孩子他妈是个杀人犯,现在还在牢里关着呢;爷爷奶奶更可怕,割鸡血拌香灰,一家疯子。"

姥姥听了,没说话,看了一眼李衣锦。

李衣锦努力深吸了一口气。为了能够完整地表达自己的意思,她需要克服自己的肌肉记忆,要忍住不能突然哭出来,也不能被她妈任何习惯性责骂她的话气到忘记自己要说什么。

"妈,我和周到有一个共同点,我到现在才知道。"她说,"我们都是一边哭着一边挨打一边吃饭长大的小孩。可能你会说,那不也没把我饿死吗?是没饿死,但接下来的人生,我不想这样过了。我们俩想一起笑着吃饭,想一起好好地走下去。如果做不到,将来我们分手了,也会是因为性格、事业,或者其他的原因,而不是因为我妈说他是杀人犯的儿子。这是我自己的决定,我会对它负责。"

孟明玮没说话,脸上阴翳密布。李衣锦看了一眼姥姥,又说:"周到八岁就没了爸爸,他有他的心结。我有爸爸,但我也有我的问题。妈,你总说姥姥和姥爷恩爱,姥爷对你们姐妹三个都很好,是最伟大的父亲,那你有没有想过,我爸对我的不闻不问,给我的影响是什么?你不让我和周到在一起,说这样对我好,那在你眼中,到底什么叫好?你和我爸的婚姻就叫好吗?这些年,你在面对我和我爸的时候,你笑过吗?真正开心过吗?其实我希望你开心,如果当年你没有和我爸结婚,你会开心的话,我宁可从来没有出现在这个世界上过。今天当着姥姥的面说这些,是想告诉妈,就算姥姥和姥爷的婚姻给了你希望,到了我这里,我没有在你和我爸的婚姻里看到任何希望。这辈子我最怕的就是活成你这样的人,嫁给我爸这样的人。你总说,不要让我跟周到这样的人在一起。周到是什么样的人,我比你清楚;我更清楚的是,虽然我没办法怪你从前对我的教育,但我也不会让你再影响我今后的人生。"

总算说完了。李衣锦站起身,长长地呼出一口气。她成功了,她没有哭,也没有挨打,还把自己在失眠的夜里打了无数遍草稿的话都说出来了。从这一刻起,她真的可以放下所有的困扰,去过崭新的生活了。虽然这崭新的生活也有肉眼可见的无数毛病,但在她眼里,所有的毛病都是可爱的、生动的、令人期待的。

她转过身,迈着甚至有些轻快的脚步去厨房洗碗。

以后,每一顿饭都要开心地吃。她想。

# 第十六章

# 教　训

# 1

在回程的高铁上，李衣锦打开电脑看邮件，审了孙小茹写的巡演剧目的宣传稿。看到那个熟悉的名字，还是忍不住用手机搜索了一下，除了剧团给的资料以外，也没搜到别的东西。但李衣锦总是觉得，这个叫冯言言的女孩，年龄和老家都对得上，应该就是她初中毕业之后失散的，那个喜欢和她一起玩蚂蚁，让她当自己的专属翻译的女孩，也是她少年时代唯一的朋友。

正盯着手机出神，群里面突然不断跳出的信息打乱了她的思绪。她点进去看，心里咯噔一沉。崔保辉疯了一样地在群里发照片，应该就是他在女厕所里偷拍的那些。他在群里谩骂孙小茹，告诉她他会把她的这些照片发给她家人、朋友，说她是臭不要脸的贱人。

李衣锦立刻打了孙小茹的电话，却一直没人接。她焦急万分地熬到下了高铁，立刻赶去了剧场。这期间，群里只有崔保辉一个人疯狗一样乱咬，别的同事就像自动静音了一样，没人发出任何动静。

但大家肯定都看见了。李衣锦进门的时候正是午休，崔保辉没在，大家看她进来，都默默地互相递了一个眼色。

"孙小茹呢？"李衣锦问。

钱姐指了指孙小茹工位上开着的电脑和还没喝的咖啡，"小姑娘脸皮薄，当场就嗷嗷哭，谁劝也不听就跑了。"

"崔保辉呢？"李衣锦又问。

"今天他轮休。"钱姐说。

"那他发什么疯？"李衣锦觉得自己快要七窍冒烟了。

"好像是他老婆骂他来着，他就以为孙小茹跟他老婆说什么了。"钱姐说，"那照片真是他在女厕所拍的？这孙子真不是东西，咱们多少个女的天天去那厕所呢,想想就恶心。"

旁边一个年轻的男同事笑:"钱姐,你去厕所你放心,他拍谁都不拍你。"

钱姐立刻变脸,拿起手边的文件夹劈头盖脸就往小伙子身上招呼,"拍谁!拍谁!我让你在那儿笑!你没妈养啊?你过来!我拍不死你!"

大家一时间都没什么主意,这时候一直坐在角落里戴着耳机盯着电脑屏幕、从头到尾都没有参与大家讨论的梁漫面无表情地站了起来。她摘下耳机,冷冷地扫视了一圈。大家以为她要发表什么高深的言论,但她只是淡淡地说了句:"我要去厕所。"

梁漫走过李衣锦旁边,突然转过身来,对她说:"我倒有一个主意。"

第二天崔保辉轮休完回来上班,孙小茹不在,她的工位上干干净净的,像是辞职走人了一样。崔保辉环视了一圈,大家都在忙自己的事情,没人注意他。他就蹭到李衣锦旁边,故意装作漫不经心的样子说,"长点脑子,别一天天的净说些缺心眼的话,有用吗?"他用眼神瞟了一下孙小茹的工位,"那妞缺根弦吧?不就拍了她两张照片,跟踩了猫尾巴似的天天叫唤,缺胳膊断腿了,还是少块肉?你看看赵媛,是不是?懂点事,把嘴闭上,比什么都强。"

李衣锦忍住了没说话,他便满意地点点头,走开之前还低头打量了她一下:"以后多穿穿裙子,穿穿高跟鞋,说不定哪天哥哥心情好了,也给你拍照。"

快到午休的时候,大家三三两两地出去吃饭或是取外卖,崔保辉晃悠着走进男厕所。他吹着口哨开始放水,突然一晃眼,觉得不太对劲,旁边洗手池前面站着个人,是个女的。他还以为自己走错厕所了,再看看面前的小便池,并没走错。

然后钱姐转过身来,拿着手机冲他一顿狂拍。

一众女同事瞬间都出现在男厕所门口,都拿起手机冲他一顿狂拍。

他听到手机在裤兜里一个劲地响,是不间断的邮件提醒。

他骂着脏话,狠狠地提裤子,"你们有病啊?!"

李衣锦一边在邮件草稿箱里点下发送键,一边抬头说:"你不是在上厕所吗?你上啊,我们都看着你上呢。"

梁漫在她旁边举着手机，仍然面无表情："不仅我们看着呢，你邮件通讯录里所有领导、同事都看着呢，哦对了，还有你老婆。放心，你之前骚扰孙小茹的确凿证据，我们已经都整理好发给他们了。"

崔保辉气急败坏，下意识往后退了一步，被自己的半截裤子绊到，差点摔进小便池里，"你们谁挑的头告的密？孙小茹那臭不要脸的贱人可没这胆子，谁？你给我等着！"

"崔保辉，你听好了，"李衣锦冷笑一声说，"挑头告密的人不是孙小茹，是我。"

"也是我。"梁漫云淡风轻地说，"现在在拍你的每一个人，都等着呢，最好等到你那'金针菇'烂在地里。"

"金针菇不长地里，"钱姐说，"你们年轻人呀，四体不勤五谷不分。金针菇是长在大棚里，培养基，这个我在行，我们老家专门种菌子……"

"姐，跑题了。"梁漫说，"差不多行了，撤吧，我实在受不了，太味儿了。"

李衣锦陪孙小茹去派出所报了警，等到警察来问崔保辉话的时候，他还在懦弱又猥琐地发疯，既不敢骂那些拍了他的照片到处发的女同事，也不敢说那些虽然表面上并没有站队但暗地里笑话他"金针菇"的男同事，只能一个人骂骂咧咧。他再发疯也没忘偷偷把手机里的照片和视频删除，不过删除也没有意义，大家的手机里都有他发疯留下的证据。

他老婆冲过来找他的时候，正好看到警察把他带走。他老婆当场坐在地上号，好像她老公是什么连环大案的通缉犯一样。

"我们就是带他去了解一下情况。"警察只好说。

但她还是哭天抹泪地不起来，就差没滚在警车轮子底下碰瓷了。

"你再这样，我们就只能把你一起带走了。"警察又说。

她停顿了一秒，迅速地从地上爬起来，拍了拍裙子上的灰，挪到一边让开了路，"我们分居很久了，他干什么事我都不知道。"

陪着孙小茹从派出所出来后，李衣锦接到了赵媛的电话。

"如果你需要的话……我把以前那些截图，发给你。"赵媛说。

"需要。"李衣锦说，"谢谢你帮孙小茹。"

"是你们帮了她，也算是帮了我。"赵媛说，"你们都比我勇敢。"

"其实想想,也不是什么大不了的事。"挂断电话后,孙小茹走在李衣锦身边,若有所思地说。好多天以来,她脸上第一次露出了释然的笑容。

## 2

孟以安和邱夏一起陪球球吃饭,手机响起,是宋君凡打电话过来,孟以安接起来。

"晚上你不过来了?"他问,"郭晓文那边发来的合同我看了,有几个细节明天跟你商量。"

跟郭晓文的合作是孟以安之前从没想过的,她没转行时就知道他做了有名的教育品牌,现在又成立了自己的晓文基金,做了很多业内有名的公益活动。这一次,她的公司通过他们基金会和西北的一个贫困县联合开展针对失学儿童的成长计划项目。签约之前,她和同事们打算亲自去考察,一整个夏天的日程都安排得满满的,根本脱不开身,完全没办法带球球,这才决定把她多扔给她爸一个月。

挂了电话,邱夏一边帮她续了水一边问:"你们家宋律师?"

孟以安好笑地看了他一眼:"我就和我闺女一家,别人都不是一家。"

邱夏瘪瘪嘴,理亏地沉默了半响。

"你俩以后打算结婚不?"他突然没头没脑地问了一句。

孟以安又笑了:"这句话我好像问过你啊,邱老师。"

"过去的事就别提了,"邱夏不满地看了她一眼,"成心挤对我。"

孟以安笑着摇摇头,"那你不也在挤对我吗?明知道宋君凡帮我处理咱俩离婚的事来着,还问我结不结婚。有跟自己离婚律师结婚的吗?"

"你什么事干不出来。"邱夏小声抱怨。

"话说回来,你有没有找新的女朋友?"孟以安问。

"哪有。"邱夏说,"肖瑶的事,算是给了我一个教训吧。"

"不能这么说,"孟以安说,"不管她遇到你之前是什么样子,你们互相喜欢也是真的。"

"是,但我们两个也不是一路人。虽然她也很好。"邱夏说。

"也?"孟以安意味深长地反问。

邱夏拿纸巾给球球擦嘴,没接话。

"我的意思是,咱们俩也一样。这段婚姻是历程,不是教训。不管以后是什么样子,有过感情也是真的。"孟以安说。

"过?"邱夏同样敏锐地反问。

这下轮到孟以安不接话了。"吃好了吧?"她对球球说,"咱们回家。"

"我想回妈妈家。"球球说。

"你是要去考察吗?"邱夏说,"上次你提起的那个救助项目。"

"对,"孟以安说,"我们想尽快去,因为流程比较慢,希望能赶上孩子们开学。"

邱夏若有所思地看着球球,说:"带球球不方便?"

"不太方便吧。"孟以安说,"毕竟是考察,又不是旅游。这孩子出门什么时候吃过苦?等以后有机会或者她大一点再说吧。我也计划等时机成熟了,做一些联谊或者亲子活动,到时带她一起去。"

"也行。到时你如果忙不开,我可以陪她去。"邱夏说。

孟以安抬眼看着他,"哇,我没听错吧?"她好奇地打量着邱夏,"你不是一向最讨厌我工作带着孩子的吗?"

邱夏一边给球球收拾书包准备走,一边摆出一副漫不经心的样子:"那不是公益吗,咱家孩子也得忆苦思甜,懂点事。"

最后球球还是气鼓鼓地被孟以安送回了邱夏那里。孟以安开车,邱夏坐副驾,小家伙坐在车后座一路不说话。邱夏回头看了看,笑,"这孩子随你,气性还挺大。"

"怎么就随我了?"孟以安哭笑不得,"明明是随你,犟得像头驴。"

"跟你一个属相,不随你随谁?两条小龙,非把咱们家搅个天翻地覆不可。"

听他不自觉,也或许是自觉地用了"咱们家",孟以安就笑笑不说话。

邱夏拿着手机翻,突然"咦"了一声。

"怎么了?"孟以安说。

邱夏点开李衣锦的朋友圈,"李衣锦怎么去派出所了?出事了吗?"

李衣锦难得地在朋友圈发了张合影,图上她们一众女同事比着胜利的手势,孙小茹被围在中间,笑得挺开心。配文是:"虽然是胜仗,但希望所有的女孩这辈子永远不需要打这场仗。感谢派出所的警察叔叔耐心听我们说话,愿人渣得到应有的惩罚。"

为了庆祝崔保辉被拘留,大家晚上一起去吃火锅。看着给每个人调了秘制酱料且自己吃得满头大汗、毫无形象的梁漫,和像教育自己家孩子一样叮着减肥的女同事让人家荤素搭配的钱姐,孙小茹小声跟李衣锦说:"她们都好好啊。"

李衣锦笑,"还辞职吗?"

孙小茹摇摇头,夹了一个丸子进口,烫得直吐舌头:"不辞了,明天上的那个戏,我还挺感兴趣的呢。"

"我也挺感兴趣的。"李衣锦说。

做这行久了,也不像孙小茹那样什么事都满怀热情地冲在前面,她都不记得上一次在演出的时候特意跑到场里去看是什么时候了。但这次她特意去了,站在后台入口旁边。

她想看一看那个叫冯言言的女演员。

演儿童剧的成年演员其实收入并不高,压力又不小,所以这一行并不是受欢迎的行当,转行的也特别多,留下来的要么不缺钱要么靠爱发电。李衣锦观察着那个女孩,她在这个讲动物的故事里演的是一头狮子,不仅要穿厚重的衣服,戴厚重的头套,还要跳上跳下做夸张的动作,台词又很多,还要唱歌,站在后台附近的位置已经能够清晰地看到她头套下的汗珠都随着动作飞了出来。

她的声音圆润又好听,口齿清晰,台词流利,歌声甜美,是一个成熟又专业的演员。

李衣锦努力看着她的脸,却怎么也没办法把厚重戏装下的那个人和当年蹲在树下玩蚂蚁的小女孩联想到一起。

# 3

"她怎么能这样呢?"

李衣锦走后，孟明玮就像失了魂一样，吃也吃不下，睡也睡不着，"从小到大，别人家孩子有的，她什么没有？我省吃俭用，拼了命都想给她最好的。她怎么现在恨我跟恨仇人似的呢？当妈的为闺女嫁的人操点心，把把关，怎么就这么不落好？"

她说着说着，语气走了调，带了哭腔。老太太在她旁边坐下，母女俩相顾无言，过了许久，老太太开了口。

"当年你是不是也怨我？"老太太说，"怨我非让你嫁人。"

孟明玮只是默默流泪，没有回答。

"我啊，"老太太轻叹一声，"我就是被你爸惯坏了，想当然地觉得，婚姻里的苦哪儿算什么苦呢？可我再操心，也没办法陪你们几个过一辈子，要是我当初没让你嫁给李诚智，会不会不一样？"

但嫁都已经嫁了。当年刚结婚的那段时间，孟明玮甚至没有觉得难过。她以为日子只能这样过下去。

像她妈想的一样，她没接触过什么异性，觉得她妈和她爸那么恩爱，结婚过日子也不是什么难事。但她太天真了，李诚智在她妈面前表了态，不嫌弃她，愿意娶她，她便当作他真的心甘情愿了，何况她妈还陪嫁了一套房子呢。但她一直到很多年以后才想明白，他心里一直带着恨。他恨自己出身贫寒又没文化，只能在她妈厂子里干粗活。他恨所有人都太势利，条件优越又漂亮的姑娘看不上他，他能娶到的只有又瘸又丑的厂长女儿。他恨她们家仗着给了他工作和房子，把他踩在脚下当个屈辱的上门女婿。他也恨他自己的家庭，上面有好多哥哥给他们李家生了好多孙子，以至于他父母根本不在意他去谁家入赘。当然，他最恨的就是这个跟他朝夕相处的瘸腿女人，她的存在时刻提醒着他的无能和失败。

结婚后的第一年春节，孟明玮刚怀孕不久，便听李诚智说过年要跟他回乡下老家。

"不通汽车吗？"她问。

"没通那么远，下了汽车，换三轮车，然后还有一段没车的山路。"李诚智说。

"没车怎么走？"她又问。

"用腿走。"李诚智回答。

孟明玮心中便打了怵。她体质没有那么好，大夫告诉她现在是养胎阶段，最好不要奔波。而且她这腿脚，跟李诚智一起走山路的话，怕不是要被他嫌弃死。

"能不能等我稳定一点，再回去？大夫说，过了这两个月胎就稳了，能多走动走动了。"

李诚智看了她一眼，"过两个月你再回去，过的是哪门子年？"

孟明玮便不吭声了。

离过年的日子越来越近，她实在心里没底，终于有一次忍不住跟她妈吐露了实情。她妈立刻心疼了："你不要出门，他爱回家没人拦着他。他要是非让你跟他走，你就到妈这儿来。"

有时孟明玮对她妈又敬又怨。敬是因为她妈真的帮她扫清了人生路上的很多障碍，怨也是因为她仍然有更多障碍要自己去面对。

等李诚智买了回家的车票放在桌上，让她收拾东西时，她便说："我不能跟你回家。我身体现在不行，我妈说了，没办法出远门。"

李诚智看着她，眼神里都是轻蔑和鄙视，"你妈说了，你妈还说什么？是不是说你们家尊贵的大小姐，肩不能扛手不能提，女婿就得当牛做马？"

孟明玮听他话里带刺，瘪了瘪嘴，没吭声。

"一天天就知道你妈说，等你妈死了我看你听谁说去。"李诚智暴躁地说，用脚指指车票，示意孟明玮去给他收拾东西。

她妈虽然不让她回，但是替她买了好多不便宜的礼品，说新媳妇过年没见公婆，确实也是有失情分，多带点东西让他拿回去，面子上也好看。

但李诚智并没有觉得面子上哪里好看。他看着孟明玮把那些托人买的礼品都装起来，越发窝火，上前把孟明玮手里的东西抢过来，往地上一摔。

"干什么？你妈弄这些破烂让我带回去，是要显摆她有钱吗？"

"你别这样，"孟明玮说，"我妈也是好意。她说，我不回去，心意总要……"

她还没说完，李诚智手一挥，她一个趔趄，差点摔倒，只好顺势靠着床坐在地上。

"心意什么心意？你们家能有一个人安好心？行，你爱去不去！"

他骂骂咧咧地企图走出房间，坐在地上的孟明玮挡了他的路，他顺势踹了她一脚,"滚开!死瘸子!"

孟明玮下意识地捂住肚子。

"还挡?你挡什么挡?你有多金贵呢?就算你生个儿子,在我们李家也排不上号。你要是没生儿子,那你赶紧滚回你妈家去!你妈就是个废物!也就你爸那种孬货才被你妈调教得服服帖帖的,生了三个闺女,全是废物!尤其是你这个死瘸子!我告诉你,死瘸子,我今天就好好教训教训你……"

他骂得起劲,正要再踹一脚,门突然被敲响了。

"姐,在屋吗?你昨天不是说想喝鱼汤嘛,妈特意买的新鲜鲫鱼,可滋补了,让我叫你下楼喝。"是孟菀青的声音。

"哎!"孟明玮立刻应道,但声音一出口,她就发现自己的音量小得像蚊子叫,她又放开嗓子应了一声,"哎!"

孟菀青搀着她下楼的时候,她头也没敢回,脚下软了好几次,差点从楼梯上滚下来。孟菀青瘦,撑不住她的重量,吓了一跳,"姐,你没事吧?"

"没事。"她说。身后屋里的灯光亮着,她知道李诚智就在后面盯着她。

直到进了她妈家门,身上的力道刹那间卸掉,她一下子坐倒,孟菀青猝不及防也被她带倒在地上,撞倒了一旁她爸放着的花瓶,丁零当啷的声音把她妈、她爸和在小屋里看书的孟以安都吓到了,纷纷跑出来扶她。

她抱着肚子大哭。

她妈听她说完,脸色铁青,咬着牙,半天没吭声。

孟菀青在一旁满脸惊恐:"要不你离开他吧,万一他以后再打你怎么办?"

"可是……孩子没有爸爸,怎么办?"孟明玮泪眼婆婆地望着她妈。

过了好久,她妈一言不发地起身,到厨房盛了一碗热气腾腾的鱼汤,端给孟明玮。孟菀青用勺子喂给她,她不喝。

"妈。"她仍然用乞求的目光望着她妈。

母女俩对视良久,她妈先移开了眼神,"这事,妈帮你解决。"她妈说,"他不是要教训你吗?我先教训教训他,让他见识见识,欺负了乔海云的女儿,是什么下场。"

第十七章

# 不打不相识

# 1

连着观察了三个晚上，李衣锦总算鼓足勇气，在散场的时候去了后台休息室。大家都在出出进进地忙碌，收拾的收拾，卸装的卸装，满头大汗的狮子也摘下头套，露出花了装的脸，举起保温杯咕咚咕咚地喝水，跟旁边的人说着什么。李衣锦走过去，她的目光转过来，在李衣锦的脸上没有丝毫停留。

李衣锦的心里忐忑极了。她在原地踌躇着，直到那女孩卸完装换完衣服背着包出来，擦着她的肩走过，她跟在后面，快出剧场都没敢开口叫一声，还是一个散场的观众帮了她的忙。那个小姑娘本来拉着妈妈的手要走，看到女孩出来，突然冲过来开心地跳着脚对她喊："狮子姐姐！我好喜欢你呀！"

女孩一愣，脸上笑开来，摸摸小朋友的头，"狮子姐姐不穿狮子衣服你都能认出来？你可太棒了！"

"当然啦！"小姑娘得到夸奖很开心，跟她摆手再见，牵着妈妈的手一蹦一跳地走了。

李衣锦就站在她身边，她起身冲李衣锦礼貌地笑了笑。

李衣锦终于忍不住了，说："冯言言。"

她就笑："嗯，李衣锦。"

李衣锦一惊，"你认出我了？"

她奇怪地看着李衣锦，指指工牌上的名字。李衣锦一愣，低头看了一眼工牌，在心里暗恼自己愚蠢。

"你有什么事吗？"她问。

看来她是彻底不记得了。不记得自己的名字，不记得自己的长相，也不记得少年时代有过这样一个朋友。

"可以聊一聊吗？"李衣锦说，"如果……你不记得老同学了，我也理解。"

"老同学？"她不笑了，盯住李衣锦的眼睛。

"你们还没来演出的时候，我就看过你的资料了。冯言言，你是洛阳路中学的，初二（五）班，是不是？"李衣锦小心翼翼地问。

她的神情复杂起来，转身往外走。

李衣锦连忙跟上。

既然开口了，她也就不管不顾了。她有好多话想跟冯言言说，想说看到她的名字有多惊喜，想说她现在变了好多，自己完全认不出来了，想说自己好开心看到她现在的样子，比自己实现了梦想还要开心，虽然自己也没什么梦想。想说好想念以前和她做朋友的日子，想说很多很多。

冯言言却没有接话，两个人出了剧场，默默地走了一段。冯言言说："我们找个地方坐坐吧，我讲个故事给你听。"

她们进了家胡同里彻夜营业的清吧，李衣锦要了杯柠檬水，冯言言从背包里拿了自己的保温杯。"中药，"她轻声说，"演出强度大的时候，怕嗓子跟不上，不敢乱喝水。"

"你后来做了手术，是吗？看到你治好了，我真的好高兴。小时候总想跟你说，医学那么发达，肯定会治好，但怕你难过，又怕你觉得是我不愿意每天给别人重复你的话，所以才没有说。"李衣锦说。

她是真的从心里高兴，在年少的课堂上，冯言言是多么想在老师和同学面前畅快淋漓地表达，即使她的卷子上全做对了，她一开口，也还是只能换来同学的哄堂大笑和老师的不耐烦。

但冯言言没有点头，也没有摇头。

"你高中是哪里的？"她问李衣锦。

"一中。"李衣锦回答。"我记得你去了师范附中，是不是？当时我还想问你，师范附中明明离你家那么远。但是中考之后，你再也没来过学校。"

师范附中离家很远，远到没有任何一个冯言言的初中同学报考。她在完全陌生的环境里会觉得很舒服，至少，她越晚开口说话，嘲笑就会越晚一点来。

但她忘记了，高中必须住校。住进宿舍的第一天，女生们从教学楼回宿舍需要先跟舍管老师登记，然后才能回自己宿舍。躲过了新生报到，躲过了自我介绍，躲过了和任何人说话的她，站在门外踟蹰了许久。别的女生都已经三三两两地拿着洗脸盆和暖水瓶去水房洗漱准备睡觉了，只剩她一个人。

"哎，那同学，等什么呢？就差你了。"舍管从小窗口里抬起头，冲她喊。

马上就到熄灯时间了，她不能再拖下去，只好艰难地往小窗口挪了一步。但她没注意到旁边急匆匆地走过一个女生，她不小心撞到了那个女生拿的暖水瓶，暖水瓶摔到了地上，内胆爆了，水流了一地。

"你不长眼睛呀！"女生长得漂亮，个子跟冯言言差不多，虽然瘦但气场强大。她看着碎掉的暖水瓶，气得喊起来，"我就这么一壶水，打算晚上洗头的，马上就熄灯了！"

冯言言有口难言，僵在那里不知道怎么解释。

"你赔我暖瓶。"女生又说。

冯言言还是不说话，脸憋得通红。

"你哑巴呀？你哪个班的？叫什么名字？哪个宿舍的？"

舍管在小窗口里忍不住说，"我还想知道呢。在这儿站半天了也不登记，想什么呢？"

冯言言急出一头汗，只好艰难地开口："冯言言，高一（一）班。"

舍管惊异地盯着她，"说的什么东西？"

她只好又努力地说了一遍。

旁边的女生也愣住了。

冯言言只好低头在书包翻笔和纸，试图写下来，正在手忙脚乱的时候，旁边的女生走过来，说，"她说的是高一（一）班吧，冯妍妍？哪个妍？女字旁那个吗？"

"啊，不是，是语言的言，口字底。"冯言言连忙说，"两个言都是。"

"哦，"她又冲舍管老师说，"语言的言。冯言言，高一（一）班。"

舍管老师在名单上登记了冯言言，又抬头看了看她，"你呢？"

"高一（五）班，许贺超。"女生说。

## 第十七章 不打不相识

女生把碎了的暖瓶小心地捡起来扔进垃圾桶,冯言言在身后帮她收拾,小声说:"我赔你。"

"不用了。"女生起身往楼里走去。

冯言言跟在后面,说:"谢谢你。"

"没事儿。"女生不在意地说,"我哥小时候说话就这样,我听习惯了。"

开学半个月,冯言言一个室友的家长找到学校,建议冯言言这样的学生应该去上专门给残障人士设立的学校,实在不行,让她别跟自己家孩子同宿舍就行。

"听她说话我恶心。"室友说。

那天晚上冯言言去洗漱,室友故意锁了门,冯言言回宿舍的时候拼命拍门也没人开。眼看要熄灯,舍管正在巡视,她只能无助地蹲在门口流眼泪。

这时伸过一只手,提起了她的领子。她艰难地回头看,正是那天被她打碎了暖水瓶的许贺超。

"先到楼梯间躲一下吧,等舍管走。"许贺超说。

两个女孩藏在楼梯间的角落,听着舍管的脚步声远去。"你怎么知道这边她不来?"冯言言问。

"因为我经常来。"许贺超说。她拿出耳机,递给冯言言一只,"睡不着我就来这里听歌。"

两人头碰头听着歌,冯言言又说:"暖水瓶我还没赔给你。"

许贺超做了个噤声的手势,随后小声说:"算了,反正咱们俩不打不相识。我早就买新的了。"

后来两人总是在熄灯前搬两只小板凳,坐在楼梯间说悄悄话,偶尔会被查寝的舍管揪回各自宿舍,大多数时候不会。

许贺超跟她不同班,班里并没有同学能听懂她说的话。室友家长来找过学校之后,她坐到了老师讲台下面的"专座",不再和任何人接触,也不再开口说话。

只有在楼梯间的时候她才会说话:"我爸妈带我看过很多医生,"她说,"有的人说能治,有的人说不能治。你哥哥也是一样的毛病吗?"

"他就小时候有点,后来好多了,别人稍微费点劲,也能听个差不离。"

许贺超说,"我爸妈也说要带他去治,但谁知道呢。我才不希望他治好。"

"为什么?"冯言言问。

许贺超叹了一口气,"还能为什么。我哥有毛病的时候他们都不在乎我,要是他没毛病了,就更没人在乎我了。"她说,"你知道我为什么叫许贺超吗?"

冯言言摇摇头,"不知道。是因为希望你超过别人?"

许贺超冷笑了一声:"因为我哥叫许超。我生下来也没什么用,除了祝贺他。行呗,等到我将来在千万人的舞台上唱歌、跳舞、表演,大家都来祝贺我,大家都认识我,没有人知道他是谁。"

"你想将来学表演呀?"冯言言好奇地问。

"我想当大明星。"许贺超,"所有人都为我的才华与美貌倾倒的那种。"说到开心的事情,她兴奋地站起身,跳起来,"你会不会唱?就是今天中午校园点歌台播的那首歌,最近可火了。你唱,我跳给你看。"

冯言言也被她的神情感染,拍起手给她打着节奏。两个女孩在昏暗的楼梯间又唱又跳,走廊尽头舍管的声音越来越近,等到舍管推开楼梯间的门,只看到两只翻倒的板凳,女孩们嬉笑的声音早已远去。

冯言言也有自己的梦想。她想当幼儿园老师,每天陪小朋友们识字唱歌做游戏。她很有耐心,又细心,性格也温和,很适合教小孩子。

"只是没有小孩愿意让我教。我三岁的小表妹看到我说话,都会躲得远远的。"她失落地跟许贺超说。

高考前的冬天,冯言言的爸妈新添了弟弟,虽然家里条件不差,爸妈还是跟她说,已经给她找了个不嫌弃她的人家,毕业就结婚。

"你们不给我治了吗?"她绝望地问。她说,"我还想高考,想报师范,读幼师。"

"治不治,读不读,不都要嫁人的嘛。"爸妈和蔼地劝,"既然人家愿意娶,那也没区别。"他们还很骄傲地说,"也就是咱们家言言长得漂亮,要不就这毛病,哪嫁得出去?"

许贺超去北京艺考,冯言言亲手做了一个幸运符送给她:"所有考试全通过。"她笑嘻嘻地把幸运符挂在许贺超脖子上,"加油,以后在电视上看到你,我就可以跟别人说,这个大明星是我最好的朋友。"

冯言言的幸运符真的有魔力,许贺超那年收到了好几个录取通知,她在电话里激动得跟冯言言大哭。回家前,许贺超去寺里替冯言言求了签,那天是新年的前一天,算出来是大吉大利的上上签。她很开心,坐在回程的火车上,给冯言言发短信说:"今年我们两个都会大顺。我会考上表演系,你会考上师范,我们都会有最好的未来。新年快乐!"

冯言言没有回复她。

她也没想到,那是她发给冯言言的最后一条信息。

冯言言在新年的凌晨从她们高中的教学楼顶跳了下来,因为放假四处无人,直到当晚门卫巡查时才发现。

接到警方的电话,许贺超才知道,在她的那条短信后面,冯言言在手机的草稿箱里存了一条给她的没有发出去的信息。

"新年快乐,"

她没有机会知道冯言言在逗号后面没说完的话了。

冯言言的父母在校长室外哭成泪人,连着多天举着横幅在学校门口静坐,要学校还他们女儿。常年欺负冯言言的几个同学,都吓得好多天没敢来上学。

只有许贺超知道,他们都是帮凶。

许贺超来了北京,读了表演系,毕业后进了剧团。朋友说她的名字太土,建议她去算一卦,取个带星味的叫她的艺名。

她说,叫冯言言吧。

"大家都说,你这艺名怎么还有名有姓的。"她笑着说,"但我觉得挺好。这样每次听到别人叫我的时候,我都觉得她还在。我实现了我的梦想,我想要她看见。"

李衣锦已经泣不成声。

像是为了宽慰,她对李衣锦笑着说,"我现在也不自责了,你也不需要自责。你想,我就是高中时的你呀,作为最好的朋友陪在她身边,听懂她的话,替她当翻译。对不对?"

"可是,我们都没有办法知道她想说的最后一句话了。"李衣锦泣道,"我记了这么多年,一直想着,如果遇到,我要跟她说对不起,想问她,她当时到底说了什么话,想求她不要怪我。她是我唯一的朋友。"

"你也是她唯一的朋友呀。我们都是。"许贺超伸过手去,握住了李衣锦的手。泪眼模糊中,李衣锦又看到了操场边大树下蹲着看蚂蚁搬家的那个小女孩。她抬起头,接过李衣锦递给她的糖,甜甜地说了一声"谢谢",口齿清晰,声音动听,笑容无比灿烂。

## 2

"妈妈!你头上有一只小熊!"视频一接通,那边的球球就盯着手机里的妈妈叫道。孟以安没梳头也没化妆,额头上贴了一张创可贴。

"是呀,妈妈太笨了,碰到头了,幸亏同事姐姐有可爱的小熊,贴上就好了!"孟以安笑着说。

邱夏原本在一旁做自己的事情,听见声音,突然凑进屏幕里,看了看孟以安,"怎么碰到头了?"

球球现在得到爸爸允许可以每天多看一集动画片,但必须先完成爸爸给的任务才行,任务就是要每天给妈妈打视频,还不能说是爸爸让她打的。

孟以安那边的信号断断续续,画面也总卡。球球跟妈妈说了几句话,就抱怨道,"妈妈,你老是不动!"甩了手跑到一边去看动画片了。

孟以安叫了两声没人应,哭笑不得:"这孩子,哭着非要跟我不跟爸爸,现在连说话都不耐烦了。"

邱夏就又凑过来,问:"消毒了吗?"

"没事,就是破了点皮。"孟以安说,"还好医药箱里有创可贴。这边条件真挺差的,想带孩子们来,可能要等以后了。"

为求严谨,她们走访了好多户失学儿童的家庭,每一个孩子都建了档案,以便后续开展工作。考察还算顺利,但到最后一个家庭的时候犯了难。当地的村委会说这家人不好惹,把外人当敌人防,想近前都难,更不用说家访商量孩子上学的事了。

孟以安和同事们去的时候已到傍晚,村里家家户户都在做饭,炊烟袅袅,更衬得这家冷清孤僻。听村委会的人说,这家是一个孤寡老太太带着个十来岁的女娃娃。老太太耳聋眼花，什么人说话都听不进，也不让孩子出去见人。同事们想，老弱病残，能有什么不好惹的？但一近前就吓了一大跳。沿着她们家的平房，有一圈陷阱似的东西，底下埋了尖刺，小动物要是掉进去必死无疑，人要是天黑看不清，一脚踩进去，怕不是戳个窟窿眼儿也没了小半条命。

"这老太太是打地道战出身的吧？"同事们吓破了胆，惊奇道。

孟以安绕着平房走了一圈，发现屋后一角像是掩起来的供人出入的门，就试探着走近。刚踏出一步，就听身后同事喊"小心！"耳边听见嗖嗖两声，不知什么东西不偏不倚地砸到了脑门上。她哎呀一声，同事们吓得纷纷跑过来，把她扶走。

"这熊孩子，还拿石子砸人！"一个同事生气了，冲里面喊，"有没有礼貌啊？我们是来给你钱帮你上学的，又不是来打架的，怎么还打人呢？"

孟以安捂着作痛的脑门，抬头看到屋里后窗边站着个小女孩，一脸冷漠地看着她们。

"你让你奶奶出来说话。我们不进去。"同事喊。

"我奶奶听不见，也不会说话。"小女孩硬邦邦地回答。

"那我们怎么让她同意你上学？"同事问。

"我奶奶不让我上学。"女孩说。

好说歹说，女孩也不让步。孟以安从村委会借来一个喇叭，同事们就坐在她家门口，用喇叭一点点念她们项目的计划和条款，一个累了就换另一个。直到月上枝头，屋里的门窗也没有再打开过。

"少一个就少一个吧。"同事们精疲力尽地回到歇脚的地方，跟孟以安抱怨，"就孟总心软，哪儿有上赶着给人家送钱还吃闭门羹的？咱这慈善做的，可真够憋屈的。"

孟以安用断断续续的网络跟邱夏讲完，手机也快没电了。"我们明天就回去了，先回县城，再去火车站，"她说，"要不下周可能会下雨，怕赶不上飞机。"

"千万注意安全。"邱夏说。

第二天大家正在收拾行装，发现吉普车后面躲着个小小身影，正是昨天的那个女孩。

孟以安从车上跳下来，"你找我？"

女孩看着她头上的创可贴："对不起。"依然是硬邦邦的语气。

"你奶奶不是不让你出门吗？"孟以安问。

"我偷偷出来的。"女孩说，"我如果说我想上学，奶奶会伤心。"她虽然还是一副不好惹的表情，但看孟以安弯下身跟她说话，就走近她，踮起脚冲她的额头吹了一下。

孟以安笑了。"没事。"她说，"我们今天要走了，你的档案我们会补上的。顺利的话，今年九月你就可以重新去上学了。"

"真的吗？"女孩说，"我都打你了，你不生气吗？"

"你不是故意的。"孟以安说，"我不生气。咱们俩这叫不打不相识。我家女儿有一次玩疯了，用她的滑雪板把我脚指甲撞出血了，我也没有怪她呀。"

"她几岁了？"女孩问，"她上学吗？"

"嗯，她应该比你小几岁，叫球球。以后我带她来找你玩。"孟以安伸出手，跟女孩说，"我们拉钩？"

女孩抿了抿嘴，小脸上终于现出了一丝属于她这个年纪该有的神情。她伸出手，小拇指小心翼翼地跟孟以安碰了一下。

"那你们要回来啊。"她说，"还有……你们别怪我奶奶。她跟我爷爷学的，我爷爷是打猎的。她说这样可以保护我。她说等她死了，就没有人可以保护我了。"

从县城到火车站的路都是山路，司机是当地人，路熟，开得不慢，一行人看着蜿蜒的山崖有些心惊胆战。"师傅，你慢点开吧。"一个同事说，"我们都不习惯走这山路，怪吓人的。"

司机说："我也不想啊，你们看看这天，我现在开快点是为了早点把你们送到。要不然一会儿下雨了，这山路就危险了。"

孟以安默不作声地在手机上查天气预报，山里信号慢，刷了半天，刷出来一个暴雨预警："预计本次降水天气过程强度大，持续时间长，需防范持续降水和短时强降水可能引发的山洪、泥石流等灾害。"她心里便有些担忧，但看周围年轻同事已经在说车开得太快了，怕吓着她们，就没说话。

等到刷新缓慢的手机弹出邱夏发来的天气预报截图时，车窗外雨已经下起来了。

"西北也有这么大的暴雨?"同事们还在跟司机说话,"不会吧?"

"那是你们没见过,"司机说,"七八月份这里雨大着呢。平日里旱,树又少,都是山地,一旦雨下猛了,那可不是闹着玩的。"

孟以安给邱夏发过去一个定位,但是手机信号一直不好。她焦急地盯着正在缓冲的图标,心里突突地打起鼓来。

## 3

演出的最后一场,李衣锦坐在观众席上,从头看到尾。谢幕的时候,她抱着准备好的一大束鲜花上台,递到冯言言怀里,给了她一个大大的拥抱。

"有没有想过做点别的?赚得多一点,也不那么辛苦的?"在露台上吹风的时候,李衣锦问她。

"想过啊,也试过。"她笑了笑,"算啦,我又没有当大明星的命。现在这样挺好,自食其力,自得其乐,再也不用回那个家。"

"我挺羡慕你的,"李衣锦说,"我都不知道我的梦想是什么。前三十年,好像活成了一个什么用都没有的人。"

"有的。"她说,"有用的。我们替那些没有机会活下去的人活下去,即使拼尽全力做一个普通人,也不枉此生。"

临走前她把那个随身携带了很多年的幸运符拿出来,说要送给李衣锦。李衣锦想了又想,还是没有收。"这是她留给你的幸运符。"李衣锦说,"我不能要。以后,我自己的幸运,还是靠自己争取吧。"

她失落了好多天,有天半夜做了梦,突然惊醒,下意识摇醒身边的周到,问他:"你说,会不会是她骗我?"

周到迷迷糊糊地问:"谁骗你?"

"冯言言。"李衣锦说,"会不会是她骗我?她治好了嗓子,但是不想原谅我,所以装作不认识我,还编了个故事骗我。"她有点魔怔地说,"冯言言好好活着呢。"

她的样子倒是把周到吓着了，伸手探了她脑门，确定没有发烧，就说："你也想的太多了，你当是拍悬疑片呢？赶紧睡觉。"

李衣锦还在怔忡，手机突然响了起来，两个人都吓了一跳。

"我开了夜间模式的啊。"她叨咕着，伸手拿来，发现是孙小茹打来的第二个电话，没有被静音。

"怎么了？"李衣锦问，"这大半夜的。"

"姐，"孙小茹慌里慌张地在那边说，"崔保辉，我看见他了。"

"什么？"李衣锦惊道，"他又来了？他不是工作都丢了吗？"

"是啊，但是他出来了，还给我打电话说要来弄死我。我今天晚上在门口摄像头里看见他了，他一直在我家门口晃荡，我一晚上没睡直到现在，他又给我发短信……怎么办啊？"

李衣锦看了一眼周到，他已经揉了揉迷糊的眼睛爬起来坐着，看着她。

"这样吧，你就在家等着，我们过去接你，到我家来。"李衣锦说，"这周末赶紧搬家，不能再拖了。"

两个人大半夜打车到了孙小茹家，没有看到别人。孙小茹拿了把水果刀，躲在门口战战兢兢。周到把她那把刀拿过去，说："这个你还是别拿了，拿不住，万一被他抢去更麻烦。"

连着两天孙小茹都住在李衣锦家，查着手机里的监控，再没看到门口有崔保辉的身影。但第二天晚上崔保辉给她留了语音，说："我知道你在李衣锦家，我也知道她家住哪儿，你们两个臭贱人给我等着。"

李衣锦也有点害怕，跟周到说了，"要不要报警？"

"现在报警也没什么用，他就口头上威胁威胁你，估计警察没办法管那么多。"周到皱起眉头说，"他要是真敢来，就揍他。"

那几天他下班的时候便格外留心了些，果然有天晚上看到一个人穿着带兜帽的衣服，在楼前探头探脑的。他立刻警觉起来，没往家里走，躲在一边暗中观察。楼门关着，没有门禁的只能按门外对讲。那个人先是拿手机拨了个电话，看样子没人接，他放下手机，就去按对讲。

周到装作路人走过去，刚走到那人身后，就看那人按了 1102，正是李衣锦家的门牌号。

周到顿时气不打一处来，上前一把扯住那人帽子，兜住他头就是一拳，

"死变态！拘留没够是不是?！还跟踪！还报复！我打不死你！"

虽然周到并不擅长打架，但毕竟背后偷袭，那人毫无还手之力，抱着头蹲下哀号："大哥！大哥我错了！大哥行行好，别打我，你要多少钱，我没带现金……"

周到打着打着觉得不太对劲，停下手，把他帽子揪下来一看，好像不是那个死变态。他去找李衣锦时在剧场远远见到过，那个是油腻的中年大叔。这是个小年轻，白白净净的。

周到揪着他的领子把他提起来，"你按1102干什么？"

"找人啊。"他哭丧着脸，"大哥，你打我干什么啊？要钱你直说啊！虽然我没带现金，但是也可以转账啊……生活不易，大家都互相担待担待，怎么出手就打人呢？"

"你来找谁啊你？"周到意识到自己打错人了，但也没打算放过他。

"我来找李衣锦。"他说。

周到更加窝火了，"你谁啊你?！"

他也莫名其妙，"大哥，你谁啊？你管我？"

"我是李衣锦的男朋友！"周到气得吼出来。

他一愣，脸上的表情风云变幻，瞬间了然，"啊！"他突然堆起笑容，"你是李衣锦的男朋友啊？我知道你。"

"你知道我？"周到更摸不着头脑了。

"对对对，"他说，"我还跟她一起去找过你呢，你搬走了。我就跟她说，你呀是个好前任，一个好前任的标准就是宛如去世，连坟都不知道在哪儿，也不需要头七烧纸……"

周到对着他叭叭不停的嘴又是一拳。

李衣锦打开门，就看见门口站着神色古怪的周到，和被周到揪着帽子、仰着头试图把鼻血憋回去的廖哲。

"好久不见。"廖哲笑嘻嘻地对李衣锦说，"你这位优秀前任，今天我也算是见识到了，真是不打不相识。"

周到气得又捏紧了拳头。廖哲连忙缩起脑袋："不打不打，不打了。"

李衣锦一瞬间很想念跟陶姝娜合租的日子。只有陶姝娜那种长着好几个脑子的人，才能帮她面对这种上天无路、入地无门的修罗场。

# 第十八章

# 修罗场

# 1

"你来干什么?"李衣锦问。

"我能进去说吗?"廖哲倒是一如既往,丝毫不把自己当外人地往里走,被周到拖住帽子。

"不能。"周到看了一眼李衣锦,"他在门口鬼鬼祟祟的,跟那死变态一个德行。"

"那至少让我用一下洗手间吧,"廖哲指着自己鼻子,"蹭我衣服上了。"

廖哲拿纸巾塞了鼻子出来,李衣锦才注意到他不穿他的高级西装了,甚至也没戴手表。"转型了?又被哪个姑娘迷倒了?"她问。

"你现在跟娜娜一样,学得毒舌了,这样不好,姐。"廖哲说。他正想顺势往沙发上坐,周到瞪了他一眼,"别叫姐!"

李衣锦示意周到放他坐下。"你来干什么?"她又问了一遍。

廖哲一副很委屈的样子,"我来叙叙旧不行吗?娜娜什么时候回来?"

"她不住这儿了,你滚蛋吧。"周到说。

"啊?!"廖哲痛苦地捂住脸,"张小彦这个禽兽,夺我女神之恨不共戴天……"

李衣锦的手机突然响了。说曹操曹操到,陶姝娜的名字显示在屏幕上。

"你在家吗?"李衣锦接起电话,陶姝娜就问。

"在——"李衣锦迟疑着答应。

"那我今晚回去住?方便吗?"陶姝娜问。

"啊?那可能真不太方便,这两天我有个同事妹子在家里借住,她正在看房子,估计周末就走了。"李衣锦说,"你怎么突然要回来?没事吧?"

"没事,就心情不好。"陶姝娜说,"那我过去说吧,我都快到了。"

这是什么加强版修罗场?李衣锦在犹豫要不要给出去跟同学一起看房

子的孙小茹发个信息说一声，以免她回来的时候被一屋子人吓到。

陶姝娜一进门，一眼看到廖哲，惊得忘了自己心情不好，"你从哪儿冒出来的？"

廖哲笑嘻嘻地站起来跟陶姝娜打招呼，鼻孔里的卫生纸不小心掉了出来，陶姝娜嫌弃地白了他一眼。

"不重要。"李衣锦说，"怎么了？跟你的小彦哥闹矛盾了？"

原本跟张小彦的矛盾并不是主要矛盾。主要矛盾是陶姝娜的实习期结束了，她没能转正。当然单位跟她说的原因自然是她还是博士在读，如果放弃学术一心要进科研单位的话，一来可惜，二来单位每年招人硕士比例非常低，等她博士毕业之后再来申请成功率更高。

和张小彦共处的这段时间里，虽然两个人工作上都很忙，但毕竟是共享私密空间的相处，两人都渐渐露出了生活里本来的样子。陶姝娜人前精致美少女一枚，也有揍完沙袋一身汗又懒得洗澡的时候。张小彦读书时那些精确到秒的日程都是家里逼出来的，工作之后他也是拖延症晚期，会赶到死线前一天熬通宵。陶姝娜嘴上说着要尽模范女朋友的职责，但忙起来仍然把实验室当成家、把家当成不知道什么地方；张小彦记着要定期约会，但也会因为临时被同事叫走连电话都不打一个。

但这些都不重要。对陶姝娜来说，重要的是偶像的崩塌，而不是爱情的不完美。她从来没有想过，她仰视了这么多年的男神，其实并不是她想象中的样子，他没那么喜欢做科研，不喜欢去基地一出差就一两个月，读的学校、选的专业都是家里安排的，甚至他的前女友也是家里选的。本来计划是两个人毕业回国一起进现在的单位，但前女友变了卦，所以分了手。

"对我来说实习很重要，你什么都得来轻松，所以才不会珍惜。"陶姝娜说。

"你觉得我得来的很轻松？我只是我家里的牺牲品。"张小彦反驳，"不然我能怎么办？我的人生从来都没有另一条路可走。"

"你可以有的，我希望你尊重我的理想，我也会尊重你的。"陶姝娜说。

"陶姝娜，"张小彦叹了口气，语气严肃起来，"你承认吧。其实你追我，根本不是因为喜欢我。"

陶姝娜一愣。

"是因为你想成为我。"张小彦说,"你羡慕我拥有你的理想,你跟着我读书和工作的选择找到了你喜欢的专业。除了这些,我跟其他男生,是不是并无分别?"

"可是,我走到今天……都是因为你啊。"陶姝娜喃喃道。

"是因为你自己啊。"张小彦说,"其实你早就不需要把我当作什么男神、什么偶像了。一个没了男神光环偶像光环的男生,到底适不适合做男朋友,你可以重新好好考虑一下。"

李衣锦开门把孙小茹迎进来,她果然吓了一跳。

"你怎么没叫我们去地铁站接你?"李衣锦说,"还是注意一点好。"她看了一眼周到,又看了一眼廖哲,"就算没有崔保辉,也难保别的死变态跑到楼下乱溜达。"

"没事,我同学送我回来的。"孙小茹说。

陶姝娜看了看孙小茹,"你就是那个把死变态弄进拘留所的妹子?"

孙小茹点头。

"亏了,"陶姝娜说,"换作姑奶奶我,必定把他打成半身不遂。"

"那是犯法的。"李衣锦说,"你不要乱来。"

陶姝娜翻了个白眼:"行吧,那你请客,我要吃消夜。"

"我来我来!"廖哲连忙见缝插针地献殷勤,"娜娜,你要吃什么?"

"可不敢用你廖大公子的钱。"陶姝娜说完,突然反应过来,"你到底来干吗的?"

"挨揍来的。"周到在一边冷冷地接道。

陶姝娜看到廖哲的鼻子,问周到:"你打的?"

周到没说话。

"那你不带我?"陶姝娜顺势就要从沙发上坐起来,"你能打出什么……"李衣锦立刻过来把她按下,扔手机到她脸上,"点单。"

门铃响的时候,大家都以为是外卖,一拥而上去开门。门一开,所有人都愣住了。

门外站着邱夏,手里牵着球球。

邱夏也吓了一大跳。

"衣锦、娜娜，"邱夏总算见到了认识的人，知道自己没走错门。"我有急事，能不能让球球周末在你们这里住两天？"

"在我这里住?!"李衣锦惊讶，"小姨呢？怎么回事？"

孟以安她们原定今天上午到火车站，晚上就能赶上回来的航班。邱夏问她的时候，她说天气不好，可能赶不上火车，只能直接驱车到机场。但到了下午，邱夏再发信息打电话都无法和她取得联系。他查那边的天气和孟以安之前发的定位，发现那边一整天都是大暴雨，山区已经有不少处发生滑坡。他连着给好几个与她同行的同事都打了电话，但没有一个接通。焦灼地等到晚上航班起飞的时间，他打给机场，确认了孟以安一行人根本没赶上飞机。他再也坐不住了，一边定了最近的航班，一边跟球球商量。

一开始想让球球去她在学校玩得好的小朋友的家里，但球球说，不喜欢那个女孩的妈妈，因为那个阿姨总问她妈和她爸为什么离婚。

实在没办法，邱夏突然想到了李衣锦，就急火火地把球球带来了。

"真不是有意要麻烦你们，但毕竟是以安的家人嘛，球球跟你们在一起也安全。"邱夏说，"我必须得过去，我放心不下。"

李衣锦和陶姝娜听了，也开始惊慌起来，"怎么会一直联系不上呢？下暴雨手机就没信号？"陶姝娜拿手机又打了一遍孟以安电话，仍然没法接通。

"行了，小姨夫你快走吧，球球在我们这里你放心。"李衣锦连忙说。

邱夏刚要点头，看到其他的陌生面孔，表情现出了些许踌躇。

陶姝娜连忙解释："这些是朋友，一会儿就走了。小姨夫你放心，球球我们给你看好了。你快去找小姨，找到了打个电话报平安。"

邱夏离开李衣锦家就打了车直奔机场，但天公不作美，还在机场高速上也下起了雨，虽然不大，但下得让人心焦。他惶然望着窗外，手机屏幕上仍然亮着正在拨的无法接通的电话。

# 2

在球球还没出生的那几年，孟以安出差的时候总会忘记跟邱夏报备，他说了多少次她都记不住,他经常气得半夜对抗着时差打电话到处找。有一年夏天她去坦桑尼亚支教,被开黑车的打劫。同行的另外几个老师吓得浑身都软了,现金手机相机之类的贵重物品悉数都交了出去,只有她死死抓着自己的相机不给。歹徒可能是抢够了数,竟然也就放弃了,把他们扔在酷暑难耐的沙漠公路上,走了好几个小时才走到有人烟的地方。事后她跟邱夏讲起来还很骄傲,说相机里有她所有的重要资料,还好没丢。

邱夏立刻骂她愚蠢,"还好歹徒没枪,有枪你还有命吗?相机重要还是命重要?"他气得要崩溃,"你到底什么时候才能懂点事,别拿安全开玩笑?"

后来有了球球,邱夏逼着孟以安跟他保证,"就算不是为了我,是为了球球,你也好好对待自己,好吗?"

孟以安勉强答应。

但她哪儿是闲得住的人呢?任何事情都要亲力亲为,连球球这孩子现在也是什么新奇玩意儿都要试,跟她妈一个模子里刻出来的,将来恐怕也不把任何事放在眼里。

飞机落地后,邱夏第一时间又打了孟以安和她同事的电话,仍然失联。他想了想,去机场的问询处,给他们看了孟以安最后发来的定位,问他们如果遇上极端天气,最近的避难地点是哪里。机场的工作人员给他指了一个镇子。

他打了车就往那边赶。好在雨渐渐停了,彻夜没睡的他靠在车后座望着窗外逐渐现出光亮的天,迷迷糊糊地睡了过去。

他是被电话叫醒的,看到孟以安的名字出现在手机屏幕上,他心都快从嗓子眼里跳出来了。

还好一切平安。一下车,他还没站稳,孟以安就冲过来抱住他,号啕大哭。

"我还以为再也见不到你了……"她哭道,"以后我再也不离开你了,我们一家三口好好的,永远都在一起,好不好?"

"大哥,你到底在哪儿下车啊?到了。"司机师傅突然一个急刹停在路边,大着嗓门问。

邱夏的脑袋磕到车窗上,一下子惊醒。他懊恼地拿起手机,没有任何来电。

他悻悻地付了车钱，下了车，徒步往镇上走去，一边走一边不抱希望地又拨了孟以安的电话。

这一次竟然打通了，他还没来得及狂喜，就听到那边传来一个男声，"喂?"

宋君凡。

邱夏觉得一股火噌地从脚烧到头顶。他咬着牙问："以安呢?没事吧?她已经失联一天多了，我实在放心不下。"

孟以安就在宋君凡旁边，一行人刚离开镇子驱车前往机场，跟赶来的邱夏正好错过。孟以安在电话里听邱夏说完，没有他想象中的痛哭流涕，更没有一丝感动，立刻反问："你跑来干什么?你把球球扔哪儿了?"

"我让她在李衣锦家待两天。"邱夏连忙说。

"胡闹!"孟以安说，"人家不得上班吗?多麻烦?就算李衣锦不介意，人家男朋友还在呢。再说球球也不习惯啊!邱夏，你真的太任性了，让你在家好好陪孩子过暑假就那么难吗?"

邱夏这下是真的生气了，"孟以安，你别太过分!我从昨天下午打不通你的电话到现在没吃饭没睡觉，生怕你出事。你倒好，不报个平安也就罢了，你有没有良心?想没想过你要是出点什么事，我和球球怎么办?你真的……"

他气得说不下去了。

孟以安那边没说话，沉默了一会儿，她说："机场见吧，一起回去。"

宋君凡是邱夏上一个航班到的，因为前一天语音开会的时候同事说了行程，他就及时赶过来了。孟以安他们的车子在山里被困到深夜，每个人的手机几乎都没电了，宋君凡在镇上打了119才及时安排上救援。一行人劫后余生，也是又疲倦又后怕，在机场改签了票后，就七歪八倒地在候机厅休息。

孟以安出来陪邱夏改签机票。邱夏在柜台前办理的时候，她在一旁给李衣锦打了电话。

"我没事，"她说，"邱夏瞎折腾，也是临时起意把孩子送你那儿去了，没想麻烦你们。"

"小姨，你这么说我可不高兴了。"李衣锦说，"我又不怕麻烦，一家人的事儿。"她顿了顿，又说，"你别怪小姨夫瞎折腾，他是真的担心你。"

"知道了。"孟以安说。

邱夏办完值机，两个人一起沉默地过了安检，进了候机厅。

"你过去吧。"邱夏看了看远处宋君凡和她的同事们坐的位置。

孟以安看了一眼他的票，"怎么没要一个近的座位？"

"我又不跟你们一起。"邱夏说，"你跟你的同事和你的男朋友一起坐吧。"

他说完就要走开，孟以安叫住了他。

"哎，"她说，"回去我把球球接回我那儿吧，你带孩子也怪累的。"

"不用，你忙你的，我去接球球。"邱夏说。他没再看孟以安，一个人走到另一边很远的椅子上坐下，弯腰用两只手撑着头，像是在闭目养神。

孟以安远远地看着他，他头发乱糟糟的，穿的像是平时用来当睡衣的T恤，两只肩膀都塌下来，整个人显得格外颓唐。

她有点后悔了，觉得自己今天说话太重了，想开口道歉，但脚还没挪一步，宋君凡就适时地送了一杯热咖啡到她面前。

"累了吧，"他说，"去坐一会儿吧，离登机还有一阵。"

孟以安点了点头。

回到同事们旁边坐下，孟以安打开手机，看到李衣锦发来一张图，球球坐在她的床上，墙上投影仪播着动画片。

李衣锦把球球的照片发给了孟以安和邱夏，两个人都没回她。

"你说，小姨和小姨夫会不会和好？"陶姝娜坐在床边地板上抱着电脑打字，突然抬起头来问她。

球球立刻从动画片里抬起头，望着她的两个心怀叵测的表姐。

"球球，你爸你妈会不会和好？"陶姝娜便问。

李衣锦连忙试图制止："你别问她，这样对小孩子不好吧。"

"有什么的，离婚不也征得孩子同意了吗。"陶姝娜说。

球球抿了抿嘴，说："我不知道。妈妈说，他们和不和好是他们的事，爸爸妈妈对我好就行了。"

"哦——"李衣锦和陶姝娜点点头。

"但是爸爸不是这么说的。"球球突然又说。

"哦?"两个表姐敏锐地捕捉到八卦的气息。

"爸爸说,我表现好的话,他们要是和好了,爸爸就会奖励我。"球球说。

"哦!"两个表姐立刻凑过去,"怎么表现?"

球球笑嘻嘻地一甩头:"不能告诉你们!除非你们继续陪我玩捞月亮。"

李衣锦和陶姝娜瞬间变脸,对视了一眼,齐齐躺在床上装死。

昨晚球球来家里之后,好久没跟两个表姐玩,又有那么多新认识的哥哥姐姐陪她玩,孩子格外兴奋,怎么劝都死活不睡觉。最后大人们全累瘫了,她自己一个人在卧室大床上睡得香甜。

"咱们仨睡次卧吧。"李衣锦一边收拾茶几上剩的烧烤和啤酒,一边跟陶姝娜和孙小茹说。

她看了一眼廖哲:"廖大公子还不走?还嫌我家今天不够乱是吗?不用说别人,那位小朋友的妈要是看到咱们几个这么带孩子,咱们都得玩完。"

廖哲挨个儿把啤酒罐翻转过来,倒了倒,拣了个没喝空的喝空了。

"廖大公子,我发现你变了呀。"陶姝娜终于也发现了廖哲的不一样,"您可是普通的酒都不喝的,而且现在穿得这么居家亲民,是想走什么路线?"

"为什么你俩讽刺我的话都是一样的?"廖哲不满地反驳,"我就不能从此以后低调一点生活吗?有钱是我的错吗?"

"……"李衣锦和陶姝娜不想理他。

廖哲骂骂咧咧地掏出手机,点开一张图给她俩看。是一张婚礼的长图,一对新人男帅女靓,看起来婚礼场面也是豪华瑰丽,很是奢侈。

"哎,"陶姝娜突然说,"这个新娘看起来有点像你。"

"啊?"李衣锦凑近放大仔细看了看,还真有点像。那个女孩自然比李衣锦漂亮,眉宇间洋溢着贵气,表情是不曾受过生活欺骗的单纯与温柔。

"我姐结婚了。"廖哲说,"我好多年都没再见过她,我爸上个星期突然叫我过去参加她的婚礼。"他惆怅地说,"我想跟她叙叙旧,但是她几乎不记得我了。"

他叹了口气,那张白白净净、养尊处优的脸上甚至现出一丝和他的气质全然不符的悲伤:"可能她和她妈在我家生活的那段时间,她一点都不开心吧。毕竟,我爸也不是一个好丈夫、好父亲,我小时候又那么讨厌。她长大了,宁可什么都不记得。"

陶姝娜笑,故意揍了他一拳:"你长大了也一样讨厌。"

廖哲没躲,也笑笑:"是啊。"

早上七点钟,球球把李衣锦闹醒了。

"我爸都是每天七点给我做早饭的。"她义正辞严地说,"我要煎蛋和麦片牛奶,要那种煎得流下来一点点但是又不完全流下来的蛋。"

## 3

孙小茹签完房子再回来的时候已是傍晚,她一个人从地铁站走回李衣锦家小区,一路上没有什么行人,走进小区更是四下寂静无声。她走到楼门口,正伸手去按对讲,身后一个人欺身上来一把把她脖子箍住了。

孙小茹失声尖叫。

"臭不要脸的贱人,"崔保辉恶狠狠地在她耳边说,"把我弄进拘留所去,你满意了?"

孙小茹正在挣扎,楼门突然开了,里面呼啦啦出来一堆人,男女都有,大多是年轻人。崔保辉吓了一跳,一松手把孙小茹扔在地上,孙小茹连忙爬起来逃开。

"你们是谁啊?"崔保辉打量着这帮陌生人。

其中一个女生把孙小茹拉起来,问:"就是他吧?"

孙小茹点头。

女生拍拍手:"行,大家开始吧,一个个来,注意安全。"

话音没落,女生上前一步,一个标准的横踢,正中崔保辉胸口。女生力量并不是很大,但崔保辉措手不及,连连后退了十几步,直到后背撞到了停在路边的车才站稳。

他刚要开口骂,另一条不知道是谁的腿就踢了过来。

李衣锦和陶姝娜下楼出来的时候，崔保辉已经抱着车轱辘爬不起来，哭得一把鼻涕一把泪。

"我要报警！"他语无伦次地号道，"你们是拦路打劫，你们故意伤人……"

李衣锦走到他面前，举起手机："并不是。你呢，是因为性骚扰女同事所以被拘留，出来之后，蓄意报复，跟踪威胁。你之前在孙小茹家门口的尾随和今天被抓现行的企图袭击她的证据我们都留下了。你可以现在就报警，我来帮你，如果你想今天就回拘留所去住的话。"

崔保辉盯着李衣锦屏幕上的报警电话和拨出键，缩着脖子不吭声了。

陶姝娜走到李衣锦旁边，说："我们呢，只是组织了一次跆拳道爱好者协会的团建活动。活动主题：论跆拳道在日常生活中对变态偷窥狂的合理化应用。"

崔保辉眼珠子一转，琢磨着到底怎样才能从这么一大堆人的眼皮子底下逃跑。还没等他想出一条绝妙的计策，他抱着轱辘的那辆车，发动机轰的一声响起来，把他吓得弹了出去。

超跑的车门非常拉风地打开，廖哲云淡风轻地从车上下来，踱了两步，看看崔保辉，自顾自地走到他刚才抱过的车轱辘那里，弯下腰，略带嫌弃地吹了一口气，又上手抹一抹、捻一捻，摇摇头，啧啧两声。

"我这个车呢，贵倒是不贵，但是是我爸送我的生日礼物，就比较珍惜。平时做一次全套保养呢，基本上三四十万。但凡磕了碰了，掉一个指头的漆，就得返厂去修。不过呢，这些都比不上被一个死变态摸了的代价大。具体我也不知道要花多少钱，这样，你押个证件，我的律师团队会联系你，看看怎么支付，好吧？"

廖哲话还没说完，崔保辉就连滚带爬地跑了。

孟以安和邱夏风尘仆仆地赶来接球球，正看到李衣锦家楼下跆拳道协会的年轻人纷纷跟陶姝娜打招呼，然后离开。

"学姐再见。"

"学姐再见。"

球球看到孟以安后特别高兴，"妈妈，你是来接我回家的吗？"

"不是，你跟爸爸回家。"邱夏在一旁说，"你表现好不好？没给两个姐姐惹麻烦吧?"

"没有,我可听话了。"球球做出一副乖巧的样子。

李衣锦和陶姝娜对视一眼,只能苦笑。

终于把人挨个儿送走了,第二天孙小茹也搬走了。

陶姝娜回到自己地盘,推开家门,张小彦听到声音,连忙从屋里出来。

"你没加班?"陶姝娜问。

张小彦摇头:"我等你回来呢。"

陶姝娜踌躇着:"我有话要说。"

"我也有。"张小彦说。

"那你先说。"陶姝娜说。

张小彦走到陶姝娜面前:"娜娜,我希望你给我一个机会。"

"什么机会?"陶姝娜一愣。

"给我一个机会重新争取你的喜欢。"他说,"不是男神,不是偶像,不是理想,那些都不是我。我仅仅代表我自己,一个在你眼中没有任何特别的人,想重新争取你的喜欢。"

陶姝娜沉默了几秒钟。

张小彦看她不说话,有些尴尬,只好岔开话题,"你刚刚想说什么?"

话音刚落,陶姝娜就笑开来,上前给了他一个大大的拥抱。

"我的话可以省略了。"她说,"好话不说第二遍。"

陶姝娜走后,李衣锦回到卧室,看周到蹲在地板上清理球球吃零食掉的渣儿,就拿了扫帚和抹布过来。

两个人本来都没说话,突然又不约而同地挑了个话头。

"那个——"

"你——"

两人都是一愣。

周到挠挠头:"你先说。"

"啊,我想说,我让廖哲进门,还在家待这么长时间,你是不是介意了?你要是介意的话,我跟你道个歉。但是廖哲真没别的意思了,他就是一个没长性的，追我也没当真。"李衣锦说，"至于之前那张朋友圈的照片，是他拍的，但我主要是……想让你吃醋。"

周到愣了一下，没说话。

"你要说什么来着？"李衣锦问。

"我想说，你要是介意我打了廖哲，我跟你道歉。"周到说，"我没打过架，真的。从来没打过。"

李衣锦忍不住笑："知道了。"

"你不介意？"

"不介意。"李衣锦笑，"廖哲倒是对被误伤这件事耿耿于怀，不然也不会特意去挤对崔保辉，谁让他莫名其妙挨了你好几下呢。"

"我不是说这个。"周到说。他站起身，显得很严肃，"我是说，我真的没有打过人。打廖哲是因为他戴着帽子，我也没看清，以为他是那个拘留所出来的人，怕他伤人，没多想就上手了。"

他急切地看着李衣锦。"这两天他们在，我也没找着时间跟你解释，我真的没有打过架，我也挺后怕的。"

李衣锦总算听明白了他的重点。她站起身，拉拉他的手，"我知道，我信。"她说，"你忘了，咱俩以前在小区里捡的那只刚出生的小猫，你连拿针管给它喂奶都不敢。我相信你从来没打过架。"

她想了想，又说："以后你在我这里，不需要解释这些。你爸是你爸，你是你。只要过去的事情不再影响你，就不会影响我们的将来。"

说来也奇怪，在一起那么多年，反而是现在这样的一刻让她觉得，他们是有希望一起走下去的。那些不温不火的日子，那些举棋不定的踌躇和茫然，那些纠结于他人眼光的瞻前顾后，相比于可以自己去争取的未来，似乎都没那么重要了。

晚上吃饭的时候，周到问李衣锦："廖哲真的特别有钱是吗？"

李衣锦就说："今天在楼下，你不是听到他说那辆超跑是他爸送给他的生日礼物吗，所以他很珍惜。"

"嗯。"

"其实他爸根本就不知道他生日。都是每年他去跟他爸的秘书讲，再报备一下要什么礼物，东西就会送到他这里来。"李衣锦说，"虽然有钱人的烦恼咱们也很难体会，但我觉得吧，这辈子，至少还是要做一个体会过爱的人。"

"哦。"周到若有所思，"果然咱俩才比较配，都是没有烦恼的人。"

李衣锦拿筷子打他。

两个人正在说笑，李衣锦的手机响了。

"喂?"李衣锦接起。

"衣锦哪，"是孟菀青，"你在忙吗?"

"二姨，"李衣锦问，"你怎么突然给我打电话?"

"衣锦，你最好还是回来一趟吧，家里出了点事。"孟菀青说。

## 第十九章

# 有心无力

# 1

虽然爸爸无所不能,但妈妈是她们家的天。过去半辈子的岁月里,孟明玮一直这样觉得。不管家里任何一个人遇到什么样的困难,只要她妈在,就总会有办法解决,这个家就还是一切安好的样子。

她也曾经想过,如果当初没有生下李衣锦,她还会不会走到今天。她在抱着肚子求她妈救救她的时候,也没有想过在自己拼命保护下成长起来的女儿,会说出如此让她心寒的话。

她要是像她妈那样强大又有魄力就好了。她也想当自己女儿的天,但现在看来,她并没有做到。

那个晚上,她妈安顿她在屋里休息,自己在厨房忙活半天,把鱼汤盛进保温桶里,提着就上楼去了。

孟菀青要跟她妈去:"妈,万一他犯浑打你怎么办。"

她妈瞪了她一眼:"你在家陪你姐,别管。"

李诚智有什么可横的?不过是二十岁出头就在她厂子里打工的毛头小子。他向来只敢在人后破口大骂,一看到孟明玮她妈上门,不仅没敢横,还恭恭敬敬地喊了一声"妈"。当年如果不是看他老实,怎么可能选他做女婿?

但乔厂长若是知道他在她女儿面前暴露出的真实嘴脸,怕是这声"妈"也听得她恶心。

"给明玮的鱼汤,还热着,明玮在楼下喝呢,我给你带点来。"乔厂长说,"趁热喝吧。"

"谢谢妈。"李诚智连忙说。殷勤地把她让到桌边坐下,盛了一碗汤,吸溜吸溜,"好喝。"

乔厂长点点头,手指头在桌上敲敲,目光扫到散落在地上的年货礼品:

"还没收拾完东西呢?我特意给你买的年货,给你爸妈带回去。"

"是是是,"李诚智说,"这不还没收拾完嘛。"

乔厂长又点点头,没说话,抬手看了看表。

她很晚才下楼来,告诉孟明玮就在家里睡,不要上楼去了。别的什么都没说,孟明玮就也没多问。

李诚智醒来的时候已经是第二天上午。天光大亮,保温桶还敞着盖子在桌上。他觉得头痛欲裂,手脚也酸疼得厉害,突然意识到不对劲。

他就坐在他昨晚喝鱼汤时的餐桌旁边,屁股都没挪过窝。他低头一看,发现自己的手脚都被死死地捆在了他坐的这把椅子上。

愣了几秒钟,反应过来之后,他下意识就要破口大骂,但他骂不出口,因为他嘴里被塞了不知道什么东西,从味道来判断,应该是厨房里的抹布。

等到乔厂长不慌不忙地打开门走进来,他已经喊得嗓子都哑了,但也没出来什么声。

"别喊了,留着点劲吧。"乔厂长在他面前坐下,慢条斯理地开始收拾桌上的碗和保温桶,"昨晚鱼汤好喝吧?可惜不顶饿,你最好多撑一会儿。"

李诚智嗓子眼里呜噜呜噜,不知道在说些什么。

乔厂长去厨房洗完了保温桶,盖好盖子,回来在餐桌旁坐下。

"当初我觉得你是个本分踏实的小伙子,能对我女儿好。"她一字一句地说,声音不高,但莫名有着让人胆战的威慑力。李诚智想到他刚进厂了那几年,经常见到她训不好好干活的工人,就是这种语气和神情。

"我女儿没有什么心眼,也从来不愿意把人往坏处想。遇到什么委屈,第一反应我是打碎牙往肚里咽。好在我这个妈还有点用,还能替她主持公道。这些年她就没离开过我身边,在我们家,过年不仅仅是过年,也是我的生辰。明玮不想违背你的意思,是因为她善良心软,愿意妥协。但我这个妈既不善良,也不心软,我姑娘没什么别的念想儿,就愿意每年陪着我一起过生日。要是有人借着她善良心软欺负她,我绝不会轻饶。"

李诚智又呜噜了一句。

"快过年了,对吧?"她冷冷地抬起眼盯着他,他的呜噜声立刻随着抹布的味道咽进了肚子。她的眼神扫视一圈,看到了放在柜子上的火车票,拿起来,当着他的面撕了个粉碎。

"从今天起,你别想让明玮跟你回家。"她说,"你要是再敢碰她一个手指头,就不是今天的待遇了。"

李诚智自然梗着脖子不服气,呜呜叫。

"歇会儿吧。"她提了自己的保温桶,转身出门,"明玮这两天在家住,等她气消了再回来。"

她下楼回家,孟明玮盯着她的脸色,问:"妈,你上去跟他说什么了?"

她妈没回答她,环视了一圈,她爸在莳弄花草,孟以安在屋里写作业,孟菀青在勾毛衣,她妈就把大家都叫了过来。

"我来立个规矩。"她妈清了清嗓子,"今年过年明玮不回婆家,就在咱们娘家过,以后每年都一样。再以后,菀青、以安,出嫁了也都一样。全家人都不许缺席,没有例外。"

大家你看看我,我看看你。孟明玮小心地问她妈:"真的?我可以不跟他回家了?"

"你的家就在这儿,什么时候想回来,下个楼,多容易。"她妈轻描淡写地说,提着保温桶就进了厨房。

孟明玮正想出门,她妈的声音立刻从厨房传出来:"你今天还在家住,不许上楼。"

"为什么?"孟明玮不解。

她直到后来都不明白她妈不让她上楼的那两天发生了什么,只知道她妈后来又独自上楼两次,回来也什么都没说。

李诚智被捆在椅子上整整两天水米未进,到了第三天,什么脾气都没了,整个人像根缩了水的黄瓜秧。她妈最后一次上楼,把抹布从他嘴里拿出来的时候,他连出声的力气都没有了。

"鱼汤是不顶饿。"她说,"过年那天来家里吃饭,有好菜,管饱。"

李诚智半死不活地没说话。

"我说的话都记住了没有?"她又问。

这回他活过来几分,点了点头。

"记住了就好。"她说。

孟明玮再回到家的时候,发现之前扔了一地的年货已经不翼而飞,让她的心情无端清静了许多。当她问起她妈上楼来跟他说了什么的时候,李诚智却一言不发。她觉得奇怪,不过看他不像之前踹她的时候那样嚣张了,就也不复多问。

"我妈炖的鱼汤你喝了吧?挺好喝的。"她没话找话地说。

李诚智再也没打过她。后来的半辈子里,再也没碰过她一个手指头。在她妈和她的家人面前,他老实本分,笑容憨厚,兢兢业业地扮演着一个孝顺大度的女婿。只有在她面前,他才会露出他的真实面目。他怀着对她的恨,对她们家的恨,冷静又杀人不见血地报复在她身上,经年累月,滴水穿石,成为漫长而难熬的岁月里压垮她的最后一根稻草。

## 2

"我是不是做错了?"

如今年过八十的老太太问出这句话,孟明玮却只能默默流泪。当年大事小情全都二话不说给家人摆平,训得厂子里上上下下百来号人大气都不敢出的乔厂长,现在只是个一身毛病、手不能提肩不能扛、出门都要拄拐杖的小老太太;当年她眼都不眨就卜在鱼汤里、神色自若地提上楼去给李诚智喝的安眠药,现在成了她每个腰酸背痛、辗转难眠的夜里不可或缺的优良伴侣。而那个把她当成天、手足无措地求她救命的女儿,如今也成了一个走过半生却不得不承认自己活得失败的母亲。

孟明玮摇摇头。"算了。"她说,"半辈子都过来了,现在说这些,还有什么用。"她站起身,眼神发飘,行尸走肉一般地往门外走。

"明玮啊,"她妈在后面叫住她,"离了吧。你还没到六十岁,日子还长。"

还长吗?和她不死不活的几十年婚姻相比,再漫长的凌迟都像是解脱。

她走出她妈家门,抬起脚步艰难地上楼。从三楼到四楼,十三级台阶,拐个弯,又是十三级台阶。一共二十六级台阶,她就能从她妈家回到她自己家。那是她服了半辈子刑的监狱。以前李衣锦从书里看来一个知识,跟她讲,有的国家不判死刑,判几百年徒刑,然后就让犯人在牢里一直过到老。这会儿倒是突然想起来,这说的不就是她自己吗?

她把她的命都系在了李衣锦身上,盼着李衣锦健康,盼着李衣锦优秀,盼着李衣锦出人头地，盼着李衣锦飞上枝头变凤凰，盼着李衣锦逃出生天，永远不要再回来，不要像她一样，在暗无天日的岁月里服刑。

话说回来，到底是谁给她判的刑呢？是她妈，是丈夫，是女儿，还是她自己？

走上二十六级台阶的这段时间里，她想了很多，但又好像什么都没想，脑子里空空一片。

她站在自己家门前很久。以前的许多年，即使打开门就要面对李诚智的冷言冷语，或是他喝完酒瘫在沙发上的醉态，她也知道小房间里有女儿在听话地写作业，惦记着女儿下个月月考、明年升学，心里便有了盼头，就不那么压抑了。李衣锦上大学走了好几年，她都还把小房间的书桌摆得像是原来的样子，晚上把台灯点开，放一杯水在桌上，就好像还在陪孩子准备高考的时候一样。

直到现在她才意识到，她躲起来喘口气的空间，是李衣锦反抗了许多年终于得以逃离的牢笼。她觉得自己心里应该高兴，毕竟孩子长大了，离开了家乡，再也不想回来了，还口口声声地说着，不想成为她这样的人，这不正是她所期盼的吗？恨她就恨她吧。

电视上放着万年不变的中央七套，李诚智窝在沙发上，半眯着眼打着呼噜。他们家的沙发几十年都没换过，把手磨秃了，靠背变形了。李诚智天长日久地不挪窝，沙发让他活生生坐出一个回不平的坑。但孟明玮一提换沙发，他就说她虚荣，不让换，她也没钱去换。

"离婚吧。"

孟明玮心里想，从今以后，不会有她妈给她撑腰了，她只剩她自己了。

她拼尽全力说出的这句话，轻飘飘地落在沙发上的李诚智的耳朵里，被他的鼾声盖住了，她不知道他到底有没有听到。

她走到沙发旁边，拿起遥控器把电视声音调小了几个格，然后又说了一遍："离婚吧。"

这一次李诚智似乎听见了，他翻了个身，在坑里躺得更舒服一点，然后睁开眼看了孟明玮一眼，又很快闭上了。

"滚你妈的。"他熟练地说。就像每次她问他晚饭吃不吃土豆、明天买不买白菜时的回答一样。鼾声很快又响了起来。

孟明玮觉得自己的生活也像是被剩下的土豆和白菜，就算烂掉也不会有人发现了。

她缓缓地走到小房间里去，环视了一圈被她打扫得一尘不染的房间，在小床上坐下来，抚抚被角，又抻抻床单，但她本来已经收拾得很干净了，实在没有什么可收拾的。

她拿起手机，打开跟李衣锦的聊天页面，但想了半天，一个字都没有输进去，又退了出来，拨通了楼下她妈家里的电话。

平时她从来不打这个电话。一来她退休之后几乎大半时间都在她妈家，二来楼上楼下这么近，有事她随时就下楼去了，那个电话基本都是孟菀青打来告诉她过不过来吃晚饭的。

过了好久她妈才接："菀青啊。"

"妈，我。"她说。

"怎么了？有事下来说呗，我还以为是菀青要过来吃晚饭。"

"……妈，没事。"不知如何说出口的话，在嘴边打了无数个转，最后还是化作一声叹息，落在一连串的忙音里，无影无踪。

这边老太太听她挂了电话，也犯起了嘀咕。回想起孟明玮这段时间总是不对劲的神色，终究不放心，就又把电话打回去了。

但孟明玮已经关机了，她把小房间的门反锁上，走到窗前，探身往外看了看。

平日里她总嫌四楼高，没有电梯，一口气上四楼总能把她累够呛。但今天看下去，感觉也不是很高。好在目之所及没有空调外箱，也没有阳台支出的晾衣杆，虽然不知道高度够不够，但至少没有阻碍。窗子在楼后身，没有人出入，也没有人会看见。

求求老天爷了。她在心里想。可千万让我死了吧，我已经是个残废了，千万别再让我瘫痪成植物人，一次到位，求求老天爷了。

她小心地爬上窗台，腿脚的不灵活让她的动作显得笨拙。但她也不再在意那么多，还好家里老式的窗户是往外推的，否则对她来说连爬上来都是个难题。

在窗台上舒服地坐下来，傍晚的风吹过脸颊，她轻叹了一口气，难得地感受到了上天的眷顾，心想，不用活着可真好啊。

老太太又打了好几个电话，仍然没人接。她愣了半晌，起身出了门，平时从不离手的拐杖却落在了椅子旁边。

从三楼到四楼，十三级台阶，拐个弯，又是十三级台阶。一共二十六级台阶，她就能到孟明玮家。但她忘记她已经八十岁了，不再是人人看她脸色行事的乔厂长，不再是拎一个揣一个对别人说出"我就是当家的"那个年轻的孩子妈，不再是能气势汹汹上楼为女儿撑腰的蛮横丈母娘，只是一个一旦忘了带拐杖，区区几级台阶就能难倒她的老太太。

她惦记着孟明玮，慌忙往楼上走。老式楼梯坑洼不平，在拐弯的地方有半截台阶年久失修。平日里孟明玮上楼下楼拖着瘸腿都要小心避开，但老太太心急火燎地上楼，并没有注意，一脚踩空，从楼梯上摔了下去。

## 3

李衣锦下了高铁就往医院赶。挤出人满为患的电梯到了骨科的楼层，一眼看见孟苑青。

"我妈呢？姥姥呢？"她连忙喊。

孟苑青拉她过去："没事，姥姥腿骨折了，现在刚拍完片子。你妈在那边。"

"吓死我了，"李衣锦扯着孟苑青的袖子，"还好没大事。"

孟明玮在窗台上坐了多久，她其实不太记得，只是她在出神的时候，听到外面家门被砰砰地敲响了。

"有人在家吗？是三楼乔老太太的姑娘家吧？你妈在楼梯上摔倒了！"

整栋楼都是老住户，几乎没有人不认识乔老太太和孟明玮，还好赶上晚上人多的时间，很快就有邻居发现老太太倒在楼梯上，立刻打了急救电话，又上来敲孟明玮的门。

房间门锁着，她一开始还没听清外面人喊的什么，等听清了，登时吓出一身冷汗，哆嗦着把自己笨拙的腿脚搬进屋里去。下窗台的一瞬间，她往窗外看了一眼，突然觉得四楼怎么这么高，脑袋一阵眩晕。

她跌跌撞撞地打开门，下楼去扶她妈。老太太虽然摔了，但还好扶手挡了一下，没滚下去，起不来但头脑清醒，也没管周围邻居出出进进叫急救电话，看到孟明玮就拉住她的手。

"打你的电话不通。"老太太急着说，"你怎么不接我电话呢？还关机？我着急，我就想上楼看一眼你才能放心，这老胳膊老腿的……"

孟明玮眼泪唰地就下来了："妈，你别动，医生马上就来了。"

孟菀青很快赶到了医院，忙前忙后地处理各种事情。在等拍片结果出来之前，姐妹俩一同坐在走廊里歇上片刻。

"叫以安回来吗？"孟菀青问她，"妈刚跟我说不让我叫她。"

孟明玮却在出神，没听清孟菀青的话。

"妈还跟我说让我看着你。"孟菀青又说，"姐，你怎么了？妈今天为什么那么着急要去找你？"

老太太全程冷静，跟大夫说自己的身体状况，跟孟菀青有商有量，说她不想做手术。大夫说，只要对位情况好，尊重老人自己意见，尽量保守治疗，毕竟老人家年纪大了，手术也是大损伤，消耗元气。

孟菀青去找她的主任朋友，李衣锦走到她妈身边。她妈正在出神，意识到李衣锦来了，眼睛转了转，刚要说话，看到远处站着周到，把本来要说的话收了回去。

周到非要请假跟李衣锦一起回来。他刚入职新工作，李衣锦不想让他请假，但他听李衣锦说了，觉得不是小事，坚持要陪她。见了孟明玮，又不敢近前，只好远远地在电梯口站着。

"妈。"李衣锦在她妈旁边坐下来。

孟明玮点了点头，没说话。

李衣锦想起她之前对她妈说的那番话，那是在她心里酝酿了三十年的话，但对她妈来说，是第一次听见。她该想到的，虽不后悔，但她心里暗自难过，她只知道自己要解放，却忘了她妈也会受到伤害。

"我之前，不该那么跟你说话，妈。"李衣锦说，"虽然我确实是那么想的，但我没有考虑过你的心情，是我不对。"

孟明玮渐渐回过神来，摇了摇头，"你二姨打电话让你回来的？"

"嗯。"李衣锦说，"妈，你要是心情不好，我陪你待几天。我请假了。"

她拉住她妈的胳膊，她妈却下意识地把她往外推："那可不行，总请假你们老板会开除你的。"

"没事儿。"李衣锦说,"那工作有我没我都一样。我妈没我可不行。"

孟明玮一愣,嘴唇哆嗦了几下,没再接话。

"我没有我妈也不行。"李衣锦说完,眼泪就下来了,"妈,你怎么敢那么狠心呢?连句话都不说就想扔下我不管吗?……我是没什么出息,但我也想着能攒点钱就攒点钱,将来你老了,就算享不上荣华富贵,也保证不了你儿孙满堂,但是咱也有清福,是不是?我是心里有恨,但我从来没有想过再也不回这个家。这个家有你,有姥姥,有一家人……"

孟菀青从走廊另一端匆匆过来:"医生叫咱们过去。"

孟菀青和孟明玮往医生办公室里去了,李衣锦走到电梯口,周到还等在那里。

"你们都没吃东西吧,"他说,"我去给你和阿姨们买点吃的。"

"你陪我先去看看姥姥。"李衣锦说。

老太太又恢复了她平时那副不慌不忙的样子,即使连动都不能动,也是神色自若,看到李衣锦带着周到进了病房就说:"没看看你妈去?姥姥没事。"

"看了,"李衣锦一边说一边过去,"姥姥,这是我的男朋友周到。"

周到拘谨地站在远处,不知道该不该近前,"来得匆忙,没给您带礼物。"

老太太便笑了:"老太太要什么礼物,见到人我就开心。你过来,姥姥看看。"

周到看一眼李衣锦,李衣锦示意他过去,他就走到床边。老太太打量着他,拍拍手背,扯扯衣袖,点点头:"小伙子长得端正,说话也有礼貌。"

周到可经不起长辈夸,脸都红了,转头看李衣锦一眼,无声地求助,李衣锦只在一边站着笑。

"姥姥,你以后不要担心我妈,这件事交给我。"李衣锦说,"你就好好养伤,很快就好了。"

老太太笑着点点头,叹口气:"老喽,不比从前了。"

经此一役,她看着两个女儿忙前忙后既担心又焦虑的模样,总算是承认自己老了。女儿们后半辈子的风雨,她再想遮挡,也有心无力了。

## 第二十章

# 相信她

# 1

周到跟李衣锦和她妈一起回家拿东西,但没上楼,就在楼下附近转悠,他说他不喜欢去别人家里,也不想让李衣锦和她妈尴尬。她妈二话没说就上楼了,李衣锦只好也跟着上去,告诉周到她们收拾完东西就下来。

孟明玮给周到留下过比较深刻的阴影。他跟李衣锦刚刚搬到一起住的时候,李衣锦没告诉她妈,直到转年过去,孟明玮才发现李衣锦跟男朋友同居。在一个寒冷的冬夜里,正裹在温暖被窝里看喜剧电影看得嘎嘎乱笑的小情侣被怒气冲冲的砸门声吓丢了魂,李衣锦试图把周到往衣柜里藏,周到气得骂:"你肥皂剧看多了吧?我又不是偷情的奸夫,你妈来你藏我干什么?"

周到镇定自若地去开门,心想,大丈夫做事敢作敢当,可不能在女朋友的妈面前露怯。

怯是完全没有机会露的,刚一开门他就被劈头盖脸的掌法打了个措手不及,连李衣锦她妈长相都没看清楚,就抱头鼠窜。

"让你拐骗少女,我告诉你,我现在就报警!我告你拐骗!告你流氓!告你性骚扰!"孟明玮一顿乱打把周到打蒙了,就在他还没反应过来的时候,他已经被丢出了门外,门砰的一声关上,里面是她妈声嘶力竭的责骂。

骂的什么话他也不记得了,他只记得冬天的楼道可冷了,李衣锦被她妈骂的间隙还不忘号哭着拼命给他丢了件羽绒服出来。没办法,他裹着衣服逃到楼下二十四小时便利店里,度过了难熬的一个晚上。

"我妈不是天生就这么凶的人。"后来李衣锦跟他说,"对我爸,对姥姥,对别的人,她什么脾气都没有,我姥姥都嫌她厌。她只是天生对我凶。"说这话的时候,李衣锦的语气有些悲凉。

从那之后,周到虽然再也没接触过李衣锦她妈,但从她妈对李衣锦无孔不入的监视以及李衣锦口中,还是能实时跟进她妈对他的态度,是多年以来毫无好转的反感。加上他得知李衣锦把他家里的事告诉她妈了,这个梁子是彻底结下了。

李衣锦下楼看见周到还在转悠,就走过去。

"打车吗?"周到问。

"我去那边打车。我先过去换二姨的班。"李衣锦说。

周到脸上现出疑惑。

"我妈让你上去跟她聊天。"李衣锦说。

周到脱口而出。"可以不去吗?"

"也行。"李衣锦倒没强求,"那我跟我妈说一声,让她下楼。"

"别了,"周到说,想到拒绝之后还要同行更尴尬,他只好妥协,"我去。"

说实话,在医院看到孟明玮的时候,周到是惊了一下的。几年前开门暴打他的那个中年妇女相当生龙活虎,身躯瘦小,却带着拼命三郎的架势,让他毫不怀疑如果他真是个拐骗少女的罪犯,孟明玮不会有任何犹豫就能把他就地正法。但这一次看到的,完全是一个形容枯槁的老人,眼中没有任何彰显生命力的光。李衣锦不在她身边的日子里,她老去的速度也像按了快进键,无法阻挡地把她的人生拖进孤独而凄苦的深渊,所有的精气神都在这个过程中被消耗殆尽。

他进了李衣锦家门,孟明玮站在小房间门口,脸上神情还算和善。"进来吧。"

这是他第一次走进李衣锦的房间。这里装载着遇到他之前的李衣锦的生活,让他觉得很新奇,看到李衣锦小时候的证书都压在书桌玻璃板下,家人的照片摆在床头,书柜里还有她读中学时的教材和练习册,又觉得十分羡慕。

孟明玮走进来,示意他在桌前坐下,自己坐在他旁边。

周到下意识地乖乖坐直,手放在膝盖上,仿佛坐得乖巧一些就不会再挨打。

孟明玮没有打他。

"阿姨跟你道个歉。"她说。

周到想，除了当年被她上门打，也没有什么事值得她道歉的，反而是他应该道歉，过年的事，李衣锦应该也跟她妈说了。

看到他露出困惑的表情，孟明玮就说："你听阿姨把话说完。"

周到点点头。

"你的事，李衣锦都跟我说了。虽然她现在越来越不愿跟我说话，但是在这件事上，我庆幸她告诉我了。"孟明玮语气缓慢，斟酌着词语。

"李衣锦是我唯一的女儿，我全部的生活都围绕着她，做梦都希望她能健康、平安，过上好的生活。"孟明玮说，"昨天我坐在窗台上，感觉什么都可以一了百了了，只有她让我放心不下。"

周到低着头听，没作声。

"你是个懂事的孩子，阿姨的话你应该懂。作为一个妈妈，我真的没法说服自己让她跟你在一起，换了别的女孩的妈妈，也会一样。以后李衣锦当了妈妈，她也一定会这么想。你们年轻，我没办法让你们将心比心，也不用跟我说什么承诺啊、保证啊。阿姨虽然没什么出息，但活过了半辈子，承诺和保证算不算数、有没有用，我心里还是清楚的。"

"阿姨，我不太懂您的意思。"周到说，"您是说让我保证，不会变成像我爸那样的人？"

孟明玮摇摇头："我不能要求你保证什么，但我要跟我自己保证，永远不会让我女儿的生活出现这样的可能。"她顿了顿，似在平复自己的情绪，"这一点，以前我妈没有教我，但这不是她的错，我也不会怪她。我只希望让我的女儿，离任何可能发生的伤害，都远一点，再远一点。这是一个妈妈的担忧，不是针对你，为这个，我得向你道歉。"

两个人都沉默了许久。周到站起身，扫了一眼桌子和书柜。

"我第一次来李衣锦小时候的房间，"他说，"李衣锦跟我说过很多次，她不喜欢她的小时候。我想，这里也没有我熟悉的她。我熟悉的她，喜欢收集奇形怪状的瓶子，门口的快递盒子常常扔得到处都是，喜欢熬夜和睡懒觉，一份不需要早起的工作就可以让她觉得拣了大便宜，每次看恐怖片必须接着看一个喜剧片来平复，想吃辣又不能吃辣，逞强做了辣的菜之后吃不下全剩给我。我们两个人都有选择恐惧症，但又最喜欢玩二选一的游戏，一玩就停不下来。这些才是我熟悉的她，生活里有喜好和厌恶的东西，会生气会开心的她，虽然小时候不快乐，但现在还是在努力积极生活的她。我和她一起也算久了，我之前退缩过，甚至因此跟她分手过，现在，我选择相信这个我熟悉的她。不管她做什么选择，我都接受。"

说完，周到走出房间，想了想，还是回头，对孟明玮说："李衣锦虽然对您有怨，但您是生她养她的妈妈，您比我更熟悉她。她一直无条件相信您，希望您也能相信她。"

## 2

"我妈没让我回去，说住院几天，没大事。我确实也忙，等过了这阵子就回去看姥姥。"陶姝娜在电话里跟孟以安说。

孟以安倒是意外，妈摔伤的事两个姐姐都瞒着没告诉她，陶姝娜说李衣锦回家了她才知道。挂断电话，她转头就打给了孟苑青。

孟苑青正在病床前陪老太太喝银耳莲子汤，接了电话毫不掩饰埋怨，"你大忙人，咱妈不吐口，谁敢把你叫回来呀？咱妈心疼你，非说没大事，可不能打扰你工作！骨折不是大事？八十岁的人了，什么是大事？"

"我最近真的忙。"孟以安说，"医生怎么说的？要手术吗？"

"哪能手术？这么大年纪了，能不手术就不手术，看看保守治疗恢复成什么样，也就这样了，妈自己也不愿意手术，怕折腾难受。"孟苑青说，"老太太不比从前了，有个小病小灾的，姑娘都不在身边，哪像回事……"

"我姑娘不是在身边吗？"老太太在旁边听不下去了，"告诉她啥事都没有，忙她的去。"

"妈，你就惯着她吧。"孟苑青扔开手机就跟她妈抱怨，"你越惯着她，她越觉得心安理得，根本不会回来照顾你。这不是忙，这就是没良心！"

"以安不是那样的孩子。"老人人摇摇头，不以为然，"她有她的难处。我有你俩呢，非把她们都叫回来干什么？闹哄哄的，烦人。"

看到孟明玮进来，孟苑青更起劲了，"姐，你说是不是？爸临走那年，好几次抢救，人都快不行了，就知道念叨以安的名字。她可倒好，在国外支什么教！要不是咱们叫她回来说爸等着看她最后一眼，她还不一定回来呢！对外人上心，对自己家人没半点人情……"

"妈都没说，你也别说了吧。"孟明玮淡淡地接了句。孟菀青看孟明玮也没什么兴趣跟她一起声讨孟以安，悻悻地说："你也惯着她！"

孟明玮看了看老太太，犹豫了片刻，把孟菀青拉出病房，在走廊里跟她说："以安离婚了，她也不容易。你别这么说她。"

孟菀青一愣，"离婚了？什么时候离的？过年的时候不还一家三口好好的吗？我怎么不知道？你怎么知道？"

"行了，知道就得了，她不想让老太太担心。"孟明玮说。

"嗬。"孟菀青叹口气，酸溜溜地说，"我还以为咱们姐儿三个，孟以安是最不可能离婚的，没想到她倒是行动迅速，我真羡慕她。"

突然她像想到什么似的说："为什么啊？是邱夏出轨了吗？"

"啊？这可不能乱说。"孟明玮连忙说，"具体什么情况，我也不知道。"

"也是，"孟菀青若有所思地点点头，"现在的年轻人，离婚分手无非就是出轨劈腿，小三原配，一哭二闹三上吊。哪知道除了出轨劈腿，婚姻还有成百上千种方式让你寻死觅活呢。"话音没落，她想到孟明玮，吓得连忙住口，怕又刺激到她。孟明玮倒是情绪平和，转身准备进病房，"你去忙吧，这有我呢。"

孟菀青还没接话，就看到郑彬手里提着大包小包的补品，从走廊那头急匆匆过来。

"我一听菀青说，立马就赶过来了。"他进门就熟络地跟老太太打招呼，"伤筋动骨一百天，老人家年纪大了可不止一百天，得好好补身体，骨头才长得快。"

"行啦行啦，你快放下。"孟菀青一边接他手里的东西一边说，"我姐来了，咱们走吧，跟人约的时间怕来不及。"她转头对孟明玮说："郑哥认识一个特别好的骨科专家，我们带片子去给他看一眼，看看还有没有什么问题。晚上我过来换你。"

"不用，今晚我在。"孟明玮说。

"你回家吧，衣锦都回来了，你们娘儿俩好好唠唠，人家孩子还得赶回去上班呢。"孟菀青不由分说地回答。

孟明玮没回答她。

等孟苑青和郑彬走了，孟明玮收拾完东西，在床边的椅子坐下来，叠着从家里带来的换洗衣服。

"你们三个，都得好好的。"老太太叹了一口气，"以前，妈有做的不对的地方，妈跟你道歉。"

"妈，你别说这个。"孟明玮低声说。

"人哪，就这一辈子，怎么活都是活，"老太太把她的手拉过去，"妈现在老了，帮不了你们了，以后你们可千万别委屈自己了。"

"谁都觉得我妈这样的人不会委屈自己。"李衣锦送周到坐晚上的高铁先回北京，她妈说医院人多，姥姥嫌烦，把他俩早早赶了出来。"但她应该也有很多自己的委屈吧。我妈就是表面上咋呼，好像她是家里长女，大家就都听她的。其实她心里最没底。她就是一个没什么文化的家庭妇女，靠虚张声势来给自己壮胆。"李衣锦说。

"我觉得，你妈虽然脾气倔，但也不是完全不讲理的人。她说我的那些话，我也能理解，只是因为你，我没办法让步。我要是让步了，你妈就会像当年那样让咱俩立刻分手，然后把我赶走了。"

"她赶不走。"李衣锦看了一眼周到，"我现在不是以前的我了。"

周到笑笑："那也不能跟她对着干，毕竟她现在心理状态不好。"

"嗯。"李衣锦点头，"今晚我跟她好好聊一聊。放心。"

李衣锦把周到送到高铁站。"你早点回来。"他说。

"好。"

说完两个人突然莫名其妙地一起笑了，好像说了什么好玩的话一样。

"搞得这么依依惜别干什么。"李衣锦说，"以前上大学时我妈送我都没这样。"

"其实我挺羡慕你的。"周到说，"你有这么多家人，每次离家，家人都盼着你回来。"

李衣锦愣了一下，良久，说："你也在盼着家人回来呢 不是吗？"

周到神色动了动："时间到了，我先走了。"

送走周到，李衣锦在回医院的路上，给孟以安打了个电话。

"小姨，"她问，"你上次跟我说我妈想离婚，到底是怎么回事？"

孟苑青只是告诉孟以安老太太住院，孟明玮的事并没有多说。孟以安听说孟明玮差点要跳楼,也是吓了一跳。

她最近遇到了点状况。几天前,她问助理项目的后续跟进情况,助理说没进展。她就奇怪了,钱都给过去了,怎么会没进展,当时说好立刻到位好让孩子们九月能开学的,现在马上就要到九月了。她亲自打电话给当时贫困县那边接待他们的负责人,负责人说款项没到,学校的翻修也没办法开展,孩子们按时开学不大可能。

孟以安心里有些奇怪,只能让助理跟自家财务和对方那边再确认一下。她打开电脑里的档案,又从办公桌抽屉里找出当时项目的资料夹,一眼就看到夹在一沓平整文件中的一张皱皱巴巴的纸。那是那天临走前在吉普车上,小女孩给她写的姓名年龄和家庭住址,还在最下面画了一只小熊,写着"对不起小熊阿姨"。

宋君凡推开办公室的门进来,"你找我?"

"嗯,"孟以安把资料撂在桌上,招呼他过来坐。"来吧,"她说,"研究一下咱们捐给孩子的钱捐去哪儿了。"

# 3

晚上孟菀青陪床。郑彬问她要吃什么,孟菀青说不用,孟明玮送过饭了,给她的红烧鱼和给老太太炖的骨头汤。郑彬本可以不必过来,但还是提着水果过来转了一圈,看孟菀青和老太太不需要什么东西了,正准备走,又跟陶大磊撞上了。

陶大磊本来也没想过来。伺候老太太是她们女人的事,他又不会。但他想到孟菀青一个人陪床,又心里憋屈,还是别别扭扭地过来看一眼,果然该看的、不该看的都看了个饱。

郑彬倒是没说什么,打了个招呼就走了。陶大磊一看到郑彬就腰背隐隐作痛,闪了腰之后他好长一段时间才好,但总觉得没好彻底,成天这儿疼那儿疼,浑身上下都难受。

他也进去转了一圈,叫了声"妈",在一旁坐了两分钟,看到孟菀青还没开吃的饭盒,掀开一看是红烧鱼,就嫌弃地盖上了,自顾自盛了碗骨头汤喝，喝完抹抹嘴，起身跟孟菀青说："没事我回家了。"

走出病房，孟菀青跟在他后面出来，递给他一张单子："后天上午，空腹过来。"

"干什么？"陶大磊问。

"我给咱们家人买的体检套餐，每个人都有份。"孟菀青说，"我姐最近状态也不好，我妈又出这事。我想着，大家都体检一下，也能放点心，毕竟上了年纪。"

陶大磊甩手推开："不去。"

孟菀青硬塞给他。"陶大磊，你别跟我犯浑啊。"她说，"这是给我姐买的，你就沾沾光，别磨叽。"

"说不去就不去！"陶大磊瞪起眼睛，"别以为我不知道你想什么。"

"我想什么了？"孟菀青毫不客气瞪回去，"你不怕丢脸，咱俩就在这儿掰扯掰扯。"

陶大磊看了看周围偶尔走过去的护士和患者，噤了声，不情不愿地拿了那张单子。

晚上老太太失眠睡不着，孟菀青有一搭没一搭地陪她说话。说起她给她姐买了体检，老太太就点头："还是你有心。我是真怕明玮出点什么事。"

"我姐福大命大，不会有事的。"孟菀青顺着老太太说。

老太太就自顾自地念叨："你说，归根结底还是我错了，是吧？当年我要是没给她安排结婚就好了。我要是相信她，让她选个她自己想嫁的人，就好了吧？"

孟菀青愣了一下，没回答。

这晚李衣锦睡在自己的床上，她妈还是睡旁边支起来的小床，睡觉前李衣锦趁她妈去洗漱，把小床挪了过来，两张床挨在了一起。她妈进来的时候愣了一下，也没问，就睡下了。

屋里关了灯，隔着两道门也能听见李诚智另一个卧室的鼾声。急救车来的那天，他睡得还挺香，被楼道里的嘈杂喧哗弄醒了一小会儿，以为是电视的背景音，就又睡过去了，等到醒来才看到孟明玮给他发的微信。老太太住院这几天，他没去看过，孟明玮也没怎么跟他说话，但是还会在准备带给老太太的饭菜时留出一份放冰箱里给他。

听着鼾声，两个人沉默许久，久到李衣锦都以为她妈可能已经睡着了。她妈忽然开口，第一句话倒是让她没想到。

"那个女孩，是在高考前跳楼的？"她妈问。

在从医院回来的路上，李衣锦给她妈讲了冯言言的事，也讲了她在剧场遇到的"冯言言"。她给她看两个人在散场时拍的合影，捧着一大束花，都笑得很开心。

"嗯。"李衣锦答，"元旦的时候。"

"冬天多冷啊。"孟明玮叹道，"那么单薄的女孩子，多冷啊。"

李衣锦知道，她妈从冯言言，想到了李衣锦，也想到了她自己。

"妈，"她问，"如果重新活一次，你还会跟我爸结婚吗？你后悔吗？"

这个问题让她妈再一次沉默了，李衣锦看不清她的表情，只听到一声悠长深重的叹息。良久，她妈说："说不后悔是假的。但是后悔了，就没有你了。那我又怎么活呢。"

李衣锦翻了个身，小心翼翼地伸出手去，搭在床沿上。

一直以来，她非常抗拒和她妈有任何肢体接触，当然都源于小时候被打的肌肉记忆。她妈伸手过来，一定不是摸摸她的头、拍拍她的手，一定是要么揪着她的衣领让她滚去写作业，要么提着她的耳朵拷问她什么什么事情又没做好。她羡慕陶姝娜和她妈可以手挽手逛街，穿彼此的衣服，看电视的时候在沙发上窝在一起，而她和她妈同一个房间从小住到大，三十年的漫长岁月却只能隔着狭窄的床沿默默对望。

她想着她妈坐在窗台上孤独无助的时刻，即使她对她妈有再多的怨念和愤恨，也不敢想象有一天会失去她。

"妈，我不希望你的生活里只有我。以后不管你想做什么，我都支持你，好不好？"她说。仿佛知道她妈要说什么一样，"周到的事咱们放一放，不理他。咱们先管咱们自己家的事。"

"你又想糊弄我。"孟明玮闷闷地说，但语气已经缓和下来，"你知道我现在管不了你了。"

"现在是我管你。"李衣锦说，"你让不让我管？"

孟明玮没作声，但伸出手，轻轻地拉住了李衣锦的手。

第二天早上，李衣锦是全家起得最早的人，按部就班地准备了丰盛的早饭，满满摆了一桌。

他们一家三口这样正式地一同坐在饭桌前的机会并不多。从小到大，饭桌上要么李诚智喝多了发酒疯或者没喝多也发疯，要么孟明玮打得李衣锦呜哇喊叫，很少能安生地吃一顿饭。后来李衣锦不在家的时候，孟明玮和李诚智本着眼不见心不烦的原则，几乎就没有同桌吃过饭了。

李衣锦对她爸的感情没有对她妈那么复杂，更多的是困惑于这个她称为爸爸的人在她的成长过程中既存在又缺席。她妈对她说话的语气让她恐惧并且痛苦，而她爸对她妈说话的语气让她焦虑并且压抑。恐惧和痛苦是因为等待第二只落下来的靴子，打完是疼，疼完可以忘，但焦虑和压抑是弥漫在空气中潜滋暗长的慢性毒药，虽然不致死，却让人渐渐不想活。

她走了，留在这个家里服毒的就只剩她妈一个人。

李衣锦把勺子放进粥里，慢慢地搅动着等它变凉。她爸坐在她左手边，已经吃完了一根油条和一个包子。她妈坐在她对面，面前的碗筷一动都没动。

"妈，你坐过来。"李衣锦示意她妈坐到她右手边，她爸对面。

孟明玮就坐过去。碗筷还是一动没动。

"爸，"李衣锦清了清嗓子，"我妈有事要跟你说。那天她跟你说过了，你没听见。今天我在，我来做个见证。"她看了一眼她妈，"你们俩离婚吧。"

话由李衣锦来说，也并没有什么区别。李诚智又夹起了另一个包子，吃得满嘴流油。

"爸，你有没有听见我说话？"李衣锦稍微提高了音量。

李诚智看了孟明玮一眼，慢条斯理地说："行，你就作妖吧。你以为我不知道你那点心思？还离婚？房子你妈给的，姑娘是你的，你们一家人合起伙来就想把我扫地出门是吧？我告诉你，做梦。你一个老不死的，离婚能干什么？跟你妈那老不死的一起赶紧早点去死，别脏我的眼睛。"

# 第二十一章

# 后　路

# 1

"姥姥问你怎么不去医院看她。"李衣锦跟她爸说。

离婚的事情李诚智不当回事,第二天李衣锦就陪她妈把平时用的东西从楼上搬到了楼下,住在了姥姥家。李衣锦倒是没什么留恋,她巴不得再也看不见那个从小生活到大的小房间。搬东西的时候李诚智还坐在他的沙发窝里看电视喝酒,嗤笑道:"别在这装模作样,你离了婚能活几天?有能耐你死外面别回来。"

"不对啊,"在姥姥家收拾东西的时候,李衣锦问她妈,"房子是你的,凭什么咱们搬出来。"

孟明玮摇头:"不是我的,是你姥姥在我结婚的时候给我的。"

"给你的就是你的呀,"李衣锦说,"要是离婚了,你俩要一人一半的吧?"

孟明玮突然像想起什么似的,愣怔了一会儿,说:"我想起来了。"

"什么?"李衣锦问。

"房本上不是我,也不是你爸,"孟明玮说,"应该还是老太太的名字。我记得结婚那年她问过我,要不要过户。当时我还在因为结婚的事不情不愿的,后来也就算了。"

孟明玮跟老太太说了,老太太摇头:"我还不知道他怎么想的?肯定是惦记着房子。要是你俩离了,他净身出户,又没有退休金,他也活不下去。"

孟明玮垂头不语。

老太太沉吟许久:"让他来,我跟他唠唠。"

李诚智并不想去医院,说出来谁信?一个老爷们儿害怕丈母娘?但他还真怕。这么多年在老太太面前扮演孝顺女婿,一听说老太太腿摔折了进医院,他真是扬眉吐气,觉得大仇得报。只不过在进病房的时候,他意识到即使老太太动都不能动,靠在床上,对他来说也还是那个当年威风八面的乔厂长,他的气势一下子就弱下去了。

老太太却一反常态,看到李诚智进来,表情和蔼,还冲他笑了笑,招招手示意他坐下。

病房里也没别人,李诚智在椅子上坐下,尽职尽责地叫了一声"妈",好像他在老太太这里还是那个纯良无害的孝顺女婿一样。

老太太倒也没拆穿他,把旁边的一盘荔枝和山竹推过去:"你吃点。今天厂子里几个老下属过来看我带的,我嫌甜。"

李诚智也不客气,就窸窸窣窣地剥着吃起来。

"这些年,我们孟家对不起你,我们欠你太多了。"老太太长叹一声道。

李诚智嚼着荔枝没作声,心想,这老太太也有服软的时候,知道孟明玮要跟我离婚,来劝和了。

"当初是我自作主张,非要让明玮嫁给你,我知道你心里对我有气。但我当年是看你老实本分,干活也刻苦,是个好苗子,也有前途,娶我们家明玮,是我们高攀了。你后来要是不走,我本来打算提拔你的,谁知道你脾气那么犟,非走不可。我也理解,你不愿意在丈母娘手下做事,嫌委屈,这些年苦了你了。"老太太语重心长。

"妈,你也不用说这个,"李诚智一边吃一边说,"大老爷们儿,受点委屈也没啥。这些年我为这个家付出多少、牺牲多少,孟明玮都看在眼里,她心里有数。就是有时候吧,她一根筋,不太懂事,凡事总往死胡同里钻,我怎么说她都没用,有什么办法?"

"是。"老太太连连点头,"所以啊,今天你来,我替明玮呢,跟你道个歉。你俩都还不到六十岁,以后享天伦之乐的日子还长,她人穷志短,你高瞻远瞩,别跟她一般见识。"

李诚智突然觉得老太太话里话外的意思不是他想的那样,狐疑地抬头。

老太太慢条斯理地说:"你为这个家付出这么多,牺牲这么多,这半辈子,也该落个清闲了,对吧?你看,你还年富力强,天天跟孟明玮大眼瞪小眼有什么意思?再找个老伴陪你度晚年也不是问题,对不对?"

李诚智一愣:"妈,你这话说的一点错都没有。不瞒你说,就我这条件，不是我吹，离了孟明玮，我转头就去找个比我小二十岁的。超过四十的都不要！孟明玮吧，她就总对自己没有什么正确的认识，她就看现在别人有作妖的，离婚的，她就跟着作妖，她也不看看她自己什么样。"

老太太沉默了片刻。

"我不是这个意思。"她说，"你俩啊，还是趁早离了好，各自清静。别让孟明玮拖累你，你说呢？"

李诚智反应了一会儿，脸上的神色变了又变，很是微妙。

"妈，"他立刻把手里的一把果壳抖落到地上，拍拍手，急切地抓住床栏，"你这话就严重了，咱不用这样。孟明玮就是毛病再多，我也从来没嫌弃过她。她没照顾过我爸妈一天，我说过什么？她没给我们李家生儿子，我也没挑剔吧？结婚三十年，我从来没在外面乱搞过，我够意思吧？怎么说也是两口子过了半辈子了，我不跟她计较就行，没到离婚这份儿上。妈，你是不是听她说什么了？她自己耍耍性子就过去了，闹呢。你别当真。"

老太太很久没说话，咳了两声，清了清嗓子。脸上的和善倏忽褪去，眉头一皱，嘴角一冷，又成了他记忆里那个疾言厉色的乔厂长。

她垂下眼，回手在枕头底下摸了摸，摸出一张叠着的纸。

"好话赖话，我也都跟你说了。"她仍然慢条斯理的，但语气中已没了任何人情味，只剩下冷冰冰的嫌弃和厌恶，"你俩离婚这事呢，按说是你俩的事。既然你们两口子意见不统一，那我这个老太太就必须来管一管。不是因为我是孟明玮的妈，是因为楼上那房子是我的名，我不吐口，你是不可能放着房子不要就答应离婚的。今天我就把话给你放这儿了，"她打开那张纸，"这是我亲手写的保证。你也看到了，孟明玮现在搬到楼下去住了，没拿你的，没吃你的，没花你的。只要你跟她离了婚，我保证，我名下这套房子你住着，住到什么时候都可以，也算是给你留条后路。至于你以后的养老，你自己跟李衣锦去商量，毕竟你是她爸，这些年多多少少你也在孩子身上花过钱。"

她指着纸上手写的保证书，落款是她名字的红色签章。

她又指指床旁边的一辆折叠轮椅："这是我今天让菀青买的，如果你不跟她离婚，她们明天就陪我去把那套房子卖掉。孟明玮呢自然还是在我家住，你爱去哪儿去哪儿。"

她把那张纸递给他:"你好好想想吧。明天早上八点,孟明玮到民政局等你,把身份证、户口本带好了。要是明天不去民政局的话,那麻烦你明天把你自己还有行李收拾好搬出去。我叫保洁来做个打扫,该修的修该装的装,处理好了卖的时候好交房。"

说完,老太太身体往后靠了靠,闭上眼睛开始养神,不再开口了。

李诚智拿着那张纸,脸上的肉抖了几抖,咬着牙,还是没说出话来,悻悻地出了病房。刚出门,他就恨恨地骂了一句,往地上啐了一口。

"这是医院,不许随地吐痰,违者罚款。"路过的小护士厉声斥责。李诚智横了人家一眼,终究没敢硬气,骂骂咧咧地走了。

病房门摔上的那一瞬,老太太无力地抬起手捂住脸,眼泪从她布满皱纹的手指间滑落。

## 2

一大早,老太太就把孟菀青赶出去让她赶快去体检。孟菀青听说李诚智今天要来,就没走:"体检预约的时间还没到呢。万一他又犯浑,我哪儿能放你自己在这儿?"

李诚智走了之后,她正想进病房,透过门上方的玻璃,看到床头桌上的东西都被摔到了地上,果壳也撒了一地。她妈坐在床上,捂着脸,肩头不住地抽动。从外面看进去,老太太整个人都像缩小了好几圈,背也佝偻起来,老态尽显。

郑彬提着吃的过来的时候,看孟菀青眼睛红肿,就问:"怎么哭了?"

"没事。"孟菀青摇摇头,抹了一把脸,"你又带吃的来,体检要空腹。"

"检完了再吃。"他说,"我放到老太太那边,你体检完过去拿。"

郑彬看了看表:"还有时间。到楼外陪我抽根烟,透透气吧。"

两个人信步走到住院部外面。从楼门到院门是个小小的广场,车辆都走正门停车场,这里便成了住院的患者们散步休闲的地方。他们默不作声地穿过长满爬山虎的凉亭,在长椅上坐下。

郑彬点了根烟,两个人都没说话,就那么静静地望着广场上护士推着坐轮椅的老人慢慢走过，穿着病号服的患者把拐递到一旁的家人手里试着前行，头上包着纱布的小朋友一手接过妈妈递来的雪糕一手接过爸爸递来的气球，开心得咯咯大笑。

烟头燃尽，郑彬轻咳了一声："我离了。"

孟菀青一惊，"什么时候的事？"

"上周去办的。"他说。

"怎么突然……"孟菀青说了半句，顿住了。她想问，这么多年一直拖着，怎么突然想通了，但没问出口。

"孩子今年念大学去了。"郑彬说，看不出表情是悲是喜，"我俩都不用再耗下去了，想通了，就离了呗。房子她一个、我一个，好分。孩子放假回来，愿意回谁家回谁家。"

孟菀青低下头，没说话。

"你呢？还继续耗着？"郑彬问。

如果不是孟菀青盯着，陶大磊本来也没想听话地做体检。但孟菀青寸步不离地跟在他后面，几乎是押着他从这个科室进去从那个科室出来，总算是查了一遍。

"我就说吧？查这些玩意儿有什么用，浪费。"陶大磊说，"好人谁上医院啊？找罪受。"

孟菀青拉着他往楼上走，他警觉地停住脚步："干什么？我要回家了。"

孟菀青白了他一眼，"昨天我问妈胃疼的事，认识了一个消化内科的大夫，跟他说你吃完饭总肚子疼。你今天来了，挂个号上他那看一眼，看看要不要再做个CT什么的。"

陶大磊立刻就不乐意了，"孟菀青，你巴不得我死是吧？我好好的，什么病都没有，看什么看？"

孟菀青理都没理他，硬把他拖上楼。"我是为你好！别每天在家里面叽叽歪歪这儿疼那儿疼的，好歹彻底检查一次，我也放心，你也别天天闹腾。"

这边李衣锦也陪着她妈做体检，她试探着问她妈："二姨说，要不，找一个心理方面的医生去……"

"不去。"孟明玮立刻打断她,"我没有心理问题。"

李衣锦不敢作声,过了好一会儿,又小心地说:"那,你保证以后不会吓唬我们了。"

孟明玮没接她的话,说:"明天陪妈一起去民政局吧,你二姨也去。"

"好。"李衣锦答道。

她一边陪她妈在走廊排队,一边给陶姝娜发微信。这几天孟明玮和孟菀青照顾老太太都忙,她就负责跟陶姝娜实时报告。"我今天中期考核,"陶姝娜说,"完事我就回去看姥姥。你不回北京是吧?"

"暂时不回,我攒了好多年假。"李衣锦说。

"我爸妈真的要离婚了。"她跟陶姝娜说,"虽然以前从来没想过,但现在看来,感觉也不是坏事。为什么我以前从来没想过呢?"

这个问题,在陶姝娜怀疑她妈的时候,她也曾经犹豫要不要问。既然这样,为什么不离婚呢?但她后来想,她毕竟年轻,父母们半辈子的事,不是一句离还是不离能够说得清楚的。潇洒如孟以安和邱夏,离婚后还有诸多大事小事牵扯不断,别人就更不消说。

陶姝娜忙完回到家时已入夜,她把手机扔去卧室充电,收拾完进屋来,发现好几个未接来电,是她爸打来的。她连忙拨回去。

"闺女啊!"那边陶大磊一听见陶姝娜的声音,就哽咽了,"闺女,你回来看你爸最后一眼吧。你再不回来,你就再也见不着你爸了……你爸活不了几天了,你妈不要我了,要跟别的人跑了,咱们这个家家破人亡……"

陶姝娜吓了一大跳,"爸,怎么回事?"

陶大磊在消化内科医生的建议下去做了CT,还做了一堆他也听不懂是什么的检查。医生拿着检查结果问了他好多症状,问他吃饭习惯,戒不戒烟酒,这里疼不疼那里疼不疼,他就一一答了。诊断结果是他有慢性胰腺炎,给他开了好多药,让他先按时吃,过段时间来医院做其他检查。

他一开始还没当回事,心想,炎不炎的不就是小病小疼吗,吃饭肚子疼也没什么大不了的。出来的时候,正好听见旁边两个路过的患者在聊天,说他们隔壁病房的一个胰腺癌患者,早期被误诊成了胰腺炎,后来发现已是晚期,没到半年就去世了。

陶大磊吓出一身冷汗，拿起手机开始查胰腺炎和胰腺癌，又查到底能活多少天，越看越害怕，转头就又敲刚才那个医生的门。"你没给我误诊吧？"他哭丧着脸说，"我这到底严不严重啊？能不能治好？要是治不好，会不会变成癌？"

医生看了他一眼，"我不是都给你开完药了吗，你得好好吃药，按我说的严格控制饮食，戒烟戒酒，等你来复查的时候我们才能决定下一步怎么治疗。你现在问我也没有用，赶紧去开药吧。"

他失魂落魄地下楼，孟菀青正在楼下大厅缴费窗口帮他排着队等着开药，看他神色不太对，有些奇怪。"你来了你先排着，这是卡。"她把交钱的卡递给他，"我去那边看看妈。"

他木然地接过卡。孟菀青看他没反应，以为他听见她说话了，就不以为意地说："那我先过去了啊。"

孟菀青一走，陶大磊就像被牵了线的木偶一般，下意识地从排队缴费的人群中出来，跟在孟菀青身后。

他看着孟菀青一边走出门诊楼一边低头看了眼手机，然后往住院部的楼走。但她并没有绕到后门往楼里进，而是直接去了正门的停车场。陶大磊远远地跟着，看到郑彬的车停在那里，郑彬从车上下来，打开后备厢，两个人头挨着头凑在那里说着什么，十分亲密的样子。

陶大磊突然就觉得肚子也疼，腰背也疼，浑身上下没有一处给得上劲，气血翻涌，眼前一黑，倚着路边的垃圾桶就软倒在地，无力的绝望感袭来。他想哭，却哭不出声，一口气没上来，竟就这么活活把自己憋晕了过去。失去意识的前一秒听见旁边有人喊："哎，这有个患者晕倒了！快，快送急诊！"

孟菀青跟郑彬一起把后备厢的折叠轮椅拿出来说："嗯，这个好像是比我买的那个高级，那先拿上去，看妈用哪个合适。"

"行。"郑彬扛起轮椅，"老太太出院之前，找个时间，我把护理床搬过去先安上。"

两个人刚把轮椅搬到老太太病房，孟菀青手机就响了。"请问，你是陶大磊家属吗？"那边问。

"对啊。"孟菀青说。

"你到这边急诊来一下吧。"那边说。

陶大磊醒来的时候同时看见了孟菀青和郑彬,他顿时觉得下一秒又要咽气了。

"我不活了啊——"他呜呜大哭,"你们这对狗男女,是存心想让我死啊——"

旁边的护士有些尴尬地碰碰他:"那个,你没事了,可以走了。"

孟菀青听护士说陶大磊晕倒被送进急诊,一头雾水,看他醒来又哭又骂,心里也猜了个八九不离十。她一脸漠然地把开药的单子从他衣服兜里抽出来:"走吧。还没开药呢。开完药回家。"

"我不走!"陶大磊哭道,"我要打电话给我闺女!我活不了几天了,她妈也不管我,只有我闺女才能管我!"

"爸,我今天刚弄完中期考核,明天我就回家看你和姥姥。"陶姝娜在电话里连忙说。

"你姥姥就是崴了脚!你爸可是命都要没了!闺女,你可得替爸做主啊!你妈她早就不想要这个家了,我还没死她就要跑,连条后路都不给我留,她太狠心……爸求求你了,咱们这个家不能散啊……"陶大磊说着,又呜呜地抹起眼泪来。

## 3

"晓文基金那边说,流程走得比较慢也很正常,让咱们再等一等。"孟以安的助理告诉她。

孟以安听了没作声,回到办公室后,她想了想,直接给郭晓文打了电话。

郭晓文这个人总是神龙见首不见尾,合作的前前后后,孟以安也只见过他一次,其他都是他们基金会的人来对接的。孟以安对他久仰大名,觉得与他合作是荣幸,就也没太介意。宋君凡倒是以前就跟他认识,这次合作还是他帮孟以安牵的线。"他对你评价颇高,"宋君凡说,"觉得你有大智慧,没有妇人之仁。"

"妇人之仁是什么仁?"当时孟以安还反驳,"我看你们男人只有匹夫之勇。"

郭晓文在电话里倒是极尽礼貌之词,客套寒暄了好一阵,但翻来覆去还是那些意思,基金会的流程是雷打不动的,钱没到位他也没有办法,劝孟以安耐心等待。

"不用着急,孟总,"郭晓文说,"咱们活动也做了,宣传也到位了,这是个双赢的事儿,都是在为公益事业做贡献,你少安勿躁,咱们好事多磨,以后还要合作。"

孟以安挂了电话之后,想了想,又亲自打给县里带她们去走访的那个工作人员,按档案上的记录,一个个地问学生家庭的情况。有几个年龄大一点的孩子在家访的时候已经辍学,暑期就离家去外地打工了,年龄小一点的这学期也不打算继续上了。她又问到那个被奶奶挖陷阱保护起来的小姑娘,对方说不清楚,没有人敢接近她们家。

宋君凡进办公室的时候,孟以安正对着电脑屏幕沉思,看到他进来,面无表情地把屏幕转向他。他低头一看,上面是晓文基金之前涉嫌诈捐和违约拖欠慈善项目款项的几个官司的资料。

"跟你助理要来的。你说你替我把关,我就真放心,这些我不问你助理要,你就打算不给我看了是吧?"孟以安抬头看看宋君凡,用笔尖点了点屏幕。"代理律师,宋君凡。"她说,"我以为你之前认识他,就真的只是认识他。敢情你还帮他打赢了官司。"

宋君凡倒是心平气和:"认识当然是因为案子认识的。他后来也挖过我,但我不还是留在你这儿嘛。"

孟以安没有被他的打岔影响,"他那个官司也是拖欠慈善款项,所以对方才告他,最后怎么胜诉的?"

"合同条款措词不够严谨。"宋君凡说,"对方没办法,也只能吃哑巴亏。"

孟以安沉吟良久,"所以我三番五次追着晓文那边打款,你也觉得我过分了?"

"那倒没有,"宋君凡说,"只是他们那边这样拖欠应该也不是一次两次了。教育扶贫的对象又不是债权方,很多时候对方不好意思真的就起诉,或者没有渠道和精力去起诉，就不了了之了。我估计，郭晓文应该就是这么习惯钻空子的吧。"

"行，"孟以安说，"被扶贫的不好意思开口，我们出了钱但是没听到响，我们还不能开口吗？他要是真的把我这笔钱拖下去，我可就要告他了。"

"没那个必要吧？"宋君凡说，"咱们怎么没听到响？宣传都做完了，影响也有了，网上风评也挺好的，谁会知道钱到底到没到人家手里？穷乡僻壤的，就算钱真的送到孩子手里，恐怕也得被扒皮吃人血馒头，到时候照样上不了学。"

"你这话跟郭晓文倒是如出一辙。"孟以安脸上的表情冷下来，"宋君凡，你的工作职责是处理公司日常的法律事务，审核公司业务中可能涉及的法律问题，而不是对我的决策指手画脚。"

"你不是要告他吗？那我当然在我的职责范围内给出我的建议——没必要。"宋君凡说，"你凡事就是太较真了，要我说，真不用跟郭晓文撕破脸，万一以后冤家路窄呢，做人要给自己留条后路。把精力花在重点上，你能比现在赚的多得多，别那么矫情。"

"我如果想比现在赚的多得多，我就不来做这个行业了。"孟以安说，"一直以来你都是这么看我的？矫情？就像郭晓文说的，妇人之仁？"

"你又抬杠。"宋君凡摇摇头，转身拿起外套走出办公室，"我不跟你计较。"

"你站住。"孟以安一拍办公桌站起来，"你要是觉得不能胜任我们公司的法律顾问，那我们的合作就到此为止。"

宋君凡站住，叹了口气："我什么时候说到此为止了？你看你总是上纲上线，我就是提了个建议，你是老板当然你做主。何况，我不还是你男朋友吗？"

孟以安盯着他，两个人就这样站在办公室的对角线，谁也不服谁地互相盯了很久。然后孟以安说："行，那算了，男朋友也到此为止吧。"

没有工夫伤春悲秋，她正准备叫之前一起去走访的同事们过来开个会商量一下，手机又响了。孟菀青的名字显示在屏幕上。

"什么事？"孟以安接起问。

"哎呀,事可太多了,我只能拣最紧要的跟你说。"孟菀青已经一点都不想掩饰她的埋怨,"妈明天就出院了,养伤的这段时间都需要专人护理。之前看病治疗的钱都是我花的,之后大姐会二十四小时陪护,你又不出钱又不出人,这不太说得过去吧?"

"知道了。"孟以安说,"一会儿我就转账给你。"

"别转账给我,转给大姐吧。"孟菀青说,"别的事我就不拿来烦你了。大姐今天去民政局离婚,我还要伺候家里躺床上起不来的那个,不多说了。妈今天出院,你愿意回来看一眼也行,不回来也没人逼你。"

"我爸真会来吗?"在民政局门口,李衣锦问她妈。

孟明玮摇头:"我也不知道。不过只要他把能继续住那个房子看得比我重要,我猜他会来的。"

等李诚智来的时候,李衣锦已经通过陶姝娜和孟菀青了解了陶大磊的事,她也无法想象那是什么诡异的场面。自从她在饭桌上替她妈提出离婚之后,她觉得她爸对她的态度有些变了,就像是过了三十年突然发现这个家里除了他和孟明玮,还有一个在说话的活人。说不上是哪里不一样,但他不像以前那样,连骂人都越过她对着她妈,把她当空气了。在面对李衣锦的时候,他既警觉又怀疑,试图沟通但又无法克服心理障碍。李衣锦知道,他其实是在探寻自己是不是他晚年生活的最后一根稻草。毕竟如果孟明玮真的跟他离了婚,就对他任何义务都没有了,而她作为他唯一的女儿,也是这个世界上唯一一个他可以名正言顺地要求她尽孝的人。

李诚智真的来了民政局,身份证、户口本都带了,他甚至把孟明玮的工资卡带来了,二话不说还给了她,还特意看了李衣锦一眼,那眼神似乎是在昭示自己的慷慨大度、既往不咎。

但李衣锦并不想要他的慷慨大度和既往不咎,她想替她妈要一个道歉。

以前李衣锦对她妈恨得咬牙切齿的时候,无数次幻想着等她长大成年,能够得到她妈对她的一个道歉,靠着这个念想儿,她撑过了暗无天日的读书时代。现在她亲眼看着,她妈和她爸在无休止的争吵和折磨中熬过了半辈子,熬到了婚姻的结束,也不可能等来对方的道歉,她便渐渐觉得,她妈也不过是一个可怜人罢了。虽然可怜无法导致原谅,但至少可以让她觉得倦了,想放弃了,那些想原谅的、想记恨的,都算了,想要的道歉,也可以接受它永远不会来了。

"爸,"在李诚智和孟明玮走进民政局的时候,她叫住他们,"只要你和我妈离婚,我会给你养老。"

李诚智和孟明玮同时回头看向她。这种感觉有些奇怪,但李衣锦觉得,虽然成了父母失败婚姻的废弃实验品,但能够见证他们各自解脱,也未必不是一件好事。

第二十二章

# 不速之客

# 1

从民政局出来的这一刻,头顶的阳光过于刺眼,孟明玮一时间有些恍惚,但并不影响她的喜悦。大街上灰茫茫的人群来来去去,她一时间竟不知道自己该往哪儿走。李诚智一句话也没跟她说,自顾自地出门往另一个方向去了,脚步忽轻忽重,差点被人行道上不平整的地砖绊倒。

她再也不需要和他回同一个家了。她没有家了,那个困住她三十年的牢笼,她走出来了,这感觉可太奇妙了。

"妈,咱们回家吧?"李衣锦试探着在旁边问。

"我觉得我们应该庆祝一下。"陶姝娜在一边刚说了一句话就被她妈瞪了回去,"庆祝什么,姥姥还要出院呢。赶紧走。"

老太太看到陶姝娜,就数落孟菀青:"让孩子回来干什么?读书那么忙,回来一家人跟着乱。"

"是我自己要回来的!"陶姝娜扑到姥姥身边腻歪,"姥姥,你现在行动不便,我们轮流陪着你,你才能快点好起来。"

老太太把她拨拉开:"陪我也没用,一百个人陪我,我腿今天就能好啦?净胡说。赶紧回学校去,别在这儿添乱。"

"我放假啦!"陶姝娜说,"这段时间学校没什么事,我就是特意回来陪姥姥的。"

李衣锦在一旁收拾东西,孟菀青去给老太太办出院的手续。她俩之前商量了,孟明玮正好住在老太太家,生活起居上的照顾都由她来。孟菀青还要应付陶大磊,不能经常来,她提出要给老太太请个保姆,跟孟明玮也能换个班。

但老太太厉声反对:"谁让你自作主张给我找保姆的?我不就是养几天伤吗?等好了,一样下地做饭,出门溜达,又不是缺胳膊少腿!"

孟菀青委屈地给孟明玮递了一个"你看，我就知道"的眼神。

"我姐要是二十四小时照顾你，那还不得累坏了？我现在也没法总过来。"孟菀青努力辩解，"妈，你也该改变一下心态了，现在那么多有老人小孩的家庭都有保姆，还不止一个呢！你看孟以安，人家不仅有保洁的阿姨，还有专门做饭的阿姨，这不是很正常嘛！"

老太太不说话了，但是愁眉不展，神色明显不太乐意。

孟明玮明白她妈心里在想什么。她单独在的时候，老太太就跟她说："你离婚，原本是自由了，你陪陪李衣锦也好，去干点别的事也好，现在反倒让你来伺候我这个残废老太太，妈心里不好受，妈拖累你了。"

老太太还是心疼她辛苦。孟明玮这样想，心里也是一酸。

孟菀青盘算着给老太太请个好一点的保姆，最大限度地减轻孟明玮的家务工作量。趁老太太还没动，她给郑彬打电话，让他把护理床先送到家里去，她自己打了个车往家走。护理床的建议是郑彬提的，他说万一老太太上厕所费劲，那个床可以让她在床上解决。孟菀青觉得老太太体面了一辈子，肯定不愿意用。郑彬便摇头说："一看你就是没照顾过老人。上了年纪，哪有那么多愿意不愿意的，活着最重要。我在床边送走了我爸妈和我岳父岳母，什么不体面没见过。"

这样想着，她到了老太太家楼下。郑彬还没打电话，应该是还没到。孟菀青也没问他，就自己先上楼去。走到二楼的时候，她听到三楼有说话的声音，是两个男的。

老太太家一层两户，对门是一对老夫妻，总去给儿子带孩子，常年不在家。孟菀青很警觉，走到三楼的时候，看到两个陌生男人站在老太太家门前，一边抽烟一边说话，她脚步没停就立刻往楼上走了，一直走到七楼才停下，小心翼翼地从楼梯扶手的间隙往下看了看，掏出手机把铃声按成静音，然后给郑彬发信息。

"我妈门前有两个不认识的男的。我现在在七楼。"孟菀青发，"你先别搬东西，上来问一下他们是找谁的，我总觉得不太对劲。"

郑彬上到三楼，两个男的看他停下，狐疑地上下打量着他。郑彬也打量着他们，一个看着大约四五十岁，啤酒肚，抽着烟。另一个是个年轻小伙子，瘦高瘦高的，顶着一头非主流的奇怪头发。

"你们找谁?"郑彬问。

中年男人指了指门,"找这家。这家是不是姓王?"

郑彬就说:"不是,这家姓孟。"

两个人互相看了一眼,中年人说:"啊,那我们找错门了。"跟小伙子使了个眼色,两个人就下楼去了。

郑彬觉得奇怪,看他们确实出了楼门走了,才叫孟菀青下来。

"感觉是真的找错了?"他问孟菀青。

孟菀青摇头:"我也不知道,就直觉觉得不对劲。先搬东西吧,妈一会儿就回来了。"

## 2

老太太出院回家可是大事。孟菀青怕人多手杂,上楼梯的时候不安全,特意叮嘱孟明玮专门雇了一位护工把老太太背上楼。等一家人进了门,李衣锦和陶姝娜拿了工具,蹲在楼梯上比画了很久,总算把那级年久失修的台阶给拦了起来,这样上下楼的人也会注意绕开,不至于踩空。

"老房子物业真的太差劲了,也不给修。"陶姝娜一边忙活一边念叨,"也没有电梯。姥姥和大姨年纪都大了,不应该住得这么不方便。"

李衣锦摇了摇头:"好早以前小姨就说过,但姥姥不愿意搬。她说住习惯了,哪儿都不想去。"现在她妈照顾姥姥,还要每天拖着不方便的腿脚爬上爬下,李衣锦心里也不好受。说归说,自己没有条件给她们更好的生活环境,抱怨又有什么用呢。

老太太一看到卧室里加的那张护理床就发火了,准确地判断了始作俑者,"孟菀青!"

孟菀青只好灰溜溜地进来挨训。

"我告诉你,我没瘫痪,在床上拉屎拉尿,我干不出这事儿来。不是有轮椅吗?不是有拐吗?我自己能去厕所!用不着你瞎操心。"

"妈,她是为我好。怕我力气太小,扶不住你,再一起摔一跤,那就麻烦了。"孟明玮替孟菀青说话,"你别生气,等你养好了,能下地正常走路了,我们立刻就把这床扔出去。"

## 第二十二章 不速之客

老太太冷着脸,大家也都没敢行动。过了好半天,老太太摆摆手:"把我账本拿来。"

孟明玮就到枕头底下把账本拿出来,递到老太太手里。老太太再没说话,自己熟练地转着轮椅,挪到客厅里坐着,像平时那样,戴上老花镜,研究起她好久不见的账本来。

孟菀青跟孟明玮使了个眼色,两个人利索地把护理床铺起来。

孟明玮一边铺一边轻声问她:"这也没答应啊?"

孟菀青说:"先铺上,晚上再说。"

说是不庆祝,但老太太出院是大好事,女儿们也难得一起回来,孟明玮还是下厨做了不少菜,全是老太太爱吃的,心想至少先把她哄开心了,换床的事才好商量。虽然做的都是平日里早就手熟的事儿,但她今天格外有干劲。她一边忙碌,一边想,能安安稳稳地和她妈待在一起,好好照顾老太太养伤,不用再回楼上那个家,她真的是这个世界上最幸福的人。

喷香的饭菜上桌,陶姝娜把老太太推到桌边,给她盛饭夹菜。老太太的脸色有所缓和,又听陶姝娜疯狂吐槽学校和实习的事儿,总算是有了笑意。大家边吃饭边说笑,从老太太住院以来就变得冷清的家里总算又有了和睦温馨的气氛。

一顿饭还未吃完,门铃急促地响了起来。

孟明玮和孟菀青心里都是一惊。孟菀青想着她一整天没管陶大磊,可能他又来骂她虐待病人了。孟明玮想着难不成是李诚智离完婚后悔了,下楼来想把她抓回家?

两个人一时间表情都很难看。

还是孟菀青起身到门前,凑在猫眼里看了看。

门外有好几个人,晚上的光暗,影影绰绰看不清楚,但她辨认出了一个满脑袋非主流头发的小伙儿,正是今天她一个人回来时看到的在门外鬼鬼祟祟的那两人中的一个。

郑彬说那两人声称走错门就走了,怎么又来了?而且门外好像不止两个人。

孟菀青心下生疑,立刻转身跟大家做了个噤声的手势。

"怎么了?谁?"孟明玮吓一跳,小声问。孟菀青蹑手蹑脚回到饭桌上，小声跟大家说了她白天遇到的事。

"不知道是找谁的，但看样子知道咱家姓孟，白天探了个门，晚上又来了。"孟菀青说。孟明玮走到猫眼前看了看，摇摇头，做出"不认识"的口型。

"会不会是妈以前的下属？"孟菀青问。

老太太摇头："他们来看我之前都告诉我，不会突然上门。"

李衣锦和陶姝娜也一头雾水。

几个人你看我我看你，忐忑了半天，外面的人又按了门铃，敲了几下门。

"这是老孟家吧？孟显荣家？"外面的人问道。

一听到孟显荣的名字，孟明玮和孟菀青一惊，齐齐扭头看向她妈。

"找咱爸？"孟菀青做着口型，"谁啊？！"

老太太也皱着眉头一脸困惑，"这几年哪儿还有你爸认识的人来找他？"

既然报出了孟显荣的名字，应该不是无端寻衅滋事。孟菀青经过老太太的同意，走到门边，问："谁？"

"是孟显荣家吗？"外面听到回应，一阵窸窸窣窣的骚动，有人问。

"是。你们找谁？"孟菀青又问。

"我们找孟显荣和他老伴。"外面的人回答。这个回答让孟菀青觉得很困惑，她爸早就去世了，这些人张口就找他，太诡异了。

"你开门。看看到底是什么人。"老太太说。

"别吧，妈，"孟明玮有些担心，"万一是坏人呢？"

老太太摇头："过了这么多年还来找你爸，应该不是坏人吧。"

孟菀青还是担心，但拗不过她妈，就打开了门。

孟明玮、李衣锦、陶姝娜三个人都围过去。四个女人四双眼睛，警惕地盯着门外的不速之客。

门外也是四个人。两个是孟菀青白天见过的中年男人和非主流小伙儿，多了一个头发花白的老头，手里牵着一个看起来跟球球差不多大的小男孩。

众人面面相觑了好一会儿，那个中年男人开口了："孟显荣是住这儿吧？"

孟明玮刚要回答，孟菀青眼珠一转，用胳膊肘捣了孟明玮一下，自己开口说："对，是住这儿。你找他？"

"对。"男人说。

"他不在。"孟菀青面不改色地说。

"那我们找他老伴也行。"男人又说。

站在后面的李衣锦往后退了一步，以便门外的人能看见坐在餐桌边轮椅上的老太太。

"我就是他老伴。"老太太说，"你们是谁？"

中年男人回头看了一眼老头，两个人通了个旁人看不懂的眼色，然后中年男人突然把那个小伙子和牵着老头手的小男孩一边一个拉到面前，跨进门一步，小伙子和小孩突然扑通一声齐齐地跪了下来，冲老太太磕了三个响头。

四个女人吓得脸色大变，纷纷往后退了一步。

"干什么啊？"孟菀青尖叫，"有毛病？"

老太太也吓了一跳。

小伙子和小孩抬头看着老太太，又齐齐地喊："太奶奶！"掷地有声，清脆无比。

## 3

"瞎叫什么呢？你们到底是谁啊？"孟菀青忍不住暴躁起来，"没事跑我们家里来磕什么头？谁是你太奶奶？起来起来！"

没人搭理她，俩孩子磕完头，被中年男人揪起来，站在一边。一直站在最后的那个老头，默默地走上前，上下打量着老太太。

"孟显荣呢？我们有话想跟他说。"老头说，"您老人家贵姓？"

"姓都不知道还叫太奶奶，你们认错亲戚走错门了吧？"孟菀青还在为白天的事生气，"鬼鬼祟祟跑到人家门口踩点，还姓这姓那的，你们到底是干什么的？"

老太太默不作声，盯着老头的脸看了片刻，示意孟菀青住口。

"我叫乔海云。"老太太一字一句地说，"你要是有话想跟孟显荣说，那就去吧，市郊的西山公墓，具体位置我让我姑娘写给你。"

那几个男的一下就蒙了，你看我我看你，惊惶中透着无助。那老头的脸上更是青一阵白一阵，一时间说不出话来。

"你是孟显荣什么人？"老太太盯着他，问。

"他是我爸。"

这话一出口，孟明玮和孟菀青吓得脸上都变了色。孟菀青下意识骂道："胡说！我爸都去世十年了，你们是哪儿来的骗子到我们家瞎造谣？我告诉你，我妈脾气好，我脾气不好！赶紧给我滚蛋！"

尽管她张牙舞爪，那几个男的始终岿然不动。孟菀青气炸，转头就到屋里去找称手的武器。

孟明玮也吓坏了，却连骂都不知道要骂什么，她下意识看向她妈，老太太的表情一动不动，但她看得出，她妈放在桌布下面的手在悄悄发抖。

从小到大，她没见过她妈这样紧张。以一当百地管理那些刺头打工仔的时候，单枪匹马去找拖欠货款的经销商要债的时候，甚至是在她爸的手术同意书上签字的时候，她妈从来没紧张过。但现在，老太太肉眼可见地紧张了，眼皮一跳一跳的，虽然没开口说话，但气息滚过她长满皱纹的脖颈，就像灼人似的，烫得她微微一缩。

那几个男的盯着老太太，明摆着就在等她的话。那三个响头，一声"太奶奶"不是白叫的，他们突然上门，必有所图，只是他们的信息延迟得太久，没想到孟显荣早年就去世了。

一时间所有人都没敢出声，都看着老太太。孟菀青随手拿了她妈平时用的那根拐杖出来，擎在手里，但她妈没放话，她也不敢轻举妄动。

剑拔弩张之际，一个熟悉的声音从门外响起。

"这么多人站门口干吗呢？"孟以安一手提着包，一手揣着兜，站在楼道里，莫名其妙地问。

几个男的回头看一眼，嗤笑了两声。中年男人毫不在意地跟那老头说，"又来一个娘们儿。没一个能说话的。"

孟以安听见了，也笑了一声，不慌不忙地进门，把包递给一旁的陶姝娜，看了一眼老太太，然后转身淡定地说，"怎么不能说话了？我们家里每一个人都能说话。我刚上楼，听了个话尾。"她看着那老头，"孟显荣是你爸?"

老头看都没正眼看她,更没回答。

"孟显荣以前是教书先生,"孟以安说,"到我们家来找他的人呢,有个不成文的传统,要先递张拜帖,讲明白你叫什么名字,从哪儿来,干什么的,几月几号几点钟要来找孟老师,然后寄到家里来。后来有了电话,就打电话讲。总之,是没有人可以不递拜帖就直接上门来的,有就赶出去。"

老头从鼻子里嗤笑了一声,不屑理她。

孟以安拿出手机,"喂您好,我这边要报警。非法侵入他人住宅……四个人,三个大人一个小孩,都是男的。地址是……"

那个中年男人神色一变,上去抢孟以安的手机。陶姝娜伸出脚,那男人当场摔趴在孟以安脚边,倒是又磕了一个清脆的响头,老头和小伙子都纷纷去扶他。男人磕伤了嘴角,爬起来时渗了点血,小男孩吓到了,瘪瘪嘴正要哭,老头立马回手给了男孩一耳光,哭就又憋回去了。

孟以安淡定地瞟了一眼,"……哦,人没事,我是说我们没事,他们磕了一下,不碍事。……马上到是吧?好谢谢,一会儿见。"

老头转身看向老太太,脸上的神色瞬间卑微起来,"别这样,别这样。你看,我们是来认亲的,孩子们都给你磕头了。要是他们太爷爷在,这头也是一定要磕的。都是一家人,我们千里万里地来寻亲,何苦要这样?……"

"停。"孟以安挡在她妈面前,"先别说是一家人。等到了派出所,你们跟警察说,验明了正身,一家人有一家人的说法,不是一家人也有不是一家人的说法。别着急。"孟以安冷漠地看了看他们,"我们家人个个都非常讲理。"

中年男人抹了一把嘴角,看了看老头,转身就要往出走,被孟以安拦住了:"别走啊,不是认亲吗?我陪你们去。有警察在,你们不怕我跑,我也不怕你们跑。"

"我也去我也去。"陶姝娜在一边说。孟菀青瞪她一眼,"你掺和什么!"

"我好久没揍沙袋了。"陶姝娜委屈地说,"最近从实验室回来都是半夜,不敢扰民。"

派出所的人来得倒快，孟以安和陶姝娜真的跟着去了，剩下的人留在家里陪老太太。李衣锦长出了一口气，陪她妈收拾餐桌洗碗，孟菀青推老太太进屋。

"是一伙讹钱的骗子吧？"李衣锦看卧室门关上了，小声跟她妈说，"乌龙事件吧？没吓着姥姥就好。"

但她妈的脸色一点也没放松，反而心思沉沉地不知道在想什么。

"妈？"李衣锦问。

孟明玮看了一眼李衣锦："你看刚才那个老头。"

"那个老头怎么了？"李衣锦奇道。

孟明玮看李衣锦没懂，只好问，"你觉得我们姐妹三个，谁长得跟姥爷最像？"

李衣锦想了想，"好像……以前姥姥说小姨像一点点？但也不是很像。怎么……"她话音没落，突然反应过来。

那个说孟显荣是他爸的老头，长得和孟显荣，也就是她的姥爷，真的很像。甚至那个四十多岁的中年男人长相也有依稀几分相似。李衣锦对姥爷年轻时的样子不熟悉，但她妈熟悉。

"八成是真的。"孟明玮说，"不，九成是真的。我听见那个老头和那男的念叨什么什么乡孟家村，说不定真的是。"

"是什么？"李衣锦慌张地问。

"是他儿子。"孟明玮说。

父亲的过去，姐妹三个知之甚少。问起乔海云，她就说，他家人都没了，年轻时战乱，背井离乡，再也没回去过。

"我四海为家，乱世飘零。"他总笑着这样说，"但是呢，遇到了你们的妈，就安定下来了，所以就有了你们。你们在哪儿，我的家就在哪儿。"

孟菀青把老太太推进卧室，老太太一直阴沉着脸一言不发，她也没敢说话。她眼睛可比孟明玮尖得多，气愤过去之后，心里便也有了不祥的预感，但也不想承认。

等孟以安和陶姝娜回来的几个小时格外漫长。谁也没有给这个突如其来的事件盖棺论定，但都隐隐猜到了尘封在岁月里的真相。

## 第二十三章

# 告老还乡

# 1

小时候的记忆是从船上开始的。船漂在海上,风吹进童年的梦里。北方的海,不是清澈的蓝也没有温柔的沙,只有粗粝的风和黝黑的浪,沉默而冷峻地拍打着岸边荒凉的礁石。在海边长大的渔民的孩子,脚底板都被磨出了茧,光着脚在礁石上奔跑也感觉不到痛,海水里泡完,日头下一晒,身上脱了层皮,一搓一把盐。抓螃蟹,挖蛤蜊,坐在父母卖海货的摊子旁边一玩就是一天,看着一桶桶鲜活的海货被人买走,并不知道爸妈一天赚了几个钱,也不知道外面打的到底是什么仗。小孩子唯一殷切的希望就是桶里能多剩下些早已翻白的死鱼死蟹,那是晚饭时多的两口荤腥。

生活就只是这些,但生活却又远不只这些。她做梦都想知道,这个世界除了她出生的这个小岛,除了这个小渔村和目之所及的这片海,除了接踵而来的战乱和穷凶极恶的陌生人,究竟还有没有其他东西。

村里没几个读书人。当有小孩说来了个外面的教书先生时,大家都纷纷跑去看。她也想去,但她都十六岁了,早已过了读书的年纪,只能帮爸妈卖鱼。她上面有两个姐姐都夭折了,她妈也不能再生育,大家总是扼腕叹息,说老乔夫妻俩勤劳肯干,一生没做过什么亏心事,却落了个绝后的下场。每每听到这些,她也不知道说什么,只好更加卖力地帮她爸妈卖鱼。

后来有一天收摊早,她想去集市上买块新手绢。路过小学学校的时候,她好奇地停下了脚步,被朗朗书声吸引。说是学校,不过就是随便围起来的一间平房、一圈院子。几个小孩子坐在屋外,有板有眼地念着书:"少小离家老大回,乡音未改鬓毛衰。儿童相见不相识,笑问客从何处来。"

那位儒雅的教书先生,就那样斜倚在门前,手里拿着书,也不打开,就持在胸前,随着孩子们的吟诵轻点着掌心。他的衣服破得连补丁都没打,头发也乱得像鸡窝,但孩子们崇拜地看着他,就像看着神仙一样。

他一句句地给孩子们讲解诗句的意思，孩子们听完便问："老师，你从哪里来？你家在哪里？"

他就笑了笑，说："大丈夫恬然无思，澹然无虑，以天为盖，以地为舆，四时为马，阴阳为御，乘云凌霄，与造化俱。"

孩子们全然听不懂，一个个愣怔着看着他。

他就摇摇头，抚掌而笑："回家吃饭吧，明天再讲。"

孩子们呼啦散去。她还站在院外。

"是什么意思？"她说话没什么礼貌，就那样唐突地问。

他倒也不介意她不是学生，就隔着形同虚设的院墙，细细地讲起了文章。讲罢，他把手里那本书顺手送了给她："想看就拿去看，哪天看完了到这儿来还我就行。我要是不在，你就放门口，孩子们会帮我拿进去的。"

她摇头："我不认字。"

"那你来学啊，"他毫不在意，"反正孩子们的水平也是良莠不齐，我再怎么教，也是众口难调，不差你一个。"

那天她忘了去买手绢，反而抱了本书回家，趁爸妈没注意塞在枕头底下。其中一页他帮她画了线，正是孩子们背的那首《回乡偶书》。晚上她在昏暗的灯光下，用手指一个个点看字，回想着读音，试图辨认出不同的字形，却不知道什么时候困倦得睡了过去，醒来已是天光大亮，爸妈早就出海去了。

"我不行，"她苦恼地跟他抱怨。"字，太难了。"她挠挠头，"但我会算账，我平时帮我爸妈算账，很快的，从来都没错过。"

"那你也多少学一点写字，"他耐心地说，"学了够用的字，你就可以算更多想算的账。"

"哪儿有那么多账可算。"她不以为意，"一天天的翻来覆去就那么几个钱。"

他笑了。"当然有，"他看着她，"你应该多学文化，将来走出这个小渔村，去看更大的世界。"

她的眼睛一下子就亮了。这样的想法，她总是默默地在心里藏着，从来没跟任何人说过，更没有人会跟她提起这样的话。

"真的吗？"她欣喜地问，但立刻又失望起来，"你不是从外面来的吗？

外面没什么好的,你才会来我们这个破地方。"

他一愣,自嘲地笑了笑:"我只是暂时落脚,还会走的。"

"回家吗?"她好奇地问。

他摇头。

"那你一辈子都不回家?"

他没有回答。

后来回想起奋不顾身地跟他离开小渔村的那一天,即使过去了半辈子,她还是把那天的天气、穿的什么衣服、家门口晾晒的鱼篓摆了几个都记得清清楚楚。

全村的人都知道,老乔家的姑娘跟那个比自己大十几岁的教书先生私奔了。

她爸妈曾指着她的鼻子骂,让她走出这个家就永远不要再回来。

但很多年后,她不仅回来了,还大刀阔斧地教村里的渔民改变经营方式,让很多因为渔获越来越少,或是身体承受不住劳累而分文无收的渔民也重新赚到了钱。大家都知道她在城里开厂子,争先恐后地以能给她进货为荣。虽然父母临终前还在念叨乔家绝了后,但她再也不在意。

"我感谢你爸一辈子。"孟显荣去世之后,她每每在和女儿们叙旧时要拎出来说一遍,"要是没有他,我可没有勇气走出我们村,更没有机会学识字算数。"

他懂得她的天分。虽然她不懂遣词造句做文章,学了好几天才学会写名字,还嫌"乔海云"三个字笔画太多,一辈子都写一手极其难看的狗爬字,但她脑袋聪明,算盘很快上手,记账有模有样。他鼓励她去学、去试,甚至在所有人都不看好的时候,支持她从体制内出来下海,从无到有做起一家冷冻厂。

他自始至终都是她的后盾,是个被笑话"吃软饭"的只会咬文嚼字的教书先生。

"其实你爸是大智若愚,"她笑称,"他的才华可不能用在每天看账本上面。"

两个人携手走过了一辈子的风雨,从未红过脸。

她更是从未想过,在他去世十年之后,会有一群陌生人上门,毫无征兆地把他不为她所知的往事，堂而皇之地摊开在她面前。

他从来没跟她说过孟家村到底在什么位置，也没提起过他的父母家人，她只当是战乱时的生离死别，从未再问。

孟以安和陶姝娜从派出所回到家，已是午夜。派出所查了那几个人的籍贯，看了身份证。那个老头的名字叫孟辰良，出生于1947年，按他的说法，他爸在他五岁左右就离开老家，再也没有音讯。孟显荣是在1955年左右到小渔村教书的，时间算是对得上。

那个中年男人是孟辰良的儿子，叫孟小兵，听说报警他第一时间就要跑，是因为他没带身份证。民警问他身份证号，他支支吾吾不说，最后发现还有案底，因为盗窃罪坐过牢。小伙子和那个小男孩都是他儿子，一个十九岁，一个七岁，不是同一个妈生的。

孟以安虽然心里明白了原委，但还是咬定她们一家人完全不知道这是怎么回事。民警也拿他们没办法，说认亲这种事，他们也管不了，既然人家不认，那你们就回老家呗。

从派出所出来，那老头就问孟以安要钱。

"干什么？"孟以安奇道。

"回家的火车票。"老头说，"你不给我们就不回。"

"我给你们就回？"孟以安问，"只要你们不来骚扰我妈，我可以给。"

总算把这堆从天而降的麻烦送走了。孟以安和陶姝娜回到家，发现全家人都没睡，都在等着她们。

孟以安进屋，老太太还是一个人坐在轮椅上一言不发。孟以安就在她旁边坐下来，手放在她膝头。

"妈，"她说，"虽然这个事出得突然，但你也别太放在心上。听那人说，爸和他妈是包办婚姻，解放以后不算数的那种。我猜，爸背井离乡，应该也是这个原因吧。"

老太太动了动眼珠子，终于吐出一句话。

"还在世吗？"

孟以安知道她指的是谁，便答："他妈活了八十九岁，今年去世了，遗嘱里提到爸，他们才拖家带口上门来找的。"

老太太愣了许久，下颌的皱纹抖了又抖，颤颤巍巍地落下一滴泪来。

"他没糊涂那年,我还问过他。"她哆嗦着说,"我问他,将来老了,跟我埋一块儿,知足吗?你这一辈子,没能告老还乡,遗憾吗?他说,知足,不遗憾。没想到,他不想还乡,却有人来招他还乡了啊。"

## 2

"那我把他们赶走,是不是不太好?"孟以安问她妈。

老太太摇了摇头:"他们有所求,赶不走的。"

果然,他们拿了孟以安的火车票钱,根本就没走,第二天又上门了,还很聪明地换了策略,这一次是有备而来,打起了感情牌。

一进门,孟辰良就拿出怀里揣着的一张黑白照片,毕恭毕敬地呈上。

那是孟显荣年轻时的一张小照,已经十分陈旧模糊了,毁损得也比较严重,后来又上了一层塑封才勉强保留住照片的样貌。

"我妈啊,就是因为这张照片才同意嫁到孟家村的。"孟辰良哽咽着说,"谁知道我爸后来非要走,我妈抱着我跪求他,他连看都不回头看一眼哪……他走后我妈天天哭,把眼睛都哭坏了,差一点就抱着我去投井……全村的人轮番去劝她,说让她想想我,想想老孟家唯一的儿子,可不能绝了后,这才活下来把我带大。我妈一辈子没嫁,又帮我带大了儿子、孙子……"

照片上的孟显荣是乔海云熟悉的样貌,当年他刚到小渔村,还不满三十岁,也是年轻气盛的样子,即使每天只能在破旧的院子里教乳臭未干的小孩子背诗,也无法阻挡他眼里满怀壮志的光。

当然他并不是那块料,她知道他不仅生活能力极差,待人接物也透着文人的迂腐和拙笨,不愿意曲意逢迎,不会见什么人说什么话,满脑子里只是他这辈子永远也作不完的那些诗句文章。但她并不需要他变成世俗的样子,只要有她在,他就可以安心做他的孟老师,每天在家里琴棋书画诗酒风雅,陪女儿们认字玩闹,就是最好的生活了。

"丁卯年六月初六申时,我爸的生辰,对吧?我妈后来总念叨,她嫁过来之前,还拿自己的生辰八字和我爸的去算了一卦,算卦的人说,夫妻和睦,白头到老。我妈记恨了一辈子,说这个算命先生骗她,哪儿来的白头到老,明明是老死都没再见上一面……"

孟辰良一边说,一边掉起眼泪来,他的儿子和孙子们在旁边一边帮他擦眼泪,一边跟着哭。

孟菀青用脚尖踢过去一个垃圾桶,但他还是执着地把鼻涕和痰擤在地上。

孟以安问了一个她一直存疑的问题:"你们到底是怎么找到我们家的?"

"这就说来话长了。"孟小兵接过他爸的话茬儿,"我奶奶要强,她在世的时候从来不松口,我们也都不知道爷爷的去向。其实九几年的时候,在这边打工的老乡回去就跟她说过,说我爷爷在这边成家立业,过得好着呢。但她硬是咬死没说,后来也不知道爷爷去世。奶奶在遗嘱里写,将来爷爷要是能回老家,她在孟家祖坟里等着他。所以我们不想耽搁,问了好多老乡,才找过来的。"

"耽搁什么?"孟以安问。

"认亲啊!"孟辰良冲着老太太,"您也是明事理的人,我爸负了我妈,跟您老人家过了一辈子,但不能否认我们都是孟家人啊!您也是为他开枝散叶了,孩子们叫您一声太奶奶,这亲就算是认下了。将来您的儿孙,在孟家祖坟,那也是有地的。"

"她没儿孙。"孟以安冷冷地指道,"这是我大姐和她闺女,这是我二姐和她闺女,我自己也有个闺女。"

孟辰良一愣,脸上瞬间乐开了花。"那就好办了!"他拍掌笑道,"您昨天说,我爸葬在西山公墓什么位置?我们今天去看看他。"

"什么好办了?"孟以安问。

"迁坟啊。"孟辰良说。他把那张旧照片重新揣进怀里,"认祖归宗啊。我爸流落在外一辈子,你们肯定也想让他落叶归根吧!"

孟以安翻了个白眼,还没说话,孟辰良就开始滔滔不绝起来。

"但是呢,您是外室,又没有后,您是不能入我孟家祖坟的。迁我爸的坟呢,我们自家人,当然可以帮忙,但有几个条件。"

"等会儿,你们帮忙?帮我们忙?谁说我们要迁坟了?"孟以安忍不住了,打断道。

但孟辰良就像没听见似的，掰着手指头继续说："第一个条件，我爸走得早，遗产应该留得也不少，我们也不多要，孟家的老宅年头长了，上面说是危房，得重新建，祠堂也得重修，祠堂里有我们孟家家谱，要重新誊写，还有房前那条路，都得修。满打满算呢，凑个整，也就五百万吧。这个钱得你们出，就当是我爸遗产里面该我们分得的那份就行。"

"现在不是二十一世纪了吗？"陶姝娜在她妈身后，轻声跟李衣锦说，"这是哪个墓里爬出来的祖宗，到咱家来乞讨来了？"

"姥爷他们家的祖宗。"李衣锦诚实地回答。

"第二个条件，我今年七十二了，身体也不太好，以后到城里来看病，这钱也从我爸的遗产里头出。"他一边说，一边把他儿子拉过来，"我儿子孟小兵呢，结过婚，有俩儿子，现在小的还没成年，需要个人照顾孩子、照顾他，他得买个房子，才能给孩子找个后妈。"然后又把小伙子拉过来，"孟家宇，我大孙子，得留在城里找工作，将来还得买房子娶媳妇，这些都得你们来安排。有需要找关系托人的地方，不用省钱，就花我爸留下来的钱就行，反正也都是我们的。"

"爷爷，你没说我呢。还有我。"那个小男孩在一边不高兴了。

"怎么没说你了！这不刚说完让你爸给你找个后妈吗！"孟辰良不耐烦地拍了一下他的脑袋，"我小孙子，孟家龙，今年上学，必须得上城里的小学，要有最好的教育，这都是你们该为孟家做的，到时候抓紧了安排。"

陶姝娜忍不住扑哧笑出声。"还最好的教育，"她跟李衣锦吐槽，"球球见识过的东西，他怕是听都没听说过吧。"

老太太全程冷着脸没说话，孟以安终于爆发了，"妈，"她说，"你说句话行不行？你平时可不是这样的，你脾气呢？你就听着这帮人在这儿满嘴喷这些玩意儿？"

孟菀青道："我爸要是在，我不信他不站在咱们这边。"

陶姝娜挤过去："姥姥，你一句话，我现在就把他们赶出去，我手痒痒很久了。"

老太太垂下眼帘，沉默了很久，然后微微抬起手。

"明玮，"她轻声说，"你去把我枕头底下的账本拿来。"

孟明玮转身去了卧室。

"你们不是要钱吗?"她说,声音里透着无能为力的疲倦,"我给你们看一看钱在哪里。"

## 3

乔海云和孟显荣结婚的那年,身无长物。孟显荣好体面,衣服虽然破,但不能脏,生活虽然穷,但不能邋遢。乔海云却是个务实主义者,如果有一毛钱,她可能会选择先填饱肚子,但孟显荣可能会选择买半条肥皂然后去公共澡堂洗个澡。

婚后的第一次分歧便是在这一毛钱的使用上产生的。两个人在大街上争得面红耳赤,一个说要吃饱,一个说要洗澡。一个说我好多天都没吃饱了,一个说我好多天都没洗澡了,谁都有理,谁都不愿让。

形势胶着,谁也不让谁,两个人一气之下,把一毛钱给了街边的乞丐。走在回去的路上,乔海云肚子饿得咕咕叫,但是一声没吭。孟显荣看了看她,说:"后悔了吧?"

"后悔什么!"乔海云嘴硬,"我宁可给那个要饭的也不给你去洗澡。"

孟显荣尢余地笑了,说:"那我给你变个戏法。"

他故弄玄虚地张牙舞爪比画了几下,然后不知道从哪里又变出了一毛钱。

"喏,"他说,"去填肚子吧。"

乔海云惊喜地跳起来,拿过钱,立刻又反应过来,"好啊,你现在就开始背着我藏私房钱了?!"

"我没有!"孟显荣连忙辩解,"那不是,想着可能洗了澡你就要挨饿了,我偷偷攒的……"

"偷偷攒的就是私房钱!"

"……"

"下次让我闻到你偷偷去洗澡了,我就把你的私房钱全没收!"

"……"

话是这么说,后来乔海云并没有刻意去惦记孟显荣到底有没有背着自己藏私房钱。再后来，她就只管厂子里的事，家里的吃穿用度全都是孟显荣在花费，从女儿们的花头绳、新皮鞋到厨房里新换的锅碗瓢盆，甚至他书房里不知不觉塞满的一柜子书，什么时候买的，花了多少钱，乔海云都不过问。

孟明玮小时候，有一次在她爸书房里踩着凳子在上层架子里面翻书，抽出书来的时候一甩，甩出一个旧信封，里面有好几张钞票。她藏了起来，晚上跑去跟她妈邀功。

她妈打开信封一看，不动声色收起来，"知道了，"她妈说，"去睡觉吧。"

知道了？这就完了？孟明玮还有些失落，以为她妈能表扬她拾金不昧什么的，悻悻地回屋去睡觉了。

等睡觉前两人坐在床边泡脚的时候，乔海云不慌不忙地把信封从屁股底下抽出来，在他眼前晃了晃。

孟显荣一愣，下意识地伸手去抢。乔海云敏捷躲过，"别抢，"她说，"小心我把它掉洗脚水里。"

"我不抢。"孟显荣立刻收了手，摆出一副低头认错的架势。

"不解释一下？"乔海云故意问，"我留作家用的钱可都光明正大摆在抽屉里，没不让你用吧？特意藏那么深是给谁藏的？"

"不是给谁藏的。"孟显荣支支吾吾。

乔海云眉毛一挑，"行，我不问了。"她把信封拍到孟显荣怀里。孟显荣吓了一跳，一哆嗦，信封差点真的掉进洗脚盆。

乔海云努努嘴，示意孟显荣把搭在一边椅子背上的擦脚毛巾递给她。孟显荣连忙把信封放到一边，恭敬地拿毛巾来给她擦脚。擦完脚，乔海云转身爬进被窝，伸了个懒腰，闭上了眼睛。等孟显荣把洗脚水倒了后进来，她已经睡着了。

"哎，"孟显荣小心地轻轻戳她脸，"哎。"

但她已经打起了小呼噜。

"真不问了？"孟显荣叨咕一句，也爬进了被窝。

乔海云确实没打算再问，但第二天她出门之后，孟显荣打开抽屉准备拿钱去买菜的时候，发现抽屉里空空如也。

没办法，孟显荣只好乖乖地亲自去给她赔罪。

孟显荣教的一个学生，家里实在没钱让她读书，想把她卖给别人做媳妇。他听说了，上门帮着说话，被她爸妈给打了出来，说要么能解决孩子学费，要么别上门来说风凉话。孟显荣就想着私下里拿钱帮帮小姑娘。

乔海云听了，不免气他傻，"你这么给她钱，转头就被她爸妈拿去，该卖还是卖，有什么用？又不是咱家闺女，你能不能别再到处充好人？"

孟显荣不吭声，半晌才说："你当年不也充好人——"

"行了！"乔海云打断了他，"我不是不让你当好人，咱们不能当烂好人。你掏心窝子见谁都帮，人家领你的情吗？"

"那，这笔钱算我账上，行不？"孟显荣说，"她们家说了，以后会还的，等还了，我再从账上抹去。"

乔海云哭笑不得。"你还真以为做善事的钱还能回来？"她叹了口气，"行吧，你去做善事吧。好人都是你当的，我乔海云就是冷血无情的恶人。"

晚上，孟明玮被她妈叫到屋里，语重心长地跟她说，以后不要擅自去翻她爸的东西。孟明玮觉得很委屈，她明明是不小心翻出来的，还很诚实地交给她妈了，反而被责怪，便气鼓鼓地梗着脖子不说话。乔海云看她那样就笑了，说．"我是非常信任你爸的，因为你爸是天底下最好的好人，他一辈子都不会负我。所以就算他有自己的秘密，我也从来不需要担心，我知道他心里最重要的，永远是咱们这个家。"

孟明玮似懂非懂地点点头。在她的父母身上，她看到过婚姻里近乎完美的爱与忠诚，于是才会天真地相信世上真有这样的婚姻存在。她看到过一个家庭里无比强大的凝聚力与行动力，所以才会死死地抓紧联结着这个家的最后一条纽带，至死不愿放开。似乎只要不松手，这个家就还在，父亲的音容笑貌还在，母亲的雷厉风行还在，往昔的温馨岁月还在，他们一家人从不曾分开。

第二十四章

# 记不得

# 1

孟明玮从小记性就差。她爸再有耐心，也被她气得哭笑不得，说她榆木脑袋。这话被她妈听见，就会说她爸："别总说，越说越笨。你是出口成章，要求孩子干什么？那些绕口令似的文章，我连看一眼都不耐烦，孩子那么小能背得下来？不要难为她。"

但她妈算起账来过目不忘。孟明玮每每觉得委屈，爸妈的长处，她一个都没学到。孟菀青和孟以安一个活泼伶俐、一个古灵精怪，她就更委屈了，只能承认全家数她脑袋最笨。很久以后，当她把背书背不出来的李衣锦打得连滚带爬的时候，才后知后觉地明白她爸当年对她有多耐心。可能越有才华的人，对无才之人越是宽容怜悯吧，只有无才如她之人才会对下一代极尽苛责，恨铁不成钢。

她爸极擅长装糊涂。每次到了月底对账的时候，她爸便开始浑水摸鱼，一会儿说是有钱落在了哪件衣服兜里找不到了，一会儿又说是被邻居借走了。有一次他说孟菀青交课本费，结果孟菀青正好进门来听到，脆生生地回答："我的课本费两个月之前就交过了！"

对她妈这种眼里容不得一分钱错误的人来说简直就是劫难。后来她妈索性让她爸自己记账："你的好人好事都做到哪里去了，你自己记着吧，我不管了。"

远亲近邻都知道，冷面无私的乔厂长家里，有位慈悲心肠的大善人孟老师。邻居的乡下亲戚来城里看病，治不起，孟老师知道了，二话不说就送去救命钱。厂子里打更的老大爷，供不起自己的孙子读高中，孟老师听说了，拍胸脯答应帮他供孩子考上大学。孟明玮以前同学的妹妹，被车撞了却找不到肇事者讨不来赔偿，孟老师得知，帮忙出钱让孩子住院治疗……孟老师做过的善事数不胜数，好多人得了他的帮助渡过了难关，带着家人登门送锦旗,涕泗横流地叩谢。于是有更多人慕名来找他,有真的救命救急的事,也有不那么急的事,孟老师都能帮则帮。

"万一是真的呢?"他说,"当年咱俩在街角遇到的那个乞丐,说不定那一毛钱救了他的命呢。"

乔海云什么事都由着他去。

以前姐妹三个人只觉得她爸既心善又高尚,有人家风范,反而她妈什么钱都要掰扯来掰扯去,显得特别市侩、小肚鸡肠。后来她们都结了婚成了家,开始每天在柴米油盐和孩子的教育上费尽心思的时候,回想起父母,开始替她妈鸣不平,觉得她妈辛辛苦苦赚来的钱都被她爸尽数挥霍做了人情。

她爸当了一辈子斯文儒雅的孟老师和女儿们的好爸爸,越来越多得过他接济救助的人们把他当成神仙下凡。他记的厚厚的账本,和他收到的锦旗和感谢信放在一起,堆满了好几个柜子。

直到他七十九岁那一年。

是孟菀青先发现的端倪。陶姝娜那时读小学,喜欢在姥爷书房里看各种稀奇古怪的书,姥爷也喜欢听她背新学的诗词文章,一老一小其乐融融,常常谈天说地很久。

那个周末吃晚饭的时候,陶姝娜有些闷闷不乐。回家路上,孟菀青问她怎么了,她说:"今天姥爷背错了,他还不承认。"

"什么错了?"孟菀青问。

"他背《春江花月夜》,一直背'人生代代无穷已,江月年年望相似,不知江月待何人,但见长江送流水',翻来覆去不往下背。我跟他说你背错了,他非说他没错,我给他背后面的,他也不听。"陶姝娜不满地噘起嘴,"我以后不背诗给他听了。"

孟菀青一开始没在意,以为是老爷子心不在焉糊弄小孩,后来有天她偶然看到她爸摊在书桌上的字,才觉出不对。她爸的书法堪称一绝,凝重端方,苍劲有力。孟菀青虽不懂字,却也看出纸上她爸新写的字,本该平直的横竖变成毛毛虫一样的曲线,虽然大致的字形还在,却像是抖着手腕写的一样,曲里拐弯,一波三折。

她跟她妈说,她妈本来也没当回事。那年她妈六十多岁了,还能像年轻时一样训得她的下属们大气不敢出,号称要干到八十岁再退休,每天像有用不完的劲儿。

姐妹三个都还不曾担忧父母老去,但那一天总是来得比想象中要早。一次晚饭的时候,孟明玮因为李衣锦月考成绩差,又在楼上进行打骂教育,没下来吃饭。饭桌上只有爸妈和孟菀青、陶姝娜,老爷子接过孟菀青盛的汤,哗地洒了自己一身。

孟菀青吓了一跳,赶紧拿抹布收拾,问她爸烫着没有,她爸说没有。孟菀青和她妈对视了一眼,没说话。大家继续吃饭,孟菀青盯着她爸拿筷子的手,发现他很别扭地用大拇指、无名指和小指捏着两根筷子,戳在碗里,怎么也夹不起饭菜来。她妈也看到了,两个人沉默着,谁都没说话。

她妈坚持要带她爸去医院看病,但她爸非说自己没病,脑子好得很,还当场背起他刚认识她妈那年写的诗。

她妈气得摔东西,但也说不动他。还好孟以安听说了,特意请了假跑回家来劝。她爸最听孟以安的话,勉强答应了去医院检查,但说好了不吃药不打针。

医生开的药都被她爸丢进了垃圾桶。从那时起,全家进入了战斗模式,她爸既是她们共同的保护对象,又成了她们共同的敌人。一边要想方设法地让他按时吃药,一边要拼命阻止他给自己和别人的生活带来更多破坏;一边要维护他的心情让他尽量主动配合治疗,一边要忍受他越来越差的记忆和越来越无常的脾气。

那时候孟明玮要看着李衣锦考大学,孟菀青又要照顾陶姝娜,乔海云一个人,实在是忙不过来。有个晚上她回家时已是深夜,看到老爷子还没睡,一个人在书房不知道忙活什么,担心地过去看他一眼,发现他坐在书桌前,手里拿着账本出神。一看她进来,他像个小孩子一样,呜呜地哭了起来,"我什么都记不得了。你会算数吗?你教教我记账,行吗?"

第二天,乔海云当着女儿们的面,宣布了一个决定。

"我准备把厂子盘出去了。"她平静地说,"我忙活了一辈子,也差不多该退休了。以后你爸活着一天,我就照顾他一天。他就算什么都记不得了也没关系,我记得就行了。"

## 2

老太太接过孟明玮递来的账本,平静地翻开。

"都在这里了。"她说,"他脑子糊涂后的每一笔账,都在这里了。"

记性还没有那么差的时候,老爷子还能偶尔自己出门遛弯。乔海云写了卡片缝在他衣服口袋里,上面有她的名字电话和住址,她还会在他口袋里装一些零钱。他看到路边有乞讨的人,就会把钱掏出来给人家。回到小区里遇到邻居老头老太太,寒暄两句,人家跟他说,最近手头紧缺钱,他也会慷慨解囊,往往回到家里两手空空什么钱都不剩。

多少财也不够他散的。后来他又走丢过一次,乔海云索性没收了他的零花钱,也不让他出门了。

早上孟明玮有时会买菜送过来,如果她不来,乔海云就要自己出门买菜,有一个小时的时间留他独自在家。她迅速买完回家,生怕他又趁自己不在家的这会儿把墨水倒进电饭锅里,把鞋油涂在煤气灶上,或是吃掉他自己以前亲手莳弄的花。

那天她正提着菜匆匆往家赶,就看到自己家楼门口聚集着消防员、民警还有好多居民,大家指指点点热闹非凡。她下意识心里一沉,觉得不是好事。一上楼就看到自己家门敞开着,居委会的人和民警都在。

想着老爷子还在家,她一股火冒上来,上楼就抬高嗓门喊道:"谁让你们开我家门的?我家老爷子是病人,出了事你们负得起责任吗?!"

一看她上来了,民警说:"非要开门的就是你家老爷子。"

她进门一看,孟显荣在沙发上坐着,对着两个居委会大姐痛哭流涕,"谢谢你们,谢谢警察同志来救我,我被困在这儿好几天了,也出不去,也不能打电话,我也没有钱……你们可一定要救我出去啊!……"

"你是他老伴?"警察问。

旁边另一个居委会的人连忙说:"对对对,我作证,她是孟老师的老伴,他们在这个小区都住了多少年了,老街坊了。"

"行吧。家里有老年痴呆症患者,多注意一点,最好别留他自己在家,容易出事。"警察看了一眼孟显荣,跟乔海云说,"你老伴今天打开窗户冲楼下一直喊,说他被关在这儿好多天了,求救命,路人才报了警。"

孟显荣一看她进来,指着她就冲警察喊:"警察同志,就是她!就是这个老太太把我关在这儿的!我告诉你,她可有劲了,我都打不过她!她还不给我吃饭,给我喂毒药,要毒死我!你们可要为我做主!……"

他看向她的眼神是那样陌生。乔海云的委屈和不甘一下子全涌上心头,她气势汹汹地向他走过去,他吓得连连后退。

"你再说一遍,我是谁?你不认识我?我天天给你收拾,伺候你吃喝拉撒,你不认识我?!"她恶狠狠地吼道。

孟显荣吓得靠在墙上举起双手投降。"你是谁啊?……你为什么要抓我来关在这儿?你想要钱?想要多少钱,我给你!……我,我让我老伴儿来赎我,她有钱!等你拿到钱,就放了我吧!……"

乔海云气得浑身哆嗦,她抬起手,真的很想一个巴掌扇下去。

闻声下楼的孟明玮冲过来,拦住了她。她倒在孟明玮身上失声痛哭。

"后来他谁都不认识了。"老太太环视了一圈屋子里的人,平静地说,"连我也不认识了。但我相信他就算什么都不记得,也不会愿意抛下我和姑娘们。他这个人,一生都在做他认为的善事,我原本以为他只是心善,现在想想,也是为他当年犯下的错赎罪。既然人都走了,他这辈子都没跟我提起过你们的事,我想,他早就打定主意留在这里了,不会再回你们的老家了。"

孟辰良眼睛转了转,说:"那……迁坟的事可以再商量,我们去扫扫墓,也算是见我爸一面。但是钱不能没有我们的份儿。"

"你没听见我妈说吗?"孟以安把账本扔到他面前,"你自己看,我们家的钱都被我爸捐了,有些是他没糊涂的时候捐的,有些是他糊涂以后被人骗走的。"她点着账本上的字,"都写在这儿了。"

"我爸怎么这么糊涂呢?"孟辰良叨咕,"这自家的钱,都扔出去给别人,还有这样脑子缺弦的人?要我说,他当年就不该走,在外面漂了一辈子,最后落得什么好?……咱孟家村现在什么没有?家家都致富了,谁稀罕上你城里来住这紧巴巴的房子?"

"家家都致富了,你们为什么还来要钱?"孟以安问。

"我们姓孟啊!"孟小兵插话,"我可是三代单传,我两个儿子,这都

## 第二十四章 记不得

是我们老孟家的苗,人哪,不能忘了自己的根在哪儿,我爷爷就算一辈子没回家,他也是我们孟家人。我爷爷当年拎不清楚,但我们拎得清楚啊!他在外面找了媳妇儿成了家,也就算了,连儿子都没生!那你说他忙活这一辈子忙活个屁?管他留下来多少钱,不用在自己儿孙身上,那不是傻子吗?"

孟以安咬了咬牙,忍住了没说话,看了一眼她妈。老太太仍然端坐在轮椅上,良久,示意孟明玮过去:"你把墓园的位置写给他们吧。"

"干什么?"连孟明玮都觉得太憋气了,"妈,你还真让他们去?"

"就算不为他们,为老太太,让他们去看一眼,总还是应该的。"她妈说。"但是,"她冷冷地看了孟辰良他们一眼,"你们听好了。我老伴、我姑娘们、孩子们,花我们家的钱,我半分都没犹豫过。上半辈子,我拼命让她们过上好生活;下半辈子,靠她们自己争气。她们需要我的,我有多少给多少;她们不需要我的,等我走了也还是她们的。不管孟显荣怎么想,我这辈子最骄傲的事,就是有我这三个女儿。你们想去给老爷子扫个墓,我谢谢你们,想要钱,没可能。我就算像老爷子一样,把钱给外面要饭的乞丐,也不会给你们一分。"

老人人挥挥手:"送客。"

孟小兵还想说什么,孟辰良跟他使了个眼色,制止了。几个人没再说话,拿了孟明玮写的地址就走了。

"他们真去扫墓了?"人走后,孟菀青问,"要不咱们也过去看看吧,别让他们在咱爸墓前搞什么幺蛾子。"

孟以安跟孟明玮说:"你留在家陪妈,谁敲门也别开,我们过去看看。"

孟菀青开车,孟以安坐副驾,陶姝娜和李衣锦坐在后座,几个人一路上都没心情说话。

孟菀青打破了沉默。

"你平时回来都不去扫墓的,"她问孟以安,"今天怎么想跟我们一起去了?"

后座两个女孩对视了一眼,没出声。

孟显荣后来脑出血被抢救过来一次,就彻底卧床了。那段时间他已经谁都认不出了,但精神头儿还在,身边一秒钟都不能缺人,只要乔海云离开一下，他就声嘶力竭地叫骂起来。偶尔乔海云出门，孟明玮或是孟菀青来换个班陪他一会儿，还会试着问他认不认人。

"我是谁？"孟明玮问。

他就茫然地摇摇头。"你走开，"他说，"你在我家待着干什么？谁让你进来的？"

"那我呢？你认识我吗？"孟菀青问。

他便开始不耐烦了，"你们是谁派来的？谁想害死我？想害死我就直说，我这辈子，天地良心，没做过什么亏心事，我不怕！……"

问他："你有老伴吗？你有孩子吗？"他就摇头，"我没有孩子。我孩子很小就病死了。"

后来，孟明玮和孟菀青也渐渐不再问了。

卧床不起之后，他的身体也一天不如一天，肉眼可见地衰弱下去。突然有一天，他一大早就坐起来，眼神清明，语调平和，问乔海云要水喝。在那之前，他已经好几天没正经吃过东西了。

乔海云担心，把孟明玮和孟菀青都叫了过来，大家都怕是回光返照。他喝完水吃完东西，又躺下，眼睛闭上就不睁开了，嘴里喃喃地叫："以安。"声音特别轻，不注意听很难听到。

那时候孟以安还在国外支教，两个姐姐早就说要让她回来，乔海云没让，说她回来也是添乱。当晚，老爷子就再次脑出血进了急救。孟以安连夜坐红眼航班转机十几个小时赶到医院，见了他最后一面。

"以安、以安。"他还是闭着眼睛，一直喃喃地叫。

"我在这儿呢，爸。"孟以安冲过去，试图跟他说话，"你听见我了吗？你睁开眼看看我，我回来了，我在这儿呢。"

孟菀青拉她妈："妈，你过去跟爸再说说话，刚才抢救的时候医生说了，家人多说说话，说不定就能醒了。"

她妈摇摇头，没动，"他叫老幺，就让老幺跟他说说话吧。"

"爸当时早就不认人了，连妈喂他吃饭喝水都打她，打得她胳膊都青了。"孟菀青说，"临走时就只叫你的名字。这些年你就真的忍心？连扫墓都没去。"

孟以安沉默了很久，然后说："那天在派出所，我问了孟辰良。"

## 第二十四章 记不得

"什么?"孟菀青奇怪她为什么突然岔开话题。

"我问他,他妈叫什么名字。"孟以安说,"她妈叫刘淑燕。"

"那又怎么了?"孟菀青没理解她想说什么。

"爸临走那几天,你们都没听清楚,觉得他叫的是我的名字。"孟以安长长地叹了一口气,"他叫的不是以安,是燕。"

"我离得近,我听得清楚,所以我一直觉得很奇怪,咱们家也不认识一个叫燕的人。后来我每每想起,都不想去做乱七八糟的猜测。那天问完孟辰良,我突然想到,会不会是那个燕。"孟以安说。

过了好久,孟菀青才说:"老人临走前都说胡话。咱爸谁都不认识了,哪儿还能记得名字?你别瞎猜了。"

"是瞎猜吗?"孟以安问。"我一直不敢去给爸扫墓。我怕我会想开口问他,他这样算不算是负了咱妈。"

"你刚才说的话,以后别在老太太面前说。"孟菀青说。

孟辰良带着他的儿孙已在墓前,也没拿什么花和祭奠的东西。上山的路一览无余,看见她们过来,几个人立刻一把鼻涕一把泪地哭号起来。

"爹呀!你不记得我了啊!"孟辰良虽然年过古稀,却中气十足,声音洪亮,在墓园上空哭成一圈环立体声,久久挥之不去,"你当年离家的时候我才五岁啊,我体弱多病,村里人说我活不成,你都忍心把我扔下,你好狠的心啊……"

儿子、孙子也在旁边陪着哭,小男孩不知所措地站在一旁,满脸都是惊恐和畏惧。他爸提溜着他的脖领子,示意他跟着哭,他艰难地哼唧了两声,也没哭出来。

"你走得早啊,没享到儿孙福,儿子来晚了,爹你孤苦伶仃一辈子,出殡都没人尽孝……"

"这话倒是耳熟。"孟菀青在旁边淡淡地说了句,和孟以安对视了一眼。

孟显荣出殡的时候,请来办丧事的人得知他们家三个女儿,立刻摇头道:"那可不行,那必须得是男的,打灵幡的,捧遗像的,摔盆的,那不都得是儿孙吗!女的哪行?身后事那必须得儿孙来担着,这是老祖宗传下来的规矩,谁都不能破。"

孟菀青当场就气炸了,"我滚你的老祖宗规矩,我们家祖宗是我妈!谁说女儿连给亲爹出殡都不行了?"

孟明玮拉住她,问:"那能不能找别人代替?"

"别人代替?你爹愿意认别人当儿子,人家还不一定愿意认爹呢,"办丧事的人说,"无后就是无后,认多少儿子那也不是他自己的儿子……"

孟菀青气得跳脚,又被孟以安拦住了。

一群人都等着出殡,正在僵持不下,突然传来一个陌生的声音。

"孟老师是今天出殡吗?"

她们一回头,看到面前站着一个陌生人。"乔妈妈告诉我今天出殡,我特意赶来的。"他有些局促地搓搓手,"我听见你们刚才在说摔盆。"

"你哪位?"孟以安问。

"你叫我强子就行。"他说,"好多年以前读中学的时候,我在你们家吃过饭。"

姐妹三个都一脸蒙,对他没有什么印象。

"我爸妈以前都是厂子里的工人,他们去世之后,是孟老师资助我考上了大学。我现在在上海工作,这些年没能经常来看孟老师,挺过意不去的。"他说,"孟老师和乔妈妈就像我的父母一样。如果你们不介意,我愿意来摔盆,我愿意尽这个孝。"

乔海云闻声过来,握住他的手,"强子啊,"她说,"谢谢你有心。不过不用了,她们自己可以。"

后来到底还是姐妹三个包揽了出殡的程序,主办丧事的人收了乔海云给的钱,识趣地闭嘴退到了一边。

葬礼上原本只有她们家人和她妈以前的几个老下属,渐渐地来了好多好多不认识的人。有一家子老老小小一起来的,轮流跪下给逝者磕头。有抱着孩子来的,告诉孩子,妈妈的救命恩人去世了,你要永远记得他。有成年人自己来的,跪在遗像前默默流泪,絮絮叨叨自言自语了很久。

他们都称孟显荣为孟老师,称乔海云为乔妈妈,他们都是孟老师早已不再记得的人,也是像他的家人一样会永远记得他的人。

## 3

出了墓园，孟菀青和孟以安往停车场那边走，李衣锦走在后面，跟陶姝娜交换了一个眼神。

回到车上，孟以安问她俩："你们在后面叽叽咕咕说什么呢？"

"没说什么。"陶姝娜说，"我们给大侄子提了一些比较实用的建议。"

晚上等老太太睡下了，孟菀青和陶姝娜也不想回家去听陶大磊发飙，就没走。几个人坐在客厅里聊天，说是聊天，其实是想商量一下这几天发生的事要怎么办，但大家都没有什么主意。

电话突兀地响起，怕吵醒了老太太，孟明玮连忙过去接。

"喂，是，我是。……啊？"孟明玮听着听着，脸上的表情变得古怪起来。

"出什么事了？"孟菀青在一旁问。

"墓园打来的，"孟明玮疑惑地说，"你们今天到底去干吗了？为什么他们打电话来说咱们家的家属在墓园搞封建迷信活动，扰乱公共秩序？"

孟菀青和孟以安立刻转头看向陶姝娜和李衣锦。

"是不是你俩干的？"孟菀青问。

"……我俩就坐在这儿呢，当然不是。"陶姝娜心虚地辩解。孟菀青瞪了她一眼，明显完全不信。陶姝娜立刻坦白，"主要是我姐。"

"迁坟的前一天晚上，子时……爸，子时是几点？"孟家宇一边念着手机上记的备忘，一边困惑地抬头问他爸。

"你先念完，别打岔。"孟小兵不耐烦地说。

"子时……在墓碑前准备好供品，苹果、橘子、香蕉什么水果都行，烧纸、香、粉笔……"孟家宇继续念，"在地上画一个圆，供品放在中间，向墓碑方向留个豁口，插一炷香，顺时针转三圈，逆时针转三圈，磕三个头，大喊三声'太爷爷！子孙不孝'！然后烧纸，一边烧一边从圈里往圈外扔，往高扔，最好让纸灰掉在身上。烧完之后，左脚蹦三下，右脚蹦三下，要是身上纸灰还没抖掉，就把两只手举起来，再蹦三下。最后，落了纸灰的供品一定要吃掉！千万不要抖灰，不要剥皮，全部吃掉！因为如果你不吃掉的话，晚上你睡觉的时候太爷爷就会拿着剩下的供品来，亲眼看着你吃掉！……"

孟辰良老眼昏花地看着孟家宇手机上的记录，"她真的这么说的？"

孟家宇点点头，"她说，她这都是跟算命大师学的，她特别信这个。之前她跟她男朋友都分手了，结果按照算命大师的办法，跨了火盆，喝了掺了香灰的鸡血，就真的跟她男朋友复合了！特别灵！"

几个人按他手机上的记录按部就班，就在喊完三声"太爷爷！子孙不孝"之后，站在一边一直瑟瑟发抖的孟家龙突然嗷地一声大哭起来。

"哇啊啊啊啊啊——有鬼！爸爸我要回家，有鬼！"

孟小兵嫌他烦，"都多大孩子了，能不能像样点？哭什么?！给我闭上嘴！"

孟家龙抬起手指向他们身后，"真的有鬼……我看见他过去了，一个老爷爷……"

童言无忌，这墓地大晚上乌漆麻黑的确实阴森恐怖，一瞬间他们几个身上也冒了一层冷汗。

他们一转头，就看见月光洒在面前的墓碑上，清晰地映出一个人影，有点驼背，拄着拐棍，走得挺快，还喀喀地咳嗽了两声。

孟辰良脚一下子就软了，扑通跪倒在地，"爹啊！我的亲爹！儿子不孝，没能带你回家认祖归宗，你要是愿意，儿子明天就带你回老家，不是，现在就带你回老家，咱孟家祖坟永远有你的地方！"

孟小兵也吓坏了，顺势拉着俩儿子跪倒在地，咚咚磕头。

四个人磕了半天，没听见声，战战兢兢地抬起头，一束手电筒的强光照过来，刺得他们睁不开眼。

"半夜在这儿干啥呢？烧纸、喧哗，你当是你家坟头呢？根据国家关于公墓管理的条例，严禁在墓地园区内搞封建迷信活动，罚款两百。赶紧起来，把烧的纸收拾了，门卫室登记交罚款去。"

墓地打更的老大爷摇了摇头，关了手电筒，慢悠悠地拄着棍往山下走，"我在这儿打更打了十来年了，这种傻子一年一箩筐。"

孟明玮听完哭笑不得，问李衣锦："你从哪儿听来的那些玩意儿？"

"我又不是没见过，"李衣锦说，"周到的爷爷奶奶啊。"

"你太厉害了,那些词儿你都记得?"陶姝娜笑。

"我才不记得,"李衣锦说,"都是我瞎编的。"

"姐,你现在真的成长了。"陶姝娜感慨道,"我一定要告诉周到,他是你以封建迷信之道还治封建迷信之身的启蒙者、领路人。"

李衣锦白了她一眼。

孟以安摇头:"还好咱爸咱妈是坚定的唯物主义者,否则会骂死你。"

孟菀青抚着心口,"咱爸会不会生气啊?要不,咱们现在下楼去给他烧个纸,替两个不懂事的外孙女跟他道个歉?"

陶姝娜扯了扯李衣锦的衣角。"我跟我姐不是有意要惊扰姥爷。"她说,"我们就是觉得,他们非要去看墓地,肯定是想,万一姥姥不同意,他们也要迁,所以就想捉弄捉弄他们,给他们点苦头吃。"

"我们都不想让姥爷离开。"李衣锦说,"那个墓里还有姥姥给自己留的位置呢。要是姥爷走了,姥姥将来……怎么办?"

她说出了她们之前都没敢提的担忧。大家一时间都沉默下来,每个人心里都忐忑着,没有答案。

第二十五章

# 两个妈妈

# 1

陶姝娜和李衣锦第二天早上一起坐高铁回京。晚上等姥姥睡下了,李衣锦到客厅收拾明早带的东西。孟明玮也跟着到沙发上坐下,看着她收拾,两个人一时无话。李衣锦把背包拉链拉好,放在一边,直起身看了一眼她妈。

"妈,我不在,你一个人真的行吗?"她问,"要是我爸下楼来找你麻烦,你不用怕,先报警,然后给我打电话。我是他女儿,他还要靠我给他养老。现在他知道我坚定地站在你这一边,不会拿你怎么样。"

孟明玮愣了一下。她坐在沙发上,仰头看着叉着腰站在她面前的李衣锦,突然意识到,她的女儿已经三十多岁了,早就已经长大,是一个有主见,有决策力的成年人了,那个从小到大被她打过无数次、吼过无数次、又恨她又不敢说的小女孩,现在不计前嫌地想要来保护她这懦弱无能的母亲了。

一时间,孟明玮竟不知道该说什么好,莫名觉得自己和养了三十年的女儿突然生分起来,也突然熟络起来。

李衣锦并不知道她妈心里在想什么,随意地说:"对了,妈,周到的妈妈可能会给你打电话。那边打个电话来也挺麻烦的,你要是接了,先别急着挂,她想跟你说两句。"

妈妈打来电话的时候,周到正坐在回京的高铁上。他一看电话响,李衣锦又没在旁边,下意识就想当没听见,但这一次那边没挂断,一直拨着,拨到他最后忍不住接了电话。

"向向,"他妈在那边问,"还没上班吧?"

"请假了。"

"请假可以的吗？老板会不会扣你工资呀！"

他就跟他妈解释了陪李衣锦回家的事。这样的感觉很奇怪，好像他突然变成了一个每天去哪里做什么需要向家里报备的小孩。当然，他也没经历过这样的童年，不过在李衣锦身上他也多少观察得八九不离十，李衣锦每每提起时带着的埋怨和烦躁，是他所不能理解的。

他也从来没有跟他妈说过这么多话。他说了自己的新工作，说了搬回去跟李衣锦一起住，说了李衣锦的姥姥住院，甚至说了李衣锦妈妈不同意他们俩在一起。他妈听了，就问他，如果李衣锦妈妈不介意的话，能不能跟她通话聊一聊。周到没想到她妈会主动帮他沟通，但他答应了跟李衣锦商量。

跟他妈絮絮叨叨说了很多，周到突然意识到自己的反常，闭了嘴。

几秒钟难堪的沉默之后，他妈在那边说："向向，妈妈虽然帮不上你，但是你说出来心情能好一点的话，你就多跟妈妈说说吧，妈妈听着呢，还有时间，妈妈不挂电话。"

那一瞬间，他听着手机里传来的沙沙声，想到这些年他妈给他打过那么多个电话，他全都眼睁睁地故意错过不接，想到他妈在那头沉默地等着不可能等来的回应，每一次期待的落空，每一次失望地挂断电话，都只不过是为了像平常人家的母子那样，听一听自己孩子的声音，说一说琐碎的鸡毛蒜皮，聊一聊毫无意义的天。

他的手抖了抖，终于止不住地哽咽了，连忙掩饰地跟他妈说，这边信号不好，我先挂了，下次再说，然后匆匆忙忙地按断了通话。

他把头抵在车窗上，悄悄地抹起了眼泪。

回程的高铁上，李衣锦和陶姝娜各自抱着电脑做自己的事情。李衣锦看陶姝娜眼睛肿着，就问："回家又吵架了？"

陶姝娜嗯了一声。

她心里憋屈，怎么想也想不通。原本她担心她爸生病了没人照顾，一但回到家，看到她爸故意把家里搞得一团乱，然后四仰八叉地躺在床上看她妈收拾，饭菜要送到嘴边，喝水要冷热刚好，鞋袜不能自己脱，晚上醒来叫人不能没人应，又替她妈觉得心累。

陶姝娜早上出门时，又在楼下碰到郑叔叔来找她妈。应是没想到陶姝娜还没走，撞见了，郑彬明显尴尬起来，但又不能装作不认识，只好提了提手里的袋子，"渤海路上的那家烧饼，一大早排队才买得着，晚了就卖完了。"

陶姝娜没吭声。郑彬只好自顾自地往楼里走。

"郑叔叔，"陶姝娜叫住他，"您离婚了吗？"

郑彬一愣，转过身看着她，"离了，"他说，"前阵子离的。"

"哦，是吗？"陶姝娜直视着他，"我还以为您十多年前就离了呢。"

话中带刺，郑彬倒也无法反驳。"大人的事你不懂。"他说。

"我是不懂，"陶姝娜说，"不过我觉着，你们大人做事也没好到哪儿去。与其磨磨蹭蹭牵扯这么多年，为什么不当断则断？我爸妈固然都有过错，但他们毕竟还在一段婚姻里。您这做的是什么事，不要脸面的吗？就算您不要脸面，我妈也不要脸面吗？"

被一个小姑娘这样指责，郑彬的脸上也挂不住了："为什么不当断则断，你可以去问你妈。"他丢下一句话便上楼了。

孟菀青一开门，看到他手里的烧饼，便说："你还真的去买了？我昨天就那么随口一说，吃不吃都一样。起个大早排队多麻烦。"

"没事。"郑彬把烧饼递给孟菀青，转身就要下楼。

"哎。"孟菀青叫住了他。

"娜娜昨晚跟我吵架了。"她说，"话说得挺狠的。"

"我可不是喜欢和稀泥的老好人。"陶姝娜对她爸妈说，"你们是我父母，我很爱你们，也尊重你们，但我没办法理解你们的行为。想过，就不要在外面胡搞。不想过了，就分开。一个想过一个不想过，就谈条件协商解决。真的有这么难？不要说是为了我，即使我以前误认为我的父母有着全世界最美满的婚姻，现在你们也让我觉得恶心。"

孟菀青回头看了一眼屋里，卧室门关着，陶大磊应该听不到她和郑彬的谈话。

"说实话，我自己也觉得恶心。不管是这些年和他同床共枕的日子，还是和你做贼心虚的日子，都让我觉得我活得人不人鬼不鬼。"她轻笑了一声，"朋友们表面上都恭维我，说我年轻、漂亮，像从前一样有魅力。私下里她们怎么说我的?我都不想说出来,说出来把你也一块儿骂进去了。"

她幽幽地叹了口气:"我累了。可能年纪大了吧,我不想再这样下去了。"

"你什么意思?"郑彬问。

"陶大磊现在这个样子,我没办法离婚,离了我他一天都活不下去。但你大大过来,也确实不像样子了。"孟菀青说,"你以后别过来了。"

"这就是你的决定?"郑彬恼道,"陶大磊那个厌货,就因为他天天抱着你大腿哭,你到现在都下不了决心?"

"我大姐要离婚,我妈担心得差点没了半条命。我妹妹早就离了婚,我们现在都还瞒着我妈没让她知道。我要是再闹开,老太太怕是会垮。"孟菀青说。

"陶大磊、你姐、你妹、你妈,你说了一圈,都是别人的看法,那你自己呢?"郑彬说,"你自己怎么想的?"

孟菀青摇了摇头:"我认了。都这么大年纪了,不想再任性了。连娜娜都批评我,咱们不应该再这样下去。"

"都活到现在这份儿上了,你跟我说这些?"郑彬终于生气了,"孟菀青,我一直觉得你挺勇于做自己的,到今天才发现,你跟陶大磊一样,也是个懦夫。我算是明白了,你也别离婚了,你俩挺配的,下半辈子凑合过吧。"

郑彬把那袋烧饼摔在地上,愤愤而去。

# 2

门铃再一次响起的时候,孟明玮的神经又绷紧了。李衣锦走了之后,家里清静下来,她便开始胡思乱想,四面八方传来的一个微小的动静,她都怀疑是李诚智在楼上拆家,或是孟辰良那帮人又回来闹事了。

她没敢答应,小心地走过去,从猫眼往外看。门外是一个老太太,花白的头发,体形矮胖,从猫眼狭窄的范围看出去,只能看到模糊的样貌。

孟明玮屏着呼吸等了一会儿,确定没有别人,就开口问:"你找谁?"

"请问这里是孟显荣家吗?"老太太的声音不大,带着方言的腔调,"我是孟辰良的老伴。"

孟明玮两人正在商量,就听见外面又按了一声门铃,然后说:"你们要是不方便开门,就算了。我给老人家带了点东西,放在门口,希望老人家腿脚早点好。"

随后门口传来一阵窸窸窣窣的声音。孟明玮从猫眼看出去,就看到老太太小心翼翼地走开,一步步下楼梯的声音。

她伸手开了门。

"台阶老旧了,你小心。"她指指楼上,说,"我妈就是那么摔的。"

孟明玮把老太太让进客厅,又把她妈扶到轮椅上,推出卧室。

老太太局促地站在沙发旁边,搓了搓手:"那个,我叫周秀芳,今年六十七了。婆婆去世之前,一直是我照顾的。他们非要来……来寻亲,我也说不上话。我今天来,想替我老伴和孩子们,跟老人家道歉。"

她有些艰难地冲着乔海云鞠了一躬,因为有点胖,所以弯腰也显得有些费劲。

"这不是我婆婆的本意。"她说,"打扰到你们一家人的生活,对不起了。"

孟明玮连忙上前扶她:"坐下来说吧。"

孟显荣的事,被她婆婆严严实实地瞒了一辈子,直到弥留之际,不认字的她才在儿媳周秀芳的帮助下写了一份遗嘱,希望将来如果能找到孟显荣,能跟他一起合葬在孟家祖坟。

"她早年就知道他成了家,不会再回去了。"周秀芳说,"但她从来没怨过。她在世时,从没想过要来找他,要来认亲。我婆婆虽然没有文化,但知道人各有命,生前事她早就不强求了。只是孤苦了一辈子,她还是要为自己求个身后事。我婆婆是个明白人,我伺候她这些年,她从来没找过我麻烦,反倒说她欠我的,是我老伴和孩子们不懂事,难为你们了。"

"他们来为难我们,你替他们来道歉,是什么意思?"孟明玮有些不满地说,"难为也难为了,还要跟我妈要钱。不用说我妈现在已经没钱了,就算有钱,也不会给你们。你们俩的养老是你们儿孙的事,跟我们一点关系都没有。他们应该给我妈道歉。你这么大岁数,自己跑过来,万一身体有点闪失,这责任我们可担不起。你老伴、你儿子那样,谁能照顾你?你还替他们道歉?"

她讪讪地笑笑:"我没事。我就是胖,吃药吃的。现在没事,就是'三高',平时控制控制。"

孟明玮不说话了,看了一眼她妈。她妈一直坐在轮椅上没作声,这时招呼她过去。"去买点菜吧。"她妈说,又冲周秀芳说,"不介意的话,在家里吃个饭吧。"

这倒是出乎孟明玮的意料,她妈竟然愿意留人家吃饭。她还没出门,孟菀青就上门来了。周秀芳刚进门,孟明玮就悄悄地给孟菀青发了信息,叫她过来。

"哟,这一家子有意思,排着队上门。"孟菀青进来就说。孟明玮对她递了个眼色,摇了摇头。

"你陪妈,我去买菜,回来一起吃饭。"孟明玮说。

她心事重重地出了门,在心里琢磨来琢磨去。这周秀芳看起来也不是个不讲理的人,怎么就摊上那样的老伴和儿孙?在她妈面前口出狂言要钱的时候,关于她的半个字都没提,仿佛这个伺候婆婆伺候老伴、带完儿子带孙子的人不存在一样,现在倒是她自己上门来道歉。有什么意义?

心里胡思乱想着,手机冷不丁地响起,她没注意看就下意识地接了。

"你好,"那边响起一个陌生的声音,"请问是李衣锦妈妈吗?"

孟明玮结巴起来,她不知道要怎么跟电话那端那个陌生的女人对话,她甚至从来没有想象过怎样以李衣锦妈妈的身份,跟李衣锦男朋友的妈妈正式地进行一次对话。一直以来,这样的一个形象在她脑海中是充满矛盾的,她一方面无比期盼自己的女儿能够和理想中的完美对象组建新的小家庭,另一方面又无比清醒地明白,一旦女儿真的有了自己的家,就再也不会回来,只剩她一个人孤独终老。

"你好,衣锦跟我说起过你。"那边的声音继续温和地传来,"她说家里姥姥八十高寿了,一定是女儿们照顾得好,老人家福寿绵长。"

孟明玮想客套一下,但"谢谢"两个字还没说出口,那边就接着说道:"衣锦也是你们家养出来的好女儿呀,虽然我没见过她,但跟她说话,就觉得是个善良又真诚的姑娘。我很羡慕你,能陪着孩子长大。"

话说得云淡风轻，孟明玮的心里却是倏忽一沉。她试着去想象这个陌生的女人所处的环境，去想象多年以前那么年轻的一个人，抱着同归于尽的心，拼死毁掉了生活所处的牢笼，然后心甘情愿地在监狱里度过漫无天日的岁月。

她无法想象。那必是比自己的处境更艰险百千万倍的样子。但从对面的语气里，她什么都听不出来，就像小时候给李衣锦开完家长会，跟家长聊聊天通通气一样随意。

很意外的，她们后来没有再聊李衣锦，也没有聊周到。

"你妈妈喜欢什么？"李衣锦和周到在阳台上一起晾衣服，透过薄薄的衣料望向窗外洒进来的阳光，她问。

周到一愣。那时间太久远，他太小了，记忆早就模糊了。

"好像……她喜欢听音乐。"他拼命回想，"我小时候家里有一台旧的录像机，可以播放录像带。虽然电视屏幕上放出来效果很差，但至少能听声音。她特意麻烦朋友刻录了一盘不知道是什么的合集，里面有好多外国乐团的演出，钢琴小提琴，我看不懂也听不懂，就记得她后来把那盘带子都听坏了。再后来，录像机和电视也被砸了，她就没再听过了。"

他把最后一件衣服在衣挂上铺展开来，拍拍手。两个人就这样无所事事地站在阳台上，用回忆来消磨时间。

"我也不知道我妈喜欢什么。"李衣锦摇摇头，"她的弦绷得太紧了，生活里从来看不见她自己。我好希望她也有点什么喜欢的东西，这样让她开心才会变得容易起来。就算是跟楼下的大爷大妈跳广场舞也行啊。"

"能跳广场舞多好，我妈肯定很羡慕。"

"你很盼她出来吧。"

"嗯。"

"说不定，以后两个妈妈可以成为好朋友。"

"你真这么想？"

"真的。"

"我离婚了，现在在照顾老妈。老妈年纪大了，有时不听劝，挺愁人的。我腿不好,怕以后抱也抱不动、背也背不动。"

"我们每天也要做工作。做工的地方和睡觉的地方分开,去做工的路上,能走过一小段看得见阳光的走廊,特别好。"

"我做饭特别好吃。我们家人喜欢吃海鲜,老妈年纪大了都还从来不忌口,我总担心她血脂高。"

"我这两年胖了。之前瘦,胃口也不好,现在好一点了。伙食也不错。"

"你是哪里人?娘家还有亲戚吗?"

"你离婚以后住哪里?身边有家人陪吗?"

"你什么时候都能打电话出来吗?那我能不能寄东西给你?"

"你平时喜欢什么?看书?养花?"

…………

两个人就像是久别重逢的老友一样,讲讲近日,讲讲以后,唯独不敢讲过去。

但孟明玮心里一直想着,自己为了转嫁生活的苦难,差点把亲生女儿逼成最恨自己的人,她那么孤独,一个人熬那么久,又经历过多少濒临绝望的崩溃?

一不小心便脱口而出了。

"你……后悔吗?"她突兀地问,没意识到这样如此不礼貌。

那边安静了一瞬,然后传来一声轻松的笑,透着仿佛从未经历过任何苦难般的坚定。

"后悔?从来没有。"


## 3

孟苑青在厨房收拾,两个老人家坐在客厅喝茶聊天。孟苑青现在已经开始每天都做饭了,发现自己也不是不会做,只是没有孟明玮做得那么熟练而已。

"这样说来,咱们俩年纪其实没差多少岁,倒差了一辈。"乔海云跟周秀芳说,"孟小兵跟我们家老幺年纪一样大。"

周秀芳点头道:"是。乡下条件不好,我流掉两次才又怀上,天天担惊受怕,直到他出生才踏实。我就这一个儿子,惯坏了。"她低声说着,抹起眼泪,"有时想想我这一辈子,何苦呢?血汗都付了,现在儿孙没有一个念我的好,巴不得我早点死掉,他们就不用养老。还是你有福气啊,孩子们惦记你,自己也过得好,不用操心。"

乔海云低头垂眼,苦笑一声,"哪有不操心孩子的妈?"

"我看你们家老二挺年轻的,跟老大差不少岁数吧?"周秀芳问。

"差十岁。"乔海云答。

"啊,那你要老二、老三的时候可是岁数不小了,"周秀芳算了算,说。

"三十三。要老幺时三十七。"乔海云说。

"也是身体不好?"周秀芳问。

乔海云年轻时身体可不是一般的好,打零工,男人能干的活她几乎没有不能干的,还好后来遇人赏识,发现她懂写字识数,干粗活可惜。走出小渔村的她发现了精彩的大千世界,她什么都想学,什么都想干,什么都不能把她绑架在小家庭的方寸之间。

当然周围的人总在问她,年纪老大不小了,为什么不要孩子?乔海云便说,爸妈早就说了乔家都绝后了,我生不生孩子还有什么区别?别人说她不体谅孟显荣,说孟老师比她年纪大那么多,还不赶紧给他生儿子传宗接代。她便说,孟老师自己老家都不回了,传什么宗,接什么代?

她说话从来不留情面,渐渐地,周围的人也就不再劝她了。

那时她家隔壁有一户邻居,七个孩子,从刚会爬到青春期一应俱全,穷得叮当响,因为躲债才跑到这里借住,当爹的成天在外又偷人又赌钱,几乎不着家,当妈的脚不点地忙活孩子们,每天鸡飞狗跳,常常吵得乔海云和孟显荣睡不着觉,但出出进进,那个妈妈看到他们都是一脸麻木,没有任何道歉的表示。看到她周围邋里邋遢、拖着鼻涕的孩子们,他们也不好意思抱怨。

乔海云二十五岁那一年的除夕,也是她生日,两个人难得包了带肉的饺子,打算吃一顿好的。饺子出锅之后,乔海云想了想,盛了一大碗,决定送给邻居妈妈。

乔海云端着热气腾腾的饺子过去,敲了半天门,里面一声都没有,连灯都没亮。她有点奇怪,因为知道他们不回老家,这大过年的,一帮孩子她能带到哪里去呢?

又喊了几声,门这才开了一条缝,女人的眼睛警惕地从缝里盯着她。

乔海云有些不悦,但来都来了,便解释道:"今天过年包饺子,给你送一点。"

感受到了食物的热气,女人这才把门又打开一点。乔海云把碗递过去,看到屋里乱得像是被打劫后的现场,没开灯,但孩子们都在,大的小的,齐齐整整在桌子底下窝成一排,门外的光照进去,一对对晶亮的小眼睛眨巴眨巴地看着她。

乔海云吓了一跳,"这是干吗呢?"

女人脸上有些挂不住,"怕追债的上门,"她小声说,"不敢开灯。"

女人接过乔海云手里的饺子,连连道谢,平日里麻木的脸上也多了些感激。乔海云看到那几个大一点的孩子,眼睛紧紧地盯着碗咽口水。

这时床上传出一声哼唧,她看过去,发现床上还有个小的,躺在杂物堆里几乎找不到,影影绰绰只听到孩子小声地哭着。

"老幺发烧了。"女人说,"我没法带她去医院。"

乔海云顺手拎了桌上的暖水瓶,空的;摸了一下装水的杯了,凉的;过去探一探孩子额头,滚烫,小脸烧得通红。

女人把碗放在床边一张矮桌上,孩子们呼啦一下,安静又迅捷地围过来,也不顾烫,一堆小手伸向碗里,一手一个饺子,碗立刻就空了。

"家里有退烧药吗?"乔海云问。

"有,但是是大人吃的,好像也过期了。"女人说。

"你要是脱不开身,我们带她去医院吧,"乔海云说,"这么烧下去也不行。我家也没有药。"

女人抬头看了她一眼。那眼神很古怪,掺杂了很多乔海云一时间根本来不及看懂的东西。她握住乔海云的手,声音哽咽,"谢谢你,那拜托你们了,她很听话,要不是因为生病难受,她平日不怎么哭。"她说,"我就知道你是个大善人,好心有好报,你们以后一辈子都会有福报的,谢谢你,我们一家人都会谢谢你。你以后也会是一个好妈妈。"

"我才不是。"乔海云说。

孟显荣不知道她为什么送去一碗饺子回来时却抱了人家孩子，听她说了之后，倒也二话不说，两个人便一起去医院，怕孩子冷，还特意从家里找了厚棉衣给裹上。除夕夜挂急诊的人不多，很快大夫给孩子打了针退烧，护士说可以等一会儿观察观察，彻底退了烧再走。两个人就坐在长椅上，抱着孩子一边哄睡一边等待。

小家伙额头不烫了，脸也不怎么红了，但依旧焦躁不安，不仅睡不着还哭得撕心裂肺，吵得旁边几个来看病的孩子和大人也心烦气躁。一个大婶走过去时毫无顾忌地说："怎么当爹妈的？孩子哭成这样都没反应。"孟显荣脸上尴尬，乔海云也只能生硬地拍拍孩子，不知道要怎么处理。

"赶紧送回去得了，"乔海云不耐烦地说，"哄孩子怎么这么麻烦。"

孟显荣接过孩子接着拍，一边哄一边说："以后迟早得哄嘛。"

"我不，"乔海云说，"带小孩真是太烦了。"

孟显荣就笑笑："你啊，就是嘴硬心软，又不是我逼你做好事带人家孩子来看病的。"

孩子哭得嗓子都哑了，喂水也不喝，直到实在有气无力才睡着，也不知道是真的不哭了，还是累晕过去了。

回到家时已是凌晨。孟显荣把睡着的小家伙背在背上，乔海云走在前面，抱怨着连饺子都没吃好，这个生日过得真是沮丧。走到门口，两个人一下子愣住了。

天已经蒙蒙亮，女人家里的门大敞着，虽然还是像被打劫过的现场，但可以看得出收拾过行李的痕迹。一夜之间，她带着孩子们消失得无影无踪。

乔海云送去装饺子的碗，洗得干干净净，摆在门外的地上。碗下压着一张叠好的纸条，打开来看，写着老幺的生日，连名字都没写，孩子刚满两岁，估计还没起上名字。

两个人看着这张纸，傻站在那儿，一时间还没意识到发生了什么事情。另一个邻居大婶出来去厕所，说："你俩看啥呢？那女的躲债跑了！我就说啊，这拖家带口东躲西藏的，什么时候是个头儿？带着一窝崽子，能躲哪儿去？她那死男人连面都没露，真混蛋哪。"

"跑了？！"乔海云仿佛被人当头一闷棍，一下傻了眼，"什么叫跑了？"

"你自己看,"大婶指着敞开的屋门,"但凡值点钱的全带走了,肯定不回来了啊!"话音刚落,注意到孟显荣背上背着小孩,奇道,"咦,这孩子哪儿来的?"

"她家的老幺。"乔海云愣愣地答道。

"嚯,这女的有手段啊。"大婶啧啧道,"临走还丢个累赘,太精明了。"

大婶走了,乔海云和孟显荣面面相觑,两个人都蒙了,完全不知道要怎么办。门口风大,背上的小家伙醒了,哼唧了几声,两人连忙回了屋。

孟显荣把孩子从背上弄下来,摆在床上。小家伙睁大眼睛,没哭,直愣愣地盯着他俩,他俩也盯着她。

"怎么办?"孟显荣问。

"怎么办?"乔海云也问。她一向都自己给自己拿主意,但这回是真没主意了。

"你还记得她叫什么名字,哪里人吗?"孟显荣问。

"……好像叫什么兰?不对,叫什么来着……"乔海云烦躁地跺脚,"你不是脑子好使吗?你也不知道她叫什么名?"

"我跟她都没说过话!"孟显荣说,"不是你要去给人家送饺子的吗?"

"那我也不知道她咋晚要跑啊!"乔海云说。

两大一小僵持了很久。

乔海云一咬牙,上前抱起孩子,转身就要开门出去。

"你干吗去?"孟显荣问,"这大年初一的,抱哪儿去?"

"我也不知道,送派出所、收容所,或者别的什么地方。"乔海云说。无意间和怀里的孩子四目相对。小家伙睁着眼睛一眨不眨地看着她,伸出小手来,牢牢地抓住了她的一根手指头。

"妈。"小家伙口齿不清地说。

乔海云没搭理她,试图去开门,但她的小手还死死抓住那根手指,说什么也不松开。

"妈。"她又说。

乔海云定定地看着怀里这张小脸,终究还是没狠下心去开门。

"你能吃饺子了吗?"她把饺子端到这孩子面前,无从下手地问。

看孩子不吃,她想了想,转身进厨房,煮了两个鸡蛋,端过来,说:

"那你陪我吃一个鸡蛋?过生日都该吃个鸡蛋的。以后每年过生日,咱俩一人一个。"她一边说,一边剥了蛋,一点点在碗里捣碎,喂给小家伙。

小家伙咂吧咂吧嘴,吃得还挺香。

"妈。"她又叫。

"别叫我,我不是你妈。"乔海云一边吃一边说。

"妈。"

孟显荣翻了好久的书,最后在周易里给孩子取了个"明玮"的名。

"虽说女诗经,男楚辞,文论语,武周易,但既然是咱们家的孩子了,才不管那些迂腐论调,将来她想文就文、想武就武。"孟显荣哄着乔海云,"你也赶快给她生个弟弟妹妹。"

"我就不!"乔海云立刻反对。

那次退烧之后,两人突然发觉孩子走路不对,一条腿在地上一拖一拖的,使不上劲,连忙带她去医院看。后来才得知,那段时间有批药出了问题,很多来打退烧针的孩子都因此患上了小儿麻痹后遗症。两个人不甘心,又去好几家别的医院问过,终究也没能治好。

"早知道那天不去医院打退烧针了。"乔海云念叨了好多次,也偷偷地哭了好多次。后来她跟孟显荣说,"要不,咱也再要个孩子吧。"

"你怎么想通了?"孟显荣问她。

"为了将来明玮有个伴儿。"乔海云说,"或许她这一辈子,能少吃一点苦。"

幸运的是,病好后,孟明玮忘记了两岁之前所有的事,只记得从小到大,每年除夕都要给妈妈过生日,她和妈妈要一人吃一个白水煮蛋。

第二十六章

闲　事

# 1

球球睡着后，孟以安才又回到书房继续处理工作直到深夜。进了卧室，她也睡不着，就开着小夜灯，靠在床头，看着女儿的睡颜看了很久，心情才平静了一点。她拿起手机，看到邱夏几分钟前发来的消息。

"还没睡吧？明早你要是没空送孩子，我过去送她。"

"我送。"孟以安回复。

过了一会儿，邱夏又发来一句："那个广告片我看了。"

孟以安一惊，觉得邱夏一定是半夜来批评她的，没想到邱夏又说了句："拍得还挺好的，球球还给她老师、同学看呢。"

她反倒不知道怎么回了，想了半天，说："谢谢。"

"家里还好吗？妈没事了吧？"邱夏又问。

"暂时没有别的事。"孟以安说。但隔着手机沉默的欲言又止竟也被邱夏敏锐地察觉到，发来一句，"妈虽然年纪大了，但头脑一直清楚得很，你也别太怨自己。"

"嗯。"孟以安说。

"上次你说要打官司的事，怎么样了？"邱夏问。

"在准备了。"孟以安说，"你是不是也觉得我多管闲事？"

过了好一会儿，邱夏回道："别人的闲事和我无关，你的事和我有关，就不是闲事。"

孟以安走后，孟菀青跟她说了周秀芳来家里的事。两个老太太相谈甚欢，成了忘年之交，这本是好事，孟菀青便没多作打扰。等周秀芳一走，她妈就把她和孟明玮都叫到眼前。

"给你安排个任务。"老太太说一不二的劲儿又上来了。

"什么？"孟菀青一头雾水。

"你不是朋友多吗,带明玮到处走一走,看看房子。"老太太说。

"看什么房子?"孟明玮问。

"我想明白了。你们不是说咱家房子老了,也没有电梯,住着不方便吗?"老太太说,"我想把这房子卖掉,换个大点的。"

"妈,你怎么突然想通了?"孟菀青奇道。她琢磨着,"那这套房子卖了也不够啊。"

老太太抬手指了指:"楼上不是还有一套嘛。"

"你说得,妈是不是跟周秀芳聊了什么?"孟菀青趁老太太在卧室里休息的时候,问孟明玮。

"那肯定聊了啊,相见恨晚,就差认个婆媳了。"孟明玮说,"我也没听全。"

"我怕妈胡思乱想。"孟菀青说,"自打从医院回来,那帮人又来闹腾好几天,妈整个人状态就不太对劲,现在又要换房子。"

"她要强了一辈子,这回住院可能也把她吓着了,这是好事,她能多注意自己的身体健康,将来咱们照顾她不也能多省点心吗。"孟明玮说。

孟菀青还是摇头:"我觉得没那么简单。"

布置下任务之后,老太太每天都问:"房子看得怎么样了?"孟明玮倒也是尽职尽责,跟孟菀青白天出去到处溜达。楼不需要特别新,要住上至少几年的小区才有烟火气;楼层不能高,最好一梯两户不能再多,尽量避免跟年轻人上下班挤电梯的可能性;绿化要好,附近最好有能遛弯晒太阳的地方;不能离市区太远,万一去医院看病不方便,也不能离闹市和学校太近,人又多又乱。要有视野好的落地窗,方便老太太躺在床上就能看风景;楼间距不能太小,这样不出门也能晒足够的太阳;最好有露台,她有闲心思可以种点花草;要装地暖,现在的老房子冬天暖气不够,老太太关节炎一冷就疼;洗手间要大要宽敞,万一坐轮椅也能进……

"你平时对自己那么对付,咱妈的事儿你还真上心。"孟菀青说孟明玮。

转悠了好多天,还真让她俩找到一套合意的房子。不是新房,但户主买下之后没住就移民走了,保持得干净,价格也能接受。她们俩去看了两次,拍了照片回来给老太太。老太太戴上老花镜,捧着孟明玮的手机认真地看完,点点头。

"你觉得好不?"她问孟明玮。

"我觉得挺满意,"孟明玮说,"妈你要是没看好,我俩再去看看别的。"

孟以安打电话问起,孟菀青便直说老太太要换房子:"倒也没说用咱们出钱,但没说不代表咱没义务吧?我是打算差多少就给她添上。总不能真去把楼上李诚智那房子卖了吧?那李诚智要是真走投无路了,万一伤人怎么办?大姐胆子又小,我又不能总在家。"

"差多少我来吧。"孟以安说,"等你们决定了告诉我就行。就咱俩知道,千万别跟大姐提,妈那边也别说,省得她念叨我。"

"那不行,咱妈聪明着呢,买房子的钱她还能不自己说了算?我可瞒不了。"孟菀青说,"要说你自己说。"

孟以安已经正式起诉晓文基金了,那边收到传票的当天,平日里人都找不到影的郭晓文立刻亲自打了电话来。

"孟总,您这可就有点不太给我面子了。"郭晓文言语中还是客客气气的,"我们动作是慢了点,这是我们自己的问题,您看能不能先撤诉?君凡也是我的老朋友了,有这么一层关系在,我也不能赖账,是吧?钱的话,肯定是会到的,您别着急啊,闹到台面上来大家都不好看,以后还都要赚钱吃饭的,您说是不是?您看,您现在撤诉,钱我之后肯定不能少,行不?"

"行啊,"孟以安也没退让,"你们钱什么时候到位我什么时候撤诉,否则就庭上见。"她说,"我说的到位是到失学的孩子手里,只要项目里的孩子有一个没拿到钱,那就说明我捐出去的钱打了水漂,我自然要诉诸法律。"

"咱们以后还有机会合作的,"郭晓文说,"你要是愿意,咱们好商量。"

"钱什么时候到位,我什么时候好商量。"孟以安说。

"油盐不进。"宋君凡过来的时候跟孟以安说,"他第一时间打电话给我来着,说你油盐不进,问我什么条件才能让你撤诉。"

"还问我什么条件?我说了好多遍了,钱到位啊。"孟以安说,"他郭晓文身家多少,差那么点给穷孩子的钱吗?他拖欠也不是一次两次了,就是仗着没人追着他要钱,能拖则拖,我可不惯他的毛病。"

球球周末的课外班临时换课了,凭空多了一天的假期,求妈妈陪她去游乐场。助理打来电话的时候,她正坐在围栏旁边,一边盯着里面坐着小飞船转圈的球球,一边躲避旁边小孩在家长鼓励下用泡泡机制造出的大团泡泡。

"姐，你在哪儿呢？看手机了吗？"助理语气有些急。

"我陪孩子玩呢，怎么了？"孟以安问。

"你快看一下。"助理说，"出事了。"

## 2

孟以安点开手机，看到公司群里已经炸了锅，一屏屏的图片和消息疯狂刷屏，全都是社交媒体上有关她们公司的讨论。

最原始的图是据说是晓文基金内部的一个员工"不经意"发出来的，所谓的晓文基金向孟以安公司催款的聊天记录，其他的几个账号纷纷跟上爆料，说孟以安公司倒打一耙，不仅善款没到位，还扬言要告晓文基金，并列举出她之前办过的慈善项目，有模有样地分析研究真伪，并要求她们自证清白。更有人故意转发了她们网站主页上球球的那条广告片，扒出来球球是孟以安的女儿。

孟以安倒没慌，在群里指挥大家截图保存证据，正盯着手机忙活，球球跑过来拽了她的衣服："妈，我想吃冰激凌。"

孟以安点点头，手里没停："等妈妈一下，马上就带你去。"

就在这时，手机突然跳出来一条新消息。孟以安退出工作群，点进去，是一个陌生的号码发来的，发的是球球的姓名和学校班级。

"走哇妈妈，我要渴死了。"球球还在叫唤，孟以安突觉后背发凉。她不怕别人污蔑造谣她们公司，大不了再多告一个名誉侵权，但牵扯到球球，她就不敢不怕了。

"妈妈，冰激凌在那边。"球球把孟以安往另一个方向扯。

"不吃了，回家。"孟以安说。

晚上，她跟同事商量了今天出的事。虽然该删的隐私信息都在盯着删，但大家也都看见了，不由得叮嘱她要小心一些。她犹豫再三，还是给邱夏打了个电话。邱夏平日里不关注网络，八成是不会知道。

这下可被邱夏说中了，孟以安在心里想，要是他看到网上那些在她和孩子的照片底下骂的乱七八糟的脏话,还不知道要怎么发火。

邱夏听她说完,没说什么别的,只是说:"我现在过去。"

球球什么也不知道,还乖乖地在小房间写作业。孟以安开门把邱夏让进来,两人在书房坐下。孟以安继续在电脑和手机上跟同事沟通,也没跟邱夏说话。球球写完作业,自己听话地去洗漱,然后走进主卧,刚爬上妈妈的大床,想了想,又爬了下来,走进书房,到邱夏身边问:"爸爸,你今天是不是不走了?"

邱夏一愣,"怎么了?"

"那我就去小房间睡,给你留个位置。"球球一本正经地说,然后去小房间睡觉了。

邱夏和孟以安对视一眼,都觉得有些尴尬。

等球球睡了,孟以安叹了口气,跟邱夏说:"你骂我吧。"

"我干吗要骂你?"邱夏问。

"你不是一直反对我把孩子牵扯到工作中来吗?"孟以安说,"这下我自作自受了,还要担惊受怕。"

邱夏没骂她,只是说:"你最近又没睡好吧?"

孟以安一愣,没吭声。

"要不要我跟你聊聊天?"邱夏说,"好久都没跟你聊天催眠了。"

孟以安忍不住笑了。

"好。"她说。

孟菀青晚上打孟以安的电话没人接,只好给她留了言。老太太已经正式委托她们姐妹俩把现在住的这套老房子卖掉,价格只要她们觉得合适就行。

"那上次那个房子,妈你看好没有?"孟明玮问,"要不是现在你下楼不方便,我们就带你去看了,总得你亲自拍板才行啊,到时过户你也得去。"

老太太摇了摇头:"不用,到时让菀青陪你去。"

"那是你买房子,妈,还是得你去。这个能委托吗?"孟明玮琢磨着,转头问孟菀青:"咱们明天再去一趟,问问如果老太太腿脚不好出不了门,有没有什么解决的办法。"

"不用,"老太太平静地说,"我不买。"

"你不买?"孟明玮一头雾水,"那你这些天让我俩到处看房子干吗?"

"我不买,你买。"老太太拉过孟明玮的手,拍了拍,"你不是说那套房子你看着哪儿哪儿都挺满意吗?你满意就买,写你的名字。"

孟明玮一惊,下意识地站了起来。

"妈,瞎说什么呢?"她立刻说。

"我没瞎说啊,"老太太淡定道,"你以为我真的会为了让李诚智跟你离婚,放他住着咱家的房子,让你净身出户?我都八十多了,换个房子我还能住几年?"

"妈,你别这么说,你还能住好多年,你能活到一百岁。"孟明玮心里一酸,眼泪就掉了下来。

## 3

晚上七点半,李诚智醉醺醺地打开家门时,看到一堆人正在他家里,四处察看,指指点点,这个掀起窗帘看天花板的蜘蛛网,那个一边走进厕所一边嫌弃地打开换气扇开关。

孟明玮搬走不过数日,原本窗明儿净的家已是面目全非。他不清扫,不开窗通风,甚至每天的垃圾也想不到要扔。孟明玮和李衣锦曾经的小房间几乎被她们走时搬空了,他进也没进过,还是搬走那大桌仰椅翻的样了。

李诚智揉了揉眼睛,瞬间酒醒了一半。

"你们谁啊?入室打劫啊?!"他破口大骂,"我要报警!"

一个穿着职业装、打着领带的年轻人听见声响,连忙走过来,"先生你好,乔女士和孟女士把这套房子委托给我们中介公司卖,她说这个时间段家里没人,我就临时带客户上来看了,不好意思啊打扰你了。你是这里的租客吧?"

"租客?!我不是租客!"李诚智气道,"这个老不死的,就不该听她的狗屁保证。"

"你不是租客?那你和业主什么关系呢?家人?朋友?借住的?"房产

中介问。

"我不是,我是……"李诚智一时哑然,不知道该怎么解释,索性撒泼,"去去去!你们都给我出去!谁让你们看房子的?卖什么卖?我还住着呢!谁都别想卖!"

看他酒气熏天,来看房子的一家人全都面露嫌弃,迅速离开,生怕在他旁边多待一会儿会沾上晦气。

"不好意思啊,我们受了业主委托,就得带客户来看房子,"中介一边被他推出门外,一边锲而不舍地说,"你这个房子保持得不太好,建议你联系业主提前做一些修缮,否则……"

李诚智摔上了门。

第二天早上他还没醒,门外又响起了钥匙开门的声音。但李诚智昨晚把门反锁了,外面的人没打开,说了些什么话,也就下楼去了。李诚智骂了句,倒头又接着睡,结果没过半小时,门外又出现了声音。

"对,师傅,直接撬开换锁就行。"是昨天那个中介小哥的声音。

然后就是丁零当啷一顿操作撬锁。门很快就打开了,李诚智气急败坏地站在屋里。

"你们到底要干什么?!"他吼道。

"先生你别生气,"中介小哥一边答谢师傅,一边把旁边等着看房子的客户往屋里引,"这都是业主要求的。我们也是帮忙卖房子,大家不伤和气,不伤和气。"

李诚智脸上青一阵白一阵,目瞪口呆地看着又进来了一家人,在他屋里转悠着,一边摇头一边点评,"墙皮都掉了,得重新刮大白吧。""厕所下水也不太好。""厨房抽油烟机能换吗?看这样子有年头了。""这等于要重新装修啊,得不少钱呢。"

中介小哥笑容满面:"业主说钱好商量,就是为了省心,这房子确实住得旧了,价格咱们可以再让让。等房子过完户,你们想怎么装就怎么装。"

等这一帮人走了,李诚智盛怒之下,跑到楼下咣咣敲门。

"孟明玮!"他吼,"我知道就是你干的!你和你妈合起伙来整我,行啊!就想把我扫地出门是吧?逼我离婚,赶我出去,你有能耐永远别让我看见你,否则我会让你死得很难看!孟明玮!"

门内寂静无声。

"你别在那儿给我装死，听到没有？"李诚智继续吼，"你装死就别出来，出来我就弄死你！"

此时，孟明玮和老太太正坐在孟菀青的车上。孟菀青开着车，一言不发；孟明玮陪老太太坐在后座，也是眉头紧锁。老太太倒是一脸轻松，饶有兴致地看着窗外，手指头还在膝盖上打着拍子。

前一天晚上，老太太睡觉前把孟明玮叫到跟前，郑重地跟她说："明玮啊，妈跟你说个事儿。"

孟明玮点头："你说。"

老太太从枕头下摸出账本，翻开最后一页空白，上面写了一个地址。

"这个地址，你和菀青明天带我去看看。"

"什么？"孟明玮接过，奇怪地看了一眼，"妈，你腿还没好利索，这又要折腾去哪儿？"

"你跟她说一声，明天带我去就是了。"老太太说。

孟明玮只好一口答应。等老太太睡下了，她坐在客厅端详那个地址，心里奇怪。她不太会用手机搜索，就给孟菀青打电话。

"你看一下这个地址是什么，"她跟孟菀青说，"咱妈说她要去。"

孟菀青应下了，没过几分钟就打回来，"妈怎么了？你跟妈说什么了？"

"什么怎么了？"孟明玮一头雾水，"我什么都没说啊，她安排我的。"

"那地址是个养老中心，我搜了。"孟菀青说，"就在市区东南边，离开发区不远，好像规模还挺大的。"

"养老中心？"孟明玮一惊，突然想起那天老太太跟她提过的买房子写她名字的事，心里突突地跳起来，"妈怎么没头没脑地想起来要去养老中心？"

孟菀青沉默了片刻，说："也不是没头没脑吧。妈之前不就说过，你好不容易离婚了，解脱了，还要你伺候她，拖累你。"

孟明玮心里顿时就不舒服了，"所以是因为我？"

"不然呢，这又卖房子又买房子的，不就是因为看你离婚了，下半辈子没着没落的，担心你呗。咱妈啊，从小到大就偏心你一个。"孟菀青语气酸溜溜的,"房子都是你的,活儿可不能让你干。"

"你别在这儿瞎说,"孟明玮气结,"我早就跟妈说了,伺候她到什么时候我都心甘情愿。咱们姐妹三个好好的,妈要是坚持去养老院,那不是不给咱们三个面子吗?"

"话是这么说,"孟菀青说,"但是我真照顾不了妈。家里这个混蛋玩意儿还不够我烦的呢,我要是两头跑,还不得累死。孟以安那个不着家的,只能砸钱,也别想她照顾。"她突然反应过来,"妈又不会用手机,养老中心的地址她哪儿来的?是不是孟以安那个叛徒?"

"你别告诉她俩。"几天前,老太太趁两个女儿都没在家的时候偷偷给孟以安打电话,"你帮妈找找,找好了,告诉我地址,到时我让她们带我去看。"

听说她妈要选养老院,孟以安也吓了一大跳。

"妈心里有数。"老太太说,"我活了八十年,从来都是自己说了算,没人能劝得了我。你要是真为妈着想,就帮妈这个忙吧。"

"以前我总觉得我爸比我妈高尚,"孟以安后来跟邱夏说,"现在才明白,我妈比我爸高尚,也比我高尚。"

自从在网上莫名被晓文基金反咬一口之后,孟以安和同事们就一直在收集证据准备起诉他们名誉侵权。但她心里一直忐忑,怕球球的真实信息也被扒出来是别有用心的人想要发难。即使再忙她也每天坚持亲自接送球球,亲眼见着孩子进出学校大门她才放心。

意外总是来得防不胜防,那天中午孟以安正在利用自己的吃饭时间跟同事们开会,球球班主任的电话突然打进来。

"球球不见了。"

# 第二十七章

# 好生活

# 1

"午休点名的时候发现的,"球球的班主任老师说,"午饭后有自由活动的时间,这期间老师不会特意去盯着每个学生在做什么。何况学校楼门和外面大门都有监控,原本是不太可能让小孩误出校门的。"

老师带着孟以安和邱夏进到监控室,跟管理人员调出了监控。

"那个时候正好有两个送快递的人员在门卫室整理快递,她就是趁他俩走的时候出去的。"老师指着监控屏幕,"在门卫室里注意不到她,只看到两个人走出去。"

孟以安和邱夏仔细看那几秒钟的镜头,确实在两个人身后有一个模糊的穿着校服裙子的小身影。

"确定是球球吗?"孟以安问。

"午休回来只有她不在,"老师说,"应该是她。"

两人匆匆上楼进了班级教室,球球的座位整整齐齐,下午上课的书还摆在桌上,孟以安给她买的用来午休的小熊抱枕也放在椅子上,但书包不见了。

孟以安弯腰去检查书桌抽屉,看到了球球平时戴在手上的那块儿童GPS手表。

"我告诉过她平时不要摘下来的,"孟以安说,"这样我在手机上能看到她的位置。"

班主任老师问了其他同学和任课老师,没有人注意到球球去了哪里。平时跟球球玩得好的一个小姑娘,面对老师的追问,挠挠头,不知所措地回答:"她还说今天午休的时候要跟我一起玩呢。"

孟以安脸色铁青,一声不吭。从教室出来,她跟邱夏说:"我们去报警吧。"

去派出所的路上，邱夏开车，孟以安把他俩手机里存过的球球同学们家长的电话都翻出来，一个个打过去，没有得到任何有效信息。

　　"绝对不会是她自己跑出去的，绝对是有人在搞鬼。"孟以安咬牙切齿，"球球那么懂事，而且她今天早上上学的时候也很正常，没有任何心情不好的迹象，她怎么可能偷偷跑出去？她昨天晚上还在跟我炫耀测验成绩，今天上学路上还在听英语玩游戏，她怎么可能突然偷偷跑出去？！我跟她说过发生任何情况都不可以出学校，不可以摘掉定位手表，她不可能不听我的话……"

　　她就这样一直念叨，语速越来越快，几近崩溃。邱夏开着车，一时也不知道该怎么劝她，只好说："你别着急，咱们先报案，有警察帮咱们找。"

　　"我能不着急吗？！"孟以安大吼，"你知不知道小孩失踪的那个什么时间，是七十二小时，不是，是二十四小时！万一她真的跑出去丢了，被坏人带走了，警察哪里来得及追？去哪儿追？！"

　　进派出所报案的时候，孟以安已经在车上哭完，虽然眼睛还肿着，但已重新冷静下来，坐在警察对面等着登记信息的时候，她还不忘给助理打电话把下午的会议另改时间。

　　邱夏伸手过去，发现她手心冰凉，全是冷汗。

　　"都怪我。"孟以安哑着嗓子说，"都怪我。"

　　一整个下午已经过去，天色渐黑，两个人已经无头苍蝇一般在派出所、学校和家里跑了好几个来回。邱夏甚至回了一趟学校，因为球球跟他去过很多次，能准确地记住从停车场走到他办公室的路。

　　早就过了球球学校放学的时间，学生们也已全被家长接走，校门口空无一人。两个人无助地站在学校门口，站在每次接球球的位置上，四顾茫然。

　　突然孟以安的手机响起来，是班主任老师的电话。

　　"球球的同桌带了手机，他回家之后他家长看到了手机上的搜索记录，应该是球球用他的手机搜的。"

　　是孟以安和同事们还来不及删完的那些污蔑诋毁的评论，还有那条广告片，在网上传得到处都是，底下是所谓"深扒"出来的球球的个人信息，以及孟以安做"假慈善"的"真相"。

孟以安来不及想球球是怎么找到这些信息的，她只觉得脑袋轰的一声，站也站不住。

还没等她挂断班主任老师的电话，警察的电话就打到邱夏这边来了，说是查交警大队的监控发现了线索，让他们赶快去辨认是不是球球。

两人又立刻开车往派出所赶。一路上谁都没敢说话，生怕连出声都会带来不敢想象的厄运。虽然孟以安受她父母影响，不信神不信鬼，这种时候却也只能在心里上天入地什么都拜了一遍，乞求上天眷顾。

"我觉得挺好。"

老太太心平气和地端坐在沙发上，对面是怒气冲冲叉着腰的孟明玮和孟菀青。

"妈，你不能这样，你这不是让我说不清楚吗？"孟明玮说，"孟菀青总觉着是我不愿意照顾你，才逼得你要去养老院的，我可冤枉，你倒是给我个公道话啊！算了，你说了她也不会信，会觉得都是我让你说的。"

孟菀青不满道："现在说什么都没有用。妈，你不能去养老院。"

"为什么不能？我觉得挺好。你俩不是也都看到了吗？环境、设施、吃的，都很好，还可以住单间，我又不是没钱。还有跟我一样年纪的老头老太太，大家打打牌聊聊天，不比在家里待着有意思？"

"这不一样！"孟菀青气恼地说，"养老院那是什么样的人去的？家里无儿无女没人要的人才会去！说得不好听一点，那是……那是孤独终老的地方，那是等死的地方！我们三个都好好的，你非要自己去那种地方，你把我们当成什么忘恩负义的不孝子孙了？我不同意！"

"你不同意没用，我已经决定了。"老太太说。

两套老房子虽然年代久了些，但价格合适，很快就定下了买家。李诚智被勒令搬家的当天，喝了酒，气血一上头，左手提着酒瓶子，右手提着菜刀，下楼到老太太门前，哐哐往门上砍。

"开门！"他眼珠通红，口齿不清地骂着颠三倒四的话，瓶子摔在门前，楼道里全是酒气。

不知道他在门前叫嚣了多久，后来他揣在裤兜里的手机亮了一下。他挥菜刀的手有点累,就靠着台阶坐下来,歇口气,顺便拿出手机来刷。

手机上有条新短信,是银行发来的余额提醒。

然后是李衣锦发来的微信。

"爸,我打钱到你卡里了,你查收一下。我妈说你要搬走了,租房子什么的,如果有困难,你跟我说,我妈让我多关照你。你俩这三十年也没过上什么好生活,现在分开了,各自都好自为之吧。"

过了很久,门外没了声音。孟明玮从猫眼向外望,李诚智不知道什么时候已经上楼去了。

## 2

孟以安和邱夏正在派出所看监控,接到了机场打来的电话。

两人赶到机场,远远就看见问询台里面露出一个小脑袋,头上戴个蓝色蝴蝶结。工作人员拦住他们,查验了证件,还反复问了不少问题,才打开柜台门让球球出来。

孟以安蹲下身,惊慌地检查球球全身上下,毫发无伤,就是脸有点哭花了。球球也知道自己闯祸了,抿着嘴一声没出。

孟以安绷紧了一天的神经终于受不了了,手悬在空中半晌,到底还是没打在球球身上。她一屁股坐在地上,只觉得浑身发软,满心后怕,忍不住号啕大哭。

"一开始是值机柜台的工作人员找到我们的,小孩说她要坐飞机,"机场员工对邱夏说,"他们还以为是要办儿童托运,就让我们来处理,但儿童托运通常都是监护人来办理,问她监护人在哪儿她也不说,问她家庭地址也不说,我们就以为是跟家长走失了。广播了寻人启事,但一下午也没人来,我们也不敢放她出去,怕再走丢了。"

"她就一直问她自己怎么买机票坐飞机,我们跟她说小孩不可以自己坐飞机,她还是一直问。后来我们问出她的名字,查了她今年的历史航班信息,才查到她妈妈的名字和电话。"另一个员工说。

"你要坐飞机去哪儿啊?!"孟以安扯着哭哑的嗓子问球球,"你是不是拿同桌的手机搜的那些东西？你想问什么你就直接跟妈妈说啊，妈妈什么时候不回答你的问题了？为什么要一个人跑到机场来？"

球球抽泣了好久，才断断续续地说："我想去看一看。但是我不知道怎么走……妈妈每次带我出门都坐飞机，我就想，我要先去坐飞机才行，所以我就来了。"

"去看什么？"

"网上说妈妈做的那些事是骗人的。但是妈妈跟我说她们要捐钱给上不起学的小朋友，让他们上学，吃好吃的，有衣服穿，能过上好的生活。我想去看看，他们说的到底是不是真的，那些小朋友有没有在上学。"她低下头抽泣，"我都搜到了，妈妈的网站上有那些地址，但是我不知道要怎么去……"

孟以安给球球抹着脸，自己的眼泪也止不住。邱夏蹲下身抱起球球，球球委屈爆发，钻进爸爸怀里哇哇大哭。

终于回到家时已近深夜，孟以安跟班主任老师打电话说明了情况，接着让球球吃了东西洗了澡，看着她睡下，这才几近虚脱地倒在沙发上歇息。邱夏也没回去，出出进进帮着她收拾，孟以安在他经过她的时候拉了一下他的衣角，示意他不要收拾了，他就在她旁边坐下。

两个人都没说话，就那样默不作声地发了很久的呆，仿佛在平复这一天惊心动魄带来的后怕。然后孟以安转过头看着邱夏，似乎在等他说什么，邱夏便说："什么？"

"什么什么？"

"你在等我说什么？"邱夏问。

孟以安垂下眼不吭声。

"我又没怪你。"邱夏说，"也不是你的错。"

孟以安看了他一眼，说："你以前可不是这样想的。"

邱夏摇摇头："人的想法是会变的。"

"是啊。"孟以安说，"原来我总是觉得，自己的想法总在变，走的每一步路都在意料之外，现在回头想想，却又都在情理之中。你给我多少次机会，我可能还是会不留情面地跟你离婚，也不承认自己错。"

"我当时也有错。"邱夏说，"错可以改，只要还有机会。"

孟以安沉沉地叹了气,用手捂住脸。邱夏伸手把她的手从脸上又拿下来。

"等你这阵子忙完,咱们一起,带球球去看看吧。"他说。

孟以安坐起来,"什么?"

"去看看你们帮过的那些小孩,看看他们上学上得怎么样,吃的什么,穿的什么。让球球好好看看。"他说,"妈妈做的事情是为了什么,她应该尽早明白。"

孟以安怔了好久,突然莫名想到十年前她爸出殡的时候,那些沉默地出现,沉默地流泪,又沉默地离去的陌生的大人和孩子们。她爸做的事情是为了什么,那一天她格外明白。

"出了这么大的事你不跟家里说?!"孟明玮在电话里听孟以安说完,吓得声音都变了,"球球差点跑丢了?!这要是让妈知道,不打你才怪!"

"现在没事了。"孟以安疲惫地说,"不要告诉妈,省得她再后怕。"

"你还好吧?"孟明玮有些担忧,"你肯定吓坏了。要是心情不好,就带孩子回家来待几天,也多陪陪妈。说不定看着外孙女她开心,就答应不去养老院了呢。"

"妈定下了?"孟以安问。

"菀青一直阻拦,这几天闹得挺僵。"孟明玮说,"我夹在中间,说什么都不对,我心里也不好受。"

"房子看好了吗?"孟以安问。

"不想看了。如果妈不去住,我要那个房本上的名干什么?"孟明玮沮丧地说。

## 3

当孟以安提出要和宋君凡协商解约时,他脸上倒也没有什么意外的表情。

"到此为止?不管是感情还是工作。"宋君凡看着她,语气很平静,像是早预料到一样。

孟以安点点头:"鉴于你代理过晓文基金之前的案子,公司这边一致认为这一次你不太适合做我们的代理律师,也不太适合继续担任公司的法律顾问。这个案子我们已经决定委托别的律师。不过这并不代表我们对你之前工作的否定,谢谢你这段时间以来对公司的贡献。祝你高升。"

宋君凡就笑了:"客套话就不必说了。以安,我一直欣赏你在工作上的果决,更赞许你从一段错误的婚姻中抽身的勇气和决策力,希望你不要让我失望。"

"我做事,并不在意别人失不失望。"孟以安也笑了笑,说,"再说了,人都会犯错,改不改也都在自己,和他人没什么关系。"

她挤出一个周末的时间,和邱夏一起带球球回了家。老太太果然看到球球就眉开眼笑,不断念叨着孩子有多长时间没回来了,然后指挥孟明玮给她做爱吃的。

孟以安把孩子放在姥姥家,让邱夏留下陪着,自己不放心,带孟菀青和孟明玮一起又开车去了那个养老中心。她之前已经查过很详细的资料,但毕竟没有亲眼去看过,不顾孟菀青一路上都在埋怨,她还是把这事当作她妈真心想做的事来办。

"老人们图的是那些设施吗?是那里面吃的大鱼大肉吗?当然不是啊。"孟菀青还在叨叨,"他们图的是有人陪,有人照顾。那儿条件是挺好的,给收拾卫生,吃饭还可以要求送到房间,但是你没看到那里面的老人家,哪儿有一个有笑脸的?亲人不在身边,吃的玩的再多,有什么用?还不全都躲屋里掰着手指头巴巴地数哪天家人来看他们?咱们家三个女儿好手好脚的,反而把老妈送到养老院去,别人怎么想?妈以前的那些老下属会怎么笑话她?"

孟以安没接她的话,突如其来地问:"二姐夫怎么样?你今后打算怎么办?"

一句话让孟菀青的情绪急刹车拐了个弯,她尴尬地干咳两声,感觉自己好像岔了气。

"不怎么办。"她生硬地回答。

"姐,你从小到大就是这样,太介意你在别人眼中的样子,体面还是不体面。"孟以安说,"如果你是真心想陪着二姐夫,照顾他到老,那我没什么话好说。如果你跟他一样,觉得离了婚不好看,被人说闲话,那我劝你好好考虑一下。到底是离了婚好看,还是跟别人不清不楚好看。"

这话说得很重了。孟以安也从来没跟她姐姐说过这么狠的话。孟菀青立刻脸上就挂不住了,哑口无言半晌,低下头抹起眼泪来。

"不是我说话难听,咱们亲姐妹,我就事论事。如果陶人磊以前死拖着不离婚,是因为面子上过不去,那现在他更不可能离了,离了谁来无偿伺候他到老?他会说他身体不好,需要你照顾,活活把你耗下去,没有尽头。"孟以安一针见血。

孟菀青又何尝不知道陶大磊这个心思,早在她决心跟郑彬断了之前她就想到了,再离不了婚,她就要继续跟陶大磊相看两厌地互相折磨到死了。但陶大磊总拿他生病来说事,她又看在他也一同抚养女儿长大的份儿上,狠不下心来真的走起诉离婚那条路,何况是自己出格在先,可能这就是报应吧。

孟以安考察养老中心的样子就像一个来参加招商会的潜在金主,大事小情都问了个遍,还要求会见院长,但是院长没在,只好作罢。

"我们在业内也算是口碑非常好了,好多老人家逢年过节的有家都不爱回呢,说是在这里住习惯了,不想走了。"员工笑眯眯地说。

晚上大家吃过晚饭,孟以安提议召开一个家庭会议,投票决定。

老太太不乐意了,"我都决定了,为啥要你们投票?"

"妈,我在帮你,别给我拆台。"孟以安说,"虽然你的事你自己决定,但你毕竟是咱家的主心骨,这不是小事,还是需要听取一下群众的心声,对不对?"

当事人不参与投票,姐妹三个人三票,孟以安说应该把球球也加进来。邱夏也要加入,被孟以安拒绝了,只好乖乖坐一边旁听。

孟以安打开微信群,眼下衣锦和陶姝娜连线。李衣锦刚下班,还走在回家的路上,镜头里黑乎乎一片,信号也不太好。陶姝娜在学校,虽然信号好,但是把手机打开放一旁不知道忙什么别的去了,镜头里只有空白的天花板。

"这不对啊,一共六个人,那平票怎么办?"孟菀青提出质疑。

邱夏立刻说:"你看,这就显示出编外机动人员的好处了吧,我可以算一票不?"

"不可以,你当然跟孟以安一条心。"孟菀青抢白道。

"那可不见得啊,她没跟我说过这事儿,我也是刚刚知道。"邱夏说,"我非常客观的。"

她们于是把邱夏加进来算一票,一共七票。孟以安又简单总结了一下今天去考察的感受,给李衣锦和陶姝娜发去了今天拍的视频和照片。李衣锦说她进地铁了信号不好,等回家再投;陶姝娜更是连回音都没有,镜头里还是空白的天花板。

"这俩孩子,关键时刻掉链子。"孟菀青忍不住埋怨。

"咱们先表决,她俩晚点会回复的,不管了。"孟以安说,"反正情况大家也都了解了,同意妈去养老院的请举手。"

孟以安自己举起手。球球坐在一边吃水果,看她妈举手,想了想,也举了手。

"我就说嘛,小孩算进来干什么,你看球球,她妈干啥她干啥。"孟菀青说。

"才不是!"球球振振有词,"我妈说,养老院就是很多年纪一样的人在一起玩,一起吃饭、看书、做游戏什么的。那不就像我们学校一样嘛。我也愿意跟和我一样大的人一起玩,姥姥应该也愿意。"

老太太不禁莞尔。

孟菀青瞪了孟以安一眼。

"没有了?"孟以安问,看了一眼邱夏。邱夏一脸无辜地拿了球球手里的水果过来吃,装作没看见。

"好吧。不同意妈去养老院的请举手。"孟以安说。

孟明玮和孟菀青对视了一眼,举了手。

邱夏也举了手。

"行,二比三。"孟以安说,"说说你的理由呗,邱老师。"

"一来,我觉得妈就算要去,也得等腿彻底好利索了再去。这样不仅她自己到了那边生活方便,你们也放心。二来,现在大姐跟妈住在一起,我觉得两个人做个伴,对她俩来说都是好事。"邱夏看了一眼孟以安,"我不是跟你唱反调,我反对是因为觉得现在时机还不合适。我觉得妈以后再去也行,明年、后年,或者再以后,到时看她的意思。"

"又不是说妈去了就不回来了,"孟以安说,"她要是住得不舒服,不高兴,或者就单纯想换个地方,不是随时可以回来嘛!要是她愿意,跟我去北京我都没意见。"

"真的吗?姥姥你跟我们回家吧!"球球听见了高兴起来,"这样我就不用在爸爸妈妈家来回跑了,作业总忘带。"

孟以安和邱夏都脸色一滞。

老太太倒是没什么反应,轻描淡写地问:"那俩丫头怎么不表态?"

过了一会儿,李衣锦和陶姝娜的反馈来了,两个人倒是不约而同。"我弃权。"陶姝娜说。"姥姥想去哪儿就去哪儿,想什么时候去就什么时候去,我同不同意也没什么影响。"李衣锦说。

这倒是出乎姐妹三人意料之外,原本还打算争取一下的两票竟然全成了无效票。孟以安更懊恼,她也以为两个姑娘都会支持她,结果还是二比三。

既然是她提的,她也不能自己打自己脸,只好说:"妈,现在就是这么个状况,你……"她本来想说,你自己看着决定,一想投票表决之前她妈就问,我都决定了为啥还要你们投票,一时词穷。

大家也不知道说什么好,沉默的客厅里只剩下球球吃水果的咔嚓咔嚓声。

良久,还是孟菀青站起来打破了僵局。

"那个,我得回去了,有点晚了。"她说,有些别扭地看了她妈一眼,又看了孟以安一眼。"虽然这个票呢,是二比三,但是……嗯,两个小姑娘都说应该姥姥自己做决定,我觉得,咱们老的有时候也得跟小的学学。"

她起身走到门前,一边穿鞋拿包,一边故作不经意地说:"我也弃权。"

孟菀青的弃票宣告这次民主家庭会议彻底无效,大家仿佛什么都没有发生过一样,邱夏收拾了球球吃完的水果催她去洗手,孟以安在一边默默玩手机,老太太轻松地自己操纵轮椅进卧室去了。

孟明玮没动,坐了一会儿,手足无措地想起身跟老太太进卧室,被孟以安叫住了。

"姐。"她说。

孟明玮就又坐下。

"其实你不用太介意。妈虽然是体谅你辛苦,但她也有她自己的考虑。我觉得自从孟辰良那事之后,妈可能心里还有结没有解开。或许她想换个环境,散散心,给自己晚年找点别的生活方式,也未尝不可。"

孟明玮没吭声。

"姐,你也是。你还不老,还有机会去开始,妈这辈子最希望的就是你能过上好生活,不是吗?"孟以安说。

孟明玮沉默良久,无力地苦笑道:"如果没有咱妈在,什么样的生活还能算好呢?"

# 第二十八章

# 请　假

# 1

孟明玮最后还是同意了在房本上写自己名字,但跟她妈讲了条件,那就是如果以后她妈在养老中心有任何不开心、不顺意,都要允许她第一时间把她妈接回家来。

"我会去突击视察的,"她说,"你是瞒不了我的。"

"要不要我写个保证书给你?"老太太笑眯眯地问。

孟明玮一想她妈当初给李诚智写的那个一本正经的保证书,立马摇头:"算了,你老人家的保证书,写了都不算数,只能骗李诚智。"

老太太大笑起来,心情非常愉快。

去养老中心那天,姐妹俩大包小包的东西装了一堆,仿佛她妈要带着全部的家当出远门一样。

"还好咱们离得近,"孟明玮说,"等妈新鲜两天,觉得腻了,咱们就把她接回来。"

"我看不像。"孟菀青摇摇头,"她平日里习惯用的全带了,连纪念咱爸的东西都带了。我原本以为她会把咱爸留下来的东西放你那儿。"

"她喜欢随身带着,就带着吧。"孟明玮说。

老太太住的是规格最高的单间,因为她腿脚还没好全,又安排了单独的护工。孟明玮和孟菀青来回拿东西,上下楼好几趟,其他房型的情况也看得清清楚楚。有住双人房的,也有住多人房的,有完全卧床需要二十四小时全护理的,也有完全利手利脚根本不需要护工的。有扶着助力器一点点练习走路复健的,也有满面红光、精神矍铄的在乒乓球室打球。她俩推着老太太走过走廊进到房间,便有友善的新邻居笑眯眯地过来打招呼,趁她们里里外外收拾东西的时候进来聊天。

"这俩是闺女吧?"有个老太太从门前路过,自来熟地问。

孟明玮便点头。

"一看就知道是亲闺女！细心！"老太太说，"我那儿子和他媳妇啊，把我送过来，连楼都没上就开车走了，把我的行李都落后备厢里了！"

孟明玮事无巨细地叮嘱了她妈千遍万遍，还是放不下心走。"要不我在这儿住一晚吧，"她跟孟菀青说，"这里让不让家属陪床啊？"

"你当是病房呢？"孟菀青说，"没事，这么多人住这儿呢，你也太小看咱妈了。"

"我还是不放心，"孟明玮说，"妈万一晚上上厕所摔倒怎么办？护工能值夜班吗？靠谱吗？妈要是睡不着想吃药怎么办？……""行了行了，"孟菀青哭笑不得地拉住她手臂，"你再这么操心下去咱俩都走不了了。你啊，别把妈当成你们家李衣锦，没有你照顾就什么都干不成！"

听了这话，孟明玮倒是一愣。

如今的李衣锦，已经不再是那个没有她就什么都干不成的小孩了，如今的她妈也不再愿意让她照顾，自己非要搬到这里来住。那她活着还为了什么呢？

决定了搬进来的日期之后，姥姥就给李衣锦打了电话。

"你妈要搬新房子了，但是房子还要收拾收拾，你二姨负责。"老太太说一不二地安排着，"她跟我请了假，我批准了，让她去看看你，也算是出门散心。"

"跟你请了假？"李衣锦忍不住问，"是姥姥你给她放的假吧？我妈才不会想来看我。"

"怎么不会？"姥姥说，"是你不想让你妈去烦你吧？"

"……"李衣锦无法反驳。

换在从前，那些因为从她妈魔掌之下逃离而自由得宛若重生的日子，无疑是快乐的，但近来她渐渐明白，让她痛苦的一切，甚至让她妈痛苦的一切，都没办法那么轻易地归因。而她对她妈源远流长的恨，也逐渐演变成同情与悲悯、心酸与无奈。一句简单的"去烦你"，远远无法概括这些年来她们母女两人的互相折磨。

"你妈以前有她做得不对的地方，姥姥明白。"姥姥说，"你也是成年人了，有你的生活，不需要和妈妈和解，也不需要原谅，以后有帮得上忙的地方,能互相帮帮忙,也很好了。"

她妈才不会承认需要她帮忙。李衣锦在心里想。就像她永远也不想承认自己身上有任何她妈言传身教的影响一样。但不承认不代表不存在,她跟自己拧巴了三十年,也没学会要怎样和身上最像她妈的那一部分和睦相处。

或许就像姥姥说的那样,如果可以的话,互相帮帮忙,也很好了。

## 2

"你确定不需要我回避吗?"周到得知孟明玮要来,不无担忧地问。

"避得了一时,避不了一世。"李衣锦说。"而且,我也希望我妈能从离婚那件事里走出来,她要有她的生活,我要有我的,与其一直逃避下去,不如挑明了说开了,各自好自为之,就像她和我爸一样。"

李衣锦这天晚班,是周到去高铁站接的孟明玮。孟明玮看到他也尴尬,周到要帮她拎包,她也没让,就一个人走在前面。

进了门,孟明玮有些审慎又有些挑剔地巡视。鞋柜摆得毫无章法。早上的碗盘还在洗碗池里没洗。洗衣机里衣服都堆几天了?竟然还有袜子?谁让她把袜子跟衣服一起洗的?那干脆把鞋也扔进去洗得了?被子也不叠。窗帘也不拉。护肤品就摆在桌上也不收进柜子里去,这样容易落灰。冰箱里这么多饮料?你不长痘谁长痘?

她一边腹诽,一边把目光落在占据客厅和卧室相当大面积的储物盒上。现在的这处房子不再有打好的一整面柜子,李衣锦住了这么久,都不知道要怎么处理心爱的瓶子们,只好原样收在储物盒里。

周到跟在后面,像是看透孟明玮心思一样冒出一句:"那些都是李衣锦的宝贝,我也不能碰的。"

孟明玮不满地瞪了他一眼。

"晚上我来做饭。"她说。

李衣锦忙完,给周到发微信:"怎么样?和平吗?"

"和平。"周到回复,"就是我好饿。你妈做好了饭不上桌,说要热着等你回来吃。"

李衣锦哭笑不得："那你下楼去吃点东西垫垫肚子。"

"我哪儿敢？"周到怨念道，"我有点后悔了，我真应该回避的。"

"你就说你要去地铁站接我，下楼就行了呗。"李衣锦说，"还能巩固你模范男友的人设。虽然你每次接我都是为了吃路口的麻辣烫。"

李衣锦从地铁站出来，在麻辣烫那里逮到了周到。两个人大快朵颐，舔着嘴边的辣油准备回家，一回头就看见她妈面无表情地盯着他俩。

晚上两个人都吃撑了，因为她妈说自己做的菜一点都不许剩。

李衣锦在次卧的床上给她妈铺上新的床品，尽职尽责地把每一道褶皱都抚平。她妈就倚在房间门口，默不作声地看着她，过了好久，问："累吗？"

李衣锦跪坐在床单上直起腰，"什么？"

"你这些年，自己一个人在北京工作、打拼，累吗？"孟明玮问，"妈又给不了你什么，你心里很怨我吧？"

李衣锦愣住了。这句话，她曾经想象过，如果她妈这样问她，她该怎么回答。她会恶狠狠地告诉她妈，对，都是因为你，我才落得这个下场，宁可当一辈子北漂，喝一辈子西北风，我都不会回到你身边。

非常解气。

但她妈从来也没问过她在外面漂着到底累不累。

当她真的听到这个问题时，反而一下子不知该如何回答了。

良久，她从床上下来，又抻了抻被角，然后说："累。但是已经不怨了。因为怨你更累。"

她走过去，看着她妈："我放过自己了，才会有今天的样子。虽然我没钱，没房子，没有任何你以前期待的、成功人士应该拥有的一切，但我能踏踏实实地做一个普通人，已经很知足了。妈，我希望你也放过自己吧，否则你这个婚也白离了。"

她指指门边柜子上的袋子："这是给你准备的洗漱用品，我先休息了。"

孟明玮听着李衣锦进了隔壁卧室，关上门。她去洗手间洗漱。一边刷牙，一边看架子上摆着成双成对的漱口杯、牙刷、毛巾，镜子上面贴着稀奇古怪的小贴纸，还有手写的因为沾水掉了一半的便利贴。

"漱！口！水！又！用！完！了！——不要再忘买了！"

"我的牙刷是贴了小黄鸭的那个，不要再用错了，谢谢。"

孟明玮伸手把便利贴翘起来的角抚平了。

"我明天不想挨饿，但也不想吃两顿晚饭了。"周到窝在床上刷手机，看李衣锦进屋来，撇着嘴说，"能不能跟你妈说，不用她做饭？咱俩自己做还有吃的权利。"

李衣锦笑："明天我跟我妈说，你早回来你先自己吃。"

"我觉得这样也不是个办法，"周到翻了个身，若有所思地提出建议，"既然是来度假的，你多陪陪她，给她找点事做，她注意力转移了，才会开启新生活。"

## 3

"这些都不行。"

午休的时候，李衣锦坐在露台，一边喝咖啡一边看着手机里陶姝娜给她发来的锦囊妙计，满面愁容。她转发给周到，附上一句："没一个好主意。"

"也不一定。"周到回复，"比如这个可以试试？带你妈去你们那儿看场话剧，说不定能找回童心。"

"可算了吧，我妈本来就觉得咱俩一副穷酸相让她连催婚催育都不稀罕，你还让她去看小孩看的东西？"李衣锦心烦意乱地回复道。

孙小茹凑过来："姐，谁惹你了？脸拉得这么长。"

"没人惹我，我妈来看我了。"李衣锦说，"我爸妈离婚了，我妈心情不好。"

"为什么离婚啊？"孙小茹问。

李衣锦就简单讲了几句。

孙小茹若有所思地说，"姐，我有个思路。"她故作神秘地凑过来，在李衣锦耳朵边说，"你妈给你相过亲吧？"

第二天依然求了陶姝娜出马。陶姝娜一口一个"这我妈指示的"，拉着孟明玮去剪头发，做美容，买新衣服，李衣锦跟在后面只负责刷卡。孟明玮异常惊恐，被两个人左右护法一样架着逛完了整个商场。吃中饭的时候，坐在陶姝娜选的餐厅里，孟明玮的神色终于放松了一点点。虽然嘴里还是说着"你们年轻人都吃些什么破玩意儿，又贵又没营养"，但没有之前那么抗拒了。

"吃完饭咱们逛公园去。"李衣锦说。

"下午太阳太晒了，我想回去了。"孟明玮说。

"就逛一下，吃饭消消食，然后就回去。"陶姝娜连忙帮腔。

提心吊胆地带着她妈来到公园相亲角，没走两步就被一个提着鸟笼子的大爷盯上了。但看她旁边有两个年轻姑娘，没搞明白什么路数，犹豫了一会儿，还是试探地过来问了一句。"您这是给谁找伴儿来了？"

陶姝娜眼疾手快，立刻拖着李衣锦往旁边挪开了几步。

孟明玮吓了一跳，没有树上的小纸条和联系方式，她第一时间还没意识到这是一个相亲角，真以为就像李衣锦说的那样就是一个公园。

"找啥？"她下意识往后退了一步，问。

"找伴儿啊。我看您年纪不大，没到七十吧？"大爷说，"我七十八，但我身体好着呢，什么毛病都没有。您看我合适不？"

孟明玮大惊失色，"你说什么呢？！"

大爷看她这个反应，表情立刻不太好看："想找什么样儿的你直说呗，装什么。"转头嘟哝着走开了。

孟明玮余怒未消地瞪向一旁试图躲远的李衣锦和陶姝娜，还没等发火，又被一个穿着背心、一身腱子肉的大爷搭讪了。

"我看你腿脚不太好啊？"大爷说，"我媳妇儿以前也这样。比你年纪大，没你好看。"

孟明玮脸涨得通红，急于躲开："你别跟我说这个。"

"外地人吧？"大爷听出了她的口音，"外地人也行，我有房，只要你答应不进我家户本，我退休金八千多，够你花的。进户口本不行，我儿子不同意……"

李衣锦站得没那么远，仔细一听，周围这一对对聊的都是医保、退休金、子女、几套房产，还有聊婚前协议的，说什么子女不让他再婚，怕被分走家产。

"其实咱差的也不在打扮上。"陶姝娜也看出来了,在旁边说,"能在这儿相亲的,不都是在北京有户口有房的?儿女无忧,不用带孙子,就想找个老伴陪聊陪睡陪养老。"

"是啊。"李衣锦说,"咱们这个年纪相亲都没人奔着真爱去了,难不成还指望大爷大妈们搞一见钟情?"

她看着她妈局促而尴尬的表情,突然感到十分难过。那些她妈给她介绍相亲时用来讨价还价的话,她设身处地地让她妈也感受了一回,但她完全没有任何愉悦,只觉得所有的人都既真实又可悲,她听不下去了。

她走上前,挡在她妈和那个大爷面前。

"这位爷爷,"她说,"不好意思,我带我妈溜达,进错公园了。您误会了。"

"走吧。"她拉着她妈掉头就走。

陶姝娜走在后面,刚想小跑两步跟上,旁边一个爷爷发现这相亲角里居然有这么年轻的女孩,眼睛都亮了,"姑娘,"他问,"你也来找伴儿?"

陶姝娜冲爷爷甜美地笑了一下,说:"爷爷,我是来给我奶奶相老伴儿的!我奶奶今年九十八,人称村里一朵花,跟您简直是天造地设的一对!您要看看照片吗?我手机里有我奶奶的高清自拍,绝对无美颜滤镜……"

刚走出公园门口,孟明玮就甩开了李衣锦的手,一个人闷头往前走。

"你回去吧,"李衣锦跟陶姝娜说,"我跟着我妈。"

她知道她妈不认得回家的路,也怕她走丢,就一直跟在她后面,看着她艰难地走了一条街又一条街,终于走不动了。李衣锦上前扶了她妈,缓缓走到人行道旁边一张长椅上坐下。

"我和周到、和陶姝娜讨论了好几天,想陪你做点什么,但我们都不知道你想做什么。"李衣锦说。

孟明玮没说话。

"其实,我们同龄人相亲也差不多。你知道的。不管是二十岁、三十岁,还是五十岁、六十岁,都不过是想找到各取所需的伴侣。但是总有人接受这样的找法,有人不接受。有人能找到真爱,有人找不到。有人只想找钱,也有人找不到。还有人,不想找爱,也不想找钱,他们选择不去相亲，也没什么大不了的。"

"妈，我不是想让你找老伴，更不是想让你到了这个年纪还要被别人卡着条件挑挑拣拣，我只是想说，没找到不代表人生失败。你以前不也没找到吗？你也可以以后好好过。我现在觉得，和周到在一起，也过得挺好的，那就算是找到了吧。找没找到，总归要为自己活着，不是为了别人。"

李衣锦絮絮叨叨地说着，没注意到她妈伸手过来，轻轻地握住了她的手。

"妈，你不生我气了？"李衣锦问。

孟明玮摇了摇头。

"你也别麻烦了，我都这么大年纪了，离就离了，还找什么老伴？"她妈说。李衣锦觉出她妈语气里没有了那些理所当然的指点和要求，变得客气起来，也友好起来，似乎她真的是一个帮她妈找老伴的朋友一样。头一次，她觉得她和她妈竟能坐在平等的位置上，心平气和地交谈了。

"你姥姥说得对，我是该请个假了。从你爸、你，还有姥姥，所有人的事情中走出来，为自己活着。"她妈叹息一声，说，"不过我都五十七了，我还能活出什么来？"

"当然能，"李衣锦说，"你和姥姥都会活过一百岁，还可以每天算账，晒太阳，挑我的刺儿。"

孟明玮终于笑了。

"你愿意在北京漂着，就漂着吧。"她说，"虽然妈给不了你什么，但是你漂累了，想回家就回，妈不打你了。"

"嗯。"

"但是以后不许再给我买衣服了。"

"那不行。"

# 第二十九章

# 人生半场

# 1

在以前,这是她想都没有想过的事,她妈不仅接受了她是个在儿童剧院工作的员工,还亲自到剧院来看戏。

"我还以为你在这儿上班,就随便看戏呢。"她妈说。

"当然不是呀,我们都是在楼上办公室办公,要是员工都下来看戏那还不乱套了。"李衣锦说。

"请各位家长看好小朋友们,不要到处走动,我们的演出马上就要开始了……"

李衣锦拉着她妈找到座位坐下来:"听见没,不能到处走动,要开始了。"

她妈坐下来,趁灯光还没暗,有些好奇地左右张望。"还有不带小孩的人来?"她小声问,"不带小孩来干吗呢?"

"就自己来看呀。"李衣锦回答,"就像上映的动画电影,也有大人去看嘛。"

"是吗?"她妈点点头,叨咕着,"我也不知道电影院都放些什么电影。"

"你想看吗?"李衣锦问,"我们以后有的是机会看。"

"不看。我看那干什么。"

她妈一直好奇地东张西望,她问这问那,一会儿关心后台有几个门,一会儿问台上的道具是谁搬的,什么都想知道。李衣锦一直解释到灯光暗下演出开始,才噤了声。

"要是你姥姥也能看到这些新奇的玩意儿就好了。"大幕拉开前,她妈悄悄说。

演出勾不起李衣锦的任何兴趣,她全程神游天外,惊奇于自己竟然有和她妈并肩坐在黑暗的观众席上，在自己工作的剧场里，安安静静地看完一场戏的奇特经历，心中不免感慨。如果可以，她愿意用以后的日子，陪她妈去做更多没做过的事，经历更多的生活，陪她变老，就像她陪着姥姥那样。

孟明玮回去那天李衣锦上晚班，可以把她妈送到高铁站再走。一大早，她妈做了特别丰盛的早餐，李衣锦还没起床，周到起来一看餐桌，没好意思问，正收拾东西准备上班，孟明玮叫他："吃早饭了。"

周到一愣，"我啊？"

孟明玮也有些尴尬："嗯，你吃。李衣锦起来晚，剩下给她。"

周到在餐桌前坐下，看孟明玮在他对面一坐，又讪讪地起身，"要不我还是不吃了……"

"你坐，你吃着，我跟你说句话，不耽误你上班。"孟明玮说。

周到只好又坐下。

"一直以来咱俩互相都有偏见。"孟明玮说，"这个偏见，也不是一时半刻能消除的。我这个人，没文化，脾气也不好，这辈子也就是个家庭妇女，不知道什么大道理。你们年轻人读过书，见过世面，也懂得多，别跟我一般见识。如果我愿意为了李衣锦，试着去理解你们俩，你能不能也为了她，试着原谅我？咱们都退一步，以后我不打扰你们的生活，你们也好好地过，好不好？"

周到愣住了，好久才反应过来。他摇摇头，急切地说："阿姨，我从来对你没有偏见，正因为你是李衣锦的妈妈，我才要像她一样，尽量跟你沟通。如果你接受我，没有什么原不原谅，以后我对你就跟她对你一样。"

孟明玮起身进厨房："快吃吧，粥都凉了。"转过身时，她低头抹了眼角。

李衣锦下了晚班回家，到次卧去收拾，看到了床头柜上的盒子，应该是早上收拾行李去高铁站时她妈趁她不注意留下的。她好奇地拆开，盒子没什么包装，连封都没封，随手就打开了。

竟是个瓶子。既普通又不好看，是那种网上十几二十块钱随手就能买到的瓶子。

但李衣锦还是如获至宝，她把瓶子擦洗干净，摆在书架上一眼就能看到的位置。

周到进来看见了,问:"这是哪个瓶子,怎么不放箱子里了?"

"这是我妈送给我的。"李衣锦笑着说。

孟明玮回到家第二天就去养老院突袭。她没先打电话,到了楼下登记的时候也不让工作人员告诉她妈,一个人偷偷地上了楼。

时值下午,通常该是老人家午睡的时间,楼道里相对安静,偶尔遇见来回走动的护工。她走近她妈房间,发现门虚掩着,里面传来轻声说话的声音。

孟明玮觉得奇怪,停下脚步,悄悄把门推开些。

她看到三四个老太太围坐在桌前,一边喝茶一边聊天。她妈坐在中间,正滔滔不绝地讲着什么,虽然声音轻,但不断挥动手臂,绘声绘色,几个老太太都笑得合不拢嘴。

孟明玮忍不住扑哧笑了。她想起小时候姐妹三个围在她妈身边,听她讲出海打鱼的故事,那场景就像现在一样。

## 2

孟明玮推着老太太下楼来到接待处,养老中心的员工陪着周秀芳在等她们。孟小兵站在旁边,满脸不耐烦的样子。看到她俩过来,立刻跟员工说:"来了吧?你问她们。"

"怎么了?"孟明玮问。

"这位女士是她的儿子陪着来的,说是你们介绍过来的,但是好像他们对到底选什么规格的服务有点分歧。"员工说。

孟小兵冲着乔海云说:"是你撺掇我妈来的,没错吧?我跟你说,我可没钱,你让她来,是不是得你出钱?"

孟明玮都看不下去了,"为什么要我们出钱?"

"你们不是卖房子了吗?"孟小兵说,"我打听过了,你们房子都卖了,肯定有钱,我妈以后住养老院的费用你们得负责。老家修宅子修祠堂的钱,我还没管你们要呢!"

"你就是这么对你妈的?"孟明玮忍不住怒斥道,"你知道你妈怎么说你的吗?如果她不来养老院,将来她老得走不动的时候,你们家没有一个人能管她!她说她宁愿死在外面,也不愿意老死在家里!你妈把你养大,你就这么给她养老?"

周秀芳在一旁默默垂泪,一句话也说不出来。

"说实话,如果不是你们死皮赖脸上门要钱,我妈跟你们家半点关系也没有,更没有义务去管你妈怎么养老。还不是我妈心善,看她可怜,建议她可以过来做个伴,倒是你这个儿子真的心肝烂透,没有良心,连自己妈养老的钱都要讹别人!"

大厅里,几个老人和护士纷纷过来围观,前因后果听了个大概,便开始七嘴八舌指责孟小兵没良心。有个义愤填膺的老奶奶,脾气和精神都不太好,更是看着孟小兵就像看自己儿子一样,要不是护士拉住她,下一秒就要上前去骂他。孟小兵虽没有什么羞耻之心,但也不想激起群愤,索性变了脸哭丧求饶,"你们说这些也没有用啊,再说我也没钱!我老婆都跑了,还有孩子要上学,我哪儿有钱?……"

周秀芳止住抽泣,一步步走到接待台前面,从随身的小包里拿出一包东西,小心翼翼地放在台子上。

"我有钱。"她说,"我有。"

孟明玮上前,跟两个员工一起打开了她包的东西,是薄薄一沓钱,还有零有整的。孟明玮当面数了一下,也就两千多块。

旁边的员工立刻说:"咱们这边的床位费,最便宜的多人房也要八百元一个月。如果您是全自理,保洁和服务费一个月最低五百元,您这钱全加起来,连两个月都住不满,您怎么打算的呀?"

周秀芳一脸窘迫,手足无措地想把钱收进小包里,"我攒了好久……那算了,那算了,我不住了……"

孟小兵眼疾手快,劈手就把那小包抢了过去,一边捻着那几张钞票一边问:"妈,你这就不厚道了啊。来之前我问你,你说你没钱,这钱是你自己偷摸藏的?我爸也不知道?早知道,上个月家宇问我要钱买电动车我就不跟别人借了……"

他话音未落,劈头就被不知道哪来的一拐棍敲在了脑门上。正是旁边那个没被护士拉住的坏脾气老奶奶，个子不高劲倒不小，举起拐棍就打，"没良心的死崽子，就这么孝顺你妈，一点养老的钱你也抢，你也拿，你不怕拿了断手断脚?! ……"

虽然老奶奶可能是精神不太好，但她的仗义出手莫名激发了周围围观的老人们的愤慨。大家群起而上，抢钱的抢钱，打人的打人，抢不动钱也打不动人的就在旁边呐喊助威，把周秀芳的那包钱夺了回来，还把孟小兵打得缩在墙角屁都不敢放一个。

"给你，数数，少没少。"一个员工把钱交还给周秀芳。

"先住下吧。"乔海云说。

周秀芳慌忙摇头。

"以后的事以后再说，我说了算。"乔海云说。

周秀芳嘴唇哆嗦着，颤颤巍巍就要给老太太跪下，被孟明玮一把扶起来，又呜呜地哭了起来。

"哎，那小犊子跑了!"有个站在外围观战的大嗓门老大爷突然喊道。

众人这才转头去看，惊觉孟小兵不知道什么时候趁大家不注意已经溜走了。

回到房间，孟明玮忍不住问她妈："妈，你怎么打算？以后她没钱了，儿孙没有一个来看她的，你真要接济她？"

乔海云沉默了许久，说："你爸慷慨了一辈子，他的福气不仅咱们家人沾到了，好多好多孩子也沾到了，唯独他老家的那个家什么都没留下。如果说非要替他帮那个家做点什么，那我宁愿选择接济周秀芳。"

安顿好了她妈，孟明玮在回去的路上给孟菀青打电话，"你在哪儿呢？"

孟菀青在医院。前阵子老太太还没出院的时候，她给家人都买了体检，自己也做了，检查出来甲状腺结节，虽然是良性但较大，医生建议她手术。她妈出院之后，家里又乱，她怕妈妈和孟明玮惦记，就没说，连陶姝娜也没告诉，就自己预约了一个时间过来做手术。

麻药劲过去之后，她躺在病床上，心里一阵阵地后怕。手术之前那段时间，她惦记着她妈养伤，惦记着孟明玮离了婚状态不好，怕孟辰良那帮人闹事，怕陶大磊每天惹祸添乱，又怕告诉陶姝娜让她工作学习分心，什么都想着了，就是没想着自己害怕。现在心里石头落了地，反倒后怕起来。孟明玮打电话来，她便忍不住哭出了声。

孟明玮进了病房，气得怪也不是，不怪也不是。

"你傻啊？"孟明玮骂道，"跟谁都不说，跟我也不说？自己一个人偷偷来做手术？妈让我去李衣锦那儿玩，你还帮腔？还帮我管装修？你怎么这么能耐呢？觉得我这个做大姐的没用？什么事都不能帮你扛？"

"就是一个小手术，什么事都没有，大惊小怪的。"孟苑青指指术后包着的纱布，"你看，就这么点儿。"

"那也疼啊，咱们苑青从小最怕疼，最爱美，别看现在年纪大了，一点点伤疤都不能留……"

说着说着，姐妹两个都笑了，也哭了。

晚上，孟明玮坚持要在病房陪。孟苑青拗不过，只得依她。孟明玮靠在病床边上，孟苑青就靠在她身上。

"你还记得你小时候吗？那闹的，咱爸说你的破坏级别是我的一百倍。"孟明玮笑着说，"咱妈没空管你，咱爸又溺爱，就我像个铁面判官一样，每天盯着你有没有好好写字好好念书，你那时可真嫌弃我，连去学校送饭都不让……"

"要不是你带我俩长大，你也不至于没念大学。"孟苑青说。

"跟那没关系，是我自己不争气。"孟明玮说，"咱们家呀，我最笨，我认啦。笨人有笨福气，能生在咱们家，我知足。"

孟苑青靠在姐姐怀里，无声地流眼泪。

家里人的体检结果都是她过了目的，以前她没太注意过，但前阵子担心她妈身体，所以问得细了些。孟明玮的体检结果，虽然没什么大问题，她也拿给她那个做医生的朋友看了看。

奇怪的是，她第一次注意到大姐的血型。她记得她爸妈的血型，突然觉得不对劲，就问了她朋友。

朋友当然不能对别人的家事置喙，只是从生物学的角度简单地回答了，但也足以让孟苑青得知她爸妈隐瞒了一辈子的真相。

"是啊，"她闭上眼睛，搂着她的大姐，就像很小很小的时候每天被大姐哄着睡觉的感觉一样，"能生在咱们家，真好。"

# 3

李衣锦下楼去找同事，正赶上幕间休息。出口有很多家长带着小孩出出进进，一个看起来跟球球差不多大的小女孩，被妈妈领出来，站在墙角哭唧唧。

"妈妈说的对不对？"妈妈对小女孩说，"宝贝，你想一下，如果台上表演的哥哥姐姐，听见你说不好看，他们就生气了，不演了，你觉得这样做对吗？"

小女孩低下头，不说话。

"再说了，你觉得不好看，别的小朋友觉得好看，被你这样干扰，是不是也不高兴？"

小女孩点点头。

这时剧场里广播响起："请家长们带着小朋友尽快回到座位上，我们的中场休息时间即将结束，下半场演出更加精彩。"

小女孩拉着妈妈的手乖乖进场去了。

李衣锦站在角落，遥遥地望着舞台上亮起的光，又看看黑暗中屏气凝神的观众，心里感到格外平静和安宁。有那么一瞬间，仿佛自己就是那台上的人，在中场休息结束前的一秒钟深呼吸，睁开眼，呈现下半场的精彩。

晚上走在下班的路上，她想了想，给孟以安发语音。

"有空吗？想跟你商量个事。"

过了好半天，孟以安把电话打回来，背景音有些喧闹。"你在忙呀？"李衣锦问。

"不忙，"孟以安笑着说，声音透着轻松，"跟同事们吃消夜呢。官司胜诉了。"

今天是和晓文基金的官司开庭，贫困县那边的负责人也出庭了。这一次晓文基金没能钻成之前某次的漏洞，败诉得顺理成章。后来，孟以安又把负责人请到公司，跟同事们一起重新沟通了流程，决定等钱款到位，孩子们能正常学习和生活之后，再组织一次活动。

"我想做点什么。"李衣锦在电话里对孟以安说，"那天带我妈来看剧，她嘴上没说，但我知道她心里其实挺高兴的。后来她还说，要是姥姥也能见到这些新鲜玩意儿就好了。我就在想,能不能做点什么,让她,让姥姥,让更多人能得到陪伴,还能丰富生活。"

"巧了,"孟以安笑道,"我最近也在想这个。刚才跟同事还在聊,有没有可能以后把亲子活动扩展到整个家庭范围,不仅是年轻父母和学龄儿童,而是能让更多家庭成员参与进来。虽然难,但也不是不行。"

"你们的活动收不收志愿者?"李衣锦问,"如果收的话,下次我也想去。"

晚上,她躺在床上刷手机,看到她妈在群里发了一张照片,是姥姥和另外几位老人家的合影。大家都笑得开怀而无忧无虑,仿佛最好的人生才刚刚开始。

"你是我见过的第一个连着好几天来的家属。"一个奶奶对孟明玮说。"通常呀,一个月来一次就算好喽。"这个奶奶最喜欢吃完饭的时候来乔海云房间里说话。她年轻的时候爱唱歌跳舞,退休后还代表市里的老年模特队到外地巡演过。现在每天一大早在院里吊嗓子,是大家的起床铃。她头发花白,也不染,像小姑娘一样扎一个丸子头,然后戴上最喜欢的红色发箍,利落精神。

另一个常来的奶奶住在多人间,她有钱,但是怕孤单。她有轻度的老年痴呆症,偶尔认不清人记不住事,或是以为自己还只有二十几岁。她喜欢吃甜的,还在槐花盛开的时节做过好多罐槐花蜜分给大家吃,不过现在因为糖尿病不能吃了。槐花奶奶有一儿一女,一个年轻时意外去世,一个前两年病逝,没留下一子半女,她就特别喜欢听别人讲自己家孩子的事儿。每当有别家子女来看老人,她也愿意在旁边看,要是带来孙子孙女她就更高兴了,非要把自己平日里吃的东西分给小孩吃。多数时候被家长嫌弃地拒绝,偶尔有没拒绝的,她就格外开心。

还有一个奶奶也喜欢听故事,但她卧床,下不了地,每次都是红发箍奶奶和槐花奶奶去叫护工,护工帮忙把乔海云推到她房间里,说一会儿话再走。这个奶奶今年九十四了,是养老院里最高龄的奶奶之一,虽然人老得起不来床,神奇的是依然耳聪目明,头脑清醒,乔海云考她算术题她都能答对。大家都开玩笑叫她"老怪物"。

乔海云让孟明玮给她们几个老闺密拍了一张合影,几个奶奶都特别开心，央求孟明玮把照片洗出来，下次来的时候给她们一人一张。孟明玮一口答应。

"你有个好闺女呀。"怪物奶奶不住地跟乔海云说，又把孟明玮拉近她床边。

"我能不能求你个事儿啊。"她说。

"您说。"孟明玮说。

"你给我单独拍一张，好不好？"她小心翼翼地问，"你要是介意的话，去问护工借个手机来拍，不用你的拍。"

"怎么了？"孟明玮奇道。

奶奶小声说："老了的时候用。"

孟明玮一愣。"年轻时的照片也可以的。"她说。

"都没有啦。"奶奶摆摆手，"你要是发发善心，就帮我拍一张。等我老了，你告诉他们，用这张就行了。"

话音未落，槐花奶奶就凑过来，"你是不是在说吃蛋糕！"

"什么？"孟明玮一头雾水。

乔海云就笑，"医生不让她吃甜的。她看别人吃过一次生日蛋糕，馋了好多天，逢人就念叨。"乔海云说，"不过她现在都不记得自己生日，也就没人给她过了。"

怪物奶奶也笑，"那天她听说我生日要到了，非要给我过。我这辈子都没过过生日，就是她自己想吃蛋糕！"

奶奶们都笑了起来。

槐花奶奶很委屈地说："你们都有孩子给过寿，我没有，蹭口甜的还不让。你以为我愿意看人过生日啊？人老了，生日一个少一个，不是往生了过，是往死了过……"她望着远方突然愣住。孟明玮还没接话，她便已经忘记这个话题，笑着拉孟明玮出门，带她去看楼下花园里新开的花。

孟明玮从养老院出来，去洗了照片，心里想着白天老人家拍照时欣喜的模样，不免有些伤感。

晚上，她在微信上问孟苑青："你说今天要过来住，什么时候来？"

孟苑青昨天刚出院回家。正如她的想象，家里原封不动，只有陶大磊的烟灰缸从空的变成了满的，茶几上也到处都是烟头。

孟苑青面无表情地进门，放下东西就进了卧室。陶大磊眼皮都没抬，说："又跟你相好的鬼混去了？"

她没吭声，进屋把卧室门反锁，在屋里整理了自己重要的东西装进包里，然后出来，把这几天手术和住院的单子放在他面前。

陶大磊看了一眼，才坐起身来，"你什么时候去做的手术？我怎么不知道？"

孟苑青就笑了笑。她还挺佩服自己的，他问出这样的话，她也能笑得出来。

"你不需要知道。"她冷冷地说，"陶大磊，我今天跟你最后摊一次牌。之前所有的忍让和犹豫，一来我觉得我也有错，二来是看在你是娜娜爸爸的份儿上，我一直让步到今天。这次从医院出来，我想通了，我的下半辈子，不想再多委屈自己半分。"

她上前把单子和病历本收起来，露出底下的最后一份文件。

"最新版本，也是最后一个版本。"孟苑青说，"这份离婚协议，我提一次，你撕一次。没关系，这一次你如果还是不签，咱们就法庭见。"

她从包里掏出厚厚的一沓，全是离婚协议的复印件。"你要是想撕，我给你多打印了备份。我那儿还有更多，你撕解气了再签也行。"

孟苑青一抬手，一沓纸甩上天花板，漫天飞舞。她转身轻松地出门，门关上的时候，她看到陶大磊坐在散落的离婚协议中间，卑微又茫然。她这么长的人生竟由这样的一个人占据了如此宏大的篇幅，多么荒唐。

# 第三十章

# 家　宴

# 1

李衣锦第一次参加这么多人的家宴。姥姥说了,这可比她们自己的家宴还重要,谁都不可以缺席。

孟明玮按照李衣锦搜的食谱研究了好几天配方,做出了无糖的蛋糕,一大早就带过去,让护工先冰在冰箱里,叮嘱千万不要被槐花奶奶看到,吃的时候再拿出来。孟菀青给红发箍奶奶带了条新裙子,奶奶特别喜欢,上身一试,腰身还空出一块。孟菀青连连道歉,说没想到奶奶身材这么好。奶奶笑得眼睛眯了缝,美滋滋地拿上裙子进屋去改了。

李衣锦和周到是下午到的,给大家带了小礼物,虽然只是吃的和用的东西,也不贵,但老人家们都很开心,楼上楼下洋溢着喜气洋洋的气氛。护工们也配合地在楼里放起了音乐,就真的像过年一样了。

陶姝娜和张小彦傍晚时到达,姥姥第一次见到张小彦,打量了很久,笑着说:"你就是那个娜娜念叨了好多年的男朋友?"张小彦得不好意思地点头。

孟菀青看姥姥拉着她俩说话,准备去楼下看看老人家们午睡起来了没有。陶姝娜看到她出来,也跟出了屋。

"妈,"她说,"你不是一直想见我男朋友吗?怎么话都不说就走了。"

孟菀青没作声,母女僵持了片刻,两人都有些尴尬。

"妈,"陶姝娜语气软下来,"我不想咱们俩变成现在这样。以前咱俩什么话都说的。你跟我爸的事,你自己做主,我以后不说了。你别生气了行不?"她伸手拉住她妈,"大姨说你进医院动手术的事,我吓坏了。你不能这样,以后有什么事,第一时间要跟我说。记住没有?"

"还跟你说呢,你平时忙成那样,还要跟男朋友过甜蜜的小日子,我拿那些鸡毛蒜皮烦你干什么?"孟菀青嘴上不让,但神色已经有所缓和,"你好好的就行了。"

"我还是喜欢你以前那样。"陶姝娜故意撒娇,"你看,我给你带了礼物。"她从包里拿出一个盒子,塞给孟菀青。

孟菀青打开,是一条项链。陶姝娜知道她爱美,做了手术后留了疤,她自己还在想,以后多穿高领的衣服挡一下。只有陶姝娜才会让她不仅不用挡,还要戴上闪亮的项链。

"太招摇了。"她摇头说。

"你不就喜欢招摇的嘛!"陶姝娜说,"放心,我最喜欢看我老妈打扮得漂漂亮亮的。"

"谁老了?"孟菀青瞪她。

"我错了!你不老!人美心善的孟菀青女士!"陶姝娜又求饶。

母女俩这才相视而笑。

张小彦出来,陶姝娜就招手叫他过来。

"妈,我跟你说,他现在不是我偶像了。"陶姝娜说。

"什么意思?"孟菀青没懂。

"他现在只是我的男朋友。"陶姝娜说,"不过呢,我现在想得很清楚了,偶像是用来崇拜的,男朋友才是要一起生活的。"

"那你没有偶像了?"孟菀青问。

"有啊!"陶姝娜说,"我去实习的时候认识的,我们科室的姐姐,最年轻的项目带头人,连获两次国家级奖章的火箭总设计师。太完美了,我以后就要成为她那样的人……"

"娜娜的性格被我娇惯坏了,你多担待。"孟菀青对张小彦说,"你们能抽出时间来看我们这些老太太,难为你们了。"孟菀青说。

"妈,你又来!你老了也是我心里最酷的妈妈。"陶姝娜说,"姥姥也是我心里最酷的姥姥。"

"姥姥你放心,等过年的时候,我们都回来,你想在家过年,我们就在家过年,想在这儿过年,我们就都来陪你,好不好?"李衣锦跟姥姥说。

"你姥姥呀,现在认识了新朋友,根本不想回家。"孟明玮在一旁笑道,"估计过年都不愿意回了。"

"那可不行。"李衣锦说,"要是没有姥姥,那还过什么年?"

姥姥就笑着,指着走廊里说说笑笑的老人们,说:"对他们来说,孩子们哪天来,哪天就是过年。"

孟以安一家人也在开席前赶到了。球球一来,简直造成了这养老院里百年难遇的盛况,所有人都想跟她说话,逗她笑。她倒是不露怯,站在走廊里就给爷爷奶奶们表演唱歌跳舞,逗得大家笑声不断,奶奶们纷纷跟乔海云说羡慕她有福气。

"我都多久没见过小孩儿来了。"槐花奶奶感慨着,"别人的家属都说,没人愿意带小孩来,嫌弃。"

孟以安给养老院捐了一批血压计和护理椅,院长受宠若惊,一再向她表示感谢。她就留了自己的名片,说以后只要有机会,可以策划组织相关的活动。"我妈在这里待得开心,我当然愿意帮忙。"她说。

晚饭前,护工把蛋糕端进了怪物奶奶的房间,大家围在她身边唱了生日歌。怪物奶奶平日这个时间应该在睡觉,但今天听说是给她做寿,格外开心,不仅坐了起来,还吃了一小口蛋糕。槐花奶奶趁别人没注意,悄悄给自己多切了一块,躲到一边偷着吃起来。孟明玮看见了,也不想扫了她的兴,但还是凑过去小声说了句:"也别吃太多,您注意身体。"

槐花奶奶一边猛点头,一边又吃了一大口。

大家都在分吃蛋糕的时候,乔海云笑着问怪物奶奶许了什么愿。

怪物奶奶就笑笑,从枕头下面抽出张照片,那是孟明玮洗出来给她的,她的单人照。

"我就想用这张当遗像。"怪物奶奶笑道,"这张拍得好。"

吃完蛋糕,大家来到楼下,平时是食堂的小厅被护工们体贴地布置了可以围坐的餐桌。大家一边纷纷嚷嚷着今天加菜,一边落座,吃喝说笑,热闹非凡。

"今天过年了。"老人们都感慨道。

是宴就会散。大家边吃边聊到晚上,老人家们身体撑不住,陆陆续续回房休息。孟明玮收拾蛋糕的时候想起自己还特意做了一个生日快乐的卡片,想着给怪物奶奶留下,做个纪念,就悄悄上楼去了她的房间。

房间门没锁,灯也关了,奶奶肯定是睡下了。孟明玮轻轻推开门,把卡片放在桌上,她刚要关门出去,下意识觉得不太对劲,就拧亮了夜灯。

怪物奶奶安静地睡在床上,神态安详,手里还拿着那张她很满意的照片。

## 2

怪物奶奶的家属当天就陆续赶到了,也是三个女儿,比孟明玮她们年纪要大上几岁。老大一看那张照片就生气了,"这是我妈?谁给她拍的这么难看的照片?"

"我拍的。"孟明玮在一旁说。

"换一张换一张。"老大不满地说,"我妈年轻时那么好看,哪儿能用这张当遗像。"

"那你倒是拿出一张来啊。"孟明玮说。

"那我没有。"

乔海云坐在一边,不动声色地说:"你们有多久没过来看你妈了?你妈现在就长这样。她自己要求的,喜欢这张,要用这张当遗像。"

"行了,别啰唆这些了。"老三转头问护工,"我妈什么话都没留?"

护工一愣,连忙摇头,像是怕惹上什么麻烦一样。

老三回头看了一眼两个姐姐:"三一三十一。"

老人立刻竖起眼睛,"凭什么?妈来这儿之前就是在我家住的,平分我吃了多少亏?"

"要不是在你家住,妈还不能来养老院呢。"老二冷笑一声,"妈为什么宁可来养老院都不在你家住,你心里没数?"

"那也比你强,你给妈买过什么东西?你一年来看妈几次?"

"……"

"她们在吵什么?"孟明玮问旁边护工。

"丧葬费。"护工小声说,"老太太是离休干部,丧葬费得二十来万呢。人活着的时候没一个来看的,人一没全来了,等着分钱呢。"

怪物奶奶的房间很快被清理得干干净净,仿佛没有人住过的样子。和昨天门庭若市的状况天壤之别,全程没有一个楼上楼下的老人家过来打招呼,槐花奶奶和红发篐奶奶也没有来。

"这样的事,老人们都不会出来看的,都躲在自己房间里呢。"护工说,"不敢看,也不敢想。"

原本打算今天就走的孟以安一家也留了下来,大家陪着乔海云回到房间里,一时都沉默着,不知道该说什么。

"别一个个拉着个脸。"乔海云说,"我说点高兴的事。"

这时有人敲了敲门。门没关,一推就开,周秀芳出现在门口。

昨天一整天的热闹,她都没有参加。虽然住在多人间,但别人说笑的时候,她也只是一个人坐在床上发呆,乔海云知道她并不适应这里,心中难受,便也没多劝。

"过来坐吧,孩子们都在,我正跟她们说这事儿呢。"乔海云说。

周秀芳便有些局促地进来,在靠近门边的椅子上坐下。

"以安教给咱们的,家里重要的事,要通过民主的方式做决定。"老太太轻描淡写,"正好今天大家都在,我就先说我的意思了。"

大家你看我我看你,一头雾水。

"我已经同意迁坟了。"乔海云说,"让你爸迁回他老家,和他的发妻一起,葬在他们家祖坟。"

姐妹三个顿时一惊。

"妈,"孟菀青下意识站起身,"这种事不能赌气的。"

"我想得很清楚了。"乔海云摇了摇头,道,"我跟你爸过了一辈子,我知足了,也值了。既然他们家的老太太等了他一辈子,唯一的遗愿就是他回去,那我也不必强留。"

孟以安心头一酸,眼圈便红了,"妈,你是不是还在怨我爸?"她忍不住问,"人都走那么多年了,你跟他赌气还有什么用呢?爸不会愿意离开你的,爸走了,你留的那个位置怎么办?"

乔海云就笑:"以安,你不是最开通的吗?现在倒拿这个来跟我说事儿了。我早就说过,活着的人,没必要跟走了的人较劲,我怎么会跟他赌气?不跟他埋一起能怎么样?我不在意。"

三个人一时间都哑口无言,反对也不是,支持也不是,面面相觑。

倒是球球突然脆生生地开口发问:"姥姥,那你以后埋在哪儿啊?"

乔海云就笑,"你希望姥姥埋在哪儿?"

球球认真地问:"能不能埋在天上?就坐着火箭,停在云彩上面,这样我以后就可以给小朋友指,那朵云彩上住着我姥姥呢。"

陶姝娜在一边说:"这个做不到,火箭也不停在云彩上。火箭的本质是助推器和运输工具,把卫星或者飞船送到既定位置之后,有的掉公海里,有的进太空里,你可看不见。"

孟菀青瞪了陶姝娜一眼,陶姝娜就闭了嘴。

"好啦,既然你们都没有疑问,咱们就这么定了。秀芳,"乔海云说,"你给他们打电话吧,他们自己安排时间过去迁坟。明玮、菀青,到时候你们俩也过去,公墓那边有什么需要的手续,你们拿着我的证件帮着处理一下。"

"妈,"孟明玮倒是没想到她会跟球球问出同一个问题,"那你以后……怎么办?"

乔海云若有所思地沉默了半响,抬起头,望向窗外,好一阵子,才开口道:"我想回家看看了。"

她靠在窗边,望着外面,脸上没有怨怼也没有不甘,有的只是过尽千帆之后梦回故乡的眷恋。

李衣锦坐在她妈身边,不知道说什么好,只伸手轻轻握住她妈有些颤抖的手。

"姥姥既然这么说了,这一定是她希望的。"她说。

"是吧。"孟明玮茫然地点点头,回答道。

那天夜里,她久违地梦到了很多小时候的场景。她和她妈挤在一张小床上,她闭着眼,听她妈讲故事,感觉自己就坐在摇摇晃晃的小船上,随着海浪的起伏心情跌宕。可当她睁开眼时,发现船上只有她自己。风雨飘摇中,她只看到越来越远的帆,一张嘴,吃进去的不知道是泪水,还是咸腥的海风裹挟着的细碎的浪花。

# 3

"等我走了以后,不要墓,也不要坟,什么都不要。你们哪,就带我到离岛最近的码头,坐船出海,把我的骨灰撒到大海里。以后你们谁想我了,就来海边看看我。要是天儿好,阳光足,能看见对岸的岛,就多跟我说说话。要是天阴着,雾气蒙蒙,看不见岛,那就打个招呼再走,我也知道你来了。"

迁坟的时候孟明玮和孟菀青去了。孟家带来的人手脚麻利,墓碑没几下就轰然倒地。他们带着孟显荣的骨灰离开后,一排洁白的墓碑中留下残缺的扬着尘的豁口,格外刺眼。

"爸迁走了,妈百年之后即使还葬在这里,碑上的字也不知道要怎么写了。"孟菀青慨叹道。

乔海云此时静坐在窗边,看着外面的风景出神。周秀芳坐在一旁,欲言又止,还是开口问道:"真的甘心吗?"

乔海云回头看她,笑了笑:"活都活到现在了,还计较什么甘心不甘心。人这一辈子,生不带来死不带去,埋在哪儿不过是活着的人留个念想儿。他要回家,那便回吧,我得个自由,也挺好的。"

大家陪老太太去海边。路上球球坐在姥姥身边,听她讲故事,听得一惊一乍地咯咯笑。姥姥就戳她的脑门,说道:"跟你妈小时候一个样,咋咋呼呼的。"

李衣锦和陶姝娜一起坐在后面,却是都笑不出来。

"我总觉得,以后没有家了。"没心没肺的陶姝娜头一次看起来怅然若失,"姥姥不在家,咱们以后回哪儿呢?"

"不回了。"李衣锦若有所思地说,"以后都不必回家了。自己在哪里,哪里就是家。"

由于经营改革,码头现在并没有轮渡往来,一行人无法去岛上。大家都垂头丧气,老太太倒是没有觉得扫兴,"不去就不去吧。"她说,"今天天气好,远远看看就行了。我年纪大了,晕船。"

于是大家推着她去海边。李衣锦和陶姝娜陪着球球在海滩上玩,孟明玮、孟菀青和孟以安三个人就陪着她妈聊天。

远处是蓝天白云,近处是海滩上玩耍的女孩们,如此美好温馨的场景里,听着老太太云淡风轻地说着要将骨灰撒向大海的话,姐妹三个人都是心头一痛。

"行啦,我就是提前说说。明玮不是说过吗,我能活到一百岁呢!现在还早,我还得享受生活!"老太太笑得爽朗而释然,"以后的事留给以后去办,等我把腿脚养好了,我还可以出去玩呢。"

姐妹三个回过神来,终于附和着笑起来。孟以安说:"是啊,球球都说了,以后她去哪儿玩,都得把姥姥带上!"

"以后，我也想带孩子们来。"孟以安说，"让他们也看一看怎样开船出海捕鱼，应该挺有意思的。"

在回北京的路上，孟以安跟李衣锦说："你不是想来做志愿者吗？最近有个失学儿童的慈善项目，我会带小孩们一起去，你可以一起来。"

"行。"李衣锦挺开心地说，"那我问问周到的时间，我们俩一起去，可以吗？"

"当然可以。"孟以安说。

"你们俩现在感情还挺好的样子，考虑过以后的打算吗？"孟以安问李衣锦。

"我觉得，现在这样也挺好。两个人都知道以后有结婚的可能，但也有不结婚的可能，带着这样的心情去相处，很多焦虑和矛盾就能化解了。"李衣锦说。

"你长大了呀，"孟以安笑着说，"有时候你妈都应该跟你学学。"

李衣锦摇摇头，笑："人不管多大年纪，该像小孩的时候，可以像小孩，但该长大的时候，也早该长大了。"

等到孟以安组织孩子们趁假期去贫困县活动时，捐赠失学儿童的款项已经到位。虽然开学推迟，但孩子们至少拿到了新的课本和书包，小学的楼房和操场已经翻修完成，新的课桌椅和黑板搬进了教室，一切都在井井有条地进行。

孟以安特意带球球去了村头那一家。原本的陷阱里没了尖刺，长出了野花，屋后地面也被翻平整了，种的菜籽从地里钻出一排排绿芽。

女孩从屋里端着盆出来晾衣服，看到孟以安，惊喜地睁大眼睛，把盆放在门口就跑过来。

"你真来了！"她有些忸怩地说，看到孟以安旁边站着球球，更加不好意思地脸红了，沾着肥皂水的手慌忙在衣襟上搓了两把。

"当然啦，我们不是拉过钩嘛，我答应带我女儿来找你玩的。"孟以安说，"这是球球。球球，叫姐姐。"

"姐姐好。"球球笑嘻嘻地说。

女孩好奇地打量着她："你的名字好好玩啊。"

球球就笑，"是的！我爸爸姓邱，我叫邱球球！每次遇到新老师点名，都会笑我的名字好玩！我妈说，要是我姥爷在，肯定要笑话她没文化！"

女孩扑哧一声笑了。

球球把她带来的礼物亲手送给小姐姐，礼物是她在手工课上的作品。女孩很喜欢，小心翼翼地看着，爱不释手。

"这个蓝色的是海水，这个白色的是小船，这个是小岛。"球球给她指着，解释道。

"好看。"女孩感叹道，"但是我没见过大海。"她说，"就只在画册和电视里见过。"

"你没见过大海呀？"球球挠了挠头，想了想，说，"那下次我带你去。我姥姥就是在岛上出生的，每天都在大海上坐船，可好玩了。她给我讲过好多故事，我讲给你听！"

"住在岛上吗？"女孩好奇起来。

"对。"球球点点头。

"那是不是离陆地好远好远？那多孤单呀。"女孩问。

"不会呀，"球球说，"岛上也有人。他们每天都坐船来陆地上，也有人从陆地上坐船去岛上。"

女孩认真地听着，脸上露出感兴趣的神情。

"而且，我跟你说哦，"球球说，"你站在陆地这一边，看不到那边的小岛。但是呢，要是赶上大晴天，就看得很清楚啦，有好多好多小岛就在不远的地方，其实离得都很近，只是起雾的时候看不到。所以啊，一点都不孤单。"

孟以安笑了，补充道："那叫群岛。"

"嗯，群岛。"球球点头，又说道，"我姥姥说她以后要把骨灰撒在大海里，这样我每次去海边，就是回家啦。"

在球球绘声绘色的讲述中，孟以安仿佛看见了一个莽撞执拗的少女，头也不回地坐上远去的船，明知前方命途多舛却也无惧无畏。

主宰了自己人生的人，也值得一个自己最满意的结局。

她们都值得。

番外一

# 五十步阳光

她并不是一直都喜欢那段看得见阳光的走廊。

至少刚来的那几年不喜欢。

那段走廊很短,正常走路一般五十步就到头了。步子迈得大点,三十七八步;步子迈得再小,最多走七十步也到了。

大家都喜欢那段路。去做工,去吃饭,去接电话,去会面,都要走那条路。很多人早上起来就祈祷老天爷赏脸出太阳,只要每天享受了那五十步的阳光,一天的心情就会好。何况有的时候,在阳光的尽头等着她们的是家人。

刚来的那几年,她一直被归类为"危险分子"。危险分子有的是对别人有危险,有的是对自己有危险,她属于后一种。

里面什么都不许带。发卡、皮筋、罐头瓶、首饰,都是可能被利用的致命物品。头几年她一直是重点监视对象,因为她不想吃喝,不想活着,只想死。

她每天都在懊恼。

不是为做下的那些事懊恼,而是懊恼自己进来以后才知道,死竟然这么难。

有人帮她跟监区队长反映,借来了本心灵鸡汤书,放风的时候给她读。"有求死的念头很正常,好多人刚来的时候都有,慢慢地熬过来了,就开始想活下去了。"一个狱友跟她说。

很多犯人有文化。她曾经认识过一个像她一样杀了丈夫的女人,是拼命从穷山沟走出来读了书的,人非常聪明,即使在监狱里做工,表现也比别人好,脑子好使,干活麻利,学什么一点就透。

脑子好使才懂得怎么死,她脑子还是不够好使,否则不会想不到,一旦坐了牢,再想死可就难了。

她的脑子只够支撑她到做出选择的最后一刻。

她从来没有犹豫过。因为该尝试的都尝试了,她知道自己无路可走。

最初她做着后来知道无用但当时还怀着一丝侥幸的抵抗。他喝酒,她偷偷把酒藏起来或是拿出去丢掉。他把儿子推撞在桌角,孩子磕破了额头,她就把家里所有家具的边边角角全用布和胶带缠起来。他摔坏了好几把椅子,她就把所有椅子都换成塑料的。他把衣柜里她的衣服全都一把火烧掉,她就把备用的衣服装袋子里藏在厕所窗户外面。

但是没用,他变本加厉。

后来她提了离婚,换来断了两根肋骨住进医院,并因此失去了工作。他耍酒疯把儿子打伤,醒来之后痛心疾首说要带儿子去医院,但是彻夜未归,她挨家挨户敲门求邻居们帮她找孩子。他带孩子从爷爷奶奶家回来,勃然大怒,说她不知廉耻,扯着她的头发把她从邻居门口拖回家,整条街都听得到他的破口大骂和她的痛哭惨叫。

结婚十年,她死去过无数次,又因为孩子强撑着活过来。不是没想过鱼死网破,但总没下得了决心,直到她在学校看到孩子写的那篇作文。

"我的爸爸是一个魔鬼。"

那一刻她才醒悟,摆在她面前的是必须做出的决定。

她这辈子都没有那样运筹帷幄、处心积虑地谋划过一件事,"以防万一",从头到尾她心里想的就是这四个字。她一旦下手做了,就要确保没有"万一"发生。后来跟她案子的律师都说,见过因为家暴杀夫的,情节这么严重的还挺少见。

那天她把儿子送去了娘家,孩子并不知道要发生什么事,但还是试探地问:"妈妈,你跟我一起回姥姥家好不好?"

她知道儿子的意思,他怕他爸又打她。

被拒绝之后,儿子还是乖巧地跟她挥手道别。

"那妈妈你早点来接我。"他说。

她不敢看儿子的眼睛,怕再多看一秒就会退缩。她知道她一旦走出这一步,很可能就再也见不到他了,但至少儿子的生活中从此不再有魔鬼。

趁他没回来,她下厨做了一手好菜,然后把药下在菜里,怕他掀了不吃,他常喝的每一瓶酒里也都下了药。他回来,她躲进屋,冷静地一边听着外面的声音,一边盯着墙上的挂钟数时间。等她出来的时候,他已经口吐白沫地仰在椅子底下。

她沉默地挪开椅子,然后拎起地上的酒瓶,像他每次打她那样,砸向他,一下、两下,一瓶碎了,再来一瓶。酒瓶没了,还有桌上的盘子、碗,桌上空了,还有椅子、花瓶、暖水壶、擀面杖、水果刀、菜刀。凡是家里有的,手边够得着的,举得动的,她都拿来砸,就像他每次打她那样。完全不用担心声音会被隔壁听见,因为邻居这十来年都听腻了。

等到所有的东西都砸完,她盯着地上那具血肉模糊的东西看了好一会儿,总还是不确定他到底死了没有。以防万一,她想着。于是她打开了煤气,走出门外,把家门反锁。这样总万无一失了。

她一个人在大街上游荡了一整夜,天亮的时候,她用沾满血的双手推开了派出所的门。

她的案子开庭审理那天,好多街坊邻居都来了。他们自发联名请愿,说她是个好人,还有未成年的孩子,请求法院从轻判决。

他的家人全来了,在旁听席上几次大声谩骂,差点被法警扔出去。她的娘家人一个都没来,孩子也没来。听到她被判处无期徒刑的时候,邻居们全都在哭,她一滴眼泪都没掉,对她来说,别人宣判她是死是活已经不重要了。

儿子后来被他的爷爷奶奶抢了回去,在娘家人来看她的时候,她拼命求她们把儿子抢回来,但她们也无能为力。

"你死心吧。"她们说,"那孩子跟了他爷爷奶奶,你就是他的杀父仇人。"

心是死了,但人死不了,就还像个行尸走肉一样。在别人每天期盼着走过那段五十步的阳光,去见自己家人的时候,她只能转过头去视而不见。

但真能视而不见吗?她做梦都在想着孩子有没有吃饱穿暖,有没有受欺负,长了多高,变没变样,该上几年级了,学了点什么,以后又会做点什么他喜欢的事。

儿子的小名是她给起的,因为生他那天,有人在产科病房的窗台上放了盆向日葵。她一边忍着疼一边看着那花,就在心里想,孩子以后长大了,就像向日葵向着阳光一样,只要他心里喜欢,去往什么方向,她都支持。

只要一想到儿子恨她,再也不想见她,她就觉得死的念头又盖过了活着的希望。每当又有人雀跃地起身去迎接家人的见面或是电话,周围便是一片羡慕的声音。只有她一如既往格格不入地坐在角落,第二年后就没人再来看过她,以后应该也不会有了。

当那一天监区队长来叫她,说有人来看她的时候,她根本想不出谁会来看她。队长是个好人,平日里管理犯人的时候很照顾她,也曾经数次劝她打消自杀的念头。她盯着队长的脸,却也看不出端倪,只好跟在后面。

那天运气很好,每一步都有阳光,不多不少正好走了五十步。

一进会面室,她就愣住了。

儿子长高了,也晒黑了,穿着她没见过的陌生的校服,单薄精瘦的肩膀上挂着书包,坐在那里紧张得抠着手,远远看见她,一下子从椅子上弹了起来。

不能哭,不能哭,她狠狠掐手心告诉自己,哭花了眼睛就看不清了,不能哭。

儿子说:"我今年考上市重点了,这边有公交车能到,我才来的。"

她说嗯。

儿子说:"我偷偷来的,没让爷爷奶奶知道。"

她说嗯。

儿子说:"他们怎么说你的,我都知道,但是我不愿意听。"

她说嗯。

儿子说:"我以后都住校,不能常过来。"

她说嗯。

儿子就没话说了。她也不说话,就么看着孩子,怎么看都看不够。

时间快到了,儿子局促地站起来,又慌忙坐下,蒙头蒙脑地问:"妈妈,你还会出来吗?"

到底还是只有十多岁的小孩,他一个人跑了这么远的路,来看好几年没见的妈妈,其实就是想问这个问题。

"他们说你一辈子都不会出来了,是骗我的吧?"小孩脸涨得通红。

"我不信。"他说,"你要是出来,你告诉我,我来接你。"

她拼命忍了许久的泪水终于倾如雨下。

那是她入狱的第五年。

一年后，她就因为在狱中表现优异，工作努力，改造态度良好，被宣布减刑二十年。

后来她像别人一样，每天都在祈祷老天爷赏脸出太阳。只要每天享受了那五十步的阳光，一天的心情就会好。何况有的时候，在阳光的尽头等着她的，是她最想念的人，是她活下去的希望。

周到离家去北京上学工作之后，几年才回去看她一次。他很少说自己的情况，她问起，他也只是回答挺好、还行、差不多。但她心里明白，因为她，他的学生时代也承受了他不该承受的歧视和非议。但他从来不说，像是已经习惯了在他不常见面的妈妈面前客套地表示一切都好。她也知道自己不能和别人家的妈妈比，想帮忙解决孩子生活上的迷茫，又无能为力。

"我决定彻底离开他们了。"周到说。她知道他指的是他的爷爷奶奶和"那边"的家人。他断续说，"以后我们的生活，我们的将来，都只由我们自己负责。"

她点点头："你决定就好。"

"等你出来，我们来接你。"周到临走的时候说。

她愣了一下，就笑了。等离开了他的视线，才抹掉了眼泪。

回去的路上竟也有阳光。她轻快地数着数，感觉五十步一眨眼就过去了。

离下一次见面的日子就更近了。她想。

## 番外二

# 私　奔

陶姝娜第一次去张小彦家,是在博士快毕业这年。之前张小彦也提过很多次,陶姝娜都坚决反对。

"咱们俩怎么过是咱们俩的事,我可不要去你家人那里接受检阅。"她严词拒绝,"那这件事就变得不单纯了。"

"什么叫不单纯?"张小彦表示不公平,"是你想的不单纯吧。我不也见过你家人了吗?连姥姥我都见过了。"

"那不一样。"陶姝娜说,"我姥姥和我妈替我决定男朋友了吗?没有。替我决定学什么专业了吗?没有。但是你有。所以我既然是你选择的女朋友,不是你家人替你选的女朋友,那我有权利在现在这个阶段不接受来自他们的审核。"

"我又没说是要审核你。"张小彦说,"你看,他们知道我又找了女朋友,不也不再安排我了吗?你不要把我家人妖魔化好不好?"

"我没有把他们妖魔化,是你自己说的,"陶姝娜振振有词,"你自己都知道你的人生是他们安排的,你不也不愿意吗?其实啊,你就像另一个我姐,如果她有你的家世和智商,可能也会走上像你这样的路。但她没有,我大姨又逼她,所以她们母女俩之前才会有那么多隔阂。"

话是这么说,但是陶姝娜又输了。她和张小彦有一个规矩,每次约好周末两个人要一起待在家或者出去玩,谁因为加班或者别的事缺席了,就是输了,输了的人要无条件答应对方一个要求。

"说吧,"陶姝娜跟张小彦毫无求生欲地说,"罚我做饭洗碗一个月我都不会喊冤。"

"我才不罚你做饭洗碗。"张小彦说,"我爸妈点名要见你。"

一路上陶姝娜都在发愁,一会儿说,早知道去年的课题该跟导师一起参与的,一会儿说,应该明年再来的,明年至少拿到博士学位了。

"你又不是去面试的,瞎想什么呢?"张小彦哭笑不得。"我家人没有你想象的那么恐怖。他们只是对我的教育比较严格而已。"

张小彦的家人果然如他所说，都文质彬彬、优雅礼貌，对初次见面的陶姝娜也是虽然客气但热情。

陶姝娜还是没有放松警惕，虽然坐在张小彦妈妈旁边，乖巧地吃她递来的水果，但眼观六路耳听八方地提防着，比去面试还要谨慎。

果然，张小彦妈妈虽然温言软语、慈眉善目，但开口就直问要点。

"娜娜呀，你父母是做什么的呀？教育你也很成功呢，听小彦说，也是培养出了你这个状元。"她问。

不知为什么，天不怕地不怕的陶姝娜在这一刻突然沉默了。她想起她高中时第一次指着电视上的张小彦说"我也要成为那样的人"时班主任泼她冷水的语气，想起她一路走到状元又走到现在听到的每一句类似的话，有那么一瞬间，她竟也想撒谎。

张小彦看到她的局促，走过来坐到她身边，轻轻握了握她的手。

"想什么呢？"他轻声笑道，"你就说实话呗，不说我替你说了。"

"哎！"陶姝娜回过神来，"没有……我自己说。"

她冲张小彦的妈妈有些尴尬地笑了笑。

"我呀，其实我什么都不是。"她清了清嗓子，觉得那个天不怕地不怕的自己又回来了，"我们家也不懂什么教育。我妈是百货公司的销售经理，我爸是个列车员。"

何必要撒谎呢？她一边在心里嘲笑自己一边想。她不就是这么长大的吗？小时候，她妈为了上班不扣工资把她扔在柜台后面，她就窝在一堆货物里玩玩具看画册；上学时因为写作业快，包揽了全班同学写不完的作业，莫名累积了声誉导致第二年全票当选班长；中学时因为家里有最新的科幻杂志，她拿去班级里传看，被老师没收了，结果她下课去送作业发现老师自己在办公室偷偷看……还有她妈为她在老师面前出头的时候，练跆拳道受了伤又坚持考试的时候，甚至天天花痴张小彦的时候……这些才是她自己独一无二的人生嘛。

"他们现在准备离婚了。"陶姝娜坦然地说，"我妈坚持离，我爸坚持不离，法院一审没判离，我妈会继续上诉。"

张小彦妈妈显然没有想到陶姝娜这么坦诚，一时间忘记了表情管理，现出惊愕之色。

张小彦倒是对陶姝娜说出这些大实话毫不意外,说:"妈,娜娜性格就是这样的。她有好孩子的品性,却也享受到了好多所谓的好孩子享受不到的人生。不像我,我是长成了你们认为的好孩子,但我有多喜欢她,就有多羡慕她。她比我幸福多了。"

张小彦的妈妈脸上有些挂不住,"我们还不是为你铺了一条最好的路,你现在事业有成了,倒来埋怨我们了。我们反倒有错啦?爷爷、爸爸做科研为国家争光有错啦?"

张小彦明显也不高兴了,但他还知道下意识地避免和妈妈争论,就闭口不说话了。

陶姝娜便忍不住多嘴了一句,"阿姨,"她说,"小彦是真的很优秀,他也很感谢你们给了他最好的教育。我熟悉他以前,也一直崇拜他、羡慕他。但是熟悉了之后,我更愿意了解他喜欢什么、不喜欢什么,他总该有权选择他想要什么样的生活、什么样的女朋友、什么样的未来。"

"哟,小姑娘伶牙俐齿的呀。"张小彦妈妈一笑,"我这还没说什么呢,倒提点上我了,显得我咄咄逼人了。行,我不说了,小彦,"她不动声色地看了一眼张小彦,"去爷爷书房吧,爷爷和爸爸有话问你。"

来之前张小彦就跟她说过,他离家读书工作后,每次回家,都还要像学生时代一样,到爷爷和爸爸跟前汇报成就汇报思想,就差没写一份年终总结报告了。

陶姝娜第一次听说的时候也是百般惊奇,"难怪你不愿意上班写报告,回家还得述职,这过的什么日子啊?"

"妈,今天难得娜娜来了,大家聊聊天就行了,我就不过去了吧。"张小彦用商量的口气说。

"有什么区别?"张小彦妈妈虽然脸上仍对陶姝娜带着笑,语气却是对张小彦的严厉,"谁来都一样。不管你多少岁,只要在这个家里,你就得守咱家的规矩。可别忘了,是谁把你培养出来的,谁让你走到今天的。"

气氛僵持了十几秒。

陶姝娜突然站起身,拉住张小彦的手,冲张小彦妈妈嘻嘻一笑。

"阿姨,那请你们也别忘了,谁现在是他的女朋友,谁陪他走以后的路。"

陶姝娜俏皮地眨了眨眼，然后牵住张小彦，两个人飞奔出门，门在身后顺势带上，他们来不及看他妈脸上青一阵白一阵的神色。

两个人手拉着手在大街上一顿狂奔，明明平日里是成熟稳重的成年人，这会儿却像被家长逮住的早恋高中生一样，跑过好多条街都不知道累。跑不动了，才气喘吁吁地停下，一个扶着膝盖，一个叉着腰，对看了几分钟，同时爆发出大笑。

笑累了，两人互相搀扶着在街上慢慢走。

"我从来都没这么干过。"张小彦抬头看看天，感叹道，"我当了这么多年的优秀模范生，从来都没有明目张胆地违抗过我家人的命令。"

"你有过啊。"陶姝娜故意说。

"啊？"张小彦没反应过来。

"从你答应我做你的女朋友那天起，你就已经违抗他们的命令了。"陶姝娜说。

"也是。"张小彦点点头，"那要是我当时就认识你，会不会咱俩高中的时候就在一起了？"

陶姝娜扑哧一笑："说不定喔。"

"唉，"张小彦故意叹气，"晚了，现在一把年纪了，还玩这种把戏。跟私奔一样。"

"现在也不晚。"陶姝娜说，"私奔什么时候都不晚。"

两个人你看我，我看你，又是一阵大笑。

"以后，我也要成为你这样的人。"张小彦说。

"我是哪样的人？"陶姝娜故意问。

"永远不要怕选择一条冒险的路。"张小彦说，"有你一起，我更不怕。"

陶姝娜一笑，挽起他的胳膊。

"私奔也不怕？"

"当然。"

番外三

新　人

"老师说这个是家庭作业,需要爸爸妈妈跟我一起完成。"球球一本正经地坐在自己的书桌前,跟孟以安谈判。

孟以安一脸看穿她耍把戏的表情:"完成不就行了?老师又不知道你跟谁一起完成的。"

球球警觉地瞪大眼睛:"妈妈,是你说要遵守老师的要求的,你这样等于是在教我偷懒。"

孟以安翻了个白眼。是谁说做教育的人自家孩子都教得好?难缠起来不是照样亲妈也搞不定。

球球这次假期的生活作业主题是认识植物,老师要求孩子们捡不同种类的植物回来做标本册,带到学校去给同学们科普。

"这不是谁都能做吗?"孟以安不死心,"离你爸来接你还有一个星期,你能不能不要再给妈妈添麻烦了呢?"

球球眨巴眨巴眼睛,低下头,委屈地说:"妈妈,你觉得我是麻烦呢,还是爸爸是麻烦呢?"

已经学会道德绑架了,孟以安只好投降。

邱夏二话不说就答应了。驱车前往森林公园的路上,他一边开车一边给球球讲故事,加班没休息好的孟以安睡了一路。精神养足之后,孟以安心情大好,到了之后就跟着球球疯跑,留邱夏在后面背着装备补给默默赶路。

总算等到球球累了,三个人在草坪上坐下,铺好午餐布,喝水吃东西。球球不老实,吃两口想起了带来的拍立得,就站起来左拍拍右拍拍。

"别走远了,就在爸爸妈妈能看得到你的地方。"孟以安叮嘱道。

"知道啦!"球球脆生生地答应。

两个人一边看着球球的背影一边聊闲话,聊了几句孟以安工作上的事,又聊了几句邱夏学校的事。邱夏突然没头没脑地问:"你知道今天是什么日子吗？"

孟以安莫名其妙，"什么日子？"

"问你呢，"邱夏说，"你还记得今天是什么日子吗？"

孟以安被他突如其来的追问弄得摸不着头脑，在心里迅速过了一遍三个人的阴历阳历生日和通用重大节假日，没一个能对上号。

"什么啊？"她一头雾水，瞪了邱夏一眼，"别在这跟我绕弯子，有话就说。"

邱夏叹了口气，仰面躺下。

"我就知道，"他语气带着懊恼，"以前不后悔，现在后悔了。当时就不应该跟你逃了那个婚礼的。"

孟以安顿时如醍醐灌顶，"啊，今天是咱俩的结婚纪念日？"

邱夏无奈地摆摆手："算了，反正你从来都没记住过，离都离了，更不用提了。"

孟以安看着他。邱夏那些小心思她可门清，嘴里说着不用提，明明就是他自己先提出来的。她好整以暇地坐直了盯着他，似笑非笑，等着看他到底想说什么。

还没等他说，球球就跑了回来。孟以安帮她把捡回来的花草简单整理一下收集起来，分别放进采集袋，贴上标签收好，以便回家之后制作标本。

"有时候想想，好像是有点遗憾啊，"孟以安一边看着球球专心致志地忙碌，一边若有所思地说，"唯一的一次婚礼，还被我任性给错过了。没留下点值得纪念的东西。"

邱夏没吭声。直到球球又跑开去玩了，他才故意装作漫不经心地说："其实我有。"

"有什么？"孟以安奇道。

"有值得纪念的东西啊，"他说，"而且你不知道。"

孟以安抬起头，"真的？你倒是藏得深，没离婚那几年你怎么不说？"

"怎么说？那几年咱们都在吵架。"邱夏说，"离了之后就更没法说了。"

孟以安沉默良久，问："是什么？"

邱夏坐起来看看她，"你真的想知道？"

孟以安点点头。

邱夏低头从外套贴身的口袋里拿出一张纸。

"那是什么?"孟以安问。

邱夏打开那张纸,冲她挥了一下,"不认得吧?就我自己认得。"他自嘲地说,"当年写给你的誓词,谁承想没机会当着大家的面说给你听。后来就也忘了。搬家的时候整理衣柜我才发现,就自己收着了。"

孟以安好奇起来,伸手去拿,却被他敏捷地躲开了。

"你真的想听?"他又问了一遍。

孟以安便不抢了,点点头。

他就笑了,正襟危坐,清了清嗓子,还很严肃地整理了一下自己的衣领和头发。孟以安看着他一本正经的样子忍俊不禁,于是换了一个舒服的姿势坐着,托着下巴等着听。她想起结婚之前,她也总是这样看着他一本正经地说话,虽然他说的话总能让她昏昏欲睡,但仍觉乐趣无穷。

邱夏便抚展了纸,开始念。

以安吾妻:

时良辰佳日,亲朋络绎,对景双人,静待礼成。余性温静,迂腐书生而已,卿若惊鸿,爽直不羁,才思慧质浑然天成,识高气雄亦非须眉可比,得卿心许,情投意合,形影相偕,天之幸我极矣。今生之远,愿与卿同行,他生未卜,愿此世偕老。

古人云,故人疏而日忘,新人近而俞好。一别数年,魂牵梦绕,既无近而好之新人,也未疏而忘其故人,始知余心之所向,一如既往。愿新故人之新,成未成之礼,重修旧好,琴瑟和鸣,方得不昧此生。

"听不懂,我都快睡着了。"孟以安掩饰住自己的神色,故意起身装作活动手脚,自顾自地走开去。走了两步,回头问他:"后半段现改的吧?"

邱夏就笑:"那你还装听不懂。"他一边说,一边把纸收回口袋,像是做完了一件惊天动地的大事,如释重负地躺下,长出了一口气,"你听懂就好了。别的话也不需要我多说了。"

球球又活蹦乱跳地跑过来,孟以安以为她要来拖妈妈,她却跑去了邱夏那边,"爸爸,我带你去看一个东西,你会表扬我的!"

邱夏被催着起身，跟着球球往山坡另一边走。孟以安看着父女俩笑闹的背影，心里也是百感交集。

走过的路，还要再走一遍吗？以前犯过的错，吵过的架，说过的互相伤害的话，谁也不愿后退的头破血流的固执，以后就会改变吗？

原以为成长就是往前走，不回头，现在才明白，成长其实是敢往前走，也敢回头。在这段由近到远的婚姻里，他们都认了错，也都想回头了。

邱夏跟在球球身后回来，球球一副骄傲地想邀功的样子，看着邱夏走到孟以安面前，从身后变出了一朵花。

"好看吧！"球球在一边蹦，"我找到的！让爸爸给你的惊喜！"

孟以安笑了，"好看。"

邱夏顺手把那朵花给她别在衣领旁边，摇曳生姿。

"爸爸，我今天的任务超额完成了，你要奖励我！"球球说。

邱夏连忙冲她作嘘声，"别瞎说。什么任务，没有任务。"他小声说，"别拆我台，要不没有奖励了。"

孟以安听在耳朵里，了然地笑了。

"要什么奖励？"她把球球拉过来，胡噜胡噜女儿的头发，"妈妈奖励你。"

球球瞪大眼睛，"妈妈也要奖励我？"

"对啊，"孟以安说，"妈妈今天很开心，因为收到了一个最棒的结婚纪念日礼物。虽然迟到了很多年，但是没关系，以后我们还有的是机会庆祝。毕竟以后是新人了嘛，不是故人了。"

她看着邱夏，邱夏也看着她，两人相视一笑。阳光从他的背后照过来，给两个人都镀上了一层特别的色彩。

番外四

# 群 岛

"火锅还是烧烤?"

"火锅。"

"王者还是魔兽?"

"魔兽。"

"林青霞还是张曼玉?"

"林青霞。"

"坐船还是坐飞机?"

"……你干什么!我好不容易才好一点!"

后来孩子们有了更多的机会去看海。他们还可以跟着渔船出海亲眼看打鱼,这让很多生活在内陆地区的孩子感到格外新奇。孟以安组织了很多次这样的活动,口碑很好,总有新的孩子和家长来咨询,她们也就乐此不疲地持续办下去。

李衣锦和周到只要有空,就会去当志愿者。周到是个不折不扣的旱鸭子,没怎么去过海边,更没有坐过船,即使是陪李衣锦玩激流勇进也会紧紧抓着救生衣发抖。李衣锦跟他说可以不来,但每次他还是都跟来了,一边恐水一边晕船,还一边说要克服心理恐惧。

"我是真的不理解,为什么家长会放心让小孩去游泳!去坐船!去冲浪!太吓人了。"他每次都跟在李衣锦身后,手里紧紧攥着呕吐袋,瑟瑟发抖地说。

李衣锦一边安慰他一边偷笑。为了转移他的注意力,他晕船的时候,他们常常你一言我一语地玩最熟悉的二选一问答游戏来解压。

"不是说要转移我的注意力吗!还故意问!"周到委屈巴巴地瞪了她一眼,"我恨坐船。"

李衣锦笑着说:"对不起对不起。"她帮他拍拍背,顺顺气,"要不咱们聊点别的。你知道吗,我小姨要复婚了。"

"真的？"周到果然好奇道。

"我因为活动的事去她公司，看到小姨夫带着球球在等她下班回家。"李衣锦说。说实话，不知道孟以安离婚的时候，她没觉得这两年他们一家三口回姥姥家的时候有什么差别，但是知道离婚之后，再从局外人的角度去看，就多了几分微妙。现在看来，他俩反而又多了重归于好般的默契。李衣锦了然于心，没费事就从球球口中套出了八卦。

"看起来什么都没变，但什么都变了。"李衣锦若有所思地说。

她的生活又何尝不是如此呢？

看周到脸色也好了些，她想了想，拿出手机，"为了赞美你又一次克服心理恐惧，"她笑着说，"我有一个奖励给你。"

"真的吗？"周到并不太相信，"不会是个救生圈吧，怕我掉进海里去。"

李衣锦笑："不是。"

周到看着她在手机里翻找，"是什么？"他问。

李衣锦示意他看自己的手机："发给你了，你自己看。"

周到拿起自己的手机，发现李衣锦发来了两张照片。

"先跟你道歉，我偷偷从你手机里拿的。"李衣锦说，"谁让你手机密码是我生日呢！"

是他和妈妈的那两张旧照。修复过了，色彩变得明亮，眉目面容也清晰起来。

"别笑我啊，我连美颜滤镜都不会，这就是 App 自动修复的。你要是嫌弃，以后自己再修个好看点的。不过，我觉得还挺好看的。"李衣锦看着他的神色，说，"下次你可以给阿姨看看呀。"

周到小心地把照片在手机上放大，点着屏幕，看得很仔细。

"挺好看的。"他点点头，轻声说，"我喜欢这个奖励。"

一个小朋友跑过来，被李衣锦拦住，"别跑，老师怎么说的？坐船的时候不能乱跑。"她把小姑娘拉在自己身边坐下，"来，我先看看你，等一会儿你们老师发现你不见了找到我这里来要人，就把你交出去。"

小姑娘很生气，百无聊赖地噘着嘴。

李衣锦笑道："要不，姐姐给你讲个故事？"

"讲什么?"小姑娘问。

"你想听什么?"李衣锦说,"你知道老师为什么带你们来海上玩吗,因为海上有很多很多故事。有虾兵蟹将龙王爷,有鲛人泣珠,有打鱼郎和水鬼,太多太多了。"

"那都是假的吧!"小姑娘不屑一顾,"都是大人编出来骗小孩的。"

李衣锦瞪大眼睛:"怎么会!我姥姥就是在海边长大的,好多故事都是她亲身经历过的,给我讲的时候我都不信,其实是真的。"

"是吗?"小姑娘被唬得一愣。

"不信?"李衣锦说,"我讲给你听。"

时间过得飞快,离岛回岸的时候已近黄昏。夕阳西下,孩子们兴奋地望着远处海天一色的美丽景象。大人们也被美景迷住,忘记了一整天的奔波疲累。

听李衣锦讲了故事的小朋友仰起头说:"姐姐,你今天给我们讲的姥姥的故事,都是真的,我信了。"

"那当然。"李衣锦回答。

小姑娘眨眨眼,问:"那我们现在要回家了,是不是要像你说的那样,跟姥姥说再见?今天天气这么晴,姥姥一定会听到的吧?"

李衣锦便点点头。

小姑娘站起身,冲着海面大声喊道:"姥姥,我们回家啦——"

旁边的小朋友们纷纷学样,有的把手拢在嘴边,有的挥起双手,一起向着大海喊道:"姥姥,我们回家啦——"

声音落入金色的夕阳,融进了波光粼粼的大海。

李衣锦回头望去,只见群岛渐行渐远,不由得怔怔地落下泪来。

## 图书在版编目（CIP）数据

她和她的群岛 / 易难著. -- 北京 : 北京联合出版公司, 2022.5
 ISBN 978-7-5596-6107-4

Ⅰ.①她… Ⅱ.①易… Ⅲ.①长篇小说－中国－当代 Ⅳ.①I247.5

中国版本图书馆CIP数据核字(2022)第051580号

Copyright © 2022 Ginkgo (Beijing) Book Co., Ltd.
All rights reserved.
本书中文简体版权归属于银杏树下（北京）图书有限责任公司

## 她和她的群岛

作　　者：易　难
出 品 人：赵红仕
选题策划：张　甜
出版统筹：吴兴元
特约编辑：徐　洒
责任编辑：李　伟
营销推广：ONEBOOK
装帧制造：清　橘

北京联合出版公司出版
（北京市西城区德外大街83号楼9层　100088）
后浪出版咨询（北京）有限责任公司发行
北京印刷集团有限责任公司印刷　新华书店经销
字数250千字　889毫米×1194毫米　1/32　13.5印张
2022年5月第1版　2022年5月第1次印刷
ISBN 978-7-5596-6107-4
定价：55.00元

后浪出版咨询（北京）有限责任公司　版权所有，侵权必究
投诉信箱：copyright@hinabook.com　fawu@hinabook.com
未经许可，不得以任何方式复制或者抄袭本书部分或全部内容
本书若有印、装质量问题，请与本公司联系调换，电话010-64072833